रस्किन बॉन्ड

रस्किन बॉन्ड का जन्म 1934 में कसौली में हुआ था। उनका पालन-पोषण जामनगर, देहरादून, नई दिल्ली और शिमला में हुआ। युवावस्था में कुछ वर्ष उन्होंने लंदन में बिताए लेकिन वहाँ उनका मन नहीं लगा और 1955 में वह भारत लौट आए। उनके प्रथम उपन्यास *द रूम ऑन द रूफ़* के लिए उन्हें जॉन लेवेलीन राइस पुरस्कार प्रदान किया गया। यह पुरस्कार कॉमनवेल्थ के तीस वर्ष से कम आयु के साहित्यकार को उसकी उत्कृष्ट साहित्यिक कृति के लिए प्रदान किया जाता है। अब तक उनकी पैंतीस पुस्तकें प्रकाशित हो चुकी हैं। उनकी कई पुस्तकों का हिन्दी में अनुवाद हो चुका है। रस्किन बॉन्ड मसूरी के पास स्थित लैण्डोर में रहते हैं। उनका पूरा समय लेखन को समर्पित है।

1993 में उनको साहित्य अकादमी पुरस्कार, 1999 में पद्‌मश्री और 2014 में पद्‌मभूषण से अलंकृत किया गया।

रस्टी और चीता

रस्किन बॉन्ड

राजपाल

₹ 350
ISBN : 9789386534897
पहला संस्करण : 2019, दूसरा संस्करण : 2023

RUSTY AUR CHEETAH (Stories) by Ruskin Bond
(Hindi edition of *Rusty and the Leopard*
first published in English in 2003 by Penguin Books India)
मुद्रक : शिव शक्ति प्रिंटर्स, दिल्ली

राजपाल एण्ड सन्ज़
1590, मदरसा रोड, कश्मीरी गेट, दिल्ली-110006
फोन : 011-23869812, 23865483, 23867791
website : www.rajpalpublishing.com
e-mail : sales@rajpalpublishing.com
www.facebook.com/rajpalandsons

क्रम

भूमिका

यह तीसरा खंड रस्टी की किशोरावस्था को समर्पित है जिसमें हम देखते हैं कि किस तरह से अपने अभिभावक के घर से भागकर वह कपूर परिवार से घुल-मिल गया। कुछ समय तक बंजारों-सा जीवन बिताने के बाद किशन और रस्टी दून की घाटियों और गढ़वाल की पहाड़ियों में एक लम्बी यात्रा पर निकल पड़ते हैं जहाँ उनको कई मनमोहक लोग मिलते हैं।

कल जब लिखने के लिए मैं अपने डेस्क पर बैठा, मेरा मस्तिष्क बीते समय की ओर भाग रहा था और मैंने यह छोटी-सी पंक्ति लिख डाली : "जब मैं छोटा था, मैं ताकत और शोहरत के सपने देखा करता था; अब जब मैं बूढ़ा हो गया हूँ, मैं फिर से बच्चा बन जाना चाहता हूँ।"

अपनी हर मुश्किल से खुशी-खुशी जूझते हुए रस्टी निकल पड़ा था, बिना पैसों और निश्चित सम्भावनाओं के, लेकिन बहुत सारी आशाओं और तारुण्य के आत्मविश्वास के साथ।

उसने अपनी हर यात्रा की मंज़िल हासिल की और आज का रस्टी उस युवा रस्टी की प्रबल आकांक्षाओं और आत्मविश्वास का फल है।

— रस्किन बॉन्ड

लैण्डोर, मसूरी

अक्टूबर 2014

संसार में अकेला

मैं जीवन की बहुत रोमांचक दहलीज़ पर खड़ा था, या शायद उस वक्त मुझे ऐसा लगता था। मैंने आखिरकार अपने अभिभावक मिस्टर जॉन हैरिसन से छुटकारा पा लिया था और अब मैं यहाँ किशन नाम के एक लड़के को अंग्रेज़ी पढ़ानेवाला मास्टर था। उससे भी ज़रूरी बात, मैं, उसकी बेहद खूबसूरत माँ—मीना कपूर, के साथ खड़ा था। मैं कपूर परिवार के घर में रहने वाला था और मीना कपूर मुझे मेरे कमरे के बारे में बता रही थी।

जब वो बोल रही थी, मैं उसकी आँखों में देख रहा था।

''कमरा वाकई अच्छा है,'' उसने कहा, ''लेकिन हाँ, यहाँ पानी, बिजली और शौचालय की सुविधा नहीं है।''

मैं तो उसकी भूरी आँखों के समुंदर में गोते खा रहा था।

उसने कहा : ''तुम्हें पानी उस बड़ी टंकी से भरना पड़ेगा और बाकी कामों के लिए जंगल में जाना पड़ेगा...''

मुझे लगा मैंने उसकी आँखों में अपनी ही नज़रों की झलक देखी।

''अच्छा?'' मैंने कहा।

''तुम किशन को सुबह बारह बजे तक पढ़ा सकते हो। बस, उसके बाद नहीं। उसके बाद तुम खाना वगैरह खाना।''

''फिर?''

मैं उसके होंठों को हिलते हुए देख रहा था।

''फिर कुछ नहीं। तुमको जो करना होगा करना, किशन, सोमी या अपने किसी और दोस्त के साथ बाहर घूमना।''

''किशन को मैं कहाँ पढ़ाऊँगा?''

''छत पर, ज़ाहिर सी बात है।''

मैंने उसके चेहरे से अपनी नज़रें हटायीं और अपना सिर खुजाया। पढ़ाने के लिए छत मुझे कुछ अजीब-सी जगह लगी।

"छत पर क्यों?"

"क्योंकि तुम्हारा कमरा छत पर है।"

मीना ने मुझे पूरा घर घुमाया और हम सीढ़ियों के पास पहुँच गये। सीढ़ियाँ, जिन पर कोई छज्जा नहीं पड़ा था और जो छत पर जाती थीं। हमें एक पतली-सी नाली को लाँघकर सीढ़ी पर चढ़ना पड़ा।

"यह नाली," मीना मुझे चेता रही थी, "पार करने में तो बहुत आसान है। लेकिन जब तुम नीचे आ रहे होगे तो याद रखना कि बहुत बड़े-बड़े कदम न लो वरना दूसरी तरफ़ दीवार से भिड़ जाओगे और वहाँ रखे हुए स्टोव पर गिर पड़ोगे...।"

"मैं ध्यान रखूँगा," मैंने वादा किया।

हम सीढ़ियाँ चढ़ने लगे। मीना मेरे आगे थी। मैंने मीना के लम्बे और पतले पाँव देखे। उसने जो चप्पल पहनी थी उसमें दो पतले पट्टे थे जो उसके अँगूठों के बीच से गुज़र रहे थे, और चप्पल का पिछला हिस्सा उसकी एड़ी से टकरा रहा था, बिलकुल सोमी की चप्पल की तरह (सोमी मेरा बहुत खास दोस्त था)। बस मीना की चप्पल से उठने वाला संगीत—अलग था...

"इन सीढ़ियों के बारे में एक और बात," मीना बोल रही थी, "ये कुल बाईस हैं। अरे नहीं, गिनो मत, मैं पहले ही गिन चुकी हूँ इसलिए...लेकिन हाँ, याद रखना, अगर तुम अँधेरे में घर आ रहे हो तो ध्यान रखना कि सिर्फ़ बाईस सीढ़ियाँ ही चढ़ो, क्योंकि अगर तुमने ऐसा नहीं किया तो," और उसने हवा में चुटकी बजाते हुए कहा, "तुम्हारा खेल खत्म! बाईस सीढ़ियों के बाद तुम दायीं तरफ़ मुड़ोगे और तुमको एक दरवाज़ा मिलेगा, यह रहा। अगर तुम दायीं ओर नहीं मुड़े और तुमने तेईसवाँ कदम उठा लिया तो तुम छत के किनारे पर पहुँच जाओगे!"

हम दोनों हँस दिए और फिर अचानक मीना ने मेरा हाथ पकड़ा और मुझे कमरे में ले गयी।

कमरा छोटा था लेकिन इससे कोई फ़र्क नहीं पड़ रहा था क्योंकि कमरे में कोई खास सामान था भी नहीं: एक रस्सी की बुनाई वाली खाट, एक मेज़, एक शेल्फ़, और दीवार में लगी कुछ कीलें। मेरे अभिभावक के घरवाले मेरे

कमरे की तुलना में यह कमरा, कमरा नहीं था, सिर्फ़ चार दीवारें थीं जिनमें एक दरवाज़ा और एक खिड़की थे।

दरवाज़ा बाहर छत पर खुलता था और मीना ने उसमें से एक बड़ी गोल पानी की टंकी की ओर इशारा किया।

"तुमको वहाँ नहाना होगा और पानी भी वहीं से भरना होगा," उसने बताया।

"मैं जानता हूँ। मैं सोमी के साथ गया था।"

उस पानी की टंकी के पीछे एक बहुत बड़ा आम का पेड़ था और किशन उस पेड़ की एक डाल पर बैठकर हम लोगों को देख रहा था। घर के चारों ओर लीची के बहुत सारे पेड़ थे और गर्मियों में उन पर और आम के पेड़ पर खूब सारे फल लगते थे।

मीना और मैं खिड़की के पास खड़े थे, चुपचाप, हाथों में हाथ लिये। मैं तो वहाँ उस हाथ को थामे ज़िन्दगी भर खड़ा रहने के लिए तैयार था। शायद मीना को मेरे प्रति एक बड़ी बहन जैसा स्नेह महसूस हो रहा था लेकिन मैं तो उसके लिए दीवाना हो गया था—इस बात का मुझे पूरा यकीन था।

खिड़की से बहुत सारी चीज़ें दिख रही थीं। दूर कहीं दूसरे पेड़ों के उस पार पलाश का एक पेड़ था जिसके सुर्ख फूल नीले आसमान के नीचे और तीखे लाल चमक रहे थे। खिड़की में से गुलाबी बोगनवेलिया की एक शाख कमरे में आ रही थी और मैं समझ गया था कि यह खिड़की अब कभी बन्द नहीं होगी। यह कमरा, खिड़की, बोगनवेलिया की यह डाली—सब मुझे बरसों पुरानी गर्मियों की याद दिला रहे थे, साथ ही उन गर्मियों की मेरी दोस्त कोकी की भी।

मीना की आवाज़ से मेरा ध्यान टूटा, "अगर तुम्हें यह अच्छा नहीं लग रहा तो हम कोई दूसरा कमरा ढूँढ देंगे...।"

मैंने उसका हाथ हल्के से दबाया और उसकी आँखों में मुस्कुराते हुए कहा, "मुझे पसन्द है। मैं इसी कमरे में रहना चाहता हूँ। और तुम जानती हो क्यों, मीना? क्योंकि यह कमरा, कमरा ही नहीं है!"

मैं खुद हैरान था कि मैंने उसे उसके पहले नाम से पुकारा। लेकिन उसने यह बात नज़रअन्दाज़ कर दी। अब मैंने तय कर लिया कि मैं उसको उसके नाम से ही पुकारूँगा—कम-से-कम तब तो ज़रूर जब हम अकेले होंगे।

वो गर्म दोपहर थी। मैं एक विशाल बरगद के पेड़ के नीचे बैठा था जो घर के पास में ही था, एक पेड़ जो अपने आप में खुद एक घर था : जिसकी शाखाएँ ज़मीन से टकराती थीं और खम्बे के समान एक नये पेड़ में तब्दील हो जाती थीं। उस पेड़ पर चिड़ियों और गिलहरियों की बस्तियां थीं।

एक गिलहरी मेरे सामने आकर खड़ी हुई। अपने पैरों के बीच में से, अपनी पूँछ हवा में उठा कर वो मुझे देख रही थी। उसकी पीठ बहुत सुघड़ता से झुकी थी और उसकी नाक फड़फड़ा रही थी।

"हेलो," मैंने कहा।

गिलहरी ने अपने पंजों से अपनी नाक सहलाई, मेरी तरफ़ देखकर आँख मारी, फिर मेरे पैरों पर से उछलते हुए वो बरगद के पेड़ की एक खम्बे नुमा जड़ की ओर भाग गयी।

मैं बरगद के पेड़ के चौड़े तने से टिक गया और मधुमक्खियों की भिनभिनाहट, गिलहरियों की चहचहाहट और कीट-पतंगों की भिन-भिन सुनने लगा।

मीना और किशन के बारे में सोच रहा था, मैं बहुत खुश था; और फिर मुझे सोमी और चाट की दुकान याद आयी—वो हमारा सबसे पसन्दीदा अड्डा था। मैं झट से पेड़ की डाली से उतरा और लगभग भागते हुए चाट की दुकान पर पहुँचा। सोमी वहाँ पहले से पहुँच चुका था और बेसब्री से मेरा इन्तज़ार कर रहा था। जैसे ही उसने मुझे आते हुए देखा, तुरन्त आलू की चाट मंगाई। चाटवाले ने हम दोनों को पत्ते के दोने पकड़ाए और चाट बनाने की तैयारी करने लगा : सबसे पहले उसने आलू डाले, फिर मटर, फिर लाल और सुनहरी मिर्च का पाउडर, फिर चटनी डाली और आखिर में दोने को ऊपर-नीचे कर सब कुछ मिला दिया और इतने सरल तरीके से तैयार हो गयी थी, आलू चाट।

सोमी ने अपनी चप्पल उतारी, पालथी मारी और मेरी तरफ़ सवालिया नज़र से देखने लगा।

"अच्छा है," मैंने कहा।

"पक्का ना?"

सोमी की आवाज़ में चिंता थी और उसकी मुस्कान भी बहुत हल्की-सी थी। उसको संदेह था कि शायद मैं इस नौकरी को लेकर खुश नहीं हूँ जो उसने मुझे दिलवाई थी।

"हाँ, अच्छा है," मैंने कहा, "धीरे-धीरे मुझे कमरे की भी आदत हो जायेगी।"

अब खामोशी थी। मैं अपनी आलू चाट पर ध्यान लगा रहा था, साथ ही मुझे बहुत अपराधबोध-सा हो रहा था।

"रणबीर चला गया," सोमी ने कहा। रणबीर सोमी का सबसे अच्छा दोस्त था : रणबीर मेरा भी अच्छा दोस्त था—उसी ने मुझे इस नयी ज़िन्दगी से मिलवाया था जो मैं अब जी रहा था, वो भी होली खेलकर। अब वो पढ़ने के लिए मसूरी चला गया था।

"अरे, मैं तो उसे अलविदा भी नहीं कह पाया!"

"वो हमेशा के लिए थोड़े गया है। और वैसे भी, अलविदा कह देने से क्या फ़ायदा होता है..."

वो परेशान लग रहा था। उसने अपनी आलू चाट ख़त्म की और बोला, "रस्टी, मेरे सबसे प्यारे दोस्त, अगर तुम्हें यह नौकरी नहीं चाहिए तो मैं तुम्हारे लिए कोई दूसरी नौकरी ढूँढ दूँगा।"

"लेकिन मुझे यह नौकरी पसन्द है सोमी, सच में। तुम मेरे लिए इतना सब कुछ कर रहे हो। मिसेज़ कपूर और मिस्टर कपूर दोनों बहुत अच्छे हैं और किशन भी इतना बुरा नहीं है, तुम जानते हो...चलो, घर चलो और कमरा देख लो। वो ऐसा कमरा है जहाँ बैठकर आप कविताएँ रचते हो, संगीत बनाते हो।"

हम शाम होते-होते घर की तरफ़ चल दिए। शाम को हर तरफ़ आवाज़ें सुनाई पड़ती हैं। मैं सभी आवाज़ों पर ध्यान दे रहा था, क्योंकि मैं खुश था और एक खुश आदमी हर तरफ़ ध्यान देता है।

गाड़ियाँ हमारी बगल से गुज़र रही थीं, उनके पहियों की चूँ-चूँ, ज़मीन पर घोड़ों के खुरों की टाप, घोड़ों के कानों के पास कोड़ों से हुई दरारें, चालकों के चिल्लाने की आवाज़ें, और पहियों के घूमने की आवाज़, चूँ-चूँ, घड़घड़, टप-टप-टप-टप...

एक साइकिल कीचड़ में से फिसलती हुई आयी, उसके पहिये आवाज़ कर रहे थे और घंटी बज रही थी...झाड़ियों में गौरैयों के झुण्ड की चहचहाहट थी लेकिन मैं लाख कोशिशों के बावजूद उनको देख नहीं पाया।

साथ ही थी लोगों के कदमों की आहट...

हमारे खुद के कदम, सधे हुए और शान्त थे : और हमारे आगे एक बुज़ुर्ग आदमी था जिसकी कमर में धोती बँधी थी और हाथों में काले रंग का छाता था। वो आदमी बहुत धीरे-धीरे चल रहा था। हर दो कदम के बाद वो छाते को सड़क पर टिकाता था, उसने बहुत आवाज़ करने वाले जूते पहने थे और उसके जूतों की आवाज़ उसके छाते की थाप पर पूरी सड़क पर गूँज रही थी। सोमी और मैंने अपनी रफ़्तार बढ़ा ली और हम उस बुज़ुर्ग आदमी और उसकी असंख्य आवाज़ों को पीछे गूँजता हुआ छोड़कर आगे बढ़ गये।

हम दोनों छत पर करीब एक घंटे तक बैठे रहे और सूरज को डूबते हुए देखते रहे। सोमी गीत गाने लगा।

सोमी की आवाज़ बहुत सुरीली थी, साफ़ और स्पष्ट। उसके चेहरे की गम्भीरता से मेल खाती हुई। जब वो गाता था, उसकी आँखें अँधेरे में कहीं भटकती रहती थीं और वो इस दुनिया से और मुझसे कहीं दूर चला जाता था; क्योंकि जब वो तारों के गीत गाता था, वो तारों का हो जाता था, नदी के गीत सुनाता था तो वो खुद नदी बन जाता था। वो अपनी भावनाएँ मुझसे गाकर इस तरह साझा करता था, जैसा वो कभी शब्दों से न कर पाता। जब गीत खत्म हुआ, फिर से सन्नाटा फैल गया और पूरी दुनिया नींद के आगोश में सो गयी।

~

मैंने भोर को दिन में बदलते हुए देखा।

पहले सब कुछ बिलकुल स्याह, फिर धीरे-धीरे वस्तुएँ आकार लेने लगीं—मेज़, कुर्सी, कमरे की दीवारें—और अँधेरा किसी घूँघट की तरह उठने लगा और पेड़ों से ऊपर आसमान में लाल रंग की लकीरें खिंच गयीं। काफ़ी देर तक सब कुछ ऐसा ही रहा फिर सब कुछ बिलकुल साफ़ और विशिष्ट-सा दिखने लगा : और फिर जब प्रकृति ने तैयारी पूरी कर ली, सूरज निकला और पेड़ों एवं पहाड़ियों के ऊपर जा बैठा। उसने अपनी रोशनी और गर्माहट की एक किरण मेरी खिड़की से भीतर भेज दी। सूरज दीवार के सहारे चढ़ा, मेरे बिस्तर पर आया और मेरे खुले पैरों से होकर मेरे पूरे शरीर को दुलारते हुए वो मेरे कानों में फुसफुसाया,

"उठ जाओ, उठ जाओ, अब उठने का समय हो गया है..."

मैं उठकर बैठ गया और अपनी आँखें मलता हुआ चारों तरफ़ देखने लगा। इस कमरे में यह मेरी पहली सुबह थी और खिड़की की चौखट पर एक छोटी-सी भूरे-पीले रंग की मैना अपना सिर एक तरफ़ झुकाए मुझे देख रही थी। मैना दिखना यहाँ एक आम बात थी लेकिन यह मैना कुछ अलग थी : यह गंजी थी; शायद लड़ाई में उसके सिर के सारे पंख टूट गये थे।

मैं सोच रहा था कि मुझे उठकर नहा लेना चाहिए या किसी के आने का इन्तज़ार करना चाहिए। लेकिन मुझे ज़्यादा देर इन्तज़ार नहीं करना पड़ा। किसी ने मुझे खाट के नीचे से धक्का मारा।

डर से मेरी घिग्घी बँध गयी। मेरे नीचे कुछ चल रहा था, गद्दा धीरे से उठा और फिर नीचे गिर गया। कहीं यह कोई सियार या लोमड़ी तो नहीं जो रात में खुले दरवाज़े से भीतर आ गयी हो? मैं कांप रहा था लेकिन अपनी जगह से हिला नहीं... हो सकता है यह कोई और खतरनाक चीज़ हो, वैसे भी यह घर जंगल के कितने पास है...या हो सकता है कोई चोर हो...लेकिन यहाँ चुराने के लिए था ही क्या?

इस दुविधा को खत्म करने के लिए मैंने रज़ाई के उठे हुए हिस्से पर ज़ोर से एक मुक्का मारा और किशन दर्द और आश्चर्य से बिलबिलाता हुआ बाहर आ गिरा।

वो ज़मीन पर बैठे हुए मुझे गलियाँ देने लगा।

''माफ़ करना,'' मैंने कहा ''लेकिन तुमने मुझे डरा दिया था।''

''मुझे खुशी है, क्योंकि तुमने मुझे चोट पहुँचाई है।''

''गलती तुम्हारी थी। वैसे समय क्या हुआ है?''

''उठने का समय हुआ है। मैं तुम्हारे लिए दूध लाया हूँ। तुम मेरे हिस्से का भी पी सकते हो क्योंकि मुझे दूध बिलकुल पसन्द नहीं। यह मेरे च्युइंग-गम के स्वाद को बिगाड़ देता है।''

फिर वो मेरे साथ पानी की टंकी तक गया जहाँ हमें सोमी मिला। नहाने और अपनी सुराहियों में पीने का पानी भरने के बाद किशन और मैं अपने पहले सबक के लिए मेरे कमरे में पहुँचे।

हम दोनों एक-दूसरे की ओर मुँह करके पालथी मारकर बिस्तर पर बैठ गये। मैं अपनी ठोड़ी खुजाते हुए सोच रहा था कि इसे क्या पढ़ाया जाये और किशन अपने पैर के अँगूठे से खेल रहा था।

"तो आज तुम क्या पढ़ना चाहते हो?" मैंने पूछा।

"मुझे क्या पता? यह तुम्हारा काम है पार्टनर।"

"चूँकि यह तुम्हारा पहला दिन है, तुम खुद चुन सकते हो।"

"तो चलो हम कोई खेल खेलते हैं।"

"मज़ाक मत करो, यह बताओ, तुमने कौन-कौन सी किताबें पढ़ी हैं?"

किशन अब छत की ओर देखने लगा, "मैंने इतनी किताबें पढ़ी हैं कि मुझे नाम भी याद नहीं हैं।"

"चलो कोई बात नहीं लेकिन तुम मुझे यह तो बता सकते हो कि वो किताबें किस बारे में थीं?" किशन थोड़ा घबरा गया। "ओह...अच्छा... हाँ...मुझे थोड़ा सोचने दो...वो वाली जिसमें सब लोग एक खरगोश के बिल में चले जाते हैं?"

"उसके बारे में क्या?"

"जिसका नाम है *ट्रेज़र आइलैंड* ।"

"बकवास!" मैं किशन से परेशान हो गया था। क्या वो सचमुच किताबों के नामों के बारे में भूल गया था या जानबूझकर मुझे परेशान कर रहा था?

"तुमने कौन-कौन सी किताबें पढ़ी हैं?" मैंने गुस्से से किशन से पूछा। "*ट्रेज़र आइलैंड* और वो खरगोश के बिल वाली, तुमने वो दोनों ही नहीं पढ़ी हैं। तुम बड़े होकर क्या बनना चाहते हो, किशन? एक व्यापारी, एक ऑफ़िसर या एक इंजीनियर?"

"मैं कुछ भी नहीं बनना चाहता। और तुम क्या बनना चाहते हो?"

"तुम मुझसे सवाल नहीं कर सकते। लेकिन फिर भी अगर तुम जानना चाहते हो तो मैं एक लेखक बनने वाला हूँ। मैं किताबें लिखूँगा और तुम वो किताबें पढ़ोगे।"

"तुम एक बहुत अच्छे लेखक बनोगे रस्टी, बहुत अच्छे... ।"

"क्या पता, कौन जाने।"

"मैं जानता हूँ।" किशन ने बहुत ईमानदारी से भावनाओं में बहते हुए कहा, "तुम गज़ब के लेखक बनोगे। तुम बहुत मशहूर होगे। तुम एक राजा बनोगे।"

"बकवास बन्द करो..."

ऐसा लगने लगा था कि कपूर परिवार मुझे पसन्द करता था। वो मेरा आदर नहीं करते थे—वैसे भी मैं कोई खास या प्रसिद्ध आदमी नहीं था, लेकिन वो लोग मुझे पसन्द करते थे। किशन को मेरा साथ पसन्द था, मिस्टर कपूर मुझे मेरी मीठी-मीठी तारीफ़ों के लिए पसन्द करते थे और मीना मुझे पसन्द करती थी क्योंकि—खैर क्योंकि मैं उसे पसन्द करता था...

वैसे भी वो लोग खुश थे कि मैं उनके घर में रह रहा था।

अब चूँकि मैं उनके घर में रह रहा था, मैं धीरे-धीरे उन्हें समझने लगा था—व्यक्तिगत रूप से भी और एक साथ एक परिवार के रूप में भी। मीना की शादी मिस्टर कपूर से बचपन में ही कर दी गयी थी, उन लोगों की आपसी जान-पहचान से पहले ही, और उन लोगों की उम्र में करीब बीस साल का लम्बा अन्तर होने के बावजूद भी। कपूर एक होनहार नवयुवक था, होशियार था और पैसे भी कमाने लगा था; और मीना, तेरह साल की उम्र में बहुत खूबसूरत और ताज़गी से परिपूर्ण थी। शादी के बाद उन दोनों को आपस में प्यार हो गया था।

उन दोनों ने यूरोप की यात्रा की और मिस्टर कपूर वाइन के पारखी होकर लौटे। किशन का जन्म हुआ जो बिलकुल अपने पिता जैसा लगता था। मिस्टर कपूर ने अपनी पत्नी से प्यार करना कभी कम नहीं किया लेकिन फिर भी अपनी पत्नी के लिए उनका दीवानापन कभी भी उतना नहीं था जितना पुरानी वाइन के लिए था जिसकी गर्माहट उनके भीतर कविताएँ भर देती थी। मीना की नाक और माथा बहुत शानदार था। ("भव्य," मिस्टर कपूर ने कहा था, "यह बहुत कुलीन परिवार से है।") और लम्बे घने काले बाल थे ("समुद्री शैवाल जैसे," स्वामिगत गर्व से भरे हुए मिस्टर कपूर ने कहा था)। वह लम्बी, मज़बूत, खूबसूरती से तराशी गयी थीं और उनमें भव्यता, आकर्षण और वाक्पटुता भरी हुई थी।

अब मिस्टर कपूर दाढ़ी बढ़ाकर हरा चोंगा पहने हुए दुनिया से अलग-थलग रहते थे। अपनी मेहनत से बड़ा बना आदमी हमेशा अपने शुरुआती दिनों की गरीबी और मुश्किलों की बातें करता है और उसकी रंक से राजा बनने की कहानी उसे बहुत प्रसिद्धि दिलाती है; जिस आदमी ने बहुत कुछ खोया है वो बीते दिनों की परेशानियाँ और कारनामे याद करता है, अपने परिवार को याद करता है और असफलताएँ इन बातों को प्रचारित कर देती हैं। लेकिन कपूर

तो घूमकर फिर वहीं पहुँच गया था जहाँ से उसने शुरुआत की थी : वो अब गरीबी से उठकर महान बनने के किस्से नहीं सुना सकता था क्योंकि वो बहुत तेज़ी से फिर गरीब बनता जा रहा था। उसके पास कोई आधार नहीं था, सिवाय उसके जो उसने खुद बनाया और तबाह किया था। उसके पास अब कुछ नहीं था, सिवाय क्षीण होती सम्पत्ति, एक पत्नी और एक बेटे के। और उसकी पत्नी उसकी सबसे बहुमूल्य सम्पत्ति थी।

मेरे यहाँ आने के बाद की यह दूसरी शाम थी और मैं कपूर परिवार के साथ उनके बाहरी कमरे में बैठा था। मिस्टर कपूर ने च्युइंग-गम की अच्छाइयों का बखान शुरू कर दिया जो किशन के लिए असीम खुशी और मीना के लिए चिढ़ का कारण था।

"च्युइंग-गम," कपूर ने अपनी उँगलियाँ हवा में लहराते हुए ऐलान किया, "जवानी का रहस्य है। क्या तुमने कभी अमरीकी लोगों को देखा है? कितने जवान दिखते हैं, और अंग्रेज़, कितने दुबले-पतले? इसका ज़िम्मेदारियों से कोई लेना-देना नहीं है। इसका कारण है च्युइंग-गम चबाने से आपके जबड़ों और चेहरे की मांसपेशियों की कसरत होती है। इससे आपका रंग निखरता है और त्वचा के ऊतक मज़बूत होते हैं।"

"आप बहुत होशियार हैं पिताजी," किशन ने कहा।

"मैं महान हूँ," कपूर ने कहा, "मैं महान हूँ।"

"बेवकूफ़!" मीना फुसफुसाई लेकिन मेरे अलावा किसी ने नहीं सुना।

मैंने सोचा कि बातचीत का विषय बदल देना चाहिए, इससे पहले कि मीना अपना आपा खोये। "मेरे पास एक योजना है, हम लोग एक क्लब बनाते हैं," मैंने कहा।

"यह तो बहुत अच्छी योजना है!" किशन खुशी से चहक उठा, "इसका नाम क्या होगा?"

"नाम रखने से पहले यह तो तय कर लें कि यह क्लब किस तरह का होगा। हमें कुछ नियम बनाने होंगे, एक प्रेसिडेंट, एक सेक्रेटरी..."

"ठीक है, ठीक है रस्टी," किशन, जो ज़मीन पर पड़ा लोट रहा था, बीच में ही टोकते हुए बोला, "अगर तुम चाहो तो वो सारी चीज़ें तुम ही बन जाओ। लेकिन मैं कहता हूँ, सबसे ज़रूरी चीज़ है क्लब का नाम। एक अच्छे नाम के

बिना क्लब का मतलब ही क्या है?''

''बेवकूफ़ क्लब,'' मीना ने सुझाव दिया। शायद वो कपूर को बताना चाहती थी कि वो उसके बारे में क्या सोचती है।

''यह उपयुक्त नहीं है,'' कपूर बोला, ''उपयुक्त नहीं है...'' ज़ाहिर सी बात थी, मीना के इशारे पर उसने ध्यान ही नहीं दिया था।

''सब लोग चुप हो जाओ,'' किशन ने आदेश दिया और अपनी नाक़ खुजाते हुए बोला, ''मैं कुछ सोचने की कोशिश कर रहा हूँ।''

अतः हम सब चुप हो गये और सोचने की कोशिश करने लगे।

इस विषय पर सोचना एक बहुत ही मुश्किल काम था और जल्द ही यह साफ़ हो गया कि हममें से कोई भी उस क्लब के बारे में नहीं सोच रहा था : क्योंकि मैं तो मीना को घूर रहा था, और मीना को देखकर ऐसा लग रहा था जैसे वो आश्चर्य में पड़ी हो कि किशन को सोचना भी आता है, और किशन शायद च्युइंग-गम से होने वाले फ़ायदों के बारे में सोच रहा था क्योंकि अचानक से उसने चबाना तेज़ कर दिया था। और कपूर परदे के पीछे रखी व्हिस्की की बोतल को सूँघ रहा था अतः ज़ाहिर था कि वो उसी के बारे में सोच रहा था।

आखिरकार कपूर ने कहा, ''मेरी पत्नी एक शैतान है, एक बेहद, बेहद खूबसूरत शैतान!''

बातचीत के दौरान यह पंक्ति मुझे बेहद दिलचस्प लगी। हालाँकि हमारे क्लब से इसका क्या सम्बन्ध था यह मैं नहीं समझ पाया था। जैसे ही मैं इस वाक्य के बाद अपनी तरफ़ से कोई तारीफ़ करने वाला था, किशन खुशी से चीख पड़ा : ''मैं समझ गया! शैतान का क्लब? यह कैसा रहेगा?''

''अरे वाह!'' कपूर ने अचम्भे से कहा, ''शैतान का क्लब, हमें आखिर मिल ही गया! मैं महान हूँ।''

हम लोग तुरन्त ही क्लब की गतिविधियों के लिए योजनाएँ बनाने में जुट गये। किशन ने कैरम प्रस्तावित किया और मीना ने भी उसका समर्थन किया, लेकिन मैं बेचैन हो उठा। कपूर ने साहित्यिक और राजनैतिक वाद-विवाद प्रस्तावित किया और बाकियों का विरोध करने के लिए मैंने इस प्रस्ताव का समर्थन किया। फिर हमने इस क्लब के ऑफ़िसरों के लिए चुनाव किया। मीना को हमारी लेडी और संरक्षिका का पद दिया गया, कपूर हमारा प्रेसिडेंट था, किशन चीफ़

व्हिप और मैं सेक्रेटरी बनाया गया। हालाँकि सोमी, रणबीर और सूरी अनुपस्थित थे लेकिन उनको भी माननीय सदस्यों के रूप में स्वीकार कर लिया गया।

''कैरम और वाद-विवाद काफ़ी नहीं है,'' किशन ने शिकायत की, ''कुछ रोमांच भी होना चाहिए।''

''किस तरह का?'' मैंने पूछा।

''जैसे पर्वतारोहण या वैसा ही कुछ।''

''पिकनिक,'' मीना ने प्रस्ताव रखा।

''पिकनिक!'' किशन ने समर्थन किया, ''और सोमी एवं बाकी लोग भी चल सकते हैं।''

''इस बात पर जाम छलकना चाहिए,'' कपूर ने अपनी कुर्सी से जल्दीबाज़ी में उठते हुए कहा, ''हमें जश्न मनाना चाहिए।''

''अच्छा आइडिया है,'' अपने पिता की योजना को विफल करते हुए किशन ने कहा, ''हम सब चाट की दुकान पर चलेंगे!''

मीना को दोनों उपायों में से चाट की दुकान कम हानिकारक आइडिया लगा, इसलिए उसने किशन के आइडिया का समर्थन किया और कपूर पुरानी-सी कार में ठुंस गया।

''चाट की दुकान की ओर!'' स्टीयरिंग व्हील पकड़ते हुए वह चिल्लाया। ''हम लोग उसे घर ले आयेंगे।'' किशन, मीना और मैं भी कार में लद गये और हम सब चल पड़े।

चाट की दुकान इतनी ठसाठस भरी थी कि लोग एक-दूसरे की साँस में साँस ले रहे थे।

चाटवाला मुझे देखकर बहुत खुश हुआ क्योंकि मैं अपने साथ इतने सारे ग्राहक लेकर आया था—एक पूरा परिवार—और हम लोगों की ओर देखकर वह खुशी से मुस्कुराने लगा, और उत्साह से भरकर कड़ाही में घी डालने लगा।

''सब कुछ,'' कपूर ने ऑर्डर दिया। ''हम लोग थोड़ा-थोड़ा सब कुछ लेंगे।''

तो चाटवाले ने आलू की टिक्कियों को उनके आकार में चपटा किया और गरम तेल में तलने के लिए डाल दिया; और गोलगप्पों को आग पर से घुमाया और उनमें जलजीरा भर दिया।

मीना कुर्सी पर कुछ मुड़ी हुई–सी बैठी थी, उसका चेहरा मेरी ओर था। मैंने उसकी तरफ़ देखा : इस अपरिचित मुद्रा में बैठी हुई वह बहुत अजीब लग रही थी। उसकी नज़रों ने मेरी नज़रें पकड़ लीं और मेरे घूरने की नकल करने लगीं। इस असमंजस की स्थिति में मैंने अपनी नज़रें ऊपर को घुमा लीं, दीवार की तरफ़, छत की ओर, जब तक देखंने के लिए कोई स्थान नहीं बचा था।

''तुम क्या देख रहे हो?'' किशन ने पूछा।

मैं तुरन्त नीचे देखने लगा लेकिन मैंने ऐसा जताया जैसे मैंने उसकी बात सुनी न हो। चाटवाले ने केले के चार बड़े पत्ते हमारी तरफ़ बढ़ाये।

लेकिन कपूर ने कुछ भी नहीं खाया। खाने की बजाय वह चिल्लाया, ''चाट की दुकान को घर ले चलो। इसको कार में रखो, हमें यही करना चाहिए! हमें यही करना चाहिए, हमें यही करना चाहिए!''

चाटवाला, जिसको नशे की मदहोशी के प्रदर्शन का किसी–न–किसी रूप में अनुभव था, वह कपूर से मज़ाक करने लगा। ''यह सब आपका ही है लालाजी, लेकिन अपने साथ मुझे भी ले चलिए वरना दुकान चलायेगा कौन?''

''हम चलायेंगे!'' किशन चीख पड़ा, उस पर भी उसके पिता के उत्साह का असर पड़ गया था। ''खरीद लीजिये डैडी। मम्मी टिक्कियाँ बनायेंगी, मैं बेचूँगा और रस्टी हिसाब–किताब सँभालेगा!''

कपूर ने अपना केले का पत्ता ज़मीन पर फेंका और अपने दोनों बाजुओं में किशन को कसकर जकड़ लिया। ''हाँ, हम यह दुकान चलायेंगे! इसको घर ले चलो!'' और चाट के एक दोने पर झपट्टा मारने की कोशिश में वह अपने घुटनों के बल गिर पड़ा।

मैंने कपूर की उठने में मदद की और फिर मार्गदर्शन की उम्मीद में मीना की तरफ़ देखा। वह कुछ नहीं बोली लेकिन उसने हामी में सिर हिलाया। और मुझे लगा जैसे मैं उसके सिर हिलाने का मतलब समझ गया।

मैंने कहा, ''यह आइडिया तो बहुत शानदार है मिस्टर कपूर, बस मुझे सारी चीज़ों की ज़िम्मेदारी दे दीजिये। आप और मिसेज़ कपूर घर जाइये और सामान रखने के लिए एक खाली कमरा तैयार कीजिये। तब तक किशन और मैं चाटवाले से बात करके सारी तैयारी कर लेते हैं।''

कपूर मुझसे लिपट गया, उसकी ठोड़ी से थूक चू रहा था। ''अच्छे लड़के।

अच्छे लड़के...हम लोग साथ में बहुत सारा पैसा कमायेंगे, तुम और मैं...'' फिर वह अपनी पत्नी की ओर मुड़ा और बहुत नाटकीय ढंग से अपने हाथों को हिलाते हुए बोला : ''हम फिर से अमीर हो जायेंगे। मीना, तुम क्या कहती हो?''

मीना, हमेशा की तरह, कुछ नहीं बोली; बस कपूर को हाथों से पकड़ा और दुकान से निकाल कर कार में बैठा दिया।

''चाट की दुकान जल्दी लेकर आना!'' कपूर चिल्लाया।

''मैं बस पाँच मिनट में इसको लेकर आपके घर आता हूँ,'' मैंने कहा। ''बाकी सब तैयार रखियेगा!''

किशन अभी भी चाट खाने में लगा था; उसके पिता के व्यवहार का उस पर कोई असर नहीं पड़ा था। वह इसके हास्यास्पद पहलू से बेखबर था और उसे इसकी कोई शर्मिंदगी नहीं महसूस हो रही थी; वह चाटवाले के उसके प्रति उस विचारशील व्यवहार से भी बेखबर था जो चाटवाला उसे एक उपेक्षित बालक समझकर कर रहा था।

''चलो किशन, चलें...'' मैंने कहा।

''जल्दी क्या हैं रस्टी? आओ बैठो और खाओ, अभी तो खाने के लिए बहुत कुछ है। कम-से-कम मम्मी को समय दो कि वह उनकी व्हिस्की में नींद की गोलियाँ डाल सकें।''

मैं उसके बगल में बैठ गया और हमने अपना हिस्सा खाया और दूसरे लोगों की गपशप सुनी; फिर किशन ने कहा कि हमें बाज़ार घूमना चाहिए।

तेल के लैंप जल चुके थे और मुख्य रास्ते पर बहुत रोशनी और चहल-पहल थी; लेकिन हम लोग गलियों से गये जहाँ अजीब-सी महक थी और आवाज़ें आपस में उलझी हुई थीं; दो औरतें सड़क के दोनों तरफ़ बने अपने घरों की खिड़कियों से आपस में बातें कर रही थीं, एक बच्चा एक ही सुर में रो रहा था, एक सस्ता ग्रामोफ़ोन बज रहा था। हमारी भूख शान्त थी और दिमाग खाली। हम बिना किसी लक्ष्य के इन गलियों की भूलभुलैया में टहल रहे थे।

''तुम सूरी की तरह गोरे क्यों हो?'' किशन ने अचानक पूछा।

''सूरी गोरा क्यों है?''

''वह कश्मीरी है, कश्मीरी लोग गोरे होते हैं।''

''मैं अंग्रेज़ हूँ...''

"अंग्रेज़?" किशन ने अविश्वास से कहा, "तुम? लेकिन तुम तो विदेशी नहीं लगते। मैं सोचता था तुम एंग्लो-इंडियन हो।"

मैं थोड़ा-सा हिचकिचाया क्योंकि मैं नहीं चाहता था कि एक ऐसे अतीत की परतें खोलूँ जहाँ बस दर्द और अकेलापन था। लेकिन किशन अब मेरा दोस्त था इसलिए उससे अपने अतीत को छुपाने का कोई कारण नहीं था।

"अब चाहे तुम यकीन मानो या न मानो लेकिन मैं सौ फ़ीसदी ब्रिटिश हूँ। कम-से-कम मेरे माता-पिता तो ब्रिटिश हैं। मेरे माता-पिता अलग हो गये थे जब मैं सिर्फ़ चार साल का था और मेरी माँ ने दूसरी शादी कर ली। मैं अधिकतर अपने पिता के साथ रहा (जहाँ भी उनकी नौकरी हमें ले गयी) या अपने नाना-नानी के साथ कुछ समय यहीं देहरा में रहा। लेकिन मेरे पिता अचानक चल बसे—मलेरिया से, जब मैं सिर्फ़ ग्यारह साल का था। फिर मैं अपनी नानी के साथ रहा, फिर वह भी चल बसीं। फिर मेरी माँ और मेरे सौतेले पिता ने मुझे अपने घर में रखा लेकिन इस व्यवस्था से कोई भी खुश नहीं था। मेरा एक सौतेला भाई भी है जो उम्र में मुझसे बहुत छोटा है। चूँकि मेरी माँ और मेरे सौतेले पिता के लिए मुझे अपने पास रखना बहुत कठिन हो रहा था इसलिए मुझे मेरे पिता के चचेरे भाई श्री जॉन हैरिसन के साथ रखा गया—वे मेरे कानूनी अभिभावक बने। उनके साथ रह पाना बहुत ही मुश्किल काम था और जब उनको पता चला कि मैं यहाँ के स्थानीय लोगों से मिलजुल रहा हूँ, हमारा बहुत झगड़ा हुआ और मैं उनके घर से भाग आया। इस तरह से मैं आज उस परिस्थिति में हूँ जहाँ तुम मुझे देख रहे हो। अब तुम सन्तुष्ट हो या अभी भी तुम्हें कुछ और पूछना है?"

किशन मुस्कुराया, "शुक्रिया रस्टी, मुझ पर भरोसा करने के लिए। मुझे उम्मीद नहीं थी कि तुम मुझे इतना खुलकर सब कुछ बताओगे। खैर, अब यह कभी मत सोचना कि तुम अकेले हो। तुम्हारे पास हम सब हैं—सोमी, रणबीर, मम्मी, डैडी, और सबसे ज़रूरी बात, तुम्हारे पास मैं हूँ!"

हम लोग रेलवे स्टेशन पहुँच गये थे जो बाज़ार के अन्त में था; दरवाज़े बन्द थे लेकिन हमने एक मालगाड़ी के किनारों से झाँककर देखा। पास में ही एक वेश्यालय था।

"अगर तुम्हें कुछ मौज-मस्ती करनी है," किशन ने बेशर्मी से कहा, "चलो, हम लोग छत पर चढ़ जाते हैं। वहाँ आसमान की रोशनी में तुम सब कुछ देख सकते हो।"

"सिर्फ़ देखने में कोई मज़ा नहीं है," मैंने उत्तर दिया।

"तुमने कभी देखा भी है?"

"हाँ, बिलकुल," मैंने झूठ बोल दिया और घर की ओर मुड़ गया; मैं कुछ व्याकुल-सा चल रहा था।

"क्या सोच रहे हो?" किशन ने पूछा।

"कुछ नहीं।"

"तुम ज़रूर किसी से प्यार करने लगे हो।"

"हाँ, यह सच है।"

"कौन है वह, हाँ?"

"अगर मैं तुम्हें बताऊँगा," मैंने कहा, "तो तुम्हें ईर्ष्या होगी।"

"लेकिन मैं तो किसी से प्यार नहीं करता। बताओ भी, मुझे तो बता दो, मैं तो तुम्हारा दोस्त हूँ।"

"क्या तुम्हें गुस्सा आयेगा अगर मैं कहूँगा कि मैं तुम्हारी माँ से प्यार करता हूँ?"

"मम्मी!" किशन चौंक गया। "लेकिन वह तो बूढ़ी हैं! वह शादीशुदा हैं। हे भगवान, मेरी मम्मी से प्यार करने के बारे में कौन सोच सकता है? मज़ाक मत करो, मिस्टर।"

"मुझे माफ़ करना," मैंने कहा।

हम दोनों चुपचाप चलते रहे और मैदान पार कर लिया, अब बाज़ार हमारे पीछे छूट चुका था। मैदान में अँधेरा था, हमें एक-दूसरे के चेहरे भी नज़र नहीं आ रहे थे; किशन ने अपना हाथ मेरे कन्धे पर रखा।

"अगर तुम उनसे प्यार करते हो," उसने कहा, "तो मुझे कोई ईर्ष्या नहीं है। लेकिन यह सुनने में बहुत मज़ाकिया लगता है..."

बिलकुल, किशन को यह बात अजीब लगी होगी लेकिन उससे भी ज़्यादा मज़ाकिया बात यह थी कि मुझमें यह हिम्मत थी कि मैं किशन से कह सकूँ कि मैं मीना से प्यार करता हूँ।

~

बारिश होने वाली थी। मैं बारिश को तराइयों से गुज़रते हुए देख रहा था और उस हवा की खुशबू को सूँघ रहा था। लेकिन घर जाने की बजाय मैं जंगल के

रास्ते में उगी झाड़ियों की ओर चल पड़ा। मुझे पहाड़ी के नीचे की ओर से बहते हुए पानी की आवाज़ सुनाई दे रही थी और मैंने निश्चय कर लिया था कि उस अदृश्य नदी का पता लगाकर ही रहूँगा।

मैं एक चट्टान से फिसलता हुआ नदी की एक छोटी-सी धारा में उतरा और वहाँ से मैंने कंकड़ों के ऊपर से बहती हुई एक नदी देखी। मैंने अपने जूते उतारे और पानी के बहाव की उल्टी दिशा में चलने लगा। एक बड़ी-सी काले चमकीले रंग की लाल चोंच वाली चिड़िया मुझे देखकर कूँकने लगी; और एक शाह बुलबुल—जिसको पहचानने में मैं गलती नहीं करता, अपने बड़े-बड़े पंखों को फड़फड़ाती हुई नदी के पार निकल गयी। पहाड़ी से पानी नीचे कलकल बह रहा था, झाड़ियों, पत्तों और जंगली फूलों से होता हुआ, और दोनों ओर से पहाड़ियाँ कुछ ऊपर को उठी हुई थीं जिसके कारण वह छोटी-सी नदी छाया में ही थी। चट्टानें बहुत चिकनी थीं, मुलायम-सी और कुछ स्लेटी रंग की थीं और कुछ पीले रंग की। इन चट्टानों से पानी का झरना नीचे बह रहा था और सेब जैसे हरे रंग के पानी का एक गोल और गहरा तालाब-सा बना रहा था।

जब मैंने यह तालाब देखा, मैं मुड़ा और घर की ओर भागा। मैं इसके बारे में सोमी और किशन को भी बताना चाहता था। बारिश शुरू हो चुकी थी लेकिन मैं शरण के लिए कहीं रुका नहीं, सीधा घर की ओर दौड़ता रहा—साल के जंगलों से, सूखे हुए नदी के किनारों से होते हुए शहर के बाहरी हिस्सों से गुज़रता गया।

हालाँकि हर बार किशन (जो शैतान क्लब का मुख्य सचेतक था) ही हम लोगों के लिए रोमांचक गतिविधियाँ चुनता था लेकिन यह तालाब मेरी खोज था और मुझे इस बात पर बहुत गर्व हो रहा था। ''हम लोग इसे रस्टी का तालाब कहेंगे,'' वह बोला जब मैंने तालाब के बारे में उसे और सोमी को बताया। ''और याद रखना, यह तालाब एक राज़ है। इसके बारे में और किसी को पता नहीं चलना चाहिए।''

अगले दिन सोमी, किशन और मैं तालाब की ओर चल दिये—अपने खुद के तालाब में अपनी पहली छलांग लगाने। सोमी ने यह खबर रणबीर के घर भी भिजवा दी थी क्योंकि उसने सुना था कि रणबीर मसूरी से दो हफ़्तों के लिए वापस आया था।

हमारे तालाब पर पहुँचने के थोड़ी ही देर बाद रणबीर भी वहाँ आ गया। "अरे रस्टी, यह तालाब तो बिलकुल उस तालाब जैसा है जहाँ पर कुछ साल पहले सोमी और मैं मिले थे!" उसने कहा।

रणबीर मेरे जानने वालों में सबसे अच्छा तैराक था। वह चट्टान से कूद जाता था और किसी सुनहरी मछली की तरह पानी में गोते लगाता था। सोमी के हाथ और पाँव बहुत मज़बूत थे और वह बहुत ताकत किन्तु कम हुनर से पानी से हाथापाई करता था। मैं भी चट्टान से छलांग लगा लेता था लेकिन हमेशा अपने पेट के बल ही गिरता था।

पानी की धारा में छोटी-छोटी चाँदी के रंग वाली मछलियाँ थीं। हमने उनको मछली पकड़ने वाले काँटे से पकड़ने की कई बार कोशिश की लेकिन जल्दी ही वो बिना काँटे में फँसे चारा खा लेने की कला सीख गयीं। फिर हमने एक चादर (जो सोमी अपनी माँ के कपड़ों में से लाया था) को नदी के दोनों कोनों से तानकर मछलियों को फँसाने की कोशिश की लेकिन मछलियाँ तो उसके आस-पास भी नहीं फटकीं। अगले दिन रणबीर हममें से किसी को भी बिना बताए बारूद की एक छड़ी ले आया और किशन, सोमी और मैं उस दोपहर पानी के किनारे उठी चमक और फिर हुए ज़ोरदार धमाके से काँप उठे। आधी से ज़्यादा चट्टानें पानी में आ गिरीं और उनके साथ आ गिरा रणबीर भी। हमने उसे बाहर निकाल लिया और उसके साथ ही बहुत सारी चिपकी हुई छोटी मछलियों को भी जो खाने के लिए बहुत छोटी थीं। रणबीर अपनी इस मेहनत को बेकार नहीं जाने देना चाहता था इसलिए उसने उन मछलियों को आग पर भूना और अकेले ही खा गया।

धमाके के परिणाम से सोमी को एक विचार आया : तालाब के एक छोर पर एक बाँध बनाकर अपने तालाब को बड़ा करने का। और इसके लिए हम सबने मिलकर मेहनत की। लेकिन इस काम के लिए उसने जो एक सप्ताह का समय चुना था, वह उन पहाड़ियों में भयानक बरसात का समय था और अभी हमने बाँध बनाने का काम बमुश्किल खत्म ही किया था कि अचानक पानी की एक तेज़ धार धड़धड़ाती हुई आयी और हमारे काम को तहस-नहस करते हुए नदी को पानी से लबालब भर दिया। हमारे कपड़े (जो हमने बाँध बनाते समय निकाल दिये थे) पानी की धारा के साथ बह गये, और हमें अँधेरा होने तक

इंतज़ार करना पड़ा ताकि अँधेरी गलियों से होते हुए हम लोग शहर में घुस सकें। सोमी को बिना कपड़ों के सड़क के किनारे किसी ने देख लिया लेकिन वह नागा साधु बनकर भिक्षा माँगने लगा और आखिरकार कपूर के घर के पिछले दरवाज़े से हम लोग किसी तरह मेरे कमरे में पहुँच गये। मुझे रणबीर को अपने कपड़े उधार देने पड़े और चूँकि मेरे कपड़े उसके लिए कुछ छोटे थे, वह बहुत अजीब-सा दुबला और लम्बा लग रहा था। अब इन चंट मछलियों को पकड़ने के असफल प्रयासों के अलावा तालाब में हमारे दो काम और थे—कुश्ती लड़ना और भैंसों की सवारी करना।

हम नदी के पीछे फैली बालू पर कुश्ती लड़ते थे। रणबीर कई बार कुश्ती के अखाड़ों में जाता था इसलिए कुश्ती लड़ने में वह काफ़ी माहिर था। सोमी और मैं अक्सर उसके विरुद्ध एक साथ लड़ते थे और करीब पाँच से दस मिनट की अवैज्ञानिक और भीषण कुश्ती के बाद ही हम रणबीर को बालू पर पटकने में कामयाब होते थे। सोमी रणबीर के सिर पर बैठ जाता था और मैं उसके पैरों पर, तब तक जब तक वह खुद हार नहीं मान लेता था। उससे अकेले लड़ने का कोई फ़ायदा नहीं था क्योंकि वह हम लोगों के विरुद्ध बहुत सारे पैंतरे जानता था। इस सबके दौरान किशन तालाब के किनारों पर टहलता रहता था—किसी भी तरह के शारीरिक बल के प्रदर्शन के लिए वह बहुत आलसी था।

जब कुछ भैंसें तालाब में पानी पीने और कीचड़ में लोटने आती थीं, हम उनकी पीठ पर चढ़ जाते थे और उनकी सवारी करते थे। भैंसें अच्छा जानवर होती हैं, सुस्त-सी, आराम करने के लिए हमेशा नर्म और दलदली जगह ढूँढती रहती हैं। हम लोग उनकी पीठ पर चढ़ जाते थे और उनको मारते और चिल्लाते थे और उनको भागने के लिए उकसाते थे; लेकिन हम कभी भी उनको बहुत दूर तक के सफ़र के लिए उत्साहित करने में सफल नहीं हो पाये। अगर वो हमसे ऊब जाती थीं तो वो हमें अपनी पीठ पर बिठाये हुए ही अपनी पीठ के बल कीचड़ में लोटने लगतीं।

कीचड़ में गंदे होने से हमको कोई परेशानी नहीं थी क्योंकि हमको बस अपने तालाब में एक छलांग लगानी होती थी और पूरा कीचड़ साफ़ हो जाता था। भैंसें हमारे तालाब में नहीं घुस पाती थीं क्योंकि उसमें घुसने का रास्ता बहुत संकरा था और चट्टानें बहुत फिसलन भरी थीं।

अगर किशन और मेरे लिए रात में घर से निकलना सम्भव होता तो हम चाँद की रोशनी में तालाब में तैरने आते। हमें सोमी और रणबीर तालाब में पहले से पहुँचे हुए मिलते थे। उन लोगों को अँधेरे से डर नहीं लगता था। न ही चारों ओर फैले हुए जंगल से जहाँ तेंदुए और जंगली बिल्लियाँ घूमती रहती थीं। हम रात में चुपचाप तैरते थे क्योंकि जंगल के सन्नाटे में किसी भी तरह का शोर बेईमानी लगता था। लेकिन कभी-कभी सोमी अपनी स्पष्ट और खनकती हुई आवाज़ में कुछ गाने लगता था और हम लाल पोइन्सेटी के पौधों को तालाब में बहाते जाते थे।

आने वाले कुछ महीनों में यह तालाब हमारे मिलने का मुख्य स्थान बनने वाला था। ऐसा नहीं था कि हम शहर में नहीं मिल सकते थे। लेकिन यह तालाब हमारा राज़ था, जिसके बारे में सिर्फ़ हम जानते थे और यहाँ मिलने का विचार ही किसी षड्यंत्र रचने जैसा रोमांचक लगता था। हम तालाब के किनारे सारी योजनाएँ बनाते थे; तालाब के किनारे ही हमने पहली बार ग्लेशियर की बातें की थीं। लेकिन एक खास ख़्वाब को पूरा होने से पहले अभी कई सप्ताह और कुछ खास घटनाएँ घटनी बाकी थीं।

सोमी की माँ की यादों में बहुत सारी लोक-कथाएँ संग्रहीत थीं और वह अक्सर हमें आत्माओं और भूतों के किस्से सुनाकर चकित कर देती थीं।

एक शाम, जब रणबीर और मुझे सोमी के घर रात बिताने के लिए आमन्त्रित किया गया था, उसकी माँ हमें उन सभी तरह के भूतों के बारे में बताने लगीं जिनके बारे में उन्होंने सुना था या जानती थीं। मुलिया, सोमी की चचेरी बहन जो उसके घर आयी हुई थी, अभी नहाकर बरामदे में आयी थी और उसके बाल खुले हुए थे।

''मेरी बच्ची, तुम्हें अपने बाल इस तरह खुले नहीं छोड़ने चाहिए,'' सोमी की माँ ने उसे लगभग चेताते हुए कहा, ''जाओ अपने बालों को बाँध लो।''

''लेकिन अभी तक मैंने इनमें तेल भी नहीं लगाया है,'' मुलिया ने कहा।

''कोई बात नहीं लेकिन तुम्हें शाम के समय अपने बालों को इस तरह खुला नहीं छोड़ना चाहिए। कुछ आत्माएँ जिन्हें जिन्न कहा जाता है वो तुम्हारे जैसे लम्बे बालों और खूबसूरत काली आँखों की तरफ़ आकर्षित होती हैं। हो

सकता है वो तुम्हें अपने साथ ले जाने के लिए बाध्य हो जायें!''

''कितनी डरावनी बात है!'' मुलिया ने घबराकर कहा, जल्दीबाज़ी में अपने बालों का जूड़ा बनाया और सुरक्षित रहने के लिए कमरे के भीतर भाग गयी।

रणबीर, सोमी और मैं बुनी हुई चारपाई पर बैठे थे। हमारे चेहरे सोमी की माँ की ओर थे जो दूसरी चारपाई पर बैठी थीं।

''क्या जिन्नों को देखा जा सकता है आंटीजी?'' मैंने पूछा।

''कभी-कभी,'' वह बोलीं। ''लाहौर में एक उर्दू के अध्यापक थे जिनके विद्यार्थी लगभग तुम लोगों की उम्र के ही थे। उनमें से एक लड़का पढ़ाई में बहुत अच्छा था। एक दिन वह कक्षा के एक कोने में बनी अपनी डेस्क पर बैठा था। तब अध्यापक ने उसको कमरे के दूसरे कोने में रखी अलमारी में से एक किताब निकालने को कहा। लड़का उस दिन कुछ अलसाया हुआ था इसलिए अपनी कुर्सी से उठा नहीं। उसने सिर्फ़ अपना हाथ बढ़ाया और अलमारी से किताब निकालकर अध्यापक को दे दी। सब लोग आश्चर्य में पड़ गये क्योंकि उस लड़के का हाथ किताब को लेने के लिए करीब चार गज बड़ा हो गया था! ज़ाहिर-सी बात है, वह जिन्न था। इस घटना के बाद लोगों को समझ में आया कि वह लड़का खेलों और मेहनत वाली कसरत में इतना अच्छा कैसे था।''

''काश मैं भी जिन्न होता,'' रणबीर ने कहा। ''खासकर वॉलीबॉल के मैचों के लिए।''

सोमी की माँ ने हम लोगों को मुंजिया के बारे में भी बताया जो पीपल के पेड़ पर रहने वाला बहुत ही बदमाश भूत था। ''जब मुंजिया नाराज़ हो जाता है,'' आंटी जी ने हमें समझाते हुए कहा, ''तो वह एक पेड़ से दूसरे पेड़ पर दौड़ता रहता है और ताँगेवालों, बैलगाड़ीवालों एवं साइकिल सवारों को परेशान करता है। एक बार तो मुंजिया ने बस को भी ज़रूरत से अधिक घुमा दिया था।''

''अगर तुम लोग कभी रात में पीपल के पेड़ के नीचे से गुज़रो,'' सोमी की माँ ने हमको चेतावनी देते हुए कहा, ''याद रखना कि कभी भी मुँह पर हाथ रखे बिना जम्हाई मत लेना और न ही उसके सामने चुटकी बजाना। अगर तुम यह बात भूल गये तो मुंजिया तुम्हारे गले में बस जायेगा और तुम्हारा पेट खराब कर देगा!''

बात को बदलने के लिए रणबीर ने अपने एक दोस्त का ज़िक्र किया जिसको एक सुबह अपने बिस्तर में साँप मिला था।

"उसने उसे मार दिया ?" सोमी की माँ ने घबराकर पूछा।

"नहीं, वो भाग गया," रणबीर ने कहा।

"अच्छा हुआ," वह बोलीं। "अगर तुम सुबह तड़के साँप देख लो तो यह शुभ होता है।"

"अगर तुम उसे छेड़ो नहीं तो वह तुमको काटेगा भी नहीं।" हम लोगों की घबराहट कम करने के लिए उन्होंने आगे कहा।

ग्यारह बजे तक हम लोगों ने खाना खा लिया था और भूतों की बहुत सारी कहानियाँ सुन ली थीं (जो हमारा चैन उड़ाने के लिए काफ़ी थीं)—जिनमें से एक कहानी सोमी की दादी की भी थी जिसमें उनकी आत्मा अभी कुछ दिनों पहले ही परिवार से मिलने आयी थी—रणबीर और मैं वहाँ बरामदे में सबके बीच से उठकर घर के दूसरे कोने में हमारे लिए तैयार किये गये कमरे में जाने से कतरा रहे थे। हमारा डर और बढ़ गया जब सोमी की माँ ने बुरी आत्माओं को दूर रखने के लिए हमें एक जादुई मन्त्र का पाठ करने को कहा। हमने कोशिश की—

भूत, प्रेत, पिशाच, दानव
छू मंतर, सब निकल जाना,
मानो, मानो शिव का कहना... ।

लेकिन जैसे-जैसे हम यह मन्त्र दोहरा रहे थे, हमारी घबराहट बढ़ती जा रही थी और जब मैं बिस्तर पर सोने के लिए पहुँचा (साँप की खोजबीन करने के बाद), मैं स्थिर होकर सो नहीं पा रहा था और बिस्तर पर करवटें बदलते हुए दीवारों पर परछाइयाँ तलाश रहा था। रणबीर ने हमारी घबराहट कम करने के लिए धीमी आवाज़ में गाना गाना शुरू कर दिया लेकिन इससे माहौल और भी डरावना हो गया। थोड़ी देर बाद हमने दरवाज़े पर दस्तक सुनी और साथ ही सोमी और मुलिया की आवाज़ें भी। जब मैंने दरवाज़ा खोला तो देखा कि वो लोग भी घबराहट के कारण पीले पड़े हुए हैं। इतनी सारी भूतहा कहानियों से वे लोग स्वयं भी डर गए थे।

"क्या तुम ठीक हो ?" सोमी ने पूछा। "क्या तुम हमारे साथ वाले हिस्से

में सोना नहीं चाहोगे? वह ज़्यादा सुरक्षित होगा। तुम लोगों के बिस्तर वहाँ ले चलने में मुलिया हमारी मदद करेगी!''

''हम लोग बिलकुल ठीक हैं,'' रणबीर ने विरोध किया क्योंकि वह यह मानना नहीं चाहता था कि हम डरे हुए थे लेकिन फिर भी हम लोग एक साथ घर के दूसरे कोने की ओर इस तरह से गये मानो भूतों का कोई गुट हमारे खिलाफ़ षड्यंत्र रच रहा हो। सोमी की माँ इस पूरी घटना के दौरान गायब ही थीं लेकिन अचानक ही हमने उनकी चीख सुनी। वह भी उस कमरे से जिसे छोड़कर हम अभी आये थे।

''रस्टी और रणबीर गायब हो गये हैं!'' वह चिल्लाने लगीं। ''और उनके बिस्तर भी गायब हो गये हैं!''

और फिर जब वह बाहर बरामदे में आयीं और हमें हमारे पाजामों में टहलते हुए देखा, वह एक बार फिर ज़ोर से चिल्लाईं और बेहोश होकर चारपाई पर गिर पड़ीं।

उसके बाद हमने रात के समय उन्हें कोई भी और भुतहा कहानी सुनाने से रोक दिया।

~

अगस्त के खत्म होते-होते, जब बारिश का मौसम लगभग समाप्ति की ओर था, किशन, सोमी और मैं पतझड़ के लिए योजना बनाने के लिए मिले। हम तालाब में नहाये और साल के पेड़ की छांव में फैलकर लेट गये, तब सोमी ने दूर कुछ अस्पष्ट-सी पहाड़ियों की तरफ़ इशारा करते हुए कहा, ''क्यों न हम लोग पिंडारी ग्लेशियर चलें?''

''पिंडारी ग्लेशियर!'' किशन ने उत्साहित होते हुए कहा। ''लेकिन वहाँ तो सिर्फ़ बर्फ़ ही बर्फ़ है!''

''बिलकुल,'' सोमी बोला। ''लेकिन पहाड़ों से होकर वहाँ की ओर एक रास्ता जाता है जो सीधा ग्लेशियर की तलहटी में लेकर जाता है। वह सिर्फ़ 54 मील है!''

''तुम्हारा मतलब है हम लोगों को 54 मील पैदल चलकर जाना होगा?'' मैंने संदेह से पूछा।

"और कोई रास्ता भी तो नहीं है," सोमी मुझे तथ्य समझाते हुए बोला। "या फिर अगर तुम खच्चर पर बैठकर जाना पसन्द करो। लेकिन तुम्हारे पैर बहुत लम्बे हैं, रास्ते भर वह ज़मीन पर घिसटते हुए जायेंगे। नहीं, हम लोग पैदल ही चलेंगे। ग्लेशियर तक पहुँचकर वहाँ से लौटने में हमें करीब दस दिन लगेंगे, लेकिन अगर हम अपने साथ ढेर सारा खाने का सामान लेकर चलेंगे तो कोई समस्या नहीं होगी। वहाँ पर डाक बँगले हैं जहाँ हम रात में रुक सकते हैं।"

"सोमी हमेशा सबसे अच्छी योजनाएँ बनाता है," मैंने प्रशंसा करते हुए कहा। "लेकिन मुझे लगता है किशन और मुझे उसके माता-पिता से अनुमति लेनी पड़ेगी। और कुछ पैसे भी।"

"मुझे पूरा यकीन है कि मम्मी मुझे जाने की अनुमति नहीं देंगी," किशन बोला। "वह समझती हैं कि मैं हमेशा कोई शैतानी ही करता रहता हूँ। अब एक अकेले पहाड़ पर कोई क्या शैतानी करेगा? तुम कभी पहाड़ पर गये हो, रस्टी? लेकिन शायद वह तुम्हें अनुमति दे दें—वह तुम पर भरोसा करती हैं।"

"मैं कभी बहुत ऊँचे पहाड़ पर नहीं गया," मैंने जवाब दिया। "लेकिन मुझे उम्मीद है यह खतरनाक नहीं होगा, ग्लेशियर पर तो लोग अक्सर पैदल चढ़ाई करते हैं।"

"क्या तुम लोग वह चोटी देख सकते हो जो बाकियों से ऊँची है, है ना?" सोमी ने कहा। उसने सुदूर खड़ी बर्फ़ से ढकी पर्वतमाला की तरफ़ इशारा किया, जो हल्के नीले आसमान में ना के बराबर दिख रही थी। "पिंडारी ग्लेशियर उसी के नीचे है। वह शायद 12,000 फ़ीट ऊँची है, लेकिन हमें कोई उपकरण ले जाने की ज़रूरत नहीं होगी। वहाँ पर बर्फ़ सिर्फ़ अन्त के दो या तीन मील की दूरी में ही होगी। क्या तुम जानते हो सरयू नदी का उद्गम वहीं से हुआ था?"

"तुम्हारा मतलब हमारी नदी?" किशन ने आश्चर्य से पूछा और उस नदी के बारे में सोचने लगा जो शहर के बाहर बहती थी और आगे जाने के लिए गंगा में मिल जाती थी।

"हाँ। लेकिन अपने उद्गम स्थान पर तो यह सिर्फ़ एक पतली धारा जैसी है।"

"हमें कितने पैसे चाहिए होंगे?" मैंने व्यावहारिक होते हुए पूछा।

"देखो, मैंने बीस रुपये बचाये हैं," सोमी ने कहा।

"लेकिन क्या तुम्हें वे पैसे घर-खर्च के लिए नहीं चाहिए होंगे?" मैंने पूछा।

"नहीं, यह अतिरिक्त है। यदि हममें से हर कोई बीस रुपये ले आये तो काफ़ी होगा। एक बार हम पहाड़ के ऊपर पहुँच गये तो वहाँ पैसे खर्च करने के लिए कुछ होगा ही नहीं। रास्ते में बस एक या दो गाँव हैं, और भोजन की कमी है, इसलिए हमें अपने साथ बहुत सारा खाना लेकर चलना पड़ेगा। मैंने यह सब पर्यटन के दफ़्तर से पता किया था।"

"सोमी यह योजना बिना हमारी जानकारी के ही बना रहा था," किशन ने शिकायत की।

"वह हमेशा पहले से ही योजना बना लेता है," मैंने कहा। "लेकिन यह अच्छा विचार है और बहुत रोमांचक भी होगा।"

"ठीक है," किशन बोला। "लेकिन रस्टी को मेरे साथ चलना होगा जब मैं अपनी मम्मी से अनुमति माँगूँगा। वह रस्टी को बहुत समझदार मानती हैं, और अगर वह कह देगा कि यह सुरक्षित है तो शायद वह मुझको जाने दें।" और उसने यह बहस तालाब में छलाँग लगाकर खत्म की, जहाँ हम भी उसके साथ शामिल हो गये।

मीना ने किशन को इस यात्रा का हिस्सा बनने की अनुमति इस शर्त पर दी कि मैं हमेशा उसके साथ रहूँगा। फिर उसने बहुत उदारतापूर्वक हमें कुल पचास रुपये दिये। "मौज करो, लेकिन अपना ध्यान रखना। इस बीच मैं उस पिकनिक की भी योजना बना लेती हूँ जहाँ हम सबको जाना होगा—चाहे तो हम उसे दो हफ़्ते बाद रखेंगे," वह बोली। मिस्टर कपूर को हमारी इस योजना के बारे में शायद ही पता था, लेकिन मीना ने कहा कि भले ही उसने कोई आपत्ति न जताई हो लेकिन मिस्टर कपूर को बहुत आपत्ति होगी। अपने भारी बस्तों और एक रोमांचक योजना से प्रसन्नचित्त, हम लोग क्रीम केक खाने जल्दी से बाज़ार पहुँचे।

बारिश की सम्भावना वाले एक बदली भरे दिन, हमने खुद को एक बस में लादा जो हमें कपकोट (किशन से मज़ाक किया कि वहाँ लोगों की टोपियाँ और कोट खो जाते हैं) ले जा रही थी, जो हमारी चढ़ाई का प्रारम्भिक बिन्दु था।

हम सभी के पास खाने-पीने का सामान रखने के लिए झोले थे और हम सोने के लिए एक बड़ा-सा बिस्तरबन्द भी लाये थे जिसमें कंबलों के अलावा चावल और गेहूँ भी थे जो सोमी की माँ ने बहुत विचारपूर्वक दिये थे।

हमें कोई अन्दाज़ा नहीं था कि हम उस बिस्तरबन्द को लेकर कैसे चढ़ाई करेंगे; लेकिन एक ज्योतिषी ने सोमी की माँ को बताया था कि यात्रा करने के लिए वह दिन शुभ था इसलिए हम लोग इन छोटे-मोटे ब्योरों में नहीं पड़ रहे थे।

हम जल्दी ही पहाड़ियों पर पहुँच गये, घुमावदार सड़कों से होते हुए जो हमें, ऊपर, और ऊपर पहुँचा रही थीं, जब तक हमें घाटी नहीं दिखने लगी, और हमारा शहर हमारे नीचे फैला था। और नदी, मैदान पर फैला एक चमकीला फीता लग रही थी। किशन ने साल के घने जंगलों के एक टुकड़े की ओर इशारा करते हुए कहा, "हमारा तालाब वहाँ होगा!" हमने एक तीखा मोड़ लिया और घाटी गायब हो गयी, और पहाड़ हमारी ओर झुकने लगे।

कपकोट पहुँचने पर हमारे सिरों में हल्का दर्द हो रहा था; लेकिन जब हम बस से उतरे, ठंडी हवा के एक झोंके ने हमें तरोताज़ा कर दिया। सड़क के किनारे एक दुकान में हमने गरम और मीठी चाय पी और दुकानदार ने हमसे कहा कि उसके एक कमरे में हम लोग रात बिता सकते हैं। कपकोट में मौसम सुहावना था, पहाड़ियों पर देवदार के पेड़ थे और निचली ढलानों पर ताज़ी, हरी धान उगी हुई थी। रात में, पेड़ों से गुज़रती हवा कराह रही थी, और उसने अपना रास्ता ढूँढ लिया, खिड़की की दरार से गुज़रते हुए अन्तत: हमारे कंबलों में। फिर दरवाज़े के ठीक बाहर, एक कुत्ता चाँद को देखकर भौंकने लगा। यह यात्रा के लिए तो अच्छा दिन था लेकिन उस ज्योतिषी ने हमें यह नहीं बताया था कि सोने के लिए यह रात बुरी होगी।

अगली सुबह हमने एक नदी में जाकर अपने मुँह धोये जो दुकान से करीब सौ गज की दूरी पर थी, और आगे की यात्रा के लिए उस पानी से अपनी बोतलें भी भर लीं। वहीं एक चट्टान पर एक लड़का बैठा था और हमारी गतिविधियों को देख रहा था।

"तुम लोग कहाँ जा रहे हो?" अपनी जिज्ञासा को न रोक पाने पर उसने पूछा।

"ग्लेशियर की ओर," किशन ने कहा।

"मुझे भी साथ ले चलो," लड़का बोला। "मुझे रास्ता पता है।"

"लेकिन तुम बहुत छोटे हो," सोमी बोला। "हमें कोई तगड़ा आदमी चाहिए जो हमारा बिस्तरबन्द उठा सके।"

"मैं छोटा ज़रूर हूँ," लड़का बोला, "लेकिन बहुत मज़बूत हूँ। मैं मैदान के लड़कों की तरह कमज़ोर नहीं हूँ।" भले ही वह ऊँचाई में हम सबसे छोटा था लेकिन वह बहुत मज़बूत लग रहा था और उसका शरीर मांसपेशियों से भरा हुआ था और गाल गुलाबी थे। "देखो!" और उसने फुटबॉल जितने बड़े पत्थर को उठाया और नदी के उस पार फेंक दिया।

"मुझे लगता है, यह हमारे साथ चल सकता है," मैंने कहा।

"ठीक है फिर। लेकिन तुम्हारा नाम क्या है?" किशन ने पूछा। "बिष्णु!" वह चिल्लाया और अपने लोगों को अपने रोज़गार के बारे में बताने के लिए भाग गया। हमने तय किया कि हम उसे रोज़ का एक रुपया देंगे, हमें रास्ता बताने और हमारा 'शेरपा' बनने के लिए।

और फिर हमने चलना शुरू कर दिया—सबसे पहले छोटी-सी सरयू नदी के ऊपर, फिर खच्चरों के चलने के खुरदुरे रास्ते द्वारा और ऊपर चढ़ाई की, लेकिन हमेशा पानी की आवाज़ के दायरे में ही रहे। किशन नदी में स्नान करना चाहता था। मैंने कहा, "वह बहुत दूर है" और सोमी ने ध्यान दिलाया कि यदि हम तैरने चले गये तो दिन ढलने से पहले डाक बंगला नहीं पहुँच पाएँगे। अफ़सोस के साथ हमने नदी को पीछे छोड़ दिया और बलूत के जंगलों से गुज़रने लगे जहाँ गीली, सड़ती हुई पत्तियों ने हमारे पैरों के लिए मखमली कालीन बना दिया था। हमने दोपहर में बलूत के पेड़ के नीचे भोजन किया। चूँकि हम आग जलाने में समय नष्ट नहीं करना चाहते थे—इस पहले और महत्त्वपूर्ण दिन तो नहीं—हमने टिन के डिब्बे में से फलियाँ खायीं और ज़्यादातर पानी पी डाला।

दोपहर में हम फिर नदी पर पहुँच गये। अब पानी का बहाव पहले से तेज़ था, पानी हरा और झागदार था और अभी भी हमारे बहुत पीछे था। हमने दो लड़कों को देखा जो नदी की एक धारा में तैर रहे थे और हमें हमारे गुप्त तालाब की याद आ गयी। उन्होंने हाथ हिलाया और हमें भी अपने साथ सम्मिलित होने का न्यौता दिया। हमने भी उनका अभिवादन किया लेकिन नदी तक जाकर

वापस आने में एक घंटा लग जाता; इसलिए हम अपने रास्ते पर चल दिये।

पहले दिन हम पन्द्रह मील चले—इसके बाद हमारी गति कम होने वाली थी—और करीब छः बजे तक हम डाक बँगले में थे। बिष्णु आग जलाने के लिए लकड़ियाँ इकट्ठी करने में लग गया। सोमी को बँगले का चौकीदार ढलती धूप के एक टुकड़े में सोता हुआ मिला और सोमी ने उसको जगा दिया। चौकीदार, जिसको पिछले कई हफ़्तों से किसी भी सैलानी ने आकर परेशान नहीं किया था, हमारी घुसपैठ से भुनभुना रहा था, लेकिन उसने हमारे लिए एक कमरा खोल दिया। वह अपने आवास से हमारे लिए कुछ आलू ले आया और रात के भोजन के लिए उनको भूना गया।

सूरज के ढलने के बाद ठंड बढ़ गयी थी और हम बिष्णु की जलाई हुई आग को घेरकर बैठ गये। लकड़ियाँ नम होने के कारण अस्थिरता से जल रही थीं। लेकिन बिष्णु ने हमारे दल में अपनी जगह साबित कर दी थी। वह अपने कन्धों पर बिस्तरबन्द को इस तरह संतुलित करते हुए लाया था मानो वह कंबलों से नहीं, मुलायम रुई से भरा था। अब वह भोजन पकाने में भी हमारी मदद कर रहा था। और हम उसके साथ भुने हुए आलू और कड़क चाय बनाकर बहुत खुश थे।

कमरे में सिर्फ़ दो पलंग थे और हमने उनको एक साथ जोड़ लिया और कंबलों का बँटवारा भी बहुत न्यायपूर्वक किया था। फिर हम चारों बिस्तर में घुस गये और ठंड से काँपने लगे। हम अब 5,000 फीट की ऊँचाई पर थे। बिष्णु अवश्य ही इस ठंड से अनजान था क्योंकि उसने रात के लिए सिर्फ़ एक सूती बनियान और नेकर पहना था।

''कोई कहानी सुनाओ न, रस्टी,'' किशन बोला। ''उससे नींद आने में मदद मिलेगी।''

मैंने उनको एक भुतहा कहानी सुनाई, कुछ-कुछ सोमी की माँ की कहानियों से मिलती-जुलती, एक लड़के और एक लड़की के बारे में जो भैंसों के जोड़े में बदल गये थे; फिर बिष्णु ने हमें एक साधु के भूत के बारे में बताया जिसको चाँदनी रात के दौरान बर्फ़ में बैठा हुआ देखा जा सकता था, ग्लेशियर के पास ही। हमें नींद में मदद करना तो दूर, इन कहानियों ने हमें घंटों जगाये रखा।

''तुम सोये नहीं अभी तक?'' मैंने आधी रात को सोमी से पूछा।

''नहीं, तुम मुझे लात मार रहे हो,'' वह बोला।

''हमारे पास पर्याप्त कंबल नहीं हैं,'' किशन ने स्पष्ट किया, ''और सोने के हिसाब से ठंड बहुत है।''

''जब तक बहुत रात नहीं हो जाती, मैं नहीं सोता,'' बिस्तर के नीचे से बिष्णु बुदबुदाया।

हममें से कोई भी यह मानने को तैयार नहीं था कि हमारी कल्पनाओं ने हमें जगाये रखा था।

थोड़ी ही देर के बाद हमने टिन की लहरदार चादर पर एक धम्म की आवाज़ सुनी, और फिर देखा कि कोई जानवर छत पर घिसटकर चढ़ रहा था। सोमी, किशन और मैं उठकर बैठ गये, और हमारा दिमाग सुन्न हो चुका था। बिष्णु जो तुरन्त सो जाने की दौड़ में सबसे आगे था, अपनी तरफ़ से पलटा और भुनभुनाया।

''यह तो सिर्फ़ एक भालू है,'' वह बोला। ''क्या तुम लोगों ने छत पर कद्दू रखा हुआ नहीं देखा था? भालुओं को कद्दू बहुत पसन्द होता है।''

करीब आधे घंटे तक हमें भालू को सुनते रहना पड़ा, जब वह छत पर चढ़ा और चौकीदार द्वारा रखे गये कद्दू खाता रहा। अन्ततः वहाँ सन्नाटा हो गया। सोमी और मैं रेंगते हुए बिस्तर से बाहर निकले और खिड़की के पास पहुँच गये। और जमे हुए शीशे से हमने एक काला हिमालयी भालू देखा जो बँगले के सामने की ढलान से उतर रहा था और अपने पंजों में एक बड़ा-सा कद्दू पकड़े हुए था।

जब हम सोकर उठे, बारिश हो रही थी और पहाड़ भारी कोहरे से ढका हुआ था। हमने बारिश के कारण अपने प्रस्थान का समय थोड़ा आगे बढ़ा दिया और छत से गिरे एक कद्दू से बरामदे में फुटबॉल खेलने लगे। दोपहर तक बारिश रुक गयी थी और आसमान में फिर से सूरज चमक रहा था। जब कोहरा छँट गया, तब हमने बर्फ़ीले हिम-शिखर देखे, नन्दा कोट और त्रिशूल के आसमान को काटते हुए शिखर।

''यहाँ कुछ अलग है,'' किशन बोला। ''मुझे लग रहा है कि मैं कोई अलग ही इन्सान हूँ।''

''यह ऊँचाई का असर है,'' मैंने कहा। ''जैसे-जैसे हम और ऊपर

जायेंगे, हमारा सिर और हल्का होता जायेगा।''

''किशन का दिमाग तो पहले से ही हल्का है,'' सोमी बोला। ''मैं उम्मीद करता हूँ कि इतनी ऊँचाई इसके लिए अधिक न हो।''

''अगर तुम दोनों मेरा मज़ाक उड़ाओगे,'' किशन बिदक कर बोला, ''तो मैं बिष्णु के साथ चला जाऊँगा और तुम्हें अपना रास्ता खुद ही ढूँढना पड़ेगा।''

बिष्णु हम सबकी तरफ़ देखकर बारी-बारी से हँसा ताकि यह सिद्ध कर सके कि वह किसी एक की तरफ़दारी नहीं कर रहा है; उबले हुए अंडों का नाश्ता करने के बाद हमने अगले डाक बँगले तक अपनी यात्रा शुरू की।

बारिश के कारण ज़मीन बहुत फिसलन भरी थी और जल्दी ही हमारे टखनों तक कीचड़ भर गया था। हमारा अगला बँगला एक संकरी घाटी में था, जो पहाड़ों के बीच से घूमकर आती हुई पिंडार नदी के किनारे था। हमें अन्दाज़ा नहीं था कि अभी हमें कितनी दूर और जाना था, लेकिन कोई भी हड़बड़ी में नहीं लग रहा था। एक आवेग में आकर मैंने तय किया कि मैं बाकियों से आगे जाऊँ। मैं चाहता था कि मैं नदी के किनारे उनका इन्तज़ार करूँ।

रास्ता अचानक से तीखी ढलान में बदल गया, फिर चढ़ाई आयी और एक बड़े से पहाड़ के चारों ओर घूम गया। मैं एक लकड़हारे से मिला और उससे पूछा कि नदी अभी कितनी दूर है। वह एक ठिगना-सा आदमी था जिसके हाथ ऐंठे हुए थे और चेहरा झुर्रियों से भरा हुआ था।

''सात मील,'' वह बोला। ''क्या तुम अकेले हो ?''

''नहीं, बाकी लोग पीछे आ रहे हैं लेकिन मैं उनका इन्तज़ार नहीं कर सकता। अगर आप उनसे मिलें तो कह देना कि मैं नदी पर उनका इन्तज़ार करूँगा।''

अब रास्ता बहुत ढलान भरा था, इसलिए मुझे थोड़ा दौड़ना पड़ा। यह बहुत चकराने वाला घुमावदार रास्ता था। पहाड़ी का हिस्सा घने, हरे फ़र्न से ढका था और पेड़ों पर अनदेखी चिड़ियाँ तेज़ आवाज़ में गा रही थीं। जल्दी ही मैं घाटी में था और अब रास्ता सीधा हो गया था। दूसरी दिशा से एक लड़की आ रही थी। उसने एक लम्बा मुड़ा हुआ चाकू पकड़ा था जिसका प्रयोग वह घास और चारा काटने के लिए करती थी। उसकी नाक और कानों में छल्ले थे और उसका हाथ ढेर सारी चूड़ियों से भरा था। जब वह हाथ हिलाती, उसकी

चूड़ियाँ लयबद्ध तरीके से खनखनाती थीं—मानो उसके हाथ अपनी एक अलग भाषा में बात कर रहे हों।

"नदी यहाँ से कितनी दूर है?" मैंने पूछा।

वह लड़की शायद कभी नदी पर गयी ही नहीं थी, या शायद वह किसी और नदी के बारे में सोच रही होगी, क्योंकि उसने बिना किसी झिझक के जवाब दिया, "बीस मील।"

मैं हँसा और सड़क पर दौड़ पड़ा। एक तोता अचानक चीखा, और नीले और हरे रंग की लहर जैसा मेरे सिर के ऊपर से कौंधते हुए अपने रास्ते उड़ गया, और मैं उसकी नीची उड़ान का पीछा तब तक करता रहा जब तक कि वह ऊपर नहीं उड़ गया और पेड़ों में गायब नहीं हो गया।

पहाड़ी के किनारे से पानी का फव्वारा फूटा और मैं उसे पीने के लिए रुक गया। पानी ठंडा और साफ़ था और बहुत ताज़गी देने वाला भी। मैं करीब एक घंटे से अकेला चल रहा था। अब मुझे मेरे आगे एक लड़का दिखा, जो कुछ बकरियों को लेकर जा रहा था।

"नदी कितनी दूर है?" मैंने पूछा, जब मैं उसके पास पहुँच गया।

लड़का बोला, "अरे, ज़्यादा दूर नहीं है, बस अगली पहाड़ी के पार।"

चूँकि मुझे भूख लगी थी, मैंने अपनी जेब से सूखी पावरोटी निकाली और उसे दो टुकड़ों में तोड़ते हुए, एक टुकड़ा उस लड़के को दिया। हम घास से भरी पहाड़ी पर बैठ गये और शान्ति से खाने लगे। फिर हम साथ में चलने लगे और बातें करने लगे। उसके साथ और उससे बातें करने के कारण मैं अपने पैरों की तेज़ी और पूरी की गयी दूरी का अन्दाज़ा ही नहीं लगा पाया। लेकिन कुछ देर बाद उस लड़के को, जिसका नाम देव सिंह था, दूसरे रास्ते की ओर मुड़ना पड़ा और मैं फिर से अकेला हो गया था।

अकेले ही कुछ देर चलने के बाद, मुझे देव सिंह की याद आने लगी। मैंने रास्ते पर ऊपर और नीचे की ओर देखा, लेकिन मुझको कोई नज़र नहीं आया, ना ही सोमी, किशन और बिष्णु के कोई चिह्न थे और ना ही नदी दिख रही थी। मैं हताश होने लगा था। लेकिन अब मैं वापस भी नहीं जा सकता था; मैं दूसरों के आने से पहले नदी पर पहुँचने के लिए प्रतिबद्ध था।

और इसलिए मैं चल पड़ा, कीचड़ भरे रास्तों पर, सीढ़ी वाले खेतों और

पत्थरों से बने छोटे-छोटे घरों के पार, यहाँ तक कि वहाँ न खेत थे, न ही घर, सिर्फ़ जंगल, सूरज और सन्नाटा था।

सन्नाटा बहुत प्रभावशाली था और थोड़ा डरावना भी। यह खाली कमरे या खाली सड़क के सन्नाटे से अलग था। कोई हलचल नहीं थी, सिवाय मेरे पैरों के नीचे दबती घास के और देवदार के पेड़ों पर मँडराते बाजों के।

फिर मैं एक तीखे मोड़ से मुड़ा और सन्नाटा एक ज़ोरदार गर्जन से टूट गया।

नदी का गर्जन।

बहुत दूर घाटी में, नदी मचल रही थी, मैदान में जाने को। मैं दौड़ने लगा, फिसला और गिर पड़ा, लेकिन दौड़ना जारी रखा।

पानी नीला और सफ़ेद था और बहुत खूबसूरत था।

जब किशन, सोमी और बिष्णु वहाँ पहुँचे, हम चारों ने निडरता से उस पानी में नहाने का निश्चय किया। डूबती दोपहर की धूप अभी भी गर्म थी, लेकिन पानी—इतना साफ़ और आमन्त्रित करने वाला था—बर्फ़ीला ठंडा निकला। सिर्फ़ बीस मील ऊपर ही यह नदी ग्लेशियर से एक छोटी-सी धारा में निकलती थी और पहाड़ की ढलान से नीचे की ओर इसका बहाव सूरज को इस पानी में सेंध लगाने का मौका ही नहीं देता था। लेकिन हम तो नहाने का निश्चय कर चुके थे, पिछले दो दिनों से शरीर पर जमी धूल और पसीना धो देना चाहते थे, इसलिए हम छिछले पानी में किसी कछुए की तरह घुसे और एक-दूसरे पर पानी के छींटे उड़ाने लगे और हर डुबकी के साथ झटके से अपनी साँसें सँभालते गये। बिष्णु को पहाड़ी नदियों का हम लोगों से अधिक अनुभव था, वह एक ऊदबिलाव को पकड़ने का जोखिम उठा रहा था लेकिन शायद वह इतना तेज़ नहीं था। फिर हम हरी घास पर आ गये, और गर्माहट पैदा करने के लिए कुश्ती करने लगे।

बँगला नदी के ठीक ऊपर किनारे पर खड़ा था और पहाड़ से गिरते पानी की आवाज़ वहाँ हर वक़्त सुनी जा सकती थी। पक्षियों की जिन आवाज़ों के हम आदी हो चुके थे, वह नदी के गर्जन में दब गयी थीं। लेकिन पक्षियों को देखा जा सकता था, रंग-बिरंगे पक्षी, जो अँधेरे जंगल में अलग ही नज़र आते थे : लाल मुकुटवाला नीलकंठ, बुलबुल, बैंगनी रंग की गाने वाली चिड़िया और

बहुत सारे ऐसे पक्षी जिन्हें हम पहचानते भी नहीं थे।

पहाड़ के ऊपर, किसी सीढ़ीदार ज़मीन पर, जहाँ जौ और जई की खेती होती थी, झोंपड़ियों का एक झुंड था। यह, हमारे चौकीदार ने हमें बताया था कि ग्लेशियर पर जाने के रास्ते में आखिरी गाँव था। दरअसल, यह भारत की सीमा का आखिरी गाँव था, क्योंकि यदि हमने ग्लेशियर के मुश्किल दर्रे पार कर लिये तो हम तिब्बत पहुँच जायेंगे। हमने चौकीदार से कहा कि हम पिंडारी ग्लेशियर तक पहुँचकर ही सन्तुष्ट हो जायेंगे।

फिर सोमी ने हिम–मानव का नाम लेने की भूल कर दी, जिसके बारे में हम अखबारों में पढ़ रहे थे। नेपाल के लोग हिम–मानव के होने में यकीन रखते थे और हमारा चौकीदार भी नेपाली था।

''हाँ, मैंने यती को देखा है,'' उसने हमें बताया। ''वह एक झबरीला, चपटे–पाँववाला जीव है। सर्दियों में जब बहुत बर्फ़ गिरती है, वह आधी रात में बंगले के पास से गुज़रता है। मैंने पिछली सुबह उसके पैरों के निशान देखे हैं।''

''क्या वह गर्मियों में भी इस तरफ़ आता है?'' मैंने घबराकर पूछा। हम लोग बिष्णु द्वारा फिर जलाई गयी आग के आस–पास बैठे, गाढ़े दूध की चाय पी रहे थे और एक तरह की काली, चिपचिपी मिठाई खाने की कोशिश कर रहे थे जो चौकीदार अपने टिन के बक्से से निकालकर लाया था।

''यती गर्मियों में यहाँ नहीं आता,'' उस बुज़ुर्ग आदमी ने बताया। ''लेकिन मैंने कई बार लिदीनी को देखा है। तुम लोग उससे बचकर रहना।''

''लिदीनी कौन है?'' किशन ने पूछा।

''ओह!'' चौकीदार ने रहस्यमयी तरीके से कहा। ''तुम लोगों ने हिम–मानव के बारे में सुना है, इसमें कोई शक नहीं है, लेकिन ऐसे कम ही लोग हैं जिन्होंने हिम–महिला के बारे में सुना होगा! और फिर भी इन दोनों में हिम–महिला ज़्यादा खतरनाक है!''

''वह कैसी दिखती है?'' किशन ने पूछा और सभी उत्सुकता और उत्साह के कारण आगे झुक गये।

''उसकी ऊँचाई यती जितनी ही है—करीब सात फीट और उसके बाल बिलकुल सीधे हैं—लेकिन बाल बहुत लम्बे हैं। उसके दाँत और नाखून बहुत लम्बे हैं। उसके पाँव अन्दर की तरफ़ मुड़े हुए हैं लेकिन वह बहुत तेज़ दौड़

लेती है, खासकर ढलानों पर। अगर तुमको कभी लिदीनी दिखे और वह तुम्हारा पीछा करे, तो हमेशा चढ़ाई की तरफ़ भागना। वह अपने पैरों के कारण जल्दी थक जाती है। लेकिन जब वह ढलान पर भागती है, तब उसे कोई समस्या नहीं होती, और उससे बचकर भागने के लिए तुमको असाधारण रूप से तेज़ भागना पड़ेगा।''

''खैर, हम सभी अच्छे धावक हैं,'' सोमी घबराहट को छुपाते हुए हँसकर बोला। ''लेकिन यह तो सिर्फ़ एक परी-कथा है, मैं तो इसके एक भी शब्द पर विश्वास नहीं करता।''

''लेकिन तुम्हें परी-कथाओं पर विश्वास करना चाहिए,'' मैंने कहा और अपने स्कूल में 'पीटर पैन' का एक नाटक याद करने लगा जिसमें टिंकर बेल की जान बचाने के लिए दर्शकों में बैठे उन सभी लोगों को तालियाँ बजाने को कहा गया था जो परियों में विश्वास करते थे। ''भले ही वह सच न हों,'' मैंने आगे कहा, और यह तय करने लगा कि टिंकर बेल और हिम-महिला में दो छोरों जितना अन्तर था।

''खैर, मैं नहीं मानता कि कोई हिम-मानव या हिम-महिला होते हैं!'' किशन ने ऐलान किया।

चौकीदार को हमारे द्वारा इन दोनों प्राणियों के अस्तित्व को नकारे जाने से स्वयं को बहुत अपमानित महसूस किया और उसने हमें सगपा और सगपिनी के बारे में कुछ भी बताने से मना कर दिया। लेकिन बिष्णु उनके बारे में जानता था, और बाद में, जब हम लोग सोने वाले थे, उसने हमें बताया कि वो लोग भी हिम-मानव और हिम-महिला जैसे ही थे लेकिन उनसे बहुत नाटे। उनका मनपसन्द काम सोना था। तो अगर कोई उनको जगा देता था तो वो लोग गुस्से से पागल हो जाते थे, और उस व्यक्ति को चढ़ाई पर भागने के लिए समय भी नहीं देते थे। यह भी माना जाता था कि सगपा और सगपिनी छोटे बच्चों का अपहरण कर लेते थे, हालाँकि वो लोग उन बच्चों को अपनी गुफ़ा में लेकर जाते थे, उनका बहुत ध्यान रखते थे, और उनको फल, शहद, भात और केंचुए खिलाते थे।

''जब सगपा न देख रहा हो,'' बिष्णु ने कहा, ''तुम केंचुआ अपने पीछे फेंक सकते हो।''

अगली सुबह अच्छी धूप थी जब हम लोग ग्लेशियर तक जाने के आखिरी सात मील पूरे करने निकले। हमने सोचा था कि यह एक कठिन चढ़ाई होगी लेकिन आखिरी डाक-बँगला समुद्र तल से 10,000 फीट से अधिक की ऊँचाई पर था इसलिए यह चढ़ाई काफ़ी क्रमिक थी।

और अचानक, एकाएक, अब आस-पास कोई पेड़ नहीं थे। जैसे ही बँगला हमारी नज़र से ओझल हुआ, पेड़ और झाड़ियों की जगह छोटी घास और नीले, गुलाबी रंग के उच्च-पर्वतीय फूलों ने ले ली। बर्फ़ीली चोटियाँ अब काफ़ी नज़दीक थीं और हमारे चारों ओर थीं। हम झरनों के पास से गुज़रे, जो सैकड़ों फीट ऊँचे पहाड़ों पर बह रहे थे और गरजते हुए छोटी-सी नदी में मिल रहे थे। एक बड़ी, सुनहरी चील कुछ समय तक हमारे ऊपर मँडराती रही।

''मुझको फिर से अगल-सा महसूस हो रहा है,'' किशन बोला।

''हम अब बहुत ऊँचाई पर हैं,'' मैंने कहा। ''मैं उम्मीद करता हूँ कि अब हमारे सिर में दर्द न होने लगे।''

''मुझे तो सिरदर्द होने लगा है,'' सोमी ने शिकायत की। ''चलो चाय पीते हैं।''

हमने भोजन बनाने वाले अपने बर्तन पिछले बँगले में छोड़ दिये थे, इस उम्मीद से कि हम रात बिताने वापस जायेंगे, और अपने साथ सिर्फ़ थोड़े बिस्कुट, चॉकलेट और एक थरमस चाय लेकर आये थे। हमने चाय खत्म की और बिष्णु ढलान में लगी झाड़ियों से जंगली स्ट्रॉबेरी बीनने लगा। वो इतनी छोटी स्ट्रॉबेरियाँ थीं और इतनी मीठी कि उन्होंने हमारी भूख मिटाने में कोई सहायता नहीं की। वहाँ पर किसी भी तरह की बस्ती या इंसानी जीवन के कोई निशान नहीं थे। इतनी ऊँचाई पर पाये जाने वाले जीवों में गुरल—जो एक तरह की पहाड़ी बकरी होती है—और पहाड़ी तेंदुए या भालू थे।

हमने एक गुफ़ा खोज निकाली और फिर एक मोड़ से मुड़ते ही बिलकुल अचानक हमारे सामने ग्लेशियर आ गया।

पहाड़ी पीछे छूट गयी और वहाँ, हमारे सामने था सफ़ेद बर्फ़ का अन्तहीन मैदान, जो दो चोटियों के बीच झूल रहा था और ज़रूर ईश्वर के रहने का स्थान

होगा। बहुत देर तक हम लोग सन्नाटे में खड़े रहे। किशन ने मेरा हाथ पकड़ा और आश्वासन पाने के लिए उसे पकड़े रखा, शायद उसको यकीन नहीं हो रहा था कि वह जो देख रहा था, सच था। सोमी का मुँह खुला का खुला रह गया और बिष्णु की आँखें उत्साह से चमक उठीं।

हम लोग सावधानी से बर्फ़ में आगे बढ़ने लगे, फिसलन भरी सतह पर एक-दूसरे को सँभालते हुए; लेकिन हम लोग बहुत दूर नहीं जा पाए, क्योंकि हमारे पास इतनी ऊँचाई पर चढ़ने के लिए सही साधन नहीं थे। हम यह सोचकर खुश हो रहे थे कि हम हमारे शहर के एकमात्र लड़के थे जो इतनी ऊँचाई पर चढ़े थे। काले रंग की कुछ चट्टानें बर्फ़ से बाहर झाँक रही थीं और हम उन पर बैठकर अपनी आँखें सेंकने लगे।

बर्फ़ पर सूरज बहुत तेज़ चमक रहा था और हम लोगों को आश्चर्यजनक रूप से गर्मी लगने लगी।

"चलो, धूप सेंकते हैं!" किशन ने आवेग में कहा।

"हाँ, चलो ऐसा ही करते हैं!" मैंने कहा।

कुछ ही मिनटों में हम अपने कपड़े उतार चुके थे और चट्टानों पर बैठकर खुद को इन तत्वों के सामने प्रकट कर रहे थे। सूरज को अपनी त्वचा पर रेंगते हुए महसूस करना वाकई बहुत सुखद था। आधे घंटे के अन्दर ही मैं बिलकुल लैटर-बॉक्स जैसा लाल हो गया था और बिष्णु भी। अब हम दोनों ने तय किया कि इससे पहले कि सूरज हमारी पीठ की खाल झुलसा दे, हमें कपड़े पहन लेने चाहिए। सोमी और किशन सूरज की रोशनी के प्रति अधिक सहनशील थे और हमारी असुविधा देखकर हम पर हँसने लगे। बदला लेने के लिए, बिष्णु और मैंने मुट्ठी भर बर्फ़ उठायी और उनकी पीठ पर मल दी। इसके बाद उन्होंने भी जल्दी ही कपड़े पहन लिये और किशन एक अभिनय करने वाले बन्दर की तरह उछलने लगा।

इसी बीच, पता नहीं कहाँ से, बादलों ने कुछ पहाड़ों की चोटियों को ढँक दिया था और सफ़ेद कोहरा पहाड़ों की ढलान से नीचे उतरने लगा था। अब बँगले में वापस लौटने का समय हो गया था : हमारा अँधेरे से पहले पहुँच पाना मुश्किल था।

हम बहुत दूर नहीं पहुँचे थे कि पहाड़ की चोटी पर अचानक बिजली

कड़कने लगी। उसके पीछे बादलों के गरजने का शोर था।

"भागो!" सोमी चिल्लाया। "हम गुफ़ा में आश्रय ले सकते हैं!"

अब बादल भी खुद को अधिक रोक नहीं पाये और अचानक से फट पड़े, और कोड़ों की मार जैसी बारिश होने लगी जो बर्फ़ीली हवा के साथ मिलकर हमारे चेहरे पर डंक मार रही थी। हम अंधों की तरह, जितनी तेज़ दौड़ सकते थे, दौड़ रहे थे और फिसलन भरे रास्तों पर लड़खड़ाते, भीगते और थके-हारे एक छोटी-सी गुफ़ा में घुस गये।

सौभाग्य से, गुफ़ा सूखी हुई थी और वहाँ बहुत अँधेरा भी नहीं था। हम उसके प्रवेश-द्वार पर ही खड़े रहे, बारिश को हमारे पास से निकलते देखते हुए, हवा को एक लम्बे सँकरी खाई पर सीटी बजाते सुनते हुए।

"बारिश रुकने में कुछ समय और लगेगा," सोमी ने भविष्यवाणी की।

"नहीं, यह जल्दी ही रुक जायेगी," बिष्णु बोला। "ये तूफ़ान बहुत छोटे लेकिन तीव्र होते हैं।"

किशन ने अपनी जेब से अपना छोटा चाकू निकाला और समय बिताने के लिए, हमने अपने-अपने नाम गुफ़ा की चिकनी चट्टान पर उकेर दिये।

"जब हम बूढ़े हो जायेंगे, तो यहाँ फिर आयेंगे," सोमी बोला, "और हमारे नाम शायद तब भी यहाँ होंगे।"

जब तक बारिश रुकी, अँधेरा हो चुका था। पूरे चाँद ने हमें रास्ता ढूँढने में मदद की। हमें बहुत सावधानी से धीरे-धीरे कदम रखने पड़ रहे थे। बारिश ने ज़मीन को ढीला कर दिया था और पहाड़ी के किनारे पत्थर गिर रहे थे। मुझे डर था कि कहीं हम एक भू-स्खलन न शुरू कर दें।

"मैं उम्मीद करता हूँ कि अब हमें लिदीनी न मिल जाये," किशन ने उत्सुकता से कहा।

"मैं सोचता था कि तुम उसमें यकीन नहीं रखते हो," मैंने छेड़ा।

"मैं नहीं रखता," उसने जवाब दिया। "लेकिन अगर मैं गलत हुआ तो?"

हमें सिर्फ़ पहाड़ी बकरी, गुरल दिखी जो ढलान के शीर्ष पर खड़ी थी और जिसकी छाया आसमान के विरुद्ध बन रही थी।

और फिर रास्ता गायब हो गया।

यदि चाँद की चमकीली चाँदनी न होती तो हम शायद किसी गड्ढे में गिर जाते। बारिश की वजह से एक भू-स्खलन हुआ था, और जहाँ एक सँकरा रास्ता हुआ करता था, अब वहाँ ढीले और फिसलन भरे पत्थरों की ढलान थी।

''हमें वापस जाना ही होगा,'' बिष्णु बोला। ''अँधेरे में इसे पार करने की कोशिश करना बहुत खतरनाक होगा।''

''हम गुफ़ा में सो जायेंगे,'' मैंने सलाह दी।

''हमारे पास सोंने के लिए कुछ भी नहीं है,'' सोमी ने ध्यान दिलाया। ''हमारे बीच एक इकलौता कंबल तक नहीं और खाने के लिए भी कुछ नहीं!''

''हमें बस सुबह तक थोड़ा कष्ट उठाना पड़ेगा,'' बिष्णु बोला। ''यहाँ अपनी गर्दन तुड़वाने से तो वही बेहतर होगा।''

हम गुफ़ा में वापस आये, जो कम-से-कम सूखी थी। बिष्णु के पास माचिस थी, और उसने पिछले लोगों द्वारा छोड़ी गयीं कुछ सूखी लकड़ियाँ जला कर आग जलाई। हमने जो खाया वह पाव-रोटी का बचा-खुचा हिस्सा था।

उस रात हममें से कोई नहीं सोया। हम आराम के लिए एक-दूसरे के पास लेटे थे लेकिन ज़मीन बहुत सख्त और ऊबड़-खाबड़ थी। और गुफ़ा के बाहर हमने जो आवाज़ें सुनीं, वो हमें कभी तेंदुए, कभी भालू और तो और हिम-मानव के होने का एहसास दिला रही थीं।

जैसे ही आसमान में हल्का-सा उजाला हुआ, हम उठ गये। बर्फ़ीली चोटियाँ चमकीली गुलाबी दिख रही थीं, लेकिन हम सूर्योदय की सुन्दरता को देखने के लिए बहुत थके, भूखे और चिंतित थे। हम भू-स्खलन के रास्ते पर चल दिये और फिर से उस पार जाने का मार्ग ढूँढने लगे। किशन ने साहस दिखाते हुए कुछ ढीले कंकड़ों पर पैर रखा, लेकिन ज़मीन ने तुरन्त ही हाथ खड़े कर लिये, और हमें किशन को उसकी बाँहों और कंधों से पकड़ना पड़ा अन्यथा वह सैकड़ों फीट गहरी खाई में गिर जाता।

''अब हम क्या करेंगे?'' मैंने पूछा।

''दूसरा रास्ता ढूँढेंगे,'' बिष्णु ने कहा।

''लेकिन क्या तुम कोई दूसरा रास्ता जानते हो?''

और हम सब मुड़कर बिष्णु को देखने लगे, इस उम्मीद में कि वह हमारी समस्या का कोई हल निकालेगा।

"मैंने एक रास्ते के बारे में सुना है," बिष्णु ने सोचते हुए कहा, "लेकिन मैंने कभी उसका प्रयोग नहीं किया। वह थोड़ा खतरनाक है, मुझे ऐसा लगता है। वह रास्ता कई सालों से प्रयोग नहीं किया गया है—जब से व्यापारियों ने तिब्बत से आना बन्द कर दिया।"

"कोई बात नहीं, हम उस रास्ते का प्रयोग करेंगे," सोमी बोला।

"पहले हमें ग्लेशियर पार करना पड़ेगा," बिष्णु बोला। "यही सबसे बड़ी समस्या है।"

हमने चुपचाप एक-दूसरे को देखा। ग्लेशियर पार करना इतना कठिन नहीं लग रहा था, लेकिन हम जानते थे कि हम जैसे नौसिखियों के लिए यह आसान भी नहीं होने वाला था। करीब दो फ़र्लांग तक यह सख़्त और फिसलने वाली बर्फ़ का बना था।

फ़ैसला लेनेवालों में सोमी पहला था।

"चलो," उसने कहा। "हमारे पास बर्बाद करने के लिये समय नहीं है।"

जल्दी ही हम ग्लेशियर पर थे। और हम उस पर लम्बे समय तक रहे। आगे बढ़ने वाले हर दो कदमों के साथ हम एक कदम पीछे फिसल जाते थे। हमारी प्रगति बहुत धीमी और बेढंगी थी। कई बार, किसी खड़ी चढ़ाई पर कई गज बढ़ने के बाद हममें से कोई एक फिसल जाता और बाकियों को उसकी मदद के लिए फिर से नीचे उतरना पड़ता था। एक खास मुश्किल स्थान पर, मेरे हाथों से हमारी पानी की बोतल गिर गयी और उसको पकड़ने के चक्कर में मेरा संतुलन बिगड़ा और मैं लम्बाई में गिरा और फिसलते हुए करीब बीस फीट नीचे चला गया।

मेरी कलाई में मोच आ गयी थी और मेरे घुटने में बहुत दर्द हो रहा था और मैं बाकी बची यात्रा के दौरान दूसरों पर बोझ बनने वाला था।

सोमी ने अपना रुमाल मेरे हाथ पर बाँध दिया और पानी की बोतल की ज़िम्मेदारी किशन ने ले ली जिसको हमने बर्फ़ से भरा था। फिसलने पर अपने सही हाथ से बिष्णु पैर पकड़ते हुए मैं बाकियों से पीछे था और जूझ रहा था।

दोपहर हो चुकी थी और जिस समय तक हमने घास पर फिर से कदम रखे, हम भूख से अधमरे हो चुके थे। और अभी हमारे सामने एक और खड़ी चढ़ाई थी जो जड़ों और घास को पकड़कर पूरी करनी थी, उसके बाद ही हम

बिष्णु के बताए हुए रास्ते पर पहुँचने वाले थे। यह भेड़-बकरी चराने वाले रास्ते से थोड़ा ही अधिक था लेकिन इसके लिए हमें पहाड़ का पूरा चक्कर लगाना पड़ा, तब जाकर हमें डाक बँगला नज़र आया।

''मैं एक पूरा मुर्गा खा सकता हूँ,'' किशन बोला।

''मैं दो खा सकता हूँ,'' मैंने कहा।

''मैं एक हिम-मानव खा सकता हूँ,'' बिष्णु बोला।

''और मैं चौकीदार को खा सकता हूँ,'' सोमी बोला क्योंकि वह हम लोगों से ज़्यादा बढ़ा-चढ़ाकर बोलने के लिए प्रतिबद्ध था।

लेकिन चौकीदार का सौभाग्य था कि उसे हमारी भूख का अन्दाज़ा लग गया था, इसलिए जब हम दोपहर के बाद लड़खड़ाते हुए बँगले में पहुँचे, भोजन हमारा इन्तज़ार कर रहा था। सच था कि भोजन में मुर्गा नहीं था—लेकिन हम इतने भूखे थे कि बेचारा-सा प्याज़ भी हमें बहुत स्वादिष्ट लग रहा था!

हम बिष्णु के शुक्रगुज़ार थे कि वह सफलतापूर्वक हमें वापस ले आया था। वह हमें पहाड़ और ग्लेशियर के ऊपर से जिस कुशलता और आत्मविश्वास से लेकर आया था, यह तय था कि इस लड़के के खून में हिमालय बहता था।

कपकोट जाने से पहले हमने अपना पूरा समय लिया। सबसे पहले हमने सरयू नदी में मछलियाँ पकड़ीं, फिर हम गाँव के उन लड़कों के साथ नहाये जिनको हमने ऊपर जाते समय देखा था। हमने स्ट्रॉबेरी, फ़र्न और जंगली फूल इकट्ठे किये और आखिरकार बिष्णु को अलविदा कहा।

किशन बिष्णु को भी हमारे साथ ले जाना चाहता था लेकिन उस लड़के के माता-पिता ने उसे जाने देने से मना कर दिया, यह कहते हुए कि शहर के जीवन के लिए वह अभी बहुत छोटा है; लेकिन हमारा मानना था कि बिष्णु शहर के लड़कों को बहुत कुछ सिखा सकता था।

''कोई बात नहीं,'' सोमी बोला। ''हम लोग अगले साल एक नयी यात्रा पर चलेंगे और तब हम तुम्हें अपने साथ ले चलेंगे, बिष्णु। हम तुम्हें पत्र लिखकर अपनी योजना के बारे में बता देंगे।''

इस वादे ने बिष्णु को खुश कर दिया था, और वह हमें छोड़ने बस स्टॉप तक आया और हमारा बिस्तर आखिर तक उसने अपने कन्धों पर उठाया हुआ था। फिर वह देवदार के पेड़ पर चढ़ गया ताकि हमें जाते हुए ठीक से देख सके,

और जब हमारी बस कपकोट जाने वाले मोड़ से मुड़ी, हमने उसको पेड़ पर से हाथ हिलाते हुए देखा। जल्दी ही पहाड़ पीछे छूट गये और अब हमें नीचे तक फैले हुए मैदान ही दिखाई पड़ रहे थे।

~

अपने कमरे में मैं राजा था। मेरा साम्राज्य आसमान और उन वस्तुओं तक था जो मैं देख सकता था। मेरी प्रजा वे लोग थे जो नीचे से गुज़रते थे। लेकिन वो मेरी प्रजा सिर्फ़ तभी तक होते थे जब वो नीचे होते थे और मैं छत पर खड़ा होता था; मैं बरगद के पेड़ की टहनियों से उनकी जासूसी करता था। मेरे करीबी विश्वासपात्रों में वे सब प्राणी थे जो बरगद के पेड़ पर बसते थे जिनमें, ज़ाहिर-सी बात थी, किशन भी आता था।

मैं अभी-अभी ग्लेशियर की हमारी रोमांचक यात्रा से उबरा था कि मीना ने किशन और मुझे बताया कि हम अगले सप्ताह उस पिकनिक के लिए जायेंगे जिसका वादा बहुत दिनों पहले किया गया था। मैं रोमांचित था। इससे पहले मैंने कभी भी इतना मज़ा, इतनी आज़ादी और खुशी महसूस नहीं की थी, उन लोगों की संगति में भी नहीं जिनको मैं पसन्द करता था और जो मुझे पसन्द करते थे।

जल्दी ही पिकनिक का दिन भी आ गया। मैंने जल्दी-जल्दी पानी की टंकी पर स्नान किया। टंकी पर आने वाले लोगों की मुझे आदत पड़ गयी थी और आयाओं और उनके साथ आने वालों से मेरी मित्रता भी हो गयी थी। मुझे उनकी चूड़ियाँ, कंगन और पायल बहुत अच्छे लगने लगे थे। मुझे उनमें से किसी एक को नल के पास बैठे हुए देखना अच्छा लगता था, अपने पुट्ठों के बल उकड़ूँ बैठे हुए, अपने पैर मलते हुए और अपनी चूड़ियों और घुँघरुओं से संगीत बजाते हुए; वह अपनी साड़ी घुटनों तक मोड़ लेती थी जिससे उसके पैरों को साँस लेने की आज़ादी मिले और आगे झुक जाती थी जिससे उसका ब्लाउज़ उसकी कमर का काफ़ी हिस्सा दर्शा देता था।

स्नान के बाद, खुद को धूप में सुखाने के लिए मैं एक बेकार पड़ी चिमनी पर बैठ गया।

गर्मियाँ आ रही थीं। लीची खाने के लिए पककर तैयार हो रही थी। किशन की लालची नज़रों में आम भी पक गये थे। दोपहर में सूरज की एक

उनींदी किरण बरगद के पेड़ के बीच से रास्ता बनाती हुई कमरे की दीवार पर मुड़ी हुई परछाईं का पैबन्द लगा देती थी। पेड़ के वासी भी समझ गये थे कि गर्मियाँ आ रही थीं। सोमी की चप्पल भी यह जानती थी और उसकी एड़ियों पर बहुत अलसाई हुई टकराती थी। किशन चिड़चिड़ा एवं पहले से भी अधिक अव्यवस्थित हो गया था। सूरी भी अपनी गुप्त खोजबीन से कुछ विश्राम लेता हुआ मालूम पड़ रहा था। हाँ, गर्मियाँ आ रही थीं।

और यह पिकनिक का दिन था।

कार की तलाशी ली गयी थी और मिस्टर कपूर ने जो दो बोतलें डिग्गी में छुपाकर रखी थीं, उनको ढूँढकर हटा दिया गया था। मिस्टर कपूर को खाकी पाजामा और कमीज़ पहनाई गयी थी और कार चलाने के लिए दुरुस्त बताया गया था। खाने की एक डोलची और ग्रामोफ़ोन भी डिग्गी में थे। सूरी के कन्धे पर एक कैमरा लटक रहा था, किशन एक गुरखा टोपी पहने हुए था और मैंने एक चौड़ी चमड़े की बेल्ट लगाई थी जिसमें स्टील का गुट्टा था। सब जाँचने और यह सुनिश्चित करने के बाद कि सब कुछ व्यवस्थित था, मीना अन्दर गयी और जल्दी-जल्दी तैयार हुई। उस हिसाब से वह बहुत सुन्दर लग रही थी। पहली बार सोमी ने अपनी पगड़ी बिलकुल सही बाँधी थी।

"सब आ गये?" मीना ने पूछा। "अगर हाँ, तो कार में बैठो।"

"मैं अपने कुत्ते का इन्तज़ार कर रहा हूँ," सोमी बोला, और जैसे ही उसने बोलना समाप्त किया, किसी कोने से भौंकता हुआ उसका कुत्ता आ गया।

"इसका नाम है प्रिकली हीट," सूरी ने कहा। "हम इसको पीछे की सीट पर बैठा देंगे।"

"यह डिग्गी में जायेगा," किशन बोला। "मुझे यहीं से जूएँ नज़र आ रही हैं।"

प्रिकली हीट कोई खास किस्म का कुत्ता नहीं था, ऐसी ही किसी किस्म का कुत्ता; उसकी पूँछ भी नहीं थी। लेकिन उसके कान बहुत नुकीले थे, वे किसी पूँछ जैसे ही हिल रहे थे और आज सुबह वह अपना काम बहुत उग्रता से कर रहे थे।

सूरी और कुत्ते, दोनों को डिग्गी में बैठा दिया गया; सोमी, किशन और मैं पीछे की सीट पर बैठे और मीना अपने पति के साथ आगे बैठी। कार आगे बढ़ने से पहले घड़घड़ाई, लड़खड़ाई और धूल का एक बड़ा-सा बादल बना

दिया; फिर गति पकड़ते हुए प्रांगण से बाहर निकली और लकड़ी के सँकरे पुल पर चल पड़ी जो एक नहर पर बना था।

सूरज जंगल के ऊपर चढ़ चुका था, और एक हाँफ़ती हुई ट्रेन का घुमावदार धुआँ एक तिरछी किरण ने पकड़ लिया था और वह सुनहरा चमक उठा। हवा बहुत ताज़ी और रोमांचक थी। अभी नदी और गंधक के फ़व्वारे पर पहुँचने में दस मील बाकी थे, यानी अभी बीच-बीच में उठती गड़गड़ाहट और ख़ुशी की लहर को जीने के लिए दस मील थे, जहाँ प्रिकली हीट डिग्गी में भौंक रहा था, कपूर गाड़ी चलाते हुए सीटी बजा रहा था और किशन एक गुलेल से खिड़की के बाहर निशाना लगा रहा था।

सोमी बोला, ''रस्टी, तुम्हारे मुँहासे खत्म हो जायेंगे अगर तुम गंधक के फ़व्वारे में नहा लोगे।''

''निमोनिया हो जाने से बेहतर है कि मुँहासों के साथ रहूँ,'' मैंने जवाब दिया।

''लेकिन वह ठंडा नहीं होगा,'' किशन बोला। ''मैं खुद भी गंधक के फ़व्वारे में नहाना चाहता था लेकिन मुझे अपनी तबियत कुछ ठीक नहीं लग रही है।''

''तब तुम्हें आना ही नहीं चाहिए था,'' मीना ने आगे से ही कहा।

''मैं आप सबको निराश नहीं करना चाहता था,'' किशन ने कहा।

फ़व्वारों तक पहुँचने से पहले कार को एक या दो नदियों के ताल पार करने पड़ते, जो कि साल के इन दिनों में सूखे हुए ही होते थे। लेकिन पहाड़ ने हमें धोखा दे दिया था, क्योंकि नदी में काफ़ी पानी था और उसका बहाव भी बहुत तेज़ था।

''यह ज़्यादा गहरा नहीं है,'' कपूर ने पहली नदी को देखकर कहा, ''मैं समझता हूँ कि हम लोग गाड़ी चला कर आराम से इसको पार कर सकते हैं।''

कार आगे से पानी में उतरी, किनारे पर घूमी और नदी के बहाव में एक झटके से घुस गयी। डिग्गी में सूरी भीग गया।

''हमें बहुत तेज़ चलना होगा,'' मिस्टर कपूर ने कहा, ''वरना हम लोग फँस जायेंगे।''

उन्होंने गाड़ी की गति बढ़ाई और कार के दोनों ओर से बहुत सारा पानी

ऊपर उछल गया। किशन खुशी के मारे चिल्लाने लगा, लेकिन पीछे बैठे सूरी को मिरगी का दौरा पड़ने लगा।

''मुझे लगता है कि कुत्ता बाहर गिर गया है,'' मीना बोली।

''अच्छा हुआ,'' सोमी ने कहा।

''मुझे लगता है कि सूरी बाहर गिर गया है,'' मैंने कहा।

''अच्छा हुआ,'' सोमी ने दोहराया।

अचानक कार का इंजन तड़तड़ा कर जाम हो गया, और कार वहीं खड़ी हो गयी।

''हम फँस गये हैं,'' मिस्टर कपूर ने कहा।

''वह तो,'' मीना ने कड़ुए स्वर में कहा, ''ज़ाहिर ही है। अब मैं समझती हूँ, तुम चाहते हो कि हम सब नीचे उतरें और धक्का लगायें?''

''हाँ, यह अच्छा आइडिया है।''

''तुम तो बहुत प्रतिभावान हो।''

किशन ने एक झटके में अपने जूते उतारे और पानी में बहुत बेफ़िक्री से कूद-फांद करने लगा। पानी उसके घुटनों तक था और चूँकि वह पानी में बह नहीं गया था, बाकियों ने भी उसका अनुसरण किया।

मीना ने अपनी साड़ी अपनी जाँघों तक मोड़ ली और बहुत सावधानी से बहाव में उतरने लगी। उसके पैर, जो बहुत कम ही प्रत्यक्ष होते थे, उसके पंजों और हाथों के विपरीत बहुत गोरे, बहुत मज़बूत और फुर्तीले थे और उसने खुद को सीधा खड़ा रखा हुआ था। मैं उसकी तरफ़ उतरा, यह सोचकर कि उसकी सहायता करूँगा, लेकिन अन्त में खुद की सुरक्षा के लिए उसकी साड़ी का सहारा लेना पड़ा। सूरी कहीं दिख नहीं रहा था।

''सूरी कहाँ है?'' मीना ने पूछा।

''यहाँ,'' डिग्गी के तल से एक दबी हुई आवाज़ आयी। ''मैं बीमार पड़ गया हूँ। धक्का नहीं लगा पाऊँगा।''

''ठीक है,'' मीना बोली। ''लेकिन अपनी फैलाई हुई गंदगी तुम खुद साफ़ करोगे।''

सोमी और किशन मछलियाँ पकड़ रहे थे। मिस्टर कपूर गाड़ी का भोंपू बजा रहे थे।

"अब तुम लोग धक्का लगाओगे?" उसने आदेश दिया, "या हम लोग अपनी पिकनिक यहीं नदी के बीचोबीच मनाने वाले हैं?"

मैं मिस्टर कपूर द्वारा प्रदर्शित इस असामान्य व्यावहारिक-ज्ञान पर चकित था; ज़ाहिर सी बात थी, जब वह शराब के नशे में धुत्त नहीं होते थे, तो समझदारी भरे कुछ लम्हे भी बिताते थे।

हर किसी ने अपना भार कार के ऊपर लगा दिया और पूरी ताक़त से कार को धक्का लगाया; और जब कार धीमी गति से आगे बढ़ी, मैंने स्वस्थ और ख़ुशी की एक लहर अपने शरीर में महसूस की। मेरे आगे मीना चुपचाप धक्का लगा रही थी और उसकी जाँघों की मांसपेशियाँ तनाव के कारण उभरी हुई दिख रही थीं। हम भी चुपचाप धक्का लगा रहे थे, दृढ़-निश्चय के साथ; सोमी के चेहरे और गर्दन पर पसीना झलक रहा था, और किशन के जबड़े बहुत तेज़ी से च्यूइंग-गम चबा रहे थे। सिर्फ़ मिस्टर कपूर ही स्टेयरिंग व्हील के पीछे आराम से बैठे थे, बटन दबाते और खींचते हुए, और चिल्लाते हुए, "और तेज़, और तेज़ धक्का लगाओ," और सूरी फिर से बीमार होने लगा। प्रिकली हीट अप्रत्याशित रूप से शान्त था और हमने यह अन्दाज़ा लगा लिया था कि कुत्ता भी बीमार हो गया था।

एक आखिरी कोशिश के साथ, कार को दूसरे किनारे पर ऊपर चढ़ा दिया गया था और सीधा कर दिया गया था। सभी लोग कराहते हुए ज़मीन पर बैठ गये। मीना के हाथ काँप रहे थे।

"आपको धक्का नहीं लगाना चाहिए था," मैंने कहा।

"मुझे मज़ा आया," उसने कहा और मेरी तरफ़ देखकर मुस्कुरा दी। "मुझे उठने में मदद करो।"

मैं खड़ा हुआ और उसका हाथ पकड़कर, उसे उसके पैरों पर खड़ा कर दिया। हम साथ में खड़े रहे, हाथों में हाथ लिये। मिस्टर कपूर स्टार्टर और चोक जैसी चीज़ें लेकर जुगाड़ करने में लगे हुए थे।

"यह आगे नहीं जायेगी," वह बोले। "मुझे इंजन खोलकर देखना पड़ेगा। हमें अपनी पिकनिक यहीं मनानी पड़ेगी।"

तो खाने का सामान और नींबू-पानी की बोतलें बाहर निकल आयीं और किसी चमत्कार की तरह सूरी और प्रिकली हीट भी बिलकुल स्वस्थ नज़र आते हुए बाहर निकल आये।

"अरे," किशन ने कहा, "हमें लगा था कि तुम बीमार हो। अब मुझे लगता है, तुम भोजन के लिए पेट में जगह बना रहे थे।"

"इससे पहले कि यह कुछ खाये," सोमी बोला, "इसको भीगना पड़ेगा। चलो इसको तैराने ले चलें।"

सोमी, किशन और मैंने सूरी को पकड़ा और उसको घसीटते हुए नदी के किनारे ले गये जहाँ बहाव थोड़ा कम था और पानी हल्का गुनगुना और कमर तक गहरा था। हमने सूरी के हाथ खोले, उसके कपड़े उतारे और नदी के रेतीले किनारे पर दौड़ पड़े; पैर एड़ियों तक डूबे हुए, पिंडलियाँ बहाव को काटती हुईं और फिर अचानक ही हमारे पैरों के नीचे से ज़मीन गायब हो गयी।

सोमी के लचीले हाथ-पैर पानी के बहाव को काटते हुए दिखाई दे रहे थे और जब वह पानी के अन्दर गया, उसके शरीर का चितकबरा रंग कभी यहाँ दिखाई दे रहा था कभी वहाँ, गोते लगाते और कई मिनटों के लिए गायब हो जाते हुए और फिर किसी के पैरों के नीचे से बाहर आते हुए।

जब किशन और मैंने पानी के अन्दर जाकर तैरने की कोशिश की, हमारे शरीर का निचला हिस्सा सतह पर ही रह जाता था जो तैरते हुए पीपों का एहसास दे रहा था। सूरी को तैरना बिलकुल नहीं आता था लेकिन, भले ही वह पानी में कई बार डुबकी लगाता था, खुद को डूब कर मरने से बचा रहा था।

हमने मीना की आवाज़ सुनी जो हमें खाने के लिए बुला रही थी और हम किसी तरह किनारे पर चढ़े, और कुत्ता हमारे पास भौंक रहा था। पेड़ के नीचे बैठकर भोजन किया, जिसके लाल फूल बहुत कामुकता के साथ बहते पानी में गिर रहे थे; और जब हमने भोजन कर लिया, दोपहर में सुस्ताने के लिए लेट गये।

जब मैं उठा, शाम हो चुकी थी और मिस्टर कपूर कार की मरम्मत कर रहे थे और साथ ही खुद बड़बड़ा रहे थे; थोड़े गुस्से में थे क्योंकि बीती रात से उन्होंने शराब नहीं पी थी। सोमी और किशन पानी में वापस उतर गये थे, पानी के छींटे उड़ाते हुए और इस बार उनके साथ प्रिकली हीट भी था। सूरी कहीं नज़र नहीं आ रहा था। मीना जंगल की दहलीज़ पर खड़ी थी।

मैं मीना के पास गया, लेकिन वह घने होते जंगल के अन्दर चली गयी। मैं भी पीछे-पीछे गया। उसे ज़रूर मेरे आने की अपेक्षा थी क्योंकि मुझे वहाँ देखकर उसने कोई आश्चर्य नहीं दिखाया।

"जंगल को सुनो," उसने कहा।

"मुझे तो कुछ सुनाई नहीं दे रहा है।"

"मैं वही तो कह रही हूँ, इस सन्नाटे को सुनो।"

हम सन्नाटे से घिरे हुए थे; एक स्याह, उदास सन्नाटा, जो चम्पा-चमेली की खुशबुओं से महक रहा था।

एक तीखी चीख ने इस सन्नाटे को तोड़ा, एक चीख जो हर दिशा से उठी और बहती हवा के साथ गूँजती हुई आगे बढ़ी; और स्वाभाविकता से मैंने मीना को अपनी बाँहों में भर लिया--उसे बचाने को या अपनी खुद की सुरक्षा के लिए, मुझे नहीं पता—और मैंने बहुत मज़बूती से उसे पकड़े रखा।

"यह सिर्फ़ एक चिड़िया है," वह बोली। "तुमको किसका डर है?"

लेकिन मैं अपनी पकड़ ढीली नहीं कर पाया, और उसने भी खुद को छुड़ाने की कोई कोशिश नहीं की। वह मेरे चेहरे को देखकर हँसने लगी और उसकी आँखें परछाइयों में नृत्य करने लगीं। लेकिन मैंने उसकी हँसी को अपनें होंठों से बाधित कर दिया।

वह बहुत ही बेढंगा और अनाड़ी चुंबन था लेकिन उसमें बहुत उग्र कामुकता थी, और मीना ने भी प्रतिक्रिया दी। उसने आलिंगन को अधिक कस लिया और उत्साह से चुंबन पूरा किया। हम कुछ मिनटों तक छाँव में एक साथ वैसे ही खड़े रहे।

एक बन्दर हमारे ऊपर की टहनी पर बहुत ज़ोर-ज़ोर से चीखने लगा और हमारा तिलिस्म टूट गया।

"ओह मीना..."

"श्शश...कुछ बोलने से ऐसे पल खराब हो जाते हैं।"

"ओह मीना..."

हमने फिर एक-दूसरे को चूमा लेकिन उस बन्दर ने ऐसा तहलका मचा दिया था कि हमें डर था कहीं मिस्टर कपूर और बाकी लोग उस जगह पर न आ जायें। इसलिए हम पेड़ों के बीच टहलने लगे, हाथों में हाथ लिये।

हम नंगे पाँव थे लेकिन पैरों में चुभने वाले कंकड़ों और काँटों का हमें कोई होश नहीं था; हम पत्तियों, बिच्छुओं और लम्बी घास के झुरमुट से गुज़रते हुए खुले में एक नदी के पास आ गये।

मुझे अपनी तीव्र इच्छा का आभास था, शहर और उसके लोगों से दूर भाग जाने की इच्छा और जंगल में मीना के साथ रहने की इच्छा, सिर्फ़ और सिर्फ़ मीना के साथ।

मानो मेरी सोच को पढ़ते हुए वह बोली, "यहाँ हम जाम पियेंगे। पेड़ पर खाएँगे और सोयेंगे।"

वह हँसने लगी लेकिन मेरे दिल में एक सपना पलने लगा था। नदी के किनारे पड़े कंकड़ गोल और चिकने थे और पानी के वेग में कोई प्रतिरोध नहीं लगा रहे थे। सिर्फ़ पत्थर और शैवाल ही पानी के वेग को बाधित करते थे, सिर्फ़ पत्थर और शैवाल ही जीवन को बाधित करते थे।

"यहाँ जंगल में ही रहना बहुत अच्छा होगा," मीना बोली।

"चलो, यहीं रह जाते हैं..."

"हम ढूँढ लिये जायेंगे। हम भाग नहीं सकते—दूसरों से... ।"

"यह पूरी दुनिया ही बहुत छोटी है। शायद उस छोटे-से कमरे में इस जंगल और पूरी दुनिया से कहीं ज़्यादा आज़ादी है।"

वह कुछ पलों के लिए शान्त हो गयी।

मैंने नदी की ओर इशारा किया और फुसफुसाया, "देखो!"

मीना ने देखा और उसी क्षण हिरण ने भी सिर उठाकर ऊपर देखा। दोनों ने एक-दूसरे को आश्चर्य और मन्त्र-मुग्ध नज़रों से देखा, हिरण और मीना। वह एक चितकबरा चीतल था, एक छोटा-सा जीव जिसके पैर और मांसपेशियाँ बहुत नाज़ुक और काँपती हुई थीं और सिर पर नन्हे, हरे सींग थे।

हम हिले-डुले नहीं, न ही वह हिरण हिला, हम शायद पूरा दिन एक-दूसरे को देखने में ही गुज़ार देते अगर कहीं एक टहनी चटककर न टूटी होती।

जैसे ही टहनी टूटी, हिरण ने अपना सिर हिलाया, सावधानी से एक पाँव उठाया, हवा को सूँघा और नदी के किनारे उछालें भरने लगा और एक ही बार में जंगल में गायब हो गया।

तिलिस्म टूट चुका था, जादू गायब हो गया था। बस पानी बह रहा था और जीवन भी बह रहा था।

"अब वापस चलते हैं," मीना ने कहा।

हम रंग-बिरंगी धूप में चलने लगे, एक-दूसरे में बंधे हुए हाथों को बच्चों की तरह हिलाते हुए।

हमारे हाथ अलग हो गये जब हम नदी किनारे पहुँच गये।

यह चमत्कार ही था कि मिस्टर कपूर ने गाड़ी चालू कर ली थी और अपने हाथ हिलाकर, चिल्लाकर सबको घर जाने के लिए बुला रहे थे। हर कोई वापस जाने के लिए तैयार था सिवाय सूरी और प्रिकली हीट के, जो कहीं भी नज़र नहीं आ रहे थे। ''सूरी के हमेशा के लिए गायब हो जाने से अच्छा कुछ नहीं हो सकता,'' मीना बुदबुदाई, लेकिन दुर्भाग्य से इस पिकनिक पर सूरी के सही-सलामत होने की ज़िम्मेदारी मीना ने ली थी और उसकी स्नेहमयी माँ का सामना करने का विचार उसे अच्छा नहीं लगा। तो उसने मुझसे सूरी को आवाज़ लगाने को कहा।

मैं चिल्लाया, मीना चिल्लाई, सोमी चिल्लाया और फिर हम सब एक साथ चिल्लाये, बस सूरी की कहीं से आवाज़ नहीं आयी।

''यह उसकी चाल है,'' किशन ने कहा। ''हमें उसको लेकर ही नहीं आना चाहिए था। ऐसा दिखाते हैं कि हम लोग जा रहे हैं, तब वह डर जायेगा।''

तब मिस्टर कपूर ने गाड़ी स्टार्ट की, और हर कोई गाड़ी में बैठ गया, और तभी सूरी जंगल से दौड़ता हुआ आया, उसके बाल उसकी आँखों और चश्मे के बीच फँसे हुए थे। उसकी कमीज़ हवा से उड़ रही थी और कुत्ता उसके साथ था।

''अरे, हमारे लिए रुको!'' वह चिल्लाया। ''क्या तुम लोग चाहते हो कि मैं मर जाऊँ?''

किशन ने बुदबुदाते हुए ''हाँ'' कहा और धीरे से गाली दी।

''हमने सोचा तुम डिंगी में होगे,'' मैंने कहा।

सूरी और प्रिकली हीट डिग्गी में चढ़ गये और उसी समय कार एक दृढ़-निश्चय के साथ पानी में उतर गयी और पानी के उड़ते छींटों और घूमते पहियों के साथ विजयी होकर निकली।

सभी लोग उत्साह से चिल्लाने लगे और सोमी ने मिस्टर कपूर की पीठ पर ऐसी उत्साहपूर्ण थाप मारी कि उनका सिर स्टीयरिंग व्हील से टकराते-टकराते बचा।

अब अँधेरा हो चुका था और बाहर सिर्फ़ वही दिख रहा था जो कार की अगली बत्ती दिखा रही थी। मैं एक चीते या शेर को देखने की उम्मीद कर रहा था क्योंकि यह उनका साम्राज्य था लेकिन सिर्फ़ कुछ बकरियों ने हमारा रास्ता

रोका। हालाँकि सोमी ने सूरी के फ़ायदे की कहानी सुनाई जिसमें कुछ लोग जो कार में घूमने गये थे, जब घर लौटे तो देखा कि डिग्गी में एक तेंदुआ था।

देहरा की सीमा पर पहुँचने से पहले ही किशन सो गया था, उसका लुढ़का हुआ सिर मेरे कन्धे पर था। मैं उसके बारे में बहुत रक्षात्मक महसूस करता था क्योंकि बहुत कम समय में ही हमारे बीच सच्चा प्यार पनप गया था। सोमी अभी भी मेरा सबसे अच्छा दोस्त था और रणबीर भी बहुत प्यारा दोस्त था और हमारी दोस्ती भावात्मक रूप से बहुत मज़बूत थी। लेकिन किशन एक दोस्त से बढ़कर भाई जैसा था। मैं नहीं जानता क्यों, लेकिन मैंने हमेशा से ही हमारे रिश्ते के बारे में ऐसा ही महसूस किया था।

सोमी ने गाना शुरू किया। अब शहर दिखने लगा था और बाज़ार की रोशनी तारों भरी इस रात में भी बहुत निडरता से चमक रही थी।

~

कुछ दिनों बाद मैं मिस्टर हैरिसन से मिला, शहर के मुख्य किराने की दुकान, 'शराब और किराना' के सामने; यह एक उच्च दर्जे की दुकान थी, बाज़ार के लिए अजनबी लेकिन यूरोपीय समुदाय से भी दूर—अतः मिस्टर हैरिसन और मेरे मिलने के लिए एक तटस्थ जगह थी।

''हेलो, मिस्टर हैरिसन,'' मैंने आत्मविश्वास से भरकर कहा और जानबूझ कर 'सर' रूपी ज़रूरी सम्बोधन का प्रयोग नहीं किया।

मिस्टर हैरिसन ने मुझको नज़रअन्दाज़ करने की बहुत कोशिश की, लेकिन कार के पास पहुँचने तक देखते रहे। उनको देखकर स्पष्ट था कि वह खुश दिखने का प्रयास कर रहे थे। शायद वह अपना बड़प्पन कम नहीं करना चाहते थे।

''यह तो बिलकुल अप्रत्याशित है,'' उन्होंने कहा, ''मैंने कभी नहीं सोचा था कि तुमसे फिर मुलाकात होगी।''

''मुझे नौकरी मिल गयी है,'' मैंने कहा और स्वयं को मिली इस नयी आज़ादी का दिखावा करने का मौका झटक लिया। ''मैं चाहता था कि आकर आपसे मिल लूँ, लेकिन समय ही नहीं मिला।''

''तुम्हारा हमेशा स्वागत है। पादरी की पत्नी अक्सर तुम्हारे बारे में बात

करती है, तुम्हें देखकर उसको खुशी होगी। वैसे तुम्हारा काम क्या है?"

मैं झिझका; मैं नहीं जानता था कि मेरे अभिभावक सच को किस तरह से लेंगे—शायद हँसेंगे या मज़ाक उड़ायेंगे (तुम पढ़ाओगे!)—और मैंने तय किया कि मैं अपने काम के बारे में रहस्य बनाए रखूँगा।

"बच्चों की देख-भाल," मैंने उनको निरस्त्र करने वाली एक मुस्कान के साथ जवाब दिया। "खैर, मैं भूखा नहीं मर रहा। और मेरे बहुत-से दोस्त भी बन गये हैं।"

मिस्टर हैरिसन का चेहरा काला पड़ गया और उनके मुँह के कोने कसमसाये; लेकिन उनको याद आ गया कि अब समय बदल गया है, और अब मैं बड़ा हो चुका हूँ, आज़ाद हूँ और उनके घर में नहीं रहता हूँ; इसलिए उन्होंने अपने गुस्से पर काबू पा लिया।

"मैं तुमको नौकरी दिला सकता हूँ," वे बोले। "चाय के बागान में। या अगर तुम विदेश जाना चाहो तो, मेरा एक दोस्त गुयाना में रहता है..."

"मुझे बच्चों की देख-भाल का काम अच्छा लगता है," मैंने कहा।

मिस्टर हैरिसन मुस्कुराये, कार में बैठे, और इंजन स्टार्ट करने से पहले एक सिगरेट जलाई। "खैर जैसा मैंने कहा, तुम्हारा उस घर में हमेशा स्वागत है।"

"शुक्रिया," मैंने कहा। "उस जमादार लड़के को मेरा सलाम कहियेगा।"

माहौल तनावग्रस्त होता जा रहा था।

"तुम खुद ही किसी दिन क्यों नहीं आ जाते उससे मिलने के लिए?" मिस्टर हैरिसन ने बहुत धीरे और बहुत दुर्भावना से कहा।

इसी समय कार का इंजन चालू हो गया।

"हाँ बिलकुल।"

"मैंने उसको निकाल दिया," मिस्टर हैरिसन ने कहा और कार की गति बहुत तेज़ी से बढ़ाई और मुझे धूल के बादल में छोड़कर चले गये।

मेरा गुस्सा खुशी में तब बदल गया जब उनकी कार ने एक रुकी हुई बैलगाड़ी को लगभग टक्कर मार दी और एक वर्दी-धारी पुलिसवाले ने कार को रोक लिया। इस एहसास के साथ कि जीत अन्त में मेरी हुई है, मैं घर की ओर चल पड़ा।

लीची के पेड़ गुलाबी छिलकेवाले फलों से लद गये थे और आम भी लगभग पक गये थे। आम एक मादक फल है। जिसके भीतर का सुनहरा गूदा होंठों और जीभ के लिए बहुत कामुक होता है। घास अभी तक यह तय नहीं कर पायी थी कि उसको पीला ही रहना है या हरा हो जाना है, और शायद वह तब तक अपना मटमैला पीला रंग ही रखने वाली थी जब तक कि मानसून नहीं आ जाता।

मीना मुझे केले के पेड़ के नीचे मिली।

"मैं बहुत ऊब रही हूँ," वह बोली, "इसीलिए मैं आज तुम्हारे बाल काटूँगी। तुमको कोई आपत्ति है?"

"तुम्हें खुश करने के लिए मैं कुछ भी करूँगा। लेकिन पूरे बाल उड़ा मत देना।"

"तुमको मुझ पर भरोसा नहीं है?"

"मैं तुमसे प्यार करता हूँ।"

मुझको एक चादर में लपेटा गया और कुर्सी पर बैठा दिया गया। मैंने ऊपर मीना की तरफ़ देखा, और हमारी हँसती हुईं, नीली और भूरी आँखें टकराईं।

मीना शान्ति से बाल काट रही थी और मेरे बाल तेज़ी से, नज़ाकत से, हल्के-हल्के नीचे गिर रहे थे। मुझे कैंची की कतरने की आवाज़ बहुत अच्छी लग रही थी और हल्का होने का एहसास भी; ऐसा लग रहा था कि मेरे दिमाग को अब विचरण करने के लिए ज़्यादा जगह मिल रही थी।

किशन घर के कोने से मँडराता हुआ आया, वह अभी भी पाजामा पहने हुए था जो घुटनों तक मुड़ा हुआ था। जब उसने देखा कि क्या हो रहा है, वह ठठाकर हँस पड़ा।

"इसमें हँसने जैसा क्या है?" मैंने चिढ़कर पूछा।

"तुम!" किशन बड़बड़ाया। "तुम्हारे बाल कहाँ गये, तुम्हारे खूबसूरत, सुनहरे बाल? क्या मम्मी तुम्हें साधु बना रही हैं? या तुम्हारे सिर में दाद हो गयी है? या जूएँ? देखो ज़मीन पर, तुम्हारे खूबसूरत बाल!"

"मज़ाक मत करो किशन," मीना बोली, "वरना तुम्हारा भी यही हाल होगा।"

"क्या यह इतना बुरा है?" मैंने घबराकर पूछा।

"क्या तुमको मुझ पर भरोसा नहीं है?" मीना ने पूछा।

"मैं तुमसे प्यार करता हूँ।"

मीना ने जल्दी से किशन को देखा कि कहीं उसने आखिरी बात सुनी तो नहीं, लेकिन वह तो अभी भी मेरे बालों पर हँसने और अपनी नाक कुरेदने में व्यस्त था।

"रस्टी, मुझे तुमसे एक सहायता चाहिए," मीना ने कहा। "मिस्टर कपूर और मैं शायद कुछ हफ़्तों के लिए दिल्ली जायेंगे, क्योंकि वहाँ उनको अच्छी नौकरी मिलने की उम्मीद है। हम किशन को नहीं ले जा रहे हैं क्योंकि वह सिर्फ़ हमारी मुसीबत ही बढ़ाएगा, तो क्या तुम कुछ दिनों के लिए उसकी देख-भाल करोगे और उसको कोई भी बदमाशी करने से दूर रखोगे? मैं तुमको कुछ पैसे दे जाऊँगी। दो हफ़्तों के लिए तुमको कितने पैसे चाहिए होंगे?"

"तुम कब जा रही हो?" मैं अभी से दुःख में डूब गया था।

"तुम्हें कितने पैसे चाहिए होंगे?"

"ओह, पचास रुपये...। लेकिन कब—"

"एक सौ रुपये!" किशन बीच में बोल पड़ा। "वाह रस्टी, हम बहुत मज़े करेंगे!"

"पचहत्तर," मीना बोली, मानो वह कोई मोल-भाव कर रही थी, "दो हफ़्तों के बाद मैं और पैसे भेज दूँगी। लेकिन तब तक हम वापस आ जायेंगे। लो रस्टी, तुम्हारे बाल कट गये।"

लेकिन बाल कटने के परिणाम में अब मेरी कोई रुचि नहीं थी; मुझे रोने का मन कर रहा था; मीना की इस योजना में मैं भी अपना मत रखना चाहता था, मुझे लगा कि थोड़ा अधिकार मुझे भी है।

उस शाम जब हम सब बाहर वाले कमरे में बैठे थे, मैंने ज़्यादा बातें नहीं कीं। कोई बोल नहीं रहा था। किशन ज़मीन पर लेटा था और अपने पेट पर हाथ फेर रहा था और उसके पैरों के अँगूठे दीवार पर काल्पनिक आकृतियाँ ढूँढ रहे थे। मीना थकी हुई लग रही थी; बालों की लटें उसके चेहरे पर गिर आयी थीं, और उसने उनको पीछे करने की ज़हमत भी नहीं उठायी थी। उसने किशन का पैर पकड़ा और खींच दिया।

"जाओ, सो जाओ," वह बोली।

"अभी थका नहीं हूँ।"

"अपने बिस्तर पर जाओ वर्ना थप्पड़ खाओगे।"

किशन बेशर्मी से हँसने लगा लेकिन ज़मीन से उठ गया और धीरे-धीरे चलते हुए अपने कमरे की ओर चला गया।

"और डैडी को मत जगाना," वह बोली।

मिस्टर कपूर को जल्दी सुला दिया गया था क्योंकि मीना चाहती थी कि वह दिल्ली की यात्रा और वहाँ के साक्षात्कारों के लिए होश में रहें। लेकिन वह बीच-बीच में उठ जाते थे और कुछ-न-कुछ माँगते थे—कुछ बिलकुल गैर-ज़रूरी। इसलिए थोड़ी देर बाद कोई भी उसकी इच्छा की तरफ़ ध्यान नहीं दे रहा था। वह एक चिड़चिड़े रोगी जैसे थे, जिसको संतुष्ट और बर्दाश्त किया जाना था।

"क्या तुम्हारी तबियत ठीक नहीं है मीना?" मैंने पूछा। "अगर तुम चाहो तो मैं भी चला जाता हूँ।"

"मैं सिर्फ़ थकी हुई हूँ, मत जाओ..."

वह खिड़की तक गयी और उसने परदे बन्द कर लिये, और बत्ती बुझा दी। सिर्फ़ टेबल-लैम्प जल रहा था। लैम्प पर लगे पर्दे पर ड्रैगन और तितलियाँ बनी थीं—वह चीन का बना लैम्प था—और मैं जब वहाँ बैठकर रोशनी को देख रहा था, ड्रैगन हिलने लगे और तितलियाँ पंख फड़फड़ाने लगीं। मैं मीना को देख नहीं पा रहा था लेकिन मुझको कमरे में उसके होने का एहसास हो रहा था।

वह खिड़की से वापस आयी और शान्ति से, बिना एक भी आहट के, ज़मीन पर बैठ गयी। उसकी पीठ सोफ़े से टिकी थी, उसका सिर तकिये पर विश्राम कर रहा था, वह छत की तरफ़ देख रही थी। हममें से कोई भी कुछ बोल नहीं रहा था।

बगल के कमरे से किशन की सोने की तैयारियों की आवाज़ आ रही थी। एक या दो बार कुछ ठोकने की आवाज़ें और गालियों भरी एक फुसफुसाहट। मिस्टर कपूर धीरे-धीरे खर्राटे ले रहे थे और बाकी सन्नाटा था।

मेरी नज़रें अब घूमते हुए ड्रैगन और हिलती-डुलती तितलियों से हटकर मीना पर टिक गयीं, जो शान्त और थकी हुई बैठी थी, उसके पैर बेजान-सी मेज़ के पैरों के पास थे, मीना की चप्पलें ज़मीन पर गिर चुकी थीं। लैम्प की रोशनी

में उसके पैर बहुत थके हुए लग रहे थे।

एक पतंगा लैम्प के चारों तरफ़ मँडराने लगा, और वह गोल-गोल घूमता हुआ रोशनी के पास जा रहा था। फिर एक आकस्मिक झटके के साथ वह लैम्प से टकराया और ज़मीन पर गिर पड़ा। लेकिन मीना और मैं अभी भी खामोश थे, हमारी साँसें ही हमारा वार्तालाप थीं।

~

दिन में, मक्खियाँ कमरे के चारों ओर बेचैन करने वाली भिनभिनाहट करती हुई चक्कर लगाती थीं और रात में मच्छर कान में गीत सुनाते थे; गर्मियों के दिन बहुत तपते हुए और चिपचिपाहट भरे होते थे; और रातें बेदम कर देने वाली। मैं अपने शरीर पर गंजनी का तेल लगाने लगा था (जो सोमी की माँ ने मुझे दिया था); इसकी महक मेरे लिए तो बहुत खुशनुमा थी लेकिन मच्छरों को दूर रखती थी।

जब से मैंने यह तेल लगाना शुरू किया था, मैंने अपने शरीर में फ़र्क देखा था। मेरा बचपन का मोटापा कम हुआ था और अब मेरे शरीर में पहले से अधिक मांसपेशियाँ दिखने लगी थीं; मेरा रंग साफ़ और स्वस्थ हुआ था और मेरे मुँहासे लगभग गायब हो गये थे। मेरे मुँहासों के बारे में सबने मुझको सलाह दी थी, ''दही खाओ,'' सोमी की माँ ने कहा था। ''चिकनाई वाला खाना मत खाओ गाजर खाओ,'' सोमी ने कहा था। ''खूब सारे फल, आम खाओ!'' किशन ने कहा था। ''बिलकुल नहीं, डॉक्टर को दिखाओ,'' मीना ने कहा था। ''व्हिस्की पियो,'' मिस्टर कपूर ने कहा था। लेकिन मेरे मुँहासे बिना किसी उपचार के अपने आप ही गायब हो गये थे और गुप्त रूप से मैं इसका कारण प्यार में पड़ने को मानता था।

बोगनवेलिया की लता अब कमरे में और ऊपर तक बढ़ गयी थी, और अब फूलों में बैठकर, मुझको तेल लगाते हुए वह बिना पंखों वाली मैना देख रही थी; वह इतनी बार लड़ाई में हिस्सा ले चुकी थी कि उसके सिर के पंखों को वापस उगने का मौका ही नहीं मिला।

सूरी बिना बताए कमरे में घुस आया और अपने चश्मे को चादर से पोंछते हुए बोला, ''मैंने एक निबंध लिखा है मिस्टर रस्टी, जिसके लिए मुझे स्कूल में

अंक मिलने हैं। कृपा करके आप उसको सुधार दें।''

''पहले मुझे यह तेल लगाने का काम पूरा कर लेने दो...वैसे यह बेईमानी होगी, तुम जानते हो ना, कि इसको मैं पहले से सही कर दूँ।''

''नहीं, बिलकुल नहीं। इसे बाद में भी सही किया जाना ही है, तो तुम अध्यापक का समय बचाओगे। वैसे भी मैं यह घटिया स्कूल बहुत जल्दी छोड़ने वाला हूँ। मैं मसूरी जा रहा हूँ।''

''जहाँ रणबीर रहता है वहीं? वह तुम्हें देखकर बहुत खुश होगा।''

सूरी ने मुझको अपनी कॉपी पकड़ा दी। उसकी जिल्द पर पेंसिल से बना एक खुला और नग्न चित्र था।

''यह मत कहना कि यह तुम्हारी स्कूल की कॉपी है!'' मैंने आश्चर्य से कहा।

''नहीं, यह सिर्फ़ अतिरिक्त काम के लिए है।''

''यह चित्र तुमने बनाया?''

''बिलकुल, तुम्हें पसन्द नहीं आया?''

''यह तुमने कहीं देखकर बनाया, अपनी कल्पना से बनाया या किसी ने तुम्हारे सामने खड़े होकर बनवाया है?''

सूरी ने आँख मारते हुए कहा, ''किसी ने सामने खड़े होकर बनवाया।''

''तुम झूठे हो, और सूअर हो।''

''ज़रा देखो, यह बातें कौन कह रहा है! तुम खुद भी कोई साधु नहीं हो रस्टी।''

''तुम्हारा मतलब क्या है?'' मैंने सूरी और दरवाज़े के मध्य में खड़े होते हुए कहा।

''मेरा मतलब है मिसेज़ कपूर कैसी हैं, हाँ?''

''वह ठीक हैं।''

''तुम्हारी उनसे अच्छी बनती है, हाँ?''

''हाँ हमारी अच्छी बनती है।''

''जैसे उस पिकनिक पर?''

सूरी ने अपने हाथ मले और कमीनेपन से मुस्कुराने लगा। मैं एक क्षण के लिए सचेत हुआ।

"क्या मतलब है तुम्हारा, पिकनिक से?"

"तुम लोगों ने साथ में क्या किया था रस्टी महाशय, तुम और मिसेज़ कपूर? झाड़ियों में क्या हुआ था?"

मैं दीवार पर झुका और सूरी की मुस्कान उसे वापस देते हुए बोला, "मैं तुम्हें बताता हूँ हमने क्या किया था, मेरे दोस्त। दोस्तों के बीच में छुपाने जैसा कुछ नहीं होना चाहिए, है न? खैर, मिसेज़ कपूर और मैंने हमारा पूरा समय प्यार करते हुए बिताया। हमने पूरे समय एक-दूसरे को प्यार करने के अलावा और कुछ नहीं किया। जबकि मिस्टर कपूर सिर्फ़ सौ गज की दूरी पर थे और तुम दूसरी झाड़ी में...अब बताओ, तुम और क्या जानना चाहते हो?"

सूरी की मुस्कान टिकी हुई थी। "क्या होगा अगर मैं मिस्टर कपूर को यह बता दूँ तो?"

"तुम नहीं बताओगे।"

"क्यों नहीं?"

"क्योंकि तुम आखिरी इंसान होगे जिस पर वह भरोसा करेगा। और उसको परेशान करने के लिए वह शायद तुम्हारे पिछवाड़े पर लात भी मारेगा।"

सूरी की मुस्कान गायब हो गयी।

"खुश हो जाओ," मैंने कहा। "निबंध का क्या? तुम चाहते हो मैं उसको सुधार दूँ?"

उस दोपहर एक पुरानी कार केले के पेड़ के नीचे खड़ी थी और उसका अधीर चालक बार-बार भोंपू बजा रहा था। डिग्गी और बम्पर में ऊपर तक स्टील के बक्से और सोने के लिए गद्दे रखे थे। मानो कपूर दम्पति हमेशा के लिए जा रहे थे। मीना, कपूर को दिल्ली तक गाड़ी नहीं चलाने देती इसलिए उन्होंने एक पेशेवर चालक को बुला लिया था।

कपूर अपने हरे लबादे में घर की सीढ़ियों पर बैठा था और गले से कार के भोंपू जैसी आवाज़ निकाल रहा था।

"शैतान!" वह चिल्लाया, मीना की ओर इशारा करते हुए, जो घर के भीतर दौड़-भाग में लगी थी। "मेरी पत्नी शैतान का रूप है जो मुझे दिल्ली ले जा रही है! यह कार कभी वहाँ नहीं पहुँचेगी।"

"हाँ, बिलकुल पहुँचेगी," मीना ने अपना सिर खिड़की से बाहर निकालते

हुए कहा, ''और यह तुम्हारे साथ ही वहाँ पहुँचेगी चाहे तुम दाढ़ी बनाओ या न बनाओ और तैयार हो या न हो। तो इसलिए बेहतर है कि तुम अभी से अपनी जगह ले लो।''

मैं घर के अन्दर गया जहाँ मीना कमरों में ताले लगा रही थी। वह बहुत थकी हुई और चिड़चिड़ी सी लग रही थी।

''तुम उम्मीद से जल्दी जा रही हो,'' मैंने कहा। ''क्या किशन को पैसे दे दिये हैं?''

''नहीं, पैसे तुम रखो। मैं तुम्हें पाँच रुपये के नोट में पैसे देती हूँ, एक मिनट...किशन को तुम्हारे साथ सोना पड़ेगा क्योंकि मैं घर में ताला लगा रही हूँ...''

उसने एक दराज खोली और एक लिफ़ाफ़ा निकालकर मुझे दे दिया।

''पैसे,'' उसने कहा। मैंने एक छोटा-सा सूटकेस उठाया और मीना के पीछे-पीछे बाहर कार तक आ गया। मैंने प्रतीक्षा की और जब वह बैठ गयी, तो उसका सूटकेस उसको थमा दिया और जब मैंने ऐसा किया, हमारे हाथ टकराए। उसने अपनी उँगलियाँ मेरी उँगलियों पर रखीं, मुझे देखकर मुस्कुराई और मेरी उँगलियाँ हल्के से दबा दीं।

आगे की सीट से कपूर ने मुझे इशारा किया। उसने मेरा हाथ पकड़ा और मुझे एक चाभी थमा दी।

''मेरे दोस्त,'' वह फुसफुसाये, ''यह चाभी पिछले दरवाज़े की है। रसोईघर में तुमको व्हिस्की की छह बोतलें मिलेंगी। हमारे आने तक उनको सुरक्षित रखना।''

मैंने मिस्टर कपूर से हाथ मिलाया, उस आदमी से जिस पर मैं हँसता था, लेकिन जिसको पसन्द करने से मैं खुद को नहीं रोक सका था।

इस पूरी अव्यवस्था में किशन पर किसी का भी ध्यान नहीं गया लेकिन वह पूरे समय वहीं था और अब उसको अपनी माँ से एक हल्का चुम्बन और पिता से एक ज़ोर का चुम्बन मिला था।

कार ने दहाड़ मारी और बहुत कम दूरी से एक केले के पेड़ को बचाते हुए वह कंकड़ों से बने मार्ग पर चल पड़ी, एक गड्ढे के ऊपर से उछलती हुई धूल के बादलों में गायब हो गयी।

किशन और मैं अपने-अपने रुमाल झाड़ रहे थे। किशन को अपने माता-पिता के चले जाने का कोई दु:ख नहीं था, लेकिन मुझे रोना आ रहा था। अब मुझे ज़िम्मेदारी का एहसास हो रहा था, जो एक ऐसी चीज़ थी जो मुझको बिलकुल पसन्द नहीं थी, और इससे कुछ खो जाने का एहसास हो रहा था। लेकिन यह अवसाद कुछ ही क्षणों का था।

''ए!'' किशन बोला।''क्या तुम भी वो देख रहे हो जो मैं देख रहा हूँ?''

''मुझे ऐसी बहुत सारी चीज़ें दिख रही हैं जो तुमको दिख रही हैं, तो तुम्हारा मतलब क्या है?''

''कपड़े! मम्मी के धोये हुए, वे सब गुलाब की झाड़ी पर हैं!''

मीना अपने धोये हुए कपड़ों को लिये बिना ही चली गयी थी, जो हमेशा की तरह, गुलाब की झाड़ियों पर सूखने के लिए छोड़े गये थे। मिस्टर कपूर का जाँघिया पूरी झाड़ी पर फैला हुआ था और दूसरा पेड़ रंग-बिरंगी चोलियों और ब्लाउजों से सजा था।

मैंने कहा, ''शायद वह चाहती थीं कि उसके वापस आने तक ये सब सूख जायें।''

फिर मैं भी किशन के साथ हँसने लगा। यह एक अच्छी चीज़ थी, मीना का भुलक्कड़पन, जिसने जाने के दु:ख को थोड़ा कम कर दिया था।

''अगर हम ध्यान ना देते तो?'' किशन खिलखिलाया।

''तो ये चोरी हो जाते।''

''तब तो हमें खुद को ईनाम देना चाहिए। चाट की दुकान के बारे में क्या ख़याल है भाई?''

स्वयं की लोकप्रियता के कम होने का खतरा उठाते हुए मैं किशन की ओर मुड़ा और दृढ़-निश्चय के साथ बोला, ''कोई चाट की दुकान नहीं। हमारे पास पूरे महीने के लिए सत्तर रुपये हैं, और इनके खत्म हो जाने के बाद मैं तुम्हारी माँ को चिट्ठी लिखकर और पैसे नहीं मँगवाने वाला। हम लोग खाना खाने सोमी के घर जा रहे हैं। तो भाई, कोई चाट की दुकान नहीं!''

''तुम सूअर हो रस्टी।''

''तुम भी।''

इस प्यार भरी मनोदशा से हमने गुलाब की झाड़ी पर से कपड़े इकट्ठे किए,

और छत पर बने अपने कमरे की ओर कदम बढ़ाया।

यहाँ सिर्फ़ एक बिस्तर था, और सोने के मामले में किशन बहुत स्वार्थी था। रात में दो बार मैंने खुद को ज़मीन पर पड़ा पाया और अन्त में मैं कुर्सी पर बैठ गया और अपने पाँव मेज़ पर रखकर खिड़की के बाहर अँधेरी रात को देखने लगा। भले ही मैं आरामदायक अवस्था में था, मैं सो नहीं पाया, मैं बहुत प्रेमातुर हो रहा था। मैं एक कविता लिखना चाहता था, लेकिन लिखने के लिए वहाँ बहुत अँधेरा था; मैं एक पत्र लिखना चाहता था लेकिन उसे गये हुए अभी एक दिन भी नहीं हुआ था; मैं मीना के साथ भाग जाना चाहता था, पहाड़ियों में, जंगल में, जहाँ कोई हमें ढूँढ न सके, मैं हमेशा उसके साथ रहना चाहता था और कभी बूढ़ा नहीं होना चाहता था...हम दोनों में से कोई कभी बूढ़ा न हो...

~

सुबह सूरी की तरफ़ से एक संदेश आया था। मुझे आश्चर्य हुआ कि सूरी ने बिना नज़र में आये यह दरवाज़े के बाहर कैसे रख दिया। उसमें लिखा था—

'कल मैं मसूरी जा रहा हूँ। यह निमन्त्रण है रस्टी महाशय और किशन को मेरी विदाई की पार्टी में आने के लिए, आज शाम ठीक पाँच बजे।'

जैसे ही यह स्पष्ट हो गया कि सूरी जा रहा है, हर कोई उससे प्यार करने लगा। और हर कोई उसके लिए तोहफ़ा लेकर आया ताकि वह अपना दिमाग बदल कर यहाँ रुक न जाये।

किशन उसके लिए सस्ती वाली दूरबीन लाया ताकि वह लड़कियों को और करीब से देख सके।

सभी मेहमान मेज़ के आस-पास बैठ गये और सूरी ने भव्य तरीके से सबका मनोरंजन किया; और उसकी कही गयी हर बात बर्दाश्त की जा रही थी और हम सब विशिष्ट रूप से उसके प्रति अपनी दोस्ती दिखा रहे थे और फिर हमने उसके लिए तीन बार 'हुर्रे, हुर्रे, हुर्रे' का उद्घोष किया, हम बहुत खुश थे कि वह जा रहा था।

हमने नींबू-पानी पिया और क्रीम केक खाये (जो अच्छी दुकानों के अच्छे जलपान-गृह से खास तौर पर लाये गये थे।) और किशन ने कहा, "हमें बहुत अफ़सोस है कि तुम जा रहे हो, सूरी," और हमने और क्रीम केक खाये और

नींबू-पानी पिया, और किशन ने कहा, ''तुम हमारे लिए भाई जैसे प्यारे हो सूरी।'' और जब क्रीम केक खत्म हो गये, किशन सूरी की गर्दन पर गिर पड़ा और उसे चूम लिया।

यह सब बहुत मार्मिक था, क्रीम केक, नींबू-पानी और सूरी का चला जाना।

किशन बीमार हो गया था और मुझको उसे कमरे तक लाना पड़ा। वह बिस्तर पर औंधे मुँह पड़ा हुआ था, जबकि मैं, खिड़की के सामने खड़ा था और बरगद की टहनियों की ओर शून्य में देख रहा था।

''बूँदाबाँदी हो रही है,'' मैंने कहा। ''मुझे लगता है, तूफ़ान आने वाला है, मैंने आसमान को इतना काला कभी नहीं देखा।''

और मानो इस अवलोकन को सही सिद्ध करने के लिए आसमान में बिजली कड़की। यह बहुत रोमांचक था, क्योंकि मुझे तूफ़ान बहुत पसन्द थे। कई बार मानो वो मेरे भीतर छुपी भावना की अभिव्यक्ति करते थे।

''खिड़की बन्द करो,'' किशन बोला।

''अगर मैंने खिड़की बन्द की तो लता पर खिले फूल मर जायेंगे।''

किशन ऊँघने लगा, ''तुम एक कवि हो, वही हो तुम!''

''एक दिन मैं कविताएँ लिखूँगा।''

''आज क्यों नहीं?''

''आज बहुत कुछ हो रहा है।''

''मुझे नहीं लगता। देहरा में कभी कुछ नहीं होता। यह जगह निर्जीव है। तुम आज ही से लिखना क्यों नहीं शुरू करते? तुम बहुत अच्छे लेखक हो, मैंने तुमसे पहले भी कहा है।''

''मैं जानता हूँ।''

''एक दिन...एक दिन तुम राजा बनोगे...। लेकिन सिर्फ़ तुम्हारे ख़्वाबों में...तब तक के लिए खिड़की बन्द कर दो!''

लेकिन मुझको खिड़की खुली ही अच्छी लगती थी, मुझे अच्छा लगता था बारिश का मेरे चेहरे को छूना और बारिश का बरगद की पत्तियों से बातें करना।

''वो लोग अब तक दिल्ली पहुँच गये होंगे,'' मैंने कहा, अधिकतर खुद से।

''डैडी ने पी रखी होगी,'' किशन बोला।

''वहाँ उनके पास पीने के लिए कुछ है ही नहीं।''

''अरे, वह कुछ-न-कुछ ढूँढ लेंगे। तुम जानते हो, एक बार, उन्होंने घर में रखा बालों में लगाने का पूरा तेल पी डाला था। उन्होंने तुमको पिछले दरवाज़े की चाभी दी थी ना? चलो, एकाध बोतल हम पी लेते हैं...''

मैंने कोई जवाब नहीं दिया। तनाव से भरा आसमान काँप उठा। काले बादलों का कंबल ज़ोर से गुर्राया और हवा, जो अभी तक शान्त और गरम थी, बिजली से तड़प उठी। फिर वहाँ बिजली की बहुत तेज़ गड़गड़ाहट हुई, और एकाएक हमारी लोहे की नालीदार छत पर ओले गिरने लगे।

''कितना शोर है!'' किशन ने आश्चर्य से कहा, ''ऐसा लग रहा है, बहुत सारे कंकाल छत पर लड़ाई कर रहे हैं!''

ओले, जो कंचों जितने बड़े थे, उछलकर दरवाज़े के पास गिर रहे थे और बर्फ़ की सफ़ेद परत बना रहे थे। खिड़की से मुझको एक आया दिखी जो बड़ी मुश्किल से कंकड़ की सड़क पर चल रही थी और बच्चे वाली गाड़ी पागलों की तरह पत्थरों पर घूम रही थी और उसके सिर पर पड़ा पल्ला बेतरतीब-सा उड़ रहा था।

''क्या तुम खिड़की बन्द करोगे!'' किशन चिल्लाया।

''तुम इतने निर्दयी क्यों हो?''

''मैं निर्दयी नहीं हूँ, मैं बीमार हूँ! क्या तुम चाहते हो मैं इस जगह के हर कोने में अपनी बीमारी के लक्षण दिखाऊँ?''

जितनी सावधानी से हो सका, मैंने लता को बाहर धकेला और उसको बाहर की दीवार के सहारे लगा दिया। फिर मैंने खिड़की बन्द कर दी। इससे बाहर का नज़ारा दिखना बन्द हो गया क्योंकि खिड़की के पल्ले प्लाई की लकड़ी के बने थे और इनमें कोई शीशे का पल्ला नहीं लगा था।

''और दरवाज़ा भी,'' किशन ने कराहते हुए कहा।

दरवाज़ा बन्द हो जाने के बाद अब कमरा पूरी तरह से अँधेरे में डूब गया था।

''कैसा कमरा है,'' किशन ने शिकायत की, ''रोशनी भी नहीं आती। उन लोगों के वापस आ जाने के बाद तुमको नीचे ही चलकर रहना पड़ेगा।''

"लेकिन मुझको यहाँ अच्छा लगता है।"

तूफ़ान पूरी रात चला; इससे किशन बहुत घबरा गया था और मुझको बिस्तर से नीचे धकेलने की बजाय वह सुरक्षा के लिए मेरे ऊपर हाथ डालकर सोया था।

बारिश सुबह तक रुक गयी थी, लेकिन आसमान अभी भी भरा हुआ और धमकाता हुआ लग रहा था। किशन और मैं बिस्तर पर ही पड़े थे, क्योंकि कुछ भी करने के लिए हम बहुत ऊब चुके थे। टिन के डिब्बे में कुछ मेवे रखे थे और हम लगातार अखरोट खा रहे थे। हमें सुनाई दिया कि डाकिया नीचे अपने नियमित चक्कर लगा रहा था और मुझे अचानक याद आया कि डाकिये को तो पता ही नहीं होगा कि कपूर दम्पति चले गये हैं। मैं जल्दी से बिस्तर से उठा, दरवाज़ा खोला और छत के किनारे पर आ गया।

"अरे, डाकिये! मिस्टर और मिसेज़ कपूर के लिए कुछ है क्या?"

"नहीं," डाकिया बोला, "लेकिन तुम्हारे लिए कुछ है, क्या मैं ऊपर आऊँ?"

लेकिन मैं पहले से ही नीचे जाने के रास्ते पर था, इस विश्वास के साथ कि यह मीना की तरफ़ से पत्र होगा।

यह एक टेलीग्राम था। मेरी उँगलियाँ उसको खोलने में काँप रही थीं। कमरे में पहुँचने से पहले ही मैंने उसको पूरा पढ़ लिया था। ज़ब मैं कमरे में घुसा, मेरा चेहरा ज़रूर सफ़ेद पड़ गया होगा क्योंकि किशन ने मुझसे तुरन्त पूछा, "क्या बात है? तुम बीमार लग रहे हो। क्या मम्मी अब तुमसे प्यार नहीं करतीं?"

मैं बिस्तर के किनारे पर बैठ गया, और ज़मीन की तरफ़ देखने लगा।

"तुम हरिद्वार जा रहे हो," आखिरकार मैंने कहा। "अपनी बुआ के साथ रहने।"

"तो तुम मम्मी को बता दो कि मैं यहीं रहूँगा।"

"यह तुम्हारी बुआ की तरफ़ से है।"

"मम्मी खुद नहीं लिख सकती थीं?"

"मैं तुमको बताना नहीं चाहता।"

"पर तुमको मुझे बताना पड़ेगा!" किशन चिल्लाया और टेलीग्राम को

पकड़ने की नाकाम कोशिश की। ''तुमको मुझे बताना होगा रस्टी, तुमको बताना होगा!''

किशन की आवाज़ में घबराहट थी, वह साँस नहीं ले पा रहा था।

''ठीक है,'' मैंने कहा, मेरी खुद की आवाज़ तनावपूर्ण और खोखली थी। ''कार के साथ एक दुर्घटना घट गयी।''

''और डैडी को कुछ हुआ?''

''नहीं।''

अब बहुत भयंकर सन्नाटा था। किशन ने मेरी तरफ़ बहुत लाचारी से देखा, उसकी आँखों में आँसू और हैरानी थी। अपने भीतर के उन्माद को रोक पाना जब असम्भव हो गया, मैंने किशन को गले से लगाया और फूट-फूटकर रो पड़ा।

''ओह मम्मी, मम्मी,'' किशन चीख रहा था, ''ओह मम्मी...''

~

यह उसी दिन की देर शाम की बात थी। बादल चले गये थे और आसमान फिर से तारों से भर गया था। मैं बिस्तर पर बैठकर तारों को देखने लगा और किशन का इन्तज़ार करने लगा।

अब पत्थर के फ़र्श पर नंगे पैरों की आवाज़ सुनाई दी और धुँधली चाँदनी के प्रकाश में शरीर की बाह्य रेखाओं से मैंने किशन को पहचान लिया।

''तुम किसी भूत की तरह क्यों अन्दर आते हो?''

''ताकि तुम जाग न जाओ।''

''अभी तो शाम ही है। तुम कहाँ थे, मैं तुमको ढूँढ रहा था।''

''अरे, बस टहल रहा था...''

वह मेरे बगल में बैठ गया, और मेरी ही दिशा में मुँह करके तारों को देखने लगा। चाँदनी हमारे पैरों पर पड़ रही थी, लेकिन हमारे चेहरे अँधेरे में थे।

''रस्टी,'' किशन बोला।

''हाँ?''

''मैं हरिद्वार नहीं जाना चाहता।''

''मैं जानता हूँ तुम नहीं जाना चाहते। लेकिन तुमको यहाँ रहने की

अनुमति नहीं मिलेगी। तुमको अपने रिश्तेदारों के साथ जाना चाहिए और हरिद्वार बहुत खूबसूरत जगह है। वहाँ के लोग बहुत दयालु हैं..."

"मैं तुम्हारे साथ रहूँगा।"

"लेकिन मैं तुम्हारी परवरिश नहीं कर सकता किशन। मेरे पास पैसे नहीं हैं, नौकरी नहीं है...तुमको अपनी बुआ के साथ जाना चाहिए। मैं तुमसे मिलने आऊँगा।"

"तुम कभी नहीं आओगे।"

"मैं कोशिश करूँगा।"

हर रात पास के जंगल में भेड़ियों को रुदन करते हुए सुना जा सकता था लेकिन उस रात उनकी चीखें बहुत पास लग रही थीं, घर के बहुत पास।

किशन सो गया। वह थक चुका था; वह पूरी शाम टहलता रहा और दिल खोलकर रोता रहा था। मैं जगा था, मेरी आँखें खुली हुईं, आँसुओं से भरी हुई थीं; मैं नहीं जानता था कि ये आँसू मेरे लिए थे, या मीना के लिए या किशन के लिए लेकिन वे किसी-न-किसी के लिए तो थे ही।

मीना मर चुकी है, मैंने खुद को समझाया। मीना मर चुकी है; यदि कोई ईश्वर है तो वह उसका ध्यान रखे; यदि ईश्वर प्रेम है तो मेरा प्यार हमेशा उसके साथ रहेगा; वह मुझसे प्यार करती थी; मुझे वह बिलकुल स्पष्ट दिखाई दे रही थी, उसका चेहरा धूप और छाँव में चमक रहा था जब हमने जंगल में एक-दूसरे को चूमा था, उसके बालों में उतरता स्याह जल-प्रपात, उसकी थकी आँखें, लैम्प की रोशनी में उसके नटखट बच्ची जैसे पाँव, वह मुझसे प्यार करती थी, वह मेरी थी...

नपुंसकता और निरर्थकता की भावना ने मुझको ढँक लिया और मैं जीवन की व्यर्थता में डूबने लगा। बाकियों की तरह मैं भी जानता था कि हर क्षण कोई जन्म ले रहा था और कोई मर रहा था, आप उनको गिन सकते हैं, एक, दो, तीन, एक जन्म और एक मृत्यु प्रति क्षण...इस पूरे स्वरूप में एक जीव के जीवन की क्या बिसात है, एक मृत्यु क्या है, सिर्फ़ समय बिताना है... और यदि मुझे अभी मरना पड़े, मैंने खुद से पूछा, अचानक और अकारण, तो क्या होगा, क्या कोई फ़र्क पड़ेगा?...हम जिये जा रहे हैं, क्यों और किस कारण से, यह जाने बिना ही।

चाँदनी ने पूरे कमरे को नर्म, साफ़ रोशनी में नहला दिया था। भेड़ियों का रुदन नीचे मैदान से आता हुआ मालूम पड़ रहा था, और उस क्षण में दोनों—भेड़िया और मौत—एक जैसे लगे—कुरूप, डरपोक और गुस्से में पागल। मुझे दरवाज़े के उस पार से सूँ-सूँ की आवाज़ आयी और मैंने अपना सिर उठाया।

दरवाज़े के रास्ते में चाँदनी के प्रकाश में एक काली छाया जो भूखे भेड़िये की आकृति बना रही थी खड़ी थी और उसकी आँखें भयानक तरीके से चमक रही थीं।

मैं चीखना चाहता था। मैं कमरे का हर सामान उस बेरहम जानवर के ऊपर फेंकना चाहता था या खुद खिड़की से बाहर कूद जाना चाहता था, लेकिन मैं इस तरह से स्थिर हो गया था कि इनमें से कुछ भी नहीं कर सका।

भेड़िये ने अपना सिर उठाया और आसमान की तरफ़ मुँह करके एक लम्बी, खून सुखा देने वाली चीख निकाली कि मेरे शरीर में से बिजली का करंट दौड़ गया। किशन उछलकर उठ बैठा और सहमते हुए उसने अपने हाथ मेरे चारों ओर डाल दिये।

फिर मैं चीख पड़ा।

यह आधी चीख थी, आधी चीत्कार। यह मेरे पेट के गड्ढे से शुरू हुई और मेरे फेफड़ों से छनती हुई इस खाली रात में उड़ेल दी गयी। मेरे चारों तरफ़ सब कुछ उस चीत्कार की गति से हिलता और थरथराता महसूस हो रहा था।

भेड़िया भाग गया। किशन छोटे बच्चे की तरह रोने लगा फिर मुझसे दूर हटा और चादर के भीतर घुस गया।

और जैसे ही वह चीत्कार और उसकी प्रतिध्वनि मंद पड़ती गयी, रात फिर से एक बोझिल और डरावनी स्थिरता में डूब गयी; और अब मुझे सुनाई दे रही थी, कंबल के अन्दर से किशन के रोने की आवाज़। किशन भेड़िये के रुदन से इतना नहीं डरा था जितना मेरी खतरनाक चीत्कार से डर गया था।

''ओह, किशन भाई,'' मैं रोने लगा, और मैंने उस बच्चे को अपनी बाँहों में भर लिया, ''रोओ मत, प्लीज़ रोओ मत। डरो मत किशन। मुझे स्वयं से डरने पर मजबूर मत करो...''

और अगली सुबह हमारा रिश्ता कुछ तनावपूर्ण लगा।

किशन की बुआ आ गयी थीं। वह किशन को ले जाने के लिए ताँगा

लेकर आयी थीं। उन्होंने मुझको सौ रुपये दिये, जिसके बारे में उन्होंने कहा कि ये मिस्टर कपूर की तरफ़ से हैं; मैं उन्हें लेना नहीं चाहता था लेकिन किशन ने मुझको गाली दी और वह पैसे लेने के लिए मजबूर कर दिया।

ताँगे की घोड़ी अपने पैरों से ज़मीन खोदती हुई, आस-पास की घास चबाती एवं थोड़ा-बहुत नाक से आवाज़ निकालती हुई बहुत अधीर हो रही थी। चालक कूपे से बाहर निकला और उसकी लगाम सँभाली और किशन और उसकी बुआ अपने-अपने स्थानों पर बैठ गये।

किशन ने अपना दु:ख छुपाने की कोई कोशिश नहीं की।

''मैं चाहता था तुम भी आते, रस्टी,'' वह बोला।

''मैं एक दिन तुमसे मिलने आऊँगा, भरोसा रखो।''

ऐसा बहुत कम ही होता था जब किशन अपनी अंदरूनी भावनाएँ जताता था; वह हमेशा अपने शारीरिक सुखों में ही डूबा रहता था और इसलिए उसकी सोच में कभी गहराई नहीं आयी; लेकिन उसकी भावनाएँ बहुत गहरी थीं, हालाँकि वह उनके बारे में कम ही सोचता और बोलता था।

उसने मुँह बनाया और अपनी नाक कुरेदने लगा।

''अन्दर से,'' वह बोला, ''मैं बिलकुल अकेला हूँ...''

चालक ने चाबुक खड़काया और घोड़ी ने नाक से आवाज़ निकाली, पहिये चरमराये और ताँगा आगे बढ़ा। कूपा एक गड्ढे पर उछल गया और ऐसा लगा था कि सब लोग उझलकर बाहर फेंक दिये जायेंगे; लेकिन वह कूपा बिना गिरे फिर से उछला और किशन और उसकी बुआ अभी भी अपनी-अपनी जगह पर बैठे थे। अब चालक ने घंटी बजाई और ताँगा मुख्य सड़क पर बढ़ गया जो स्टेशन की तरफ़ जाती थी; घोड़ी के खुर टकबक-टकबक करते हुए और ताँगे के पहिये चरमराते और खड़खड़ाते हुए चल रहे थे।

मैंने हाथ हिलाया। किशन अपनी जगह सीधा और बहुत अकड़कर बैठा था और अपनी कमीज़ को जकड़े हुए था।

मुझे किशन के लिए थोड़ा डर भी लग रहा था, जो अलग-थलग सा बैठा था, अपनी बुआ से दूर। जैसे उनका कोई रिश्ता न हो या वह उनको पहचानता ही न हो; ऐसा लग रहा था मानो उसको किसी विचित्र, अपरिचित दुनिया में भेजा जा रहा हो, जहाँ न कोई उसे जानता था न ही कोई उसकी परवाह करता

था; और हालाँकि मैं जानता था कि किशन आत्मनिर्भर और असभ्य था, मुझे उसकी चिंता हो रही थी।

चालक ने घोड़ी को आवाज़ लगाई, ताँगा मोड़ से मुड़ गया और आँखों से ओझल हो गया।

मैं दरवाज़े पर ही खड़ा रहा और खाली सड़क को देखता रहा। जानता था कि मैं अपने कमरे में चला जाऊँगा तो समय बीतता जायेगा और चीज़ें होती रहेंगी लेकिन यह फिर से कभी नहीं होगा...सूरज और लीचियाँ वहीं रहेंगे, और बाकी के दोस्त भी, लेकिन अब मीना नहीं होगी और न ही किशन, क्योंकि अब हमारी ज़िन्दगियाँ अलग हो चुकी थीं...ऐसा लग रहा था मानो किशन और मैं एक साथ नदी में गये, लेकिन मैं सरकंडों में फँस गया और वह आगे बढ़ गया; अगर मैं आगे नहीं बढ़ा, तो कुछ भी पहले जैसा नहीं रहेगा, यह बहुत दुःखद होगा...किशन चला गया था, और उसके साथ ही मेरे जीवन का एक हिस्सा भी चला गया था। अन्दर से मैं भी बिलकुल अकेला था।

~

वह एक चिपचिपी और बेचैन कर देने वाली दोपहर थी। पनहारा पानी भरी अपनी मशक को कन्धे पर टाँगे कमरे के नीचे से गुज़रा, और धूल भरी सड़क पर पानी छिड़कने लगा। खिलौने बेचनेवाला परिसर में घुसा और तेज़ और लयबद्ध आवाज़ में अपने सामान को बेचने के लिए चिल्लाने लगा; और अब वहाँ बच्चों के बोलने की आवाज़ें थीं।

खिलौनेवाले के पास एक लम्बा-सा बाँस था जिस पर दो या तीन छोटे बाँस तिरछे लगे थे, और हर तरह के खिलौने लटक रहे थे—छोटे डमरू, टिन की घड़ियाँ, छोटी बाँसुरियाँ और सीटियाँ एवं रंग-बिरंगे कपड़ों से बनी गुड़ियाँ—और जब ये खत्म हो जाते थे तो उनकी जगह पर एक बड़े से झोले में से दूसरे खिलौने निकालकर रख दिये जाते थे, एक बहुत रहस्यमय और दिलचस्प झोला, जिसमें खिलौनेवाले के अलावा किसी को भी देखने की इजाज़त नहीं थी। वह गरीबों और अमीरों के बीच एक जैसा लोकप्रिय था, क्योंकि उसके किसी भी खिलौने की कीमत चार आने से अधिक नहीं थी और वो एक दिन से अधिक टिकते भी नहीं थे।

मुझे सस्ते खिलौने पसन्द थे, और उनसे कमरे को सजाने का मुझे बहुत शौक था। मैंने दो आने की एक बाँसुरी खरीदी और उसको बजाते हुए ऊपर पहुँचा।

फिर मैंने अपनी कमीज़ और चप्पलें उतार दीं और बिस्तर पर सीधे लेटकर छत को ताकने लगा। छिपकलियाँ पंखे के आस-पास दौड़-भाग कर रही थीं, बिना परों वाली मैना खिड़की के पल्ले पर बैठी थी। मुझको नींद लगने ही वाली थी कि सोमी कमरे में घुसा।

सोमी बहुत उदासीन लग रहा था।

"मुझे बहुत चिपचिपाहट हो रही है," वह बोला, "मैं कपड़े पहनना ही नहीं चाहता।"

उसने भी अपनी कमीज़ उतार कर मेज़ पर रख दी, फिर आईने के सामने खड़े होकर अपने शरीर की बनावट देखने लगा। फिर वह मेरी तरफ़ मुड़ा।

"तुम ठीक नहीं लग रहे हो।" उसने कहा, "तुम्हारे बालों में मकड़ी का जाला लगा है।"

"मुझे फ़र्क नहीं पड़ता।"

"ज़रूर मिसेज़ कपूर तुमको बहुत पसन्द थीं। वे बहुत दयालु थीं।"

"मैं उससे प्यार करता था, तुमको नहीं पता?"

"नहीं, मुझे सिर्फ़ अपने प्यार के बारे में पता है। रस्टी, मेरे सबसे फ़ेवरेट फ्रेंड, तुम इस कमरे में नहीं रह सकते, तुम मेरे घर वापस आ जाओ। वैसे भी, इस इमारत में जल्दी ही नये किरायेदार आ जायेंगे।"

"जब वो आयेंगे, मैं यहाँ से निकल जाऊँगा, या तब जब मकान-मालिक को पता चल जायेगा कि मैं यहाँ रहता हूँ।"

सोमी का हमेशा खिला रहने वाला चेहरा कुछ उदास लग रहा था और उसकी आँखों में कुछ गुस्सा भी दिख रहा था।

"मैं जाकर खाने के लिए खीरा लेकर आता हूँ।" वह बोला, "फिर मुझे तुमको कुछ बताना है।"

"मुझे खीरा नहीं चाहिए," मैंने कहा, "मुझे नारियल चाहिए।"

"मुझे खीरा चाहिए।"

मुझे चिढ़ हो रही थी। कमरा गर्म था, बिस्तर गर्म था, मेरा खून भी गर्म

हो रहा था। मैंने अधीर होकर कहा, ''जाओ और जाकर अपना खीरा खाओ, मुझे कुछ नहीं चाहिए...।''

सोमी ने मेरी तरफ़ आश्चर्य से देखा, फिर, बिना एक शब्द कहे, अपनी कमीज़ उठाई और कमरे से बाहर चला गया। मुझे सीढ़ियों पर उसकी चप्पलों की आवाज़ सुनाई दे रही थी और फिर मैंने पथरीली सड़क पर उसकी साइकिल के पहियों की आवाज़ सुनी।

''अरे, सोमी!'' मैं बिस्तर से उछला और छत की तरफ़ भागा। ''वापस आओ!''

लेकिन साइकिल गड्ढे के ऊपर से उछली, सोमी की कमीज़ उड़ रही थी, और वापस बिस्तर पर आने के सिवा मैं और कुछ नहीं कर सकता था। मैं अपने उत्तेजना भरे गुस्से के प्रति सतर्क हो गया। मैं फिर से लेट गया और छत को ताकने लगा, छिपकलियों की तरफ़, जो पंखे के आस-पास एक-दूसरे का पीछा कर रही थीं। छत पर दो कौवे लड़ रहे थे और एक-दूसरे के पंख नोच रहे थे। हर कोई गुस्से में था।

मेरी समस्या क्या है, मैं सोच रहा था। मैंने सोमी से उत्तेजित होकर बात की थी, गुस्से में नहीं, लेकिन मेरे शब्द अवश्य ही गुस्से से भरे लग रहे थे। मैं बहुत बुरी हालत में था, थक चुका था।

मैंने अपनी आँखें बन्द कीं और सब कुछ दिमाग से हटा दिया।

सोमी का चेहरा मेरे चेहरे के बिलकुल पास था और वह मुझे देखकर हँस रहा था।

''तुम सपने में क्या देख रहे थे, रस्टी। मैंने तुमको इतनी मधुरता से मुस्कुराते हुए कभी नहीं देखा था!''

''अरे, मैं सपना नहीं देख रहा था,'' मैंने बैठते हुए कहा, और इस बात की ख़ुशी थी कि सोमी लौट आया था। ''मुझे माफ़ करना कि मैं इतना चिड़चिड़ा हो रहा था, लेकिन मैं अच्छा महसूस नहीं...''

''चुप!'' सोमी ने अपनी उँगली मेरे होंठों पर रखते हुए मुझे डाँट दिया। ''देखो, मैंने मामला सुलझा दिया है। यह नारियल तुम्हारे लिए और यह खीरा मेरे लिए!''

हम एक-दूसरे की तरफ़ मुँह किए, पालथी मारकर बिस्तर पर बैठ गये;

सोमी अपने खीरे के साथ और मैं अपने नारियल के साथ। नारियल का पानी मेरी ठोड़ी से होता हुआ मेरे सीने पर जा टपका और इससे मुझे बहुत ठंडक भरा, खुशनुमा एहसास हुआ।

''मुझे किशन के लिए डर लग रहा है,'' मैंने कहा। ''मुझे यकीन है कि वह अपने रिश्तेदारों को परेशान करेगा और वे उसके अभिभावक तो हैं नहीं। मिस्टर कपूर का मीना के बिना उस पर कोई नियंत्रण नहीं रहेगा।''

सोमी चुप था। वहाँ सिर्फ़ खीरा और नारियल खाने की आवाज़ें थीं। उसने मेरी तरफ़ देखा, उसके होंठों पर तो एक अस्थिर मुस्कान थी लेकिन उसकी आँखों में नहीं और ज़बरदस्ती बात करने के लहज़े में वह बोला, ''मैं कुछ महीनों के लिए अमृतसर जा रहा हूँ। लेकिन मैं वसन्त में वापस आ जाऊँगा, रस्टी, तुम यहाँ ठीक रहोगे...।''

यह खबर इतनी अचानक मिली थी कि इसको पचा पाने में मुझे कुछ समय लगा। मेरे दिमाग में यह ख़याल तो कभी आया ही नहीं था कि सोमी भी देहरा छोड़कर जा सकता है, जैसा रणबीर, सूरी और किशन ने किया था। निराशा से मेरे होंठ सिले रह गये। मेरे सीने और दिमाग पर एक दम घोंटता भारीपन बैठता जा रहा था।

''अरे रस्टी!'' सोमी हँसा, ''ऐसे मत देखो जैसे इस नारियल में ज़हर हो!''

ज़हर सोमी के शब्दों में था। और वह ज़हर अपना असर बहुत तेज़ी से दिखा रहा था, मेरी नसों में उतरते हुए, मेरे सीने में धड़कते हुए और मेरे दिमाग पर हथौड़े मारते हुए। ज़हर का असर अवश्य हो रहा था, क्योंकि मैं घायल और असहाय महसूस कर रहा था।

''सोमी...'' मैंने कहा लेकिन इससे आगे नहीं बोल पाया।

''नारियल खत्म करो!''

''सोमी,'' मैंने फिर से कहा, ''अगर तुम देहरा से जा रहे हो सोमी, तो मैं भी जा रहा हूँ।''

''नारियल खत्म करो...। क्या कहा तुमने?''

''मैं भी जा रहा हूँ।''

''तुम पागल हो गये हो?''

"बिलकुल नहीं।"

अब गम्भीर और विचलित होकर सोमी ने अपना हाथ मेरी कलाई पर रखा; अपना सिर हिलाया क्योंकि वह मेरे अकेलेपन, मेरी तकलीफ़ को नहीं समझ पा रहा था।

"क्यों रस्टी? कहाँ?"

"इंग्लैंड।"

"तौबा!" सोमी ने अपना हाथ अपनी जाँघ पर मारा और निराश होकर ऊपर देखने लगा। "रस्टी, तुम नहीं जा सकते! तुम्हारे पास पैसे भी नहीं हैं, बेवकूफ़ लड़के!" वह बोला।

मैं मायूसी से लेट गया।

"मैंने कभी नहीं सोचा था कि मैं जाऊँगा," मैंने कहा। "मैंने सिर्फ़ इसलिए कहा क्योंकि मुझे ऐसा लगा। इसलिए नहीं कि मैं खुश नहीं हूँ—मैं इतना खुश पहले कहीं भी नहीं हुआ—लेकिन मैं बहुत बेचैन हूँ, जैसा मैं हमेशा रहा हूँ। मुझे नहीं लगता, मैं किसी भी जगह बहुत दिनों तक रह सकता हूँ..."

"तुम यहीं के हो," सोमी ने मेरी परिस्थितियों से मेरी संधि कराने के लिए कहा। "तुम बड़े शहर में गुम हो जाओगे, रस्टी, तुम्हारा दिल टूट जायेगा। और जब तुम वापस आओगे—अगर तुम वापस आये—मैं बड़ा हो जाऊँगा और तुम भी बड़े हो जाओगे—मतलब जितने बड़े हम अभी हैं, उससे भी बड़े—और हम एक-दूसरे के लिए अजनबी हो जायेंगे...। और वैसे भी इंग्लैंड में चाट की दुकानें नहीं हैं!"

"लेकिन मैं यहाँ का नहीं हूँ, सोमी। मैं कहीं का नहीं हूँ। मेरी जड़ें कहीं नहीं हैं और यह भी कहीं का न होने जैसा ही है।"

थोड़ी देर तक हम दोनों चुप रहे, फिर सोमी ने कन्धे उचकाये और बोला, "तो तुम जा रहे हो। तुम भारत से भाग रहे हो।"

"नहीं, भारत से नहीं।"

"तो तुम अपने दोस्तों से भाग रहे हो, मुझसे भाग रहे हो!"

इस बात की विडम्बना मुझको बहुत तेज़ चुभी और इस कारण मेरी भाषा में व्यंग्यात्मक लहज़ा आ गया।

"तुम, सोमी महाशय, तुम वो हो जो जा रहा है। मैं तो यहीं हूँ। तुम

अमृतसर जा रहे हो। मैं तो सिर्फ़ जाना चाहता हूँ। और मैं यहाँ अकेला हूँ; हर कोई जा चुका है। तो यदि अन्ततः मैं जाता भी हूँ, तो जिस एकमात्र व्यक्ति से मैं भागकर दूर जाऊँगा वह मैं खुद होऊँगा!''

''आह!'' सोमी समझदारी से अपना सिर हिलाते हुए बोला, ''और खुद से भागने का मतलब होगा कि तुम मुझसे और भारत से भाग रहे होगे! अब चलो भी, बाहर चलते हैं और चाट खाते हैं।''

उसने मुझे बिस्तर से खींचा और कमरे से बाहर धकेल दिया। फिर, सीढ़ियों के शीर्ष पर वह मेरी पीठ पर लद गया और अपनी एड़ियों से मुझे मारते हुए चिल्लाया, ''सीढ़ियों से नीचे चलो, मेरे टट्टू! जल्दी नीचे चलो!''

तो मैं उसको उठाकर नीचे लाया और घास में गिरा दिया। हम हँसे लेकिन हमारी हँसी में कोई खास खुशी नहीं थी, हम सिर्फ़ दोस्ती के नाते हँस रहे थे। ''मेरे सबसे प्यारे दोस्त,'' सोमी ने कहा और मेरे चेहरे पर मुट्ठीभर मिट्टी फेंक दी।

~

अब हर कोई देहरा से जा चुका था। मीना अब कभी वापस नहीं आने वाली थी; और मिस्टर कपूर का भी वापस आना अब मुश्किल ही था। किशन जा चुका था। रणबीर अब सर्दियों तक मसूरी में ही रहने वाला था और अभी तो गर्मियाँ ही चल रही थीं और सोमी के वापस आने में अभी बहुत समय था। मेरी पहचान का हर व्यक्ति जा चुका था और अब ऐसा कोई नहीं बचा था जिसको मैं प्यार या नफ़रत करने लायक जानता था।

हालाँकि अभी भी पानी की टंकी के पास लोग थे—नौकर, आया, बच्चे—लेकिन वे लोग दिनभर व्यस्त ही रहते थे। और जब मैंने उनको छोड़ा, मेरे पास सिवा मेरे और मेरी यादों के और किसी का साथ न था।

मैं मीना को भूल जाना चाहता था। अगर किशन मेरे साथ होता तो शायद यह सम्भव भी होता; हम दोनों को हमारी दोस्ती का सहारा मिल जाता। लेकिन अकेले, मैंने यह महसूस किया कि मैं स्वयं पर नियन्त्रण नहीं कर पा रहा था।

और मिस्टर कपूर के लिए मीना एक बिलकुल निर्दोष मौत मरी थी। वह उसे कभी भी बेवफ़ा मान ही नहीं सकता था। और एक तरह से वह वाकई

निर्दोष थी; क्योंकि उसने एक गुप्त आज़ादी हासिल कर ली थी। मैं जानता था कि मैंने सूरी की धमकियों से नफ़रत करने के लिए कपूर को बिलकुल सही आँका था। मैं जानता था कि कपूर मीना के बारे में एक भी आपत्तिजनक बात नहीं सुन सकता था।

और फिर मैं अपने सपनों में लौट गया, मेरा स्वप्नलोक जहाँ मैं पूरी प्रवीणता के साथ चलता था। मैं अक्सर खुद से ही बातें करता था और कई बार मैं गिरगिटों से भी बातें करता था।

गिरगिटें मुझे आकर्षित करती थीं; फिर भी मुझे उनसे डर लगता था। जब वे रंग बदलती थीं, भूरे से लाल, लाल से हरा, अपने बदलते हुए परिवेश में अपनी सुरक्षा के लिए, यह बात मुझे बहुत आकर्षित करती थी। लेकिन जब वे अपनी पकड़ खो देती थीं और अपने गिलगिले, मुलायम और बिना हड्डी के शरीर के साथ छत से गिरती थीं, तब मुझे उनसे बहुत घिन आती थी। एक रात, मुझे लगने लगा था कि इनमें से एक मेरे चेहरे पर ही गिर पड़ेगी...

मैंने अपनी छत पर अपने कमरे के बगल में एक बगीचा बनाने का निश्चय किया, इस योजना ने मुझमें तुरन्त एक उत्साह और उत्तेजना भर दी।

इस योजना ने मुझे इस हद तक उत्तेजित कर दिया था कि मैंने कई घंटे सिर्फ़ फूलों की क्यारियों की व्यवस्था के विचार में, अपने पूरे बगीचे को जिसमें गेंदे, जीनिया और मुर्गकेशों के फूल होंगे, कल्पना की आँखों से देखने में ही बिता दिये। लेकिन मेरे पास कोई उपकरण नहीं थे, मिट्टी और ईंटें भी नीचे से ऊपर की मंज़िल पर लानी थीं, बीज प्राप्त करने थे और मैं सोच रहा था कि इतनी मेहनत के बाद कहीं छत न बैठ जाये, या बारिश सब बर्बाद न कर दे। बहुत वर्षों पहले मैंने ऐसा ही एक बगीचा बनाया था अपनी दोस्त कोकी के साथ और एक रात की बारिश के बाद सब कुछ बह गया था, सिवाय ईंटों के...खैर, मैं दूर जा रहा था...

मेरे विचार भीतर की ओर केन्द्रित होने लगे। धीरे-धीरे मैं उसी मन:स्थिति में पहुँचने लगा जिसने मेरे अभिभावक के साथ मेरा जीवन खाली और अर्थहीन सा बना दिया था; मैं चिड़चिड़ा-सा हो गया था, सपनों में खोया रहने लगा था और वास्तविकता से मेरी पकड़ छूटने लगी थी। बीते कुछ महीनों की भरपूर, रोमांचक और दौड़-भाग भरी ज़िन्दगी अचानक से खत्म हो गयी थी

और मेरा वर्तमान बहुत अकेला और अवसादपूर्ण था; भविष्य एक टूटा-फूटा सा चित्र लगने लगा था जो मैंने खुद अपनी सोच से बनाया था।

एक शाम, सीढ़ियों पर बैठे हुए मैंने खुद को एक चाभी को अपनी उँगली में घुमाते हुए पाया। यह चाभी मिस्टर कपूर ने मुझे रखने के लिए दी थी, पीछे के दरवाज़े की चाभी। वहाँ पर व्हिस्की की बोतलें थीं—"चलो, हम उन्हें पीते हैं," किशन ने कहा था—और अब मैंने सोचा, 'क्यों नहीं, क्यों नहीं...कुछ बोतलों से कोई नुकसान नहीं होता...' और इससे पहले कि मैं खुद के साथ कोई बहस कर पाता, पीछे का दरवाज़ा खुल चुका था।

उस रात मैंने नीट व्हिस्की पी; उस वक्त मेरा साथ देने के लिए वहाँ कोई भी नहीं था, इसलिए मुझे अपनी किसी भी हरकत पर शर्मिंदा होने की ज़रूरत नहीं थी। यह पहला मौका था जब मैंने शराब को चखा था और यह मुझे बिलकुल अच्छी नहीं लगी; लेकिन उस दिन मैं खुशी के लिए नहीं पी रहा था, मेरे पीने का सिर्फ़ एक ही उद्देश्य था कि मैं कुछ समय के लिए दुनिया से दूर चला जाऊँ और सब कुछ भूल जाऊँ।

जब मैंने बहुत अधिक नहीं पी थी, मैंने गौर किया कि छत एक तरफ़ झुकी हुई है; ऐसा लग रहा था कि यह झरने की तरह मेरे कमरे के दरवाज़े से फिसलकर मैदान में गिर रही है। बरगद के पेड़ अचानक मधुमक्खियों की तरह झुंड बनाने लगे थे। गिरगिट एक साथ सारे रंगों के हो गये थे, जैसे इन्द्रधनुष का कोई टुकड़ा हों।

जब मैंने थोड़ी-सी और शराब पी, मैं बातें करने लगा; अब खुद से नहीं, मीना से जो मेरा सिर दबा रही थी और तकिये से मेरा दम घोटने की कोशिश कर रही थी। मैं मीना से बचने के लिए संघर्ष कर रहा था लेकिन वह बहुत ताकतवर थी और मैं अचानक रोने लगा।

फिर मैंने थोड़ी-सी और पी ली। और अब ज़मीन हिलने लगी थी और मेज़ को गिरने से बचाने के लिए मुझे बहुत मशक्कत करनी पड़ रही थी। कमरे की दीवारें अन्दर धँसने लगीं। मैंने फिर से व्हिस्की का एक बड़ा घूँट पिया और अपने हाथों से दीवार को सँभाल लिया। इस वक्त मैं किसी भी चीज़ से निपट सकता था। बिस्तर हिल रहा था, कुर्सी फिसल रही थी, मेज़ सरक रही थी, दीवारें डोल रही थीं लेकिन मैं आश्वस्त था कि सब कुछ मेरे बस में

है—मैं एक साथ हर जगह था, पूरी-की-पूरी बिल्डिंग को अपने खाली हाथों से सँभालते हुए।

और फिर मैं फिसला, सब कुछ मेरे ऊपर आ गिरा और फिर एक कालापन पसर गया।

सुबह जब मैं उठा, मैंने बाकी की बोतलें खिड़की से बाहर फेंक दीं, इतनी बड़ी बेवकूफ़ी के लिए खुद को कोसा और नीचे पानी की टंकी पर नहाने चला गया।

दिन बीत रहे थे, सूखे और धूल भरे, हर दिन बिलकुल एक-सा। गर्मी इतनी असहनीय थी कि मुझे बार-बार पानी की टंकी से अपनी मिट्टी की सुराही भरनी पड़ रही थी और दरवाज़े पर टंगी बेंत की चटाई पानी में भिगोनी पड़ रही थी। कई बार मैदान में बच्चे क्रिकेट खेलते थे लेकिन मैं किसी भी तरह उनके साथ खेलने की हिम्मत नहीं जुटा पा रहा था। मुझे आवाज़ें आ रही थीं, गेंद और बल्ले की, चिल्लाने की, एक अकेली आवाज़ जो अंपायर के किसी फैसले से नाखुश रही होगी...या फुटबॉल की धम्म-सी आवाज़ और हॉकी स्टिकों के टकराने की आवाज़ें...लेकिन इन आवाज़ों से अच्छी आवाज़ें थीं घंटियों के बजने की और आयाओं की चूड़ियों की खनक, जब वे लोग पानी की टंकी से पानी भरने में व्यस्त होती थीं।

समय बीत रहा था, लेकिन मुझे लग रहा था कि मैं एक ही समय और स्थान में फँस गया था। मुझे लग रहा था कि हर दिन बिलकुल पिछले दिन जैसा ही बीत रहा था और मैं हमेशा अपने कमरे में ही रहता था, अकेले में ही समय बिताते हुए। यह नदी के पास एक घर में रहने जैसा था, और नदी हमेशा घर से होकर गुज़र रही थी, आती और जाती रहती थी; लेकिन मेरे लिए घर में रहना ऐसा मालूम होता था कि नदी का पानी कहीं जाता ही नहीं था, पानी वहीं था, नदी वहीं रुक गयी थी।

मैं बहुत बेसब्री से चाहता था कि अब जीवन में कुछ हो।

~

धूल। उड़ती हुई धूल विशालकाय बादल बना लेती, बवंडर के रूप में सड़कों पर घूमती और जिस भी वस्तु के संपर्क में आती उसको जकड़ लेती, उससे

चिपक जाती; जलती हुई, दम घोंटती, चुभती धूल।

फिर बिजली और गड़गड़ाहट।

हवा अचानक से रुक गयी और हवा में एक शान्त-सी उम्मीद पसर गयी। और फिर, उस धूल में से अचानक घने काले गड़गड़ाते बादल घुमड़ आये।

अब कुछ हो रहा था। आखिरकार।

सबसे पहले खिड़की पर एक अकेली बूँद गिरी; फिर छत पर हल्की-सी बूँदाबाँदी हुई। अनुमान का रोमांच और उत्तेजना का उन्माद। मैं ऐसा महसूस कर रहा था। नीरस गर्मियों की एकरसता को खत्म करने के लिए बारिश आ गयी थी; मानसून आ गया था!

आसमान थरथराया, बादल गुर्राये, बिजली की एक रेखा आसमान के आर-पार चमकी और फिर आसमान फट पड़ा।

बारिश तेज़ हो रही थी और नालीदार छत पर नगाड़ा बजा रही थी। मेरी देख पाने की सीमा घटकर करीब बीस गज रह गयी थी; ऐसा लग रहा था मानो यह कमरा पानी की एक अभेद्य दीवार द्वारा पूरी दुनिया से कट गया हो।

बारिश शुरू हो चुकी थी और मैं पहली बारिश में भीगने की ताज़गी का पूरी तरह से अनुभव करना चाहता था। मैंने अपने कपड़े उतार फेंके और छत पर नंगा दौड़ने लगा, हवा का झोंका आया और पानी की छीटों से मेरे पूरे शरीर को इस तरह भिगो दिया कि मैं परमानन्द से भर उठा। बारिश में शराब से ज़्यादा नशा था और मेरे लिए खुद को पागलों की तरह चिल्लाने और नाचने से रोक पाना लगभग असंभव था। बारिश की तीव्रता और ताज़गी ज़बर्दस्त राहत लेकर आयी थी और मेरे भीतर पसर चुकी अकर्मण्यता को धो चुकी थी जो मेरे दिमाग और शरीर में ज़हर भर रही थी।

बारिश ने पूरे शहर को नहला दिया और आकाश एवं धरती को साफ़ कर दिया। पेड़ हवा और पानी के बल के सामने झुक गये। खेत दलदल बन गये और फूल ज़मीन के समतल आ गये।

खुशी से मतवाला, भीगे बदन के साथ जब मैं कमरे में पहुँचा, मेरा सामना बाढ़ से हुआ। पानी खिड़की, दरवाज़े और रोशनदान से अन्दर आ गया था और फ़र्श पर टखनों की गहराई का पानी भरा था। मैंने बिस्तर का रुख किया।

बिस्तर समुद्र के बीचोबीच खड़े एक इकलौते द्वीप जैसा मालूम पड़ रहा

था। मैंने खुद को चादर से पोंछा...। फिर मैं अपने कूल्हों के बल बैठ गया और खिड़की से बाहर देखने लगा।

बारिश सघन हो गयी थी, उसकी गति अब बढ़ गयी थी। बाहर दरवाज़े पर बारिश के कारण दस्तक हो रही थी, नाले का पानी ऊपर आ रहा था, छत पर बारिश का तीखा शोर लयबद्ध तरीके से हो रहा था। नाली का पाइप पहले खंखारा और फिर जाम हो गया, पानी की धारा उसकी सीमा से ऊपर जा चुकी थी। पतले पेड़ लहरा रहे थे और हवा एवं मौसम के बोझ के सामने नतमस्तक थे। सड़क तेज़ पानी की धारा बन गयी थी, कंकड़ों से बने रास्ते छोटी-छोटी नदियों में डूब गये थे। मानसून आ गया था!

लेकिन बारिश जितने अनपेक्षित ढंग से आयी थी वैसे ही रुक गयी।

बारिश अब मंद पड़ गयी थी और घटकर छींटें बनी और धीरे-धीरे खत्म हो गयी। सन्नाटा। नाली के पाइप में से पानी टपकने लगा था। मेंढक टर्राने और कीचड़ में उछलने लगे थे।

अब सूरज प्रतिशोध लेने निकल आया था। पत्तियों और पंखुड़ियों पर पानी की बूँदें चाँदी और सोने की तरह चमक रही थीं। अचानक इमारत के एक सूखे कोने से एक बिल्ली बाहर निकली, आँखें मीचती हुई, बेफिक्र और उत्साहहीन।

बच्चे अपने घरों से बाहर भाग आये।

"बरसात, बरसात!" वे चिल्लाये, "बारिश आ गयी!"

बारिश आ गयी थी और नहाने के लिए छतें आम जगहें बन गयी थीं। बच्चे, चौकीदार और कुत्ते सीढ़ियों पर इकट्ठे हो गये ताकि छत पर जाकर इस पहली बारिश की ताज़गी को महसूस कर सकें।

मैदान फुटबॉल की वजह से जीवंत हो उठा। इस मानसून में फुटबॉल कीचड़ में खेला जा रहा था, कीचड़ जो टखनों तक गहरा था और फुटबॉल भारी और फिसलन भरी थी और नंगे पैरों से उसे किक मारना बहुत मुश्किल था। बाज़ार के नौजवान नंगे पैरों से फुटबॉल इसलिए खेलते थे क्योंकि, पहली बात यह कि जूते मानसून में फुटबॉल खेलने के लिए बहुत भारी होते थे और दूसरी बात, वे लोग जूते खरीद नहीं सकते थे।

लेकिन बारिश मेरे लिए मात्र क्षणिक उन्माद ही लायी, पहली बारिश हर

आने वाली बारिश से अधिक ताज़ी और भयंकर थी; अब हर रोज़ ही बारिश होती थी...

नमी, फफूँद और बिना सूरज के निकले होने वाली गर्मी जो आपको भाप में तब्दील कर देती है, इनसे अधिक अवसादकारक और कुछ नहीं होता। यदि सोमी या किशन मेरे साथ होते तो मैं इन परिस्थितियों में भी ख़ुशियाँ तलाश लेता; यदि रणबीर मेरे साथ होता तो मैं कुछ रोमांचक खोज लेता; लेकिन अकेले में, मैं सिर्फ़ ऊब रहा था।

दरवाज़े के बाहर लगे पाइप से धीमे-धीमे टपकते पानी को देखने में ही मैंने पूरा एक घंटा बिता दिया : मैं कहाँ का हूँ, मैं सोच रहा था, मैं क्या कर रहा हूँ, अब मेरे साथ क्या होने वाला है...

अचानक मैंने अपने चारों ओर लिपटे ऐसे बोझिल वातावरण के कवच को जिसने मुझे घेर रखा था उतार फेंका और तय किया कि मैं देहरा छोड़ दूँगा।

''मुझे जाना ही होगा, मैं किसी आम की तरह मौसम के अन्त में सड़ना नहीं चाहता, ना ही दिन के अन्त में सूरज की तरह जल जाना चाहता हूँ।'' मैंने खुद से कहा। ''मैं किसी माली या बावर्ची या किसी कहार की तरह नहीं रह सकता, पूरी ज़िन्दगी, हर दिन एक ही काम करते हुए। मुझे आज में कोई दिलचस्पी नहीं है, मुझे आने वाला कल चाहिए। मैं पूरी ज़िन्दगी इसी छोटे से कमरे में नहीं रह सकता, वह भी छिपकलियों के परिवारों के साथ, अपना घर कभी न बना पाने के कारण दूसरों के घरों में। मुझे बाहर निकलना ही होगा। या तो मैं कुछ बन जाऊँगा या कुछ भी नहीं बनूँगा। मैं एक कोई भी आदमी बनकर एक साधारण ज़िन्दगी नहीं बिताना चाहता।''

मैंने तय किया कि मैं दिल्ली जाऊँगा और संयुक्त राज्य के उच्चायुक्त से मिलूँगा क्योंकि मुझे विश्वास था कि वे मुझे इंग्लैंड जाने में सहयोग करेंगे; मैंने सोमी को चिट्ठी लिखी और उसको अपनी योजना के बारे में बताया। रास्ते में मैं हरिद्वार से होकर गुज़रूँगा जहाँ मुझे किशन मिलेगा क्योंकि मेरे पास उसकी बुआ का पता था।

उस रात मैं बहुत कच्ची नींद सोया और अपने भविष्य के बारे में सोचता और चिंता करता रहा। मैं मेंढकों का जीवंत गान सुनता रहा जो सीढ़ियों के नीचे बहती नाली में लोट रहे थे, और भेड़ियों का अलौकिक रुदन भी, और मेरे

दिमाग में बहुत से सवाल चल रहे थे, मुझे परेशान करने वाले प्यार और विदाई के सवाल, ज़िन्दगी और मौत के सवाल जो मुझे सोने नहीं दे रहे थे।

किन्तु देहरा छोड़ने से ठीक पहले वाली रात, न तो वह मेंढकों का टर्राना था, न ही भेड़ियों का रुदन जिसने मुझे जगाए रखा, न ही हर वक़्त के सवाल थे; बल्कि एक पूर्वाभास था, आने वाली मुश्किलों का और साथ ही, कुछ समाप्त हो जाने का।

~

डाकिया सोमी की चिट्ठी लेकर आया।

प्यारे रस्टी, मेरे सबसे अच्छे और प्यारे दोस्त,

कभी भी तीसरे दर्जे के कूपे में सफ़र मत करना। कूपे में इतनी भीड़ थी कि अमृतसर तक आने के पूरे रास्ते मुझे खड़े-खड़े ही सोना पड़ा।

मैं वसन्त में देहरा आऊँगा ताकि तुमको रणबीर के साथ होली खेलते हुए फिर से देख सकूँ। मैं जानता हूँ कि तुम भारत छोड़कर इंग्लैंड भाग जाना चाहते हो लेकिन मुझसे फिर से मिलने तक का इन्तज़ार करो, ठीक है? तुम जीवन में बिना कुछ किए मर जाने से डरते हो। तुम मरने से डरते हो, रस्टी लेकिन अभी तुमने ठीक से जीना ही कहाँ शुरू किया है।

मैं जानता हूँ कि तुम देहरा में खुश नहीं हो, तुम अकेले होगे। पर थोड़ा-सा इन्तज़ार कर लो, थोड़ा धैर्य रखो, और बुरे दिन बीत जायेंगे। हम नहीं जानते हम क्यों जी रहे हैं। यह जानने की कोशिश करने का कोई फ़ायदा भी नहीं है। लेकिन हमें जीना पड़ता है रस्टी, क्योंकि हम सचमुच जीना चाहते हैं। और जब तक हम सचमुच जीना चाहते हैं, हमें कुछ-न-कुछ तलाशना पड़ता है जिसके लिए हम जी सकें और जिसके लिए मर सकें। माँ घर में अकेली है, कभी उससे भी मिल लिया करो। मुझे बताना अगर तुमको यहाँ से कुछ चाहिए हो तो।

सोमी

मैंने उस चिट्ठी को सँभालकर मोड़ा और अपनी कमीज़ की जेब में रख लिया; मैं इसको हमेशा के लिए सँभाल कर रखना चाहता था। मैं सोमी के वापस आने

का इन्तज़ार नहीं कर सकता था लेकिन मैं जानता था कि हमारी दोस्ती पूरी ज़िन्दगी चलेगी और इसकी खूबसूरती हमेशा मेरे साथ रहेगी। मेरे जीवन में सोमी हमेशा आता-जाता रहेगा, अपनी टेढ़ी पगड़ी के साथ और उसकी चप्पलें उसकी एड़ियों से टकराती हुईं, हमेशा...

मेरे पास कोई बक्सा नहीं था न ही बाँधने के लिए कोई बिस्तर, न कोई सामान; सिर्फ़ कपड़े थे जो मैं पहनता था और जो कि सोमी के थे। इसके अलावा करीब पचास रुपये थे जिसके लिए मुझे किशन को धन्यवाद देना चाहिए था। मैंने यात्रा की कोई तैयारी नहीं की थी; मैं बिना किसी झमेले या परेशानी के चला जाऊँगा; महत्त्वहीन, अप्रत्यक्ष...

मैं अपने बिस्तर पर लेटा था। स्टेशन के लिए निकलने में अभी एक घंटा बाकी था। मैं छत की ओर ताक रहा था जहाँ छिपकलियाँ दौड़-भाग कर रही थीं, कठोर प्राणी, जो मेरे जाने के बारे में बिलकुल अनभिज्ञ थीं; उनके लिए सारे इन्सान एक जैसे ही थे। और बिना पंखों वाली मैना जो खिड़की की चौखट पर कूदती हुई लड़ने में मसरूफ़ थी जिससे उसके बाकी पंख भी झड़ रहे थे; और आम के पेड़ पर रहने वाले कौवे और गिलहरियाँ : मुझे इन सबकी कमी बहुत खलेगी लेकिन इनको मेरी कमी नहीं खलेगी। यह सच था, एक इन्सान दूसरे इन्सान से अलग नहीं था—बजाय एक कुत्ते या एक इन्सान के लिए...।

जब मैं कमरे से निकला, पानी की टंकी पर गतिविधियाँ चल रही थीं; कपड़े पत्थर पर पीटे जा रहे थे, और आयाओं के गहने संगीत बजा रहे थे। पानी की टंकी पर लोगों को अलविदा कहना असहनीय होगा, इसलिए मैंने अपना दरवाज़ा बन्द नहीं किया ताकि उन्हें मेरे चले जाने का शक न हो। मैं सीढ़ियों से उतरा—पूरी बाईस सीढ़ियाँ, मैंने उन्हें आखिरी बार गिना—नाली को पार किया, और पथरीली सड़क पर धीरे-धीरे चलते हुए आँगन से बाहर आ गया।

मैंने मैदान को पार किया, जहाँ विद्यार्थियों का एक समूह क्रिकेट खेल रहा था, जबकि दूसरा समूह कुश्ती लड़ रहा था; प्रैम यहाँ-वहाँ चलाई जा रही थी, और छोटी लड़कियाँ उस सुबह को गप्पों में खर्च कर रही थीं। मुझे इस मैदान में मेरी पहली रात याद आ गयी, जब मैं डरा हुआ, भीगा और बिलकुल अकेला था; और अब जबकि मैदान में बहुत-से लोग थे, मुझे वही अकेलापन महसूस हो रहा था, वही अलगाव लग रहा था। मैं भारी मन से बाज़ार से गुज़रा, चाट

की दुकान से मसालों की वही जानी-पहचानी खुशबू आयी, गर्म होते तेल के चिटचिटाने की आवाज़ आयी। बच्चे मुझसे टकरा रहे थे, और गायों ने रास्ता अवरुद्ध कर रखा था; और हालाँकि मैं जानता था कि वो ये चीज़ें हमेशा ही करते थे, मैंने उन पर आज ही ध्यान दिया था। ऐसा लग रहा था कि इन सबने मुझे पकड़कर रखा था और मुझे वापस खींच रहे थे। या शायद यह सिर्फ़ मेरे मन की कामनाएँ थीं।

लेकिन मैं वापस नहीं लौट सकता था; मुझे आने वाले जीवन का डर था, अज्ञात का भय था, फिर भी, आगे बढ़ना पीछे लौटकर जाने से आसान था।

एक खिलौने बेचनेवाले ने भीड़ को चीरते हुए अपना रास्ता बनाया, बच्चे उसके आस-पास चिपके हुए थे और उसके डंडे पर झपट रहे थे। मैंने एक दो आने का सिक्का निकाला और मेरी आँखों ने एक छोटे से लाल पंखों वाले खिलौने को चुन लिया जिसका मेरे लिए कोई उपयोग तो नहीं था लेकिन मैं उसको खरीदने के फ़ैसले पर अडिग था।

लेकिन इससे पहले कि मैं वह खरीद पाता, किसी ने मेरी कमीज़ की आस्तीन खींची।

''छोटे साहब, छोटे साहब,'' जमादार लड़का बोला जो मिस्टर हैरिसन का नौकर था।

उस घुटे हुए सिर और उन चमकते सफ़ेद दाँतों को पहचानने में मैं गलती कर ही नहीं सकता था और मैं पलटकर चला जाना चाहता था; उस जमादार लड़के को नज़रअन्दाज़ करना चाहता था जो मेरे ऐसे अतीत का हिस्सा था जो वैसे तो बहुत पीछे छूट चुका था लेकिन बहुत तकलीफ़देय रूप से खत्म हुआ था। लेकिन उस हाथ ने फिर से मेरी आस्तीन खींची और मैं शर्मिंदा हो उठा, खुद पर मुझे गुस्सा आया क्योंकि मैं एक ऐसे शख्स को नज़रअन्दाज़ कर रहा था जिसने कभी मुझे नुकसान नहीं पहुँचाया था और हमेशा मेरे साथ बहुत दोस्ताना व्यवहार किया। अब मैं कोई साहब नहीं था, अब मेरे पास कोई नौकर नहीं था; अब मैं एक अंग्रेज़ नौजवान था जिसके सिर्फ़ हिन्दुस्तानी मित्र थे। न मैं यहाँ का था, न वहाँ का; एक तरह से मैं खुद भी एक अछूत था इसलिए अब किसी दूसरे को मैं अछूत नहीं कह सकता था...

''तुम काम पर नहीं गये ?'' मैंने पूछा।

''काम नहीं है।'' जमादार लड़का मुस्कुराया और उसके साँवले चेहरे पर एक सफ़ेदी चमक गयी।

''मिस्टर हैरिसन साहब कैसे हैं?''

''चले गये।''

''चले गये,'' मैंने उसकी बात दोहराई, और मुझे अपने आश्‍चर्यचकित न होने पर आश्चर्य हो रहा था। ''कहाँ गये?''

''मालूम नहीं, लेकिन अच्छा हुआ चले गये। जाने से पहले उन्होंने मुझे निकाल दिया था। मैंने गुसलखाने का पानी बरामदे में गिरा दिया था, और साहब, उन्होंने अपने हाथ से मेरे सिर पर मारा था, फट्ट!...मैं बोला, 'साहब आप बहुत निर्दयी हो,' और वे बोले जानवरों से निर्दयता, नहीं? फिर वह मुझसे बोले कि मुझको निकाल दिया है, वैसे भी वे जा ही रहे हैं। मुझे दो दिन के पैसे भी नहीं दिये।''

मैं सुकून और अनिश्‍चितता दोनों से भर गया, क्योंकि अब मेरी वापसी कभी सम्भव नहीं थी; चाहे मैं चाहूँ या न चाहूँ, मैं अपने पुराने घर में अब कभी लौट नहीं सकता था।

''बाकी लोग कैसे हैं?'' मैंने पूछा।

''सब वहीं हैं। पादरी की पत्नी अच्छी महिला हैं, उन्होंने मुझे मेरे जाने से पहले पाँच रुपये दिये।''

''और तुम? तुम काम कर रहे हो अभी भी?''

जमादार लड़के ने फिर से अपनी मुस्कान बिखेर दी। ''काम नहीं है...''

मैंने उस लड़के को पैसे देने की हिम्मत नहीं की, हालाँकि शायद वह पैसे ले लेता; लेकिन उस जमादार लड़के में मुझे एक महानता दिखाई दी थी और मैं उस महानता का मूल्य घटाना नहीं चाहता था।

''मैं तुम्हारे लिए काम ढूँढने की कोशिश करूँगा,'' मैंने कहा और उस जमादार लड़के को अपने घर का पता भी बता दिया यह भूलते हुए कि मैं तो अपने लिए टिकट लेने स्टेशन जा रहा था।

हालाँकि मुझे विश्‍वास था कि जमादार लड़के को मेरी बात का भरोसा नहीं था, जो कि बहुत स्वाभाविक था; उसने स्वचालित रूप से अपना सिर हिलाया लेकिन उसकी आँखों में अविश्‍वास था; और जब मैं चला गया, वह तब भी सिर हिलाता रहा।

स्टेशन के प्लेटफ़ॉर्म पर कुली धक्का-मुक्की कर रहे थे और झगड़ रहे थे, अस्पष्ट तरीकों से चिल्ला रहे थे और बड़ी आसानी से भारी सन्दूक उठा रहे थे। व्यापारी अपने माल को ठेला-गाड़ियों में प्लेटफ़ॉर्म से ऊपर और नीचे ले जा रहे थे: सोडा, संतरे, पान, हलवाई की मिठाइयाँ...मक्खियाँ इन खुले ठेलों पर मंडरा और काँच के डब्बों के अन्दर सजी मिठाइयों के ऊपर झुंड बना रही थीं; मिश्रित प्रजाति के कुत्ते जिनका कोई मालिक नहीं था और जिन्हें खाने को भी नहीं मिलता था, प्लेटफ़ॉर्म और रेलवे लाइन पर टहल रहे थे और फेंका गया खाना पाने और चुराने का कोई भी मौका नहीं छोड़ रहे थे।

सोमी की सलाह को नज़रअन्दाज़ करते हुए मैंने तीसरे दर्जे का टिकट खरीदा और मुझे एक खाली कूपा मिल गया। गार्ड ने सीटी बजाई लेकिन किसी ने भी ध्यान नहीं दिया। लोग अपने-अपने कामों में व्यस्त थे, यह जानते हुए कि ट्रेन अभी कुछ समय तक नहीं चलेगी। चूँकि यह हरिद्वार मेल थी इसलिए यह स्वाभाविक ही था; कोई भी हरिद्वार मेल के समय पर चलने की कल्पना ही नहीं कर सकता था, क्योंकि इसके पूरे इतिहास में, इसने ऐसा कभी नहीं किया था (यहाँ तक कि अंग्रेज़ों के समय में भी नहीं), और इसके अब ऐसा करने से इसकी परम्परा को धक्का पहुँचता। हर कोई इस परम्परा को जानता था इसलिए हरिद्वार मेल को निर्धारित समय पर आने और जाने की अनुमति ही नहीं थी; हालाँकि लोगों को यह डर भी था कि किसी दिन कोई बेवकूफ़ नौजवान इसका निर्धारित समय ही बदल देगा। और कल्पना कीजिये कि क्या होता अगर ट्रेन अपने निर्धारित समय पर छूट जाती—पूरा रेलवे प्रशासन अस्त-व्यस्त हो जाता, क्योंकि, हालाँकि यह कहना अनिवार्य नहीं है लेकिन बाकी की सारी ट्रेनें अपना समय हरिद्वार मेल से ही मिलाती थीं...

मैं अपने कूपे में अकेला ही था कि वहाँ एक मोटी महिला, जो ज़ोर-ज़ोर से शिकायत कर रही थी, दरवाज़े से अन्दर आयी और खुद को एक पूरी सीट पर पसार लिया; ऐसा लग रहा था कि उसकी योजना थी कि अन्य कोई भी यात्री अन्दर न आ पाये। उसकी आँखें बहुत छोटी थीं जो बड़े से गोल चेहरे पर धँसी थीं; और मुझे बहुत कौतूहल से देख रही थीं लेकिन मेरी नज़रों से मिलते ही वे तेज़ी से हट जाती थीं।

बाकी लोग भी आ गये, अब जल्दी-जल्दी में, क्योंकि अब गार्ड ने

दूसरी सीटी भी बजा दी थी : एक नवजात को लिए एक नवयुवती, अपनी वर्दी में एक सिपाही, एक बारह साल का लड़का...वे सभी गरीब लोग थे; सिवाय उस मोटी महिला के, जो तीसरे दर्जे में सिर्फ़ पैसे बचाने के लिए सफ़र कर रही थी।

गार्ड ने फिँर से सीटी बजाई लेकिन ट्रेन नहीं चली इसलिए गार्ड सीटी बजाता रहा और सामान बेचनेवाले खिड़की के अन्दर सिर डाल कर संतरे, अखबार और सोडे की बोतलें बेचते रहे...।

"सोडा-पानी!" मोटी औरत ने आश्चर्य से कहा। "सोडा-पानी कौन खरीदेगा! क्यों, यहाँ बैठे किसान के पास साफ़ और ठंडे पानी की सुराही है, और वह हम सबके साथ पानी बाँटेगा, है कि नहीं?"

गार्ड ने फिर से सीटी बजाई।

और अब हम चल पड़े।

हरिद्वार मेल, अपनी परम्परा निभाते हुए देहरा स्टेशन से आधा घंटा देरी से छूटी।

शायद, अब मैं देहरा हमेशा के लिए छोड़कर जा रहा था, मैं हर उस चीज़ में एक असाधारण रुचि ले रहा था जो मैं देख और सुन रहा था। जिन चीज़ों पर मैं सामान्यत: ध्यान नहीं देता था, वह अब मेरे मन पर एक स्पष्ट छाप छोड़ रही थीं: कुलियों के हाव-भाव, जब ट्रेन स्टेशन छोड़ रही थी, केले का छिलका चाटता हुआ एक कुत्ता, सामानों की भीड़ में पड़ा एक नंगा बच्चा जो दिल चीरकर रो रहा था...

प्लेटफ़ॉर्म, फलों के ठेले, विज्ञापनों के बोर्ड, सब पीछे छूट रहे थे।

ट्रेन ने गति पकड़ी, डिब्बों ने गुर्राने की आवाज़ की, पहियों में चरमराहट हुई और गाड़ी उत्साह में हिलने लगी। लेकिन, जैसे ही हमने शहर और स्टेशन पीछे छोड़ा, पहियों ने एक लय पकड़ ली, वे रेल के साथ ताल ठोकने लगे और कोई गीत गाने लगे।

यह एक दर्द भरा गीत था, सतत् और भाग्यवादी।

एक और जीवन समाप्त हो रहा था।

एक सुबह, कई महीनों पहले, मैंने जंगल में ढोल की आवाज़ सुनी थी, एक इकलौती ढोल की थाप, धम-धम; और सुबह की शान्ति में यह शायद

एक पुकार थी, एक संदेश, एक प्रबल शक्ति। मैं अपनी जड़ों से बहुत दूर आ गया था : मैं एक नयी जगह प्रत्यारोपित किया गया था, और नये जीवन में फिर से खिल उठा था। लेकिन यह बहुत जल्दी में हुई वृद्धि थी, बिना किसी मूल के और मैं मुरझा गया। और अब मैं फिर से भाग रहा था। इस बार कोई ढोल नहीं था; बल्कि ट्रेन के पहियों का लयबद्ध कंपन और स्पंदन था जो मुझे भगाकर दूर ले जा रहा था; भारत से दूर, सोमी से दूर, चाट की दुकान और बाज़ार से दूर; और मैं नहीं जानता था क्यों, सिवाय इसके कि मैं बहुत हारा हुआ, अकेला, थका हुआ और बूढ़ा महसूस कर रहा था; लगभग अट्ठारह साल का लेकिन बूढ़ा...

मेरे पास बैठा हुआ छोटा लड़का खिड़की की ओर झुक गया और गुज़रते हुए टेलीग्राफ़ के खम्भे गिनने लगा; कुछ देर बाद ऐसा लगने लगा था जैसे वे खम्भे तेज़ी से पीछे भाग रहे थे और ट्रेन अपनी जगह पर ही खड़ी थी। केवल पहियों की गड़गड़ाहट को महसूस किया जा सकता था।

ट्रेन जंगलों से गाती हुई गुज़र रही थी और कभी-कभी वह बच्चा खुशी से अपने हाथ हिलाता था और किसी हिरण, तगड़े सांभर या नाजुक चीतल की ओर इशारा करता था। बन्दर पेड़ों के ऊपर से चिल्ला रहे थे, या कभी ट्रेन के पास छलांग लगा रहे थे, जिनमें अपने बच्चों को सीने से चिपटाये हुए बन्दर माँएँ थीं। जंगल बहुत घना था जो आसमान को घेरे हुए था, और ऐसा करीब आधे घंटे तक रहा; फिर ट्रेन बाहर खुले में आ गयी और सूरज की रौशनी डिब्बे की खिड़की से अन्दर आने लगी। हम खेतों से गुज़रे, मक्के और गन्ने के खेत; छोटे मिट्टी के घरोंवाले गाँव, और बैलों का एक समूह जो ज़मीन जोत रहा था; और हमने पीछे छोड़े सिर्फ़ काले धुएँ के निशान।

बच्चे गाँव से बाहर भाग रहे थे—भूरे, नंगे बच्चे—वे ट्रेन की ओर हाथ हिला रहे थे, अभिवादन के शब्द चिल्लाते हुए; और मेरे कूपे में बैठा छोटा बच्चा भी उनकी ओर हाथ हिलाने लगा और खुशी से चिल्लाने लगा, और फिर पीछे मुड़कर कूपे के बाकी यात्रियों को देखने लगा, उसकी आँखें प्रसन्नता से चमक रही थीं।

बच्चा इधर-उधर की बातें करने लगा और बाकी लोग हँसते हुए उसकी बातें सुन रहे थे, किसान सादगी और पूरे उत्साह के साथ, मोटी औरत एक

उदार मुस्कान के साथ और सिपाही बहुत नम्रता के साथ। नवयुवती और उसका नवजात शिशु, दोनों सो गये थे। मुझे भी नींद आ रही थी, और मैं उस बच्चे की बातें सुनने में असफल हो रहा था; अस्पष्ट रूप से, मैं किशन के बारे में सोच रहा था, कैसे मुझे देखकर वह आश्चर्यचकित और खुश हो जायेगा।

फिर मुझे नींद आ गयी।

जब मैं उठा, ट्रेन हरिद्वार के पास पहुँच रही थी; मैं करीब एक घंटा सोया था लेकिन ऐसा लग रहा था जैसे सिर्फ़ पाँच मिनट ही बीते हों।

मेरा गला सूख रहा था, और हालाँकि मेरी कमीज़ पसीने से भीग गयी थी, मैं थोड़ा-सा काँप रहा था। मेरे हाथ कँपकँपाये और मुझे इस कंपन को रोकने के लिए मुट्ठी भींचनी पड़ी।

दोपहर में ट्रेन हरिद्वार स्टेशन पहुँची, और सारे यात्री उतर गए।

मोटी औरत जो कूपे से सबसे पहले उतरने के लिए कृतसंकल्प थी, उसने दरवाज़े का रास्ता अवरुद्ध कर दिया था लेकिन सिपाही और मैं उसकी चालाकी को मात देते हुए खिड़की से बाहर निकल गये।

स्टेशन से बाहर निकलकर मुझे बेहतर महसूस हो रहा था, लेकिन मैं जानता था कि मुझे बुखार था। मेरा शरीर अभी भी ट्रेन का कंपन महसूस कर रहा था और पहियों एवं रेल के गीत अभी भी मेरे दिमाग में बज रहे थे। मैं धीरे-धीरे चलते हुए स्टेशन से बाहर निकला, इस विचार से खुद को सुकून देते हुए कि किशन की बुआ के घर में भोजन होगा और आराम भी। और रात में मैं दिल्ली के लिए ट्रेन पकड़ लूँगा।

~

घर पहाड़ी की चोटी पर था और सड़क से मुझे नीचे बहती नदी दिख रही थी, साथ ही मन्दिर, और सैकड़ों लोग जो लम्बी और खूबसूरत सीढ़ियों पर चल रहे थे। जो सीढ़ियाँ पानी के अन्दर जाती थीं: क्योंकि यह नदी पवित्र थी और हरिद्वार धार्मिक शहर था, तीर्थयात्रा का स्थान।

मैंने दरवाज़े पर दस्तक दी, और तुरन्त ही वहाँ पत्थर के फ़र्श पर नंगे पैरों के चलने की आवाज़ आयी। एक महिला ने दरवाज़ा खोला, लेकिन वह एक अजनबी थी—वह बुआ नहीं जो किशन को लेने देहरा आई थीं—और हम दोनों

एक-दूसरे को आश्चर्य और प्रश्न भरी नज़रों से देखते रहे।

''ओह...नमस्ते जी,'' मैं हकलाया। ''क्या-क्या मिस्टर कपूर या उनकी बहन यहाँ रहती हैं?''

उस घर की महिला ने तुरन्त कोई उत्तर नहीं दिया। उसने मुझे बहुत ही तटस्थ भाव से देखा, ताकि मेरे काम और इरादों का पता लगा सके। उसने सादे और अच्छे कपड़े पहने थे, उसके चेहरे पर सभ्यता का भाव था, और मैं पक्के तौर पर समझ गया कि उसके द्वारा मेरा इतना निरीक्षण एक स्वाभाविक कौतूहल से अधिक कुछ भी नहीं था।

''कृपया बताएँगे कि आप कौन हैं?'' उसने पूछा।

''मैं देहरा से उनका दोस्त हूँ। मैं भारत छोड़कर जा रहा हूँ और जाने से पहले मिस्टर कपूर और उनके बेटे से मिलना चाहता हूँ। क्या वे लोग यहाँ हैं?''

''सिर्फ़ मिस्टर कपूर यहाँ हैं,'' उसने कहा। ''आप अन्दर आ सकते हैं।''

मुझे आश्चर्य हुआ कि किशन और उसकी बुआ कहाँ होंगे लेकिन इस अनजान महिला से पूछना नहीं चाहता था; मैं उसकी सहज उपस्थिति को देखकर बीमार हो रहा था; ऐसा लग रहा था कि यह घर उसी का था। बाहर की चटक रोशनी से सीधे कमरे में घुसने के कारण मेरी आँखों को अँधेरे में देखने के लिए सामंजस्य बैठाने में थोड़ा-सा वक्त लगा लेकिन एक या दो क्षणों के बाद मैंने उस आकृति से मिस्टर कपूर को पहचान लिया जो एक गद्देदार आरामकुर्सी पर बैठे थे।

''हेलो मिस्टर रस्टी,'' मिस्टर कपूर ने कहा। ''आपको देखकर बहुत अच्छा लगा।''

मेज़ पर व्हिस्की का एक गिलास रखा था लेकिन मिस्टर कपूर नशे में नहीं थे; उन्होंने दाढ़ी बनाई थी और अच्छे कपड़े पहने थे, और पिछली बार जब मैंने उनको देखा था, उससे काफ़ी जवान लग रहे थे। लेकिन कुछ था जो गायब था। उनका खुशमिज़ाज दोस्ताना व्यवहार, उनका उत्साह चला गया था। यह कपूर उस कपूर से बिलकुल अलग इन्सान था जो दाढ़ी रखता था और हरे रंग का लबादा पहने रहता था।

''हेलो मिस्टर कपूर,'' मैंने कहा। ''कैसे हैं आप?''

''मैं ठीक हूँ, बिलकुल ठीक हूँ। कृपया बैठिए। क्या आप कुछ पीना पसन्द करेंगे?''

"नहीं शुक्रिया। मैं इंग्लैंड जाने से पहले आपसे और किशन से मिलने आया था। मैं आपसे फिर से मिलना चाहता था, आपने मुझ पर बहुत मेहरबानी की थी..."

"अरे ठीक है, बिलकुल ठीक है। मुझे आपको देखकर बहुत खुशी हो रही है ले़किन मुझे अफ़सोस है कि किशन यहाँ नहीं है। वैसे जिस महिला से आप अभी दरवाज़े पर मिले, मैंने आपकी पहचान नहीं करवाई—यह मेरी पत्नी हैं मिस्टर रस्टी...मैंने—मैंने फिर से शादी कर ली, मीना की मौत के कुछ ही दिनों बाद।"

मैंने बहुत हैरानी से नयी मिसेज़ कपूर को देखा और धीरे से उनका अभिवादन किया। किसी भी आदमी के लिए अपनी पत्नी की मौत के तुरन्त बाद दूसरी शादी कर लेना कोई बड़ी बात नहीं थी, और यह मैं जानता था, लेकिन मेरा दिल भयानक गुस्से से टूट रहा था। मुझे यह सब कुछ इतनी जल्दी हो जाने पर यकीन नहीं हो रहा था; मुश्किल से एक महीना गुज़रा था और कपूर यहाँ था, दूसरी पत्नी के साथ। और इस कपूर के लिए—इस बुज़दिल, शराबी, ज़िद्दी, स्वार्थी शराबी के लिए मीना ने अपनी पूरी ज़िन्दगी दे दी थी, यहाँ तक कि जान भी; वह पूरी ईमानदारी से इसके साथ खड़ी रही जबकि वह इसे छोड़कर जा सकती थी, जब इसमें कोई बात नहीं बची थी, कोई प्यार नहीं बचा था, कोई गौरव नहीं बचा था; और अगर वह चली गयी होती तो आज वह ज़िन्दा होती और मरनेवाला यह—यह आदमी होता...

मुझे नयी मिसेज़ कपूर में कोई रुचि नहीं थी। कपूर के लिए मेरे मन में सिर्फ़ घृणा थी।

"मिस्टर रस्टी परिवार के अच्छे मित्र हैं," कपूर कह रहा था। "देहरा में इन्होंने किशन की बहुत मदद की थी।"

"मीना की मौत कैसे हुई?" मैंने पूछा, क्योंकि मैं कपूर को तकलीफ़ पहुँचाना चाहता था, अगर उसे तकलीफ़ होती थी तो...

"मुझे लगा तुम जानते होगे। हमारे साथ एक दुर्घटना हुई थी। हम इसके बारे में बात न करें तो अच्छा है मिस्टर रस्टी..."

"ज़रूर ड्राइवर गाड़ी चला रहा था, है ना?"

कपूर ने तुरन्त उत्तर नहीं दिया लेकिन अपना गिलास उठाकर एक घूँट भरा।

"बिलकुल," उसने कहा।

"ये सब कैसे हुआ?"

"मिस्टर रस्टी, मैं उन सब बातों का वर्णन नहीं करना चाहता। हम लोग बहुत तेज़ी में जा रहे थे और कार सड़क से उतर गयी और एक पेड़ से टकरा गयी। मैं इसका वर्णन नहीं कर सकता, मिस्टर रस्टी।"

"नहीं, बिलकुल नहीं," मैंने थोड़ा नरम पड़ते हुए कहा। "खैर, मुझे खुशी है कि आपको कुछ नहीं हुआ। इस बात की भी खुशी है कि आपने अपने दुःख को इतने अच्छे से काबू कर लिया है और नयी ज़िन्दगी शुरू कर दी है। मुझे अफ़सोस है कि मैं आपके जितना मज़बूत नहीं हूँ। मीना कमाल की थी और मुझे अभी भी यकीन नहीं होता कि उसकी मौत हो चुकी है।"

"हमें आगे बढ़ना ही पड़ता है..."

"बिलकुल। किशन कैसा है, मैं उससे मिलना चाहता हूँ।"

"वह अपनी बुआ के साथ लखनऊ में है," कपूर ने कहा। "वह उनके साथ रहना चाहता था।"

मिसेज़ कपूर अभी तक बिलकुल चुप रही थी।

"इनको सच बता दो," उसने कहा। "इसमें छुपाने जैसा कुछ नहीं है।"

"तो तुम ही बता दो।"

"आपका क्या मतलब है?" मैंने पूछा, यह सोचते हुए कि किशन को क्या हुआ होगा।

"वह हमें छोड़कर भाग गया," मिसेज़ कपूर ने कहा। "जैसे ही उसकी बुआ गयीं, वह भाग गया। हमने उसको वापस लाने की कोशिश की लेकिन उसका कोई फ़ायदा नहीं हुआ, इसलिए अब हमने कोशिश करनी छोड़ दी है। लेकिन वह हरिद्वार में ही है। हम हमेशा उसके बारे में सुनते रहते हैं। नदी के दोनों तरफ़ का वह सबसे खतरनाक चोर बन गया है।"

"मुझे वह कहाँ मिल सकता है?"

"पता नहीं," मिसेज़ कपूर ने ध्यानपूर्वक कहा। "पुलिस भी उसकी खोज कर रही है। वह दूसरों के लिए चोरियाँ करता है और वे लोग उसको पैसे देते हैं। बड़े आदमियों की अपेक्षा छोटे लड़कों का चोरी करना आसान है, और लगता है वह इस काम में बहुत माहिर है, क्योंकि उसके काम की

बहुत माँग है। और मुझे पूरा यकीन है कि वह हम लोगों को लूटने में भी नहीं हिचकिचाएगा..."

"लेकिन आपको तो पता होगा कि वह कहाँ मिलेगा," मैंने ज़िद करते हुए कहा। "आपको कुछ तो अनुमान होगा।"

मिसेज़ कपूर ने जवाब दिया, "उसको नदी के किनारे और बाज़ार में देखा गया है। मुझे नहीं पता वह कहाँ रहता है। किसी पेड़ पर, शायद, या किसी मन्दिर में या किसी वेश्यालय में। वह हरिद्वार में ही कहीं है, लेकिन कहाँ, यह मुझको नहीं पता...किसी को नहीं पता। वह किसी से बात नहीं करता और हर किसी से दूर भाग जाता है। तुमको उससे क्या काम है?"

"वह मेरा दोस्त है," मैंने स्पष्ट जवाब दिया।

"वह तुमको भी लूट लेगा।"

"मेरे पास जो पैसे हैं उसी के दिये हुए हैं।"

मैं जाने के लिए खड़ा हुआ; मैं थका हुआ था लेकिन इस अजनबी-से घर में अधिक देर रुकना नहीं चाहता था।

"तुम थके हुए हो," मिसेज़ कपूर ने कहा, "क्या तुम हमारे घर में भोजन और आराम करना चाहोगे?"

"नहीं, मेरे पास वक्त नहीं है।"

~

मेरी सारी उम्मीदें खत्म हो गयीं जब मैं पहाड़ी से नीचे उतरा। मैं बहुत कमज़ोर और थका हुआ था। मैं स्पष्ट सोच भी नहीं पा रहा था; मैंने सुबह से कुछ खाया नहीं था और अब मिसेज़ कपूर की मेहमाननवाज़ी अस्वीकार करने के लिए मैं खुद को कोस रहा था।

मैं भूखा था, प्यासा था; इस ख़याल से तड़प रहा था कि किशन के साथ क्या हुआ होगा, क्या हुआ होगा...

मैं नदी में जाती सीढ़ियों पर लड़खड़ाया। सूरज की रोशनी बहुत तेज़ थी, जो पत्थरों पर हमला करती हुई नदी में झाँकते भव्य सफ़ेद मन्दिर के ऊपर चमक रही थी। मैंने प्रांगण पार किया और नदी के किनारे आ गया।

नदी के किनारे पेट के बल लेटकर मैंने पवित्र जल पिया। फिर अपनी

कमीज़ और चप्पलें निकालीं और पानी में उतर गया। हर तरफ़ औरतें और आदमी थे जो सूरज की ओर मुँह करके पूजा कर रहे थे। उनके आस-पास बड़ी मछलियाँ तैर रही थीं, निडर और बेधड़क, गंगा के इस पावन जल में सुरक्षित।

नहाकर तरोताज़ा होकर मैं फिर से किनारे के पत्थरों पर आ गया। मेरी कमीज़ और चप्पलें गायब हो चुकी थीं।

आस-पास कोई नहीं था सिवाय एक भिखारी के जो एक लकड़ी पर झुका था, एक नौजवान के जो तेल से अपने शरीर की मालिश कर रहा था और एक गाय के जो एक खाली, फेंकी हुई डलिया का निरीक्षण कर रही थी; और इन तीनों में गाय सबसे अधिक संदिग्ध प्राणी थी जिसने शायद मेरी चप्पलें खा ली थीं।

लेकिन अब मुझे अपने सामान की कोई परवाह नहीं रह गयी थी। मेरा पैसा मेरी बेल्ट से जुड़े एक चमड़े के बटुए में था और जब तक मेरे पास वह बेल्ट थी, मेरे पास पैसे भी थे और पाजामा भी।

मैंने अपना गीला पाजामा अपनी जाँघों तक चढ़ाया और अनदेखी आँखों से आगे देखते हुए और भिखारियों द्वारा मेरे सामने फेंके गये दोनों को नज़रअन्दाज़ करते हुए मैं सीढ़ियों के समानान्तर प्रांगण की लम्बाई में चलने लगा।

बच्चे एक-दूसरे पर चिल्ला रहे थे, पुजारी अपने मन्त्र बुदबुदा रहे थे; सामान बेचनेवाले अपने टोकरे सिर पर लिये—जिनमें फल और चाट थी—ज़ोर से आवाज़ लगा रहे थे; गायें अपनी मर्ज़ी से धक्का देते हुए रास्ता बना रही थीं। पहाड़ी के हर ओर से सीढ़ियाँ नीचे उतरती थीं; चौड़ी, साफ़ सीढ़ियाँ मन्दिर से और संकरी, घुमावदार सीढ़ियाँ बाज़ार से; और गलियों के जाल पूरी पहाड़ी के चारों ओर घूमते थे, बाज़ार से होते हुए मन्दिर के चारों ओर, नदी के किनारे अपने में ही खो जाते, फिर मिलते और फिर खो जाते...।

किशन। वो वहाँ था, नंगे पाँव, चिथड़े में लिपटा हुआ, बहुत पतला, लेकिन अपने उसी अजेय आत्मविश्वास के साथ। वह एक गली की दीवार पर झुका हुआ था और मुझे नदी के किनारे से आते हुए देख रहा था।

बहुत कमज़ोरी के कारण मैं चिल्ला नहीं पाया और वहीं धूप में खड़ा सीढ़ियों से ऊपर गली में खड़े किशन को देखने लगा। मैंने देखा कि वह भी मुझे आवाज़ लगाना चाहता था लेकिन किसी कारण से उसने खुद को रोक लिया।

शायद वह मेरे यहाँ आने का कारण समझना चाहता था, शायद वह किसी षड्यंत्र के डर से सामने आने में हिचक रहा था।

''हेलो रस्टी,'' आखिरकार वह बोला।

मैंने अपने कदम आगे बढ़ाए। मैं दर्द के कारण धीरे चल रहा था, मेरे पाँव जल रहे थे, मेरा सिर घूम रहा था, और इतने सारे विरोधाभास के भावों के कारण मेरा दिल ज़ोर से धड़क रहा था।

''क्या तुम अकेले हो?'' किशन ने पूछा। ''अगर अकेले नहीं हो तो आगे मत आना।''

मैं सीढ़ियों पर बढ़ता गया, जब तक मैं गली में उसके सामने नहीं पहुँचा था। मेरी आँखें धुँधला रही थीं लेकिन फिर भी उसकी बिखरी हालत देखने में मैं नहीं चूका। उसकी त्वचा से हड्डियाँ बाहर निकल रही थीं, बाल बिखरे हुए थे और जटाएँ बन गयी थीं, सीढ़ियों पर दूसरों को ढूँढने के लिए उसकी आँखें नाच रही थीं।

''तुम यहाँ क्यों आये हो रस्टी?''

''तुमसे मिलने...।''

''क्यों?''

''मैं जा रहा हूँ।''

''तुम कहीं कैसे जा सकते हो? तुम इतने बीमार लग रहे हो कि मर ही जाओगे।''

''मैं फिर भी तुमसे मिलने आ गया।''

''क्यों?''

मैं एक सीढ़ी पर बैठ गया; मेरी कलाइयाँ मेरे घुटनों पर ढीली पड़ गयीं, और मेरा सिर आगे की ओर झूल गया।

''मुझे भूख लगी है,'' मैंने कहा। अब जबकि मुझे वह मिल गया था, किशन अवश्य ही मेरी भूख और प्यास का ध्यान रखता। एक दूसरा विचार यह आया कि वह कुछ कर पाने के लिए खुद इतना बेचारा सा लग रहा था।

किशन खुली जगह में चला गया और उसने एक फल बेचनेवाले से सम्पर्क किया। वह दो बड़े तरबूज लेकर वापस आया था।

''तुम्हारे पास पैसे हैं?'' मैंने संदेह से पूछा।

''नहीं, सिर्फ़ सम्मान। मैं उनको मुनाफ़ा लाकर देता हूँ, ये लोग मुझे सम्मान देते हैं।''

वह मेरे पास बैठ गया और अपनी कमीज़ की सिलवटों में से एक-छोटा लेकिन डरावना-सा दिखने वाला चाकू निकाला, और तरबूज को दो टुकड़ों में काट दिया।

''तुम दूर नहीं जा सकते,'' वह बोला।

''मैं वापस भी नहीं जा सकता।''

''क्यों नहीं?''

''न पैसा है, न नौकरी, न ही दोस्त।''

हमने अपने दाँत तरबूज में धँसा लिये थे और जल्दी-जल्दी खाने लगे थे अब मैं बहुत तरोताज़ा महसूस कर रहा था; मैं अपनी कमज़ोरी और बुखार के लिए खाली पेट को ज़िम्मेदार ठहरा रहा था।

''तो फिर मेरे साथ यहाँ रहो,'' किशन ने अपने स्वाभाविक बचपने से कहा।

''लेकिन मैं एक अच्छा डाकू नहीं बन पाऊँगा,'' मैंने जवाब दिया। ''मैं एक नज़र में पहचान लिया जाऊँगा, मैं लोगों को तो लूट नहीं सकता, वैसे भी मुझे नहीं लगता कि यह अच्छा काम है।''

''मैं गरीब लोगों को नहीं लूटता,'' किशन ने अपनी नाक कुरेदते हुए विरोध किया। ''मैं केवल उन्हीं लोगों को लूटता हूँ जिनके पास लूटने लायक कुछ होता है। और यह मैं अपने लिए नहीं करता हूँ, इसीलिए मैं कभी पकड़ा नहीं जाता। लोग उनका गंदा काम करने के लिए मुझे पैसे देते हैं। इस तरह से वे भी सुरक्षित रहते हैं क्योंकि काम होते समय वे लोग कहीं और ही होते हैं और मैं सुरक्षित रहता हूँ क्योंकि लूटा हुआ सामान मेरे पास नहीं होता है, और वैसे भी उस सामान को चुराने का मेरे पास कोई कारण ही नहीं होता है...इस तरह से यह बिलकुल सुरक्षित काम है। लेकिन तुम चिन्ता मत करो, भाई, हम लोग यहाँ नहीं रहेंगे—हम लोग देहरा चले जायेंगे। और कुछ और काम करेंगे, क्योंकि मैं पुलिस से भागते-भागते थक गया हूँ।''

''लेकिन हम क्या करेंगे?''

''अरे, हम किसी को ढूँढ लेंगे जिसको तुम अंग्रेज़ी पढ़ा सको। कोई एक

नहीं, बहुत सारे। और मैं एक चाट की दुकान खोलूँगा।''

''हम लोग कब चलेंगे?'' मैंने हड़बड़ाते हुए पूछा; और इंग्लैंड, प्रसिद्धि और अमीर होने की बातें मेरे दिमाग से गायब हो गयीं और अब जल्द ही फिर से ख़्वाब बन जाने वाली थीं।

''कल सुबह, तड़के,'' किशन ने कहा। ''एक नाव नदी के उस पार जा रही है। हमें नदी पार करनी ही होगी, इस पार मुझे हर कोई जानता है और ऐसे बहुत से लोग हैं जो मुझे यहाँ से जाने नहीं देना चाहेंगे। अगर हम लोग ट्रेन से जाते हैं तो यह तय है कि मुझे स्टेशन पर पकड़ लिया जायेगा। उस पार मुझे कोई नहीं जानता, वहाँ सिर्फ़ जंगल है।''

मैं बहुत चकित था कि किशन कितना निपुण और व्यावहारिक हो गया था; उसका दिमाग उसके शरीर से अधिक तेज़ी से बढ़ गया था; और वह किसी अनुभवी घुमक्कड़ और फटीचर बालक का बहुत बढ़िया रूप लग रहा था। एक महीने पहले अपनी सुरक्षा के लिए वह मुझसे चिपक गया था और आज मैं किशन से मार्गदर्शन ले रहा था।

मैं सोच रहा था कि क्या देहरा में किसी को मेरे न होने का एहसास हुआ होगा। आखिर मैं अभी सिर्फ़ एक ही दिन से बाहर था, हालाँकि ऐसा लग रहा था मानो सदियाँ बीत गयी हों...मेरे लौटने पर छत पर मेरा कमरा अभी भी खाली ही होगा, मेरे अलावा कोई भी इतना पागल नहीं होगा जो उस कमरे में रहे। मैंने तय किया कि जब मैं और किशन देहरा वापस जायेंगे तो हम उस कमरे में इस तरह से जायेंगे मानो कुछ हुआ ही न हो।

दोपहर पककर शाम में बदल गयी।

जैसे ही सूरज डूबा, मन्दिर का रंग सफ़ेद से बदलकर सुनहरा हुआ, सुनहरे से नारंगी, नारंगी से गुलाबी और गुलाबी से सुर्ख लाल और ये सारे रंग चारों ओर फैले नदी के पानी में प्रतिबिम्ब बना रहे थे।

शोर धीरे-धीरे मंद पड़ता गया और रात आ गयी।

किशन और मैं मन्दिर की सीढ़ियों पर खुले में ही सोये। रात बहुत गरम थी, हवा बहुत दबी हुई और भारी थी। परछाइयों में इन्सानियत की छोटी-छोटी गठरियाँ थीं, बेघर, जिनके सिरों पर कोई छत नहीं, वे लोग सिर्फ़ इसलिए सो रहे थे ताकि रात का समय कट जाये। मैं बहुत अस्थिर नींद सो पाया क्योंकि मेरे

पेट का दर्द मुझे बार-बार उठा देता था; बेचारा पेट, खाली होने के इस अनजान तनाव को पहचान नहीं सका।

~

इससे पहले कि सीढ़ियाँ और नदी फिर से जीवित हो उठते, किशन और मैं नाव में चढ़ गये। यह पूरे दिन नदी के आर-पार जाने वाली थी, और तीर्थयात्रियों को एक मन्दिर से दूसरे मन्दिर तक ले जाने वाली थी, बिना कोई किराया लिये। और हालाँकि अभी भोर थी, और यह नदी के पार जाने का पहला ही फेरा था, लेकिन नदी के पार जाने का मुफ़्त का तरीका होने के कारण नाव में बहुत भीड़ थी।

जो लोग नाव में चढ़े वे मुझे ट्रेन में मिले लोगों से भी ज़्यादा भिन्न प्रकार के लगे; औरतें और बच्चे, दाढ़ी वाले बूढ़े आदमी और झुर्रियों वाली औरतें, मज़बूत नौजवान किसान—कम सम्पन्न और छोटे व्यापार वाले, गरीब लोग—जो मीलों पैदल चलकर आये थे ताकि गंगा के पवित्र जल में स्नान कर सकें।

किनारे पर, सीढ़ियाँ जीवंत हो चुकी थीं। पिछले दिन का शोर, प्रार्थनाएँ और मन्त्र फिर से शुरू हो गये थे, उसी नीरस भक्ति-भाव से, उसी समय के बोध से अनभिज्ञ सुर में, और सीढ़ियों पर बहुत सारे कदमों की आवाज़ें थीं, चप्पलों की और नंगे पाँवों की।

नाव पानी में बहुत डूबकर चल रही थी, भार बहुत था, और नाव खेनेवालों को धारा के विरुद्ध बहुत ताकत लगानी पड़ रही थी ताकि नाव पानी के बहाव में बह न जाये। उनकी मांसपेशियाँ उनकी मौसम में पकी हुई धूमिल लोहे जैसी त्वचा के नीचे से चमक रही थीं, बाहर फूट रही थीं। पतवार के किनारे पानी को अंदर और बाहर काट रहे थे, और प्रत्येक कराह के बीच हर प्रहार के साथ नाव खेनेवाले भी चिल्लाते थे।

किशन और मैं नाव के बीच में दबे हुए बैठे थे। अब हमारे अलग होने की कोई आशंका नहीं थी, फिर भी हमने हाथ पकड़े हुए थे।

नाव में लोग गीत गाने लगे।

पहले यह एक धीमी गुनगुनाहट थी लेकिन फिर किसी ने कोई गीत शुरू कर दिया, और वह आवाज़—एक जवान, स्पष्ट और शुद्ध आवाज़-मुझे सोमी

की याद दिलाने लगी; मैंने इस खयाल से खुद को ढाँढस बँधाया कि सोमी वसन्त में देहरा आने वाला है।

वे लोग पतवार के हर प्रहार के साथ गीत गाते थे, अंदर और बाहर, और नाव खेनेवालों की कराह और चीख ने भी उस गीत में अपनी जगह बना ली और गाने का हिस्सा ही बन गयी।

एक बूढ़ी औरत, जिसके बाल पूरे सफ़ेद थे और चेहरे पर गहरी लकीरें थीं, बोली : ''बच्चों को गाते हुए सुनना बहुत अच्छा लग रहा है।''

''फिर तो आपको भी गाना चाहिए,'' मैंने कहा। अपने दोस्त किशन के साथ मैं बहुत खुश और सुरक्षित महसूस कर रहा था।

वह मेरी तरफ़ देखकर मुस्कुराई, एक प्यारी और बिना दाँतों वाली मुस्कान।

''क्या तुम मेरे बच्चे हो? क्या तुम हममें से एक हो? मैंने इस नदी पर कभी भी नीली आँखें और सुनहरे बाल नहीं देखे हैं।''

''मैं कुछ नहीं हूँ। मैं सब कुछ हूँ।''

मैंने रुखाई से, गर्व से कहा।

''फिर, तुम्हारा घर कहाँ है?''

''मेरा कोई घर नहीं है,'' मैंने कहा और इस बात पर भी मुझे गर्व हुआ।

''और तुम्हारे साथ यह लड़का कौन है?'' बूढ़ी औरत ने पूछा जिसको दूसरों के जीवन में शायद बहुत दिलचस्पी थी। ''यह तुम्हारा कौन लगता है?''

मैंने कोई जवाब नहीं दिया; मैं भी खुद से यही सवाल पूछ रहा था : किशन मेरा कौन था? हालाँकि एक बात का मुझे पूरा विश्वास था, हम दोनों शरणार्थी थे—पूरी दुनिया के शरणार्थी...हम दोनों एक-दूसरे के लिए शरण थे, एक-दूसरे का आश्रय, एक-दूसरे का सहारा। किशन बिलकुल जंगली था जो पूरी मानवजाति से अलग हो चुका था और सिर्फ़ मैं ही था जो उसको समझता था—क्योंकि मैं भी मानवजाति से अलग हो चुका था। और हमारे बीच एक कड़ी थी जो हमको जोड़े रखती थी क्योंकि हम एक-दूसरे को जानते थे, समझते थे और पसन्द करते थे।

और इस कड़ी की वजह से, मुझे वापस जाना पड़ रहा था। और यह बहुत सुकून की बात थी कि मैं वापस जा रहा था। मुझे वापस जाना ही था। मेरा वापस जाना सही साबित हुआ।

मैंने अपने हाथ नाव के किनारे लगा दिये : मैं पानी का स्पर्श याद रखना चाहता था जब वह नाव से पीछे छूटता जाता था, गहरा और दूर : यह पानी समुद्र में चला जायेगा, समुद्र का जीवन था।

मैं भाग नहीं सका। मैं वह जीवन छोड़कर नहीं जा पाया जिसे मैंने खुद बनाया था, वह समुद्र जहाँ मैं गिरकर छटपटा रहा था, उस दिन जब मैंने अपने अभिभावक का घर छोड़ा था। मुझे कमरे में वापस जाना ही था—मेरा कमरा—मुझे वापस जाना ही था।

जैसे ही नाव किनारे पर आयी, गीत खत्म हो गया। हम नाव से उतरे, और चिकने कंकड़ों पर चलने लगे; जंगल नदी के किनारे से ही शुरू हो गया था और इशारे से हमें बुला रहा था।

मुझे पिकनिक के दिन का जंगल याद आ गया, जब मैंने मीना को चूमा था और उसके हाथ पकड़े थे, और मुझे याद आ गया, जंगल का जादू , मीना का जादू।

''एक दिन,'' मैंने कहा, ''हम जंगल में रहेंगे।''

''एक दिन,'' किशन ने कहा, और हँस पड़ा। ''लेकिन अभी फ़िलहाल हम वापस जायेंगे। हम वापस जायेंगे छत पर बने अपने कमरे में। वह हमारा कमरा है, हमें वापस जाना ही है!''

हमें वापस जाना ही था : पानी की टंकी पर नहाने और सुबह की गप्पें सुनने के लिए, फलों के पेड़ों पर बैठने के लिए, चाट की दुकान पर चाट खाने जाने के लिए और शायद छत पर बगीचा बनाने के लिए; खाने और सोने के लिए; काम करने के लिए; जीने के लिए; मरने के लिए।

किशन हँसा।

''एक दिन तुम बहुत महान बनोगे, रस्टी। एक लेखक या एक अभिनेता या एक प्रधानमन्त्री या कुछ और। शायद एक कवि! कवि क्यों नहीं, रस्टी?''

मैं मुस्कुराया। मैं जानता था कि मैं मुस्कुरा रहा था, क्योंकि मैं खुद पर मुस्कुरा रहा था।

''हाँ,'' मैंने कहा, ''कवि क्यों नहीं?''

तो हमने चलना शुरू किया।

हमारे सामने थे, जंगल और खामोशी—और हमारा बचा हुआ समय...

पर्वत और उसके पार

बंजारे

दिसम्बर का महीना था और सूरज चढ़ चुका था, देहरा जाने वाली सड़क के किनारे खड़े बरगद के पेड़ पर अपनी रोशनी बिखेरता हुआ, जहाँ किशन और मैं उस बड़े पेड़ के उभरे हुए गांठदार तने पर बैठे थे। एक बालक बाँसुरी बजाता हुआ अपनी भेड़ों के झुंड को सड़क से लेकर जा रहा था। वह नंगे पाँव था और उसके कपड़े पुराने थे। एक बदरंगी, लाल शॉल उसके कन्धों पर पड़ी थी।

बाँसुरी बजाने वाला लड़का बरगद के पेड़ के पास से गुज़रा और उसने हमें देखा, लेकिन उसने बाँसुरी बजाना नहीं रोका। फ़िलहाल वह इस धूल भरी सड़क पर एक कण जैसा था, और बाँसुरी का संगीत बहुत मंद और सुदूर था, जो भेड़ों के गले में पड़ी घंटी की झंकार के अधीन था।

हमने बरगद के पेड़ का सहारा छोड़ा और दूर दिखने वाली पहाड़ियों की दिशा में चलना शुरू कर दिया।

आगे फैली हुई सड़क बिलकुल तन्हा और अनंत थी, जो शिवालिक पर्वतमाला की निचली सीमा की ओर जाती थी। धूल हमारे कपड़ों में थी, हमारी आँखों में थी और हमारे मुँह में थी। सूरज आसमान में और ऊपर चढ़ आया था, और जब हम चल रहे थे, पसीना हमारी बगलों और पैरों से नीचे रिस रहा था।

मैं अपने हाथ अपने हल्के सूती पाजामे की जेबों में डालकर चल रहा था, और मेरी आँखें सड़क पर थीं। मेरे बाल धूल से पटे हुए थे और मेरे गाल और बाजू सूरज की तीखी किरणों में लाल हो गये थे। किशन का हाल भी मेरे जैसा ही था, लेकिन वह बहुत लापरवाही से चल रहा था, सीटी बजा रहा था। ऐसा कम ही होता था, पर वह च्युइंग-गम नहीं चबा रहा था।

"हम जल्द ही रायवाला पहुँच जायेंगे," मैंने कहा। "क्या तुम आराम करना चाहोगे?"

किशन ने अपने दुबले कन्धे उचकाये। "हम तभी आराम करेंगे जब हम रायवाला पहुँच जायेंगे। अगर मैं अभी बैठ गया तो कभी खड़ा नहीं हो पाऊँगा। मुझे लगता है कि हम सुबह से करीब दस मील चल चुके हैं।"

"रायवाला से हम ट्रेन पकड़ लेंगे," मैंने कहा। "उसमें शायद हमारे पाँच रुपये खर्च होंगे।"

"कोई बात नहीं," किशन बोला। "हम बहुत चल चुके हैं। और अभी भी हमारे पास बारह रुपये हैं। देहरा में हमारे पुराने कमरे में क्या कुछ ऐसा सामान है जिसे हम बेच सकें?"

"मुझे सोचने दो...मेज़, बिस्तर, और कुर्सी मेरे नहीं हैं। वहाँ एक पुरानी शेर की खाल है, जिसको चूहों ने थोड़ा-सा कुतर दिया है, वह कोई खरीदेगा नहीं। बस एक-दो कमीज़ें और पतलूनें हैं।"

"जिनकी हमें ज़रूरत पड़ेगी। ये वाली तो फट गयी हैं।"

हम कुछ मिनटों के लिए चुप रहे, यह विचार करने के लिए कि देहरा पहुँच कर हमारा गुज़ारा कैसे होगा।

"सोमी!" किशन ने कहा। "सोमी देहरा में होगा—वह हमारी मदद करेगा! उसने एक बार तुमको नौकरी दिलवाई थी, वह फिर से ऐसा कर सकता है।"

मैं चुप था। मैं यह बताकर किशन का दिल नहीं दुखाना चाहता था कि हम वहाँ बिना किसी की सहायता के ही रहने वाले थे क्योंकि सोमी ने भी देहरा छोड़ दिया था।

एक ठंडी हवा का झोंका मैदानी इलाके से होता हुआ आया, और पहाड़ियों को फूँक मार गया। खेत हल्के-से डोलने लगे जब हवा ने गेहूँ की फ़सल को सहलाया। फिर हवा के उस झोंके ने सड़क का रुख किया और सड़क के किनारे धूल का बवंडर बनने लगा। हम सड़क के बीचोबीच हो गये और अपनी हथेलियों से अपनी आँखें ढकते हुए मुश्किल से आगे बढ़ने लगे।

थका देने वाली और अन्तहीन-सी लगने वाली यात्रा के बाद आखिरकार हम रायवाला पहुँच गये।

"मुझे भूख लगी है," किशन बोला। "हमने कल रात के बाद से कुछ नहीं खाया है।"

"तब तो हमें खाना चाहिए," मैंने कहा। "चलो किशन, हम खाना खाते हैं।"

हम रायवाला के सँकरे बाज़ार में चलने लगे और चाय, मिठाई की दुकान ढूँढने लगे जब तक हमें एक गंदी-सी दुकान नहीं मिल गयी जो देखने से ही बहुत सस्ती लग रही थी। एक नौकर हमारे लिए चपातियाँ और दाल लेकर आया और किशन ने एक तोला मक्खन मँगवाया; वह पिघला हुआ था और दाल पर डाला गया। हमारे भोजन में एक रुपया खर्च हो गया और इतने पैसे में हमने पेट भरकर खाया। मक्खन के पैसे अलग से थे और उसके लिए हमको छह आने देने पड़े। भोजन के बाद अब हमारे पास दस रुपये से कुछ पैसे अधिक बचे थे।

जब हम बाहर आये, सूरज आसमान में नीचे जा चुका था और दिन कुछ ठंडा हो गया था।

"हम आज रात नहीं चल सकते," मैंने कहा। "हमें रेलवे स्टेशन पर सोना पड़ेगा। हो सकता है कि हम बिना टिकट लिए किसी ट्रेन में चढ़ सकें।"

"और अगर हम पकड़े गये, हम एक महीना जेल में बिता लेंगे। रहना और खाना मुफ़्त।"

"और फिर कोई समाज-सेवी हमें बाहर निकाल लेगा, या वे लोग हमें सुधार-गृह भेज देंगे जहाँ हमें गद्दे बनाना सिखाया जायेगा।"

"मुझे लगता है टिकट खरीदना बेहतर होगा," किशन बोला।

"मैं जानता हूँ हम क्या करेंगे," मैंने कहा। "हम आधी रात से पहले ट्रेन नहीं पकड़ेंगे, इसलिए हम टिकट नहीं खरीदेंगे। हम हर्रावाला सुबह पहुँच जायेंगे। उसके बाद वहाँ से देहरा की सड़क यात्रा सिर्फ़ आठ मील है।"

किशन मान गया, और हम रेलवे स्टेशन पहुँचे, जहाँ आराम करने के लिए हम पहले दर्जे के प्रतीक्षालय में घुस गये। इससे कोई फ़र्क नहीं पड़ता था कि हमारे पास खुद के टिकट नहीं थे—हम थोड़ी सुख-सुविधा में आराम करना चाहते थे।

किशन एक हत्थेदार कुर्सी पर पसर गया और रुमाल से उसने अपना चेहरा ढक लिया। "जब ट्रेन आ जाये, तब मुझे जगा देना," उसने नींद में कहा।

मैंने स्नानघर में घुसकर अपना सिर नल के नीचे कर दिया और ठंडे पानी को अपनी गर्दन तक बहने दिया। मैंने अपना चेहरा धोया और वापस प्रतीक्षालय में आने से पहले उसे रुमाल से पोंछ लिया।

एक आदमी आया और उसने अपना सारा सामान कमरे के बीच में रखी बड़ी-सी मेज़ पर रख दिया। उसकी उम्र तीस के आस-पास रही होगी। वह गोरा था लेकिन बहुत व्याकुल था इसलिए यूरोप का नहीं हो सकता था। वह दिखने में अच्छा था लेकिन थका हुआ लग रहा था; उसका चेहरा बहुत पतला और पीला पड़ा हुआ था और उसकी आँखों के नीचे बहुत सूजन थी। मैं किशन की हत्थेदार कुर्सी के किनारे बैठ गया।

"दिल्ली जा रहे हो?" उस अजनबी ने पूछा। उसका लहज़ा, भले ही बहुत स्पष्ट तौर पर नहीं लेकिन अमरीकी था।

"नहीं, दूसरी ओर," मैंने जवाब दिया। "हम देहरा में रहते हैं।"

"मैं वहाँ कई बार गया हूँ," उस आदमी ने बताया। "मैं उत्तर भारत में स्टील से बने नये हलों का प्रचार कर रहा हूँ, लेकिन कोई खास सफलता नहीं मिल रही। क्या तुम विद्यार्थी हो?"

"अब नहीं, मैंने अपनी स्कूली पढ़ाई दो साल पहले खत्म कर ली थी।"

"और तुम्हारा दोस्त?" उसने किशन की तरफ़ अपना सिर घुमाते हुए पूछा।

"यह मेरे साथ है," मैंने अस्पष्ट तौर पर कहा। "हम साथ में यात्रा कर रहे हैं।"

"पक्के दोस्त।"

"हाँ।"

उस अमरीकी ने अपने बस्ते में से एक बोतल निकाली और मेरी तरफ़ प्रश्नवाचक नज़रों से देखा। "जब तक हम इन्तज़ार कर रहे हैं, क्या तुम पीने में मेरा साथ दोगे? अभी मेरी ट्रेन आने में करीब एक घंटा है।"

"दरअसल," मैंने झिझकते हुए कहा, "मैं नहीं पीता।" मैं वह दिन भूल जाना चाहता था जब मैंने मिस्टर कपूर की बोतलों से नीट व्हिस्की पी थी।

"एक छोटा-सा पैग, तुम्हें कोई नुकसान नहीं पहुँचायेगा। बस, मेरा साथ देने के लिए।"

उसने अपने बस्ते में से दो छोटे गिलास निकाले, उनको साफ़, सफ़ेद रुमाल से पोंछा और मेज़ पर सजा दिया। फिर उसने अपनी बोतल से कुछ गाढ़े भूरे रंग का पेय उनमें डाल दिया।

''ब्रांडी,'' मैंने सूँघते हुए कहा।

''तो तुमने पहचान लिया। हाँ, यह ब्रांडी है।''

मैं आगे बढ़कर मेज़ तक गया और मैंने गिलास उठा लिया।

''यह अच्छी किस्मत के नाम!'' अजनबी ने कहा।

''शुक्रिया,'' मैंने जवाब दिया और उस नीट ब्रांडी का एक बड़ा घूँट गटक लिया। मैं खाँसने लगा और मेरी आँखों से आँसू निकलने लगे।

''तुमने बहुत लम्बा सफ़र तय किया है,'' उस अमरीकी ने मेरे कपड़ों को देखते हुए कहा।

''पैदल,'' मैंने जवाब दिया। '' सुबह हरिद्वार से।''

''हरिद्वार! यह तो बहुत लम्बी यात्रा है। तुमने ऐसा क्यों किया?''

मैंने अपना गिलास खाली किया और उसे रख दिया। उस मित्रवत अजनबी ने मेरे लिए थोड़ी और ब्रांडी उड़ेल दी। 'शायद अमरीका में ये लोग ऐसा ही करते हैं,' मैंने सोचा। जब आप किसी अजनबी से मिलें, उसको अपने साथ शराब पीने के लिए आमन्त्रित करें। मैंने तय किया कि मैं एक दिन वहाँ ज़रूर जाऊँगा।

''तुम्हारे पैदल यात्रा करने के क्या कारण हैं?'' उस अजनबी ने फिर पूछा।

''कल हम थोड़ा और चलेंगे,'' मैंने उसके सवाल को टालते हुए जवाब दिया, क्योंकि मैं यह नहीं जताना चाहता था कि दरअसल हमारे पास पैसे नहीं थे।

''लेकिन क्यों?''

''क्योंकि हमारे पास समय है। हमारे पास समय ही समय है।''

''लेकिन कैसे?''

मैं थक गया था। ''क्योंकि हमारे पास पैसे नहीं हैं,'' मैंने कहा। ''आपके पास समय और पैसे दोनों नहीं हो सकते।''

''हाँ, मैं तुम्हारी बात मानता हूँ। तुम तो दार्शनिक निकले। लेकिन हुआ

क्या?" अमरीकी ने पूछा, और फिर से किशन को देखते हुए बोला। "यह तुम्हारा क्या लगता है?"

"यह मेरे साथ है," मैंने उसके प्रश्न को नज़रअन्दाज़ करते हुए कहा। मुझे अब नींद आने लगी थी। वह अमरीकी दूर, और दूर होता हुआ मालूम पड़ रहा था और अब उसकी आवाज़ कहीं बहुत दूर से आ रही थी।

मैं शायद सो गया था। स्टेशन के प्लेटफ़ॉर्म पर घंटी की आवाज़ से मेरी नींद खुली। उस अजनबी ने अपनी घड़ी देखी और कहा कि अब उसकी ट्रेन के आने का समय हो गया है। उसने रुमाल से अपना चश्मा पोंछा और उसे अपने बस्ते में रख दिया, फिर बाहर चला गया और प्लेटफ़ॉर्म पर दिल्ली जाने वाली ट्रेन का इन्तज़ार करने लगा।

मैं प्रतीक्षालय के दरवाज़े पर झुककर रेलवे पटरियों के पार देखने लगा। मुझे ट्रेन की सीटी की कर्कश आवाज़ सुनाई दी और इंजन की बत्ती दिखाई देने लगी। ट्रेन धीरे-धीरे आ गयी और फुफकारते इंजन ने भाप की लहर बाहर छोड़ी। उसी समय, डिब्बों के दरवाज़े खुल गये और लोग बाहर उतरने लगे।

प्लेटफ़ॉर्म पर जाम लग गया था और आदमी, औरतें, बच्चे, सभी धक्का-मुक्की कर रहे थे और झगड़ रहे थे। बहुत देर तक न तो कोई डिब्बों में घुस पाया न ही उतर पाया। वह अमरीकी उस भीड़ द्वारा निगल लिया गया था। कुछ मिनटों बाद, ट्रेन स्टेशन से चल पड़ी। अब प्लेटफ़ॉर्म पर शान्ति पसर गयी थी। जो लोग देहरा जाने वाली सुबह की ट्रेन की प्रतीक्षा कर रहे थे, वे अभी भी अपने-अपने सामान के पास सो रहे थे। सोडा, नींबू, दही और चाय बेचनेवाले अपने-अपने ठेले प्लेटफ़ॉर्म पर ला रहे थे और अपनी अनियमित और उनींदी आवाज़ में अपना सामान बेचने के लिए आवाज़ लगा रहे थे।

मैं प्रतीक्षालय की कुर्सियों पर वापस आ गया। किशन हत्थेदार कुर्सी पर गहरी नींद में सोया था।

मैंने बत्तियाँ बुझा दीं, लेकिन प्लेटफ़ॉर्म की रोशनी रेशमी कपड़े से ढँके दरवाज़े से साफ़ अन्दर आ रही थी। मैं किशन के पास बैठ गया।

"किशन, किशन," मैं फुसफुसाया, और उसका कन्धा पकड़ा।

किशन हिला। "क्या है?" वह नींद में बड़बड़ाया। "इतना अंधेरा क्यों है?"

"मैंने बत्तियाँ बन्द कर दी हैं," मैंने उससे कहा। "अब तुम सो सकते हो।"

"मैं सो ही रहा था," किशन बोला। "लेकिन फिर भी तुम्हारा बहुत-बहुत शुक्रिया।"

जंगल के रास्ते

अगली सुबह डोईवाला में, हमें ट्रेन से उतरना पड़ा क्योंकि एक निरीक्षक टिकट जाँचने आ गया था। किशन और मैं डिब्बे से जंगल की तरफ़ वाले हिस्से में उतर गये।

डोईवाला शिवालिक पर्वतमाला के ठीक बाहर था और खेत जंगल की तरफ़ रास्ता प्रदान कर रहे थे, लेकिन रेल की पटरियों के किनारे मक्के के खेत फैले थे और हम मक्के की फ़सल में घुस गये और खेत में तब तक प्रतीक्षा करते रहे जब तक ट्रेन चली नहीं गयी। किशन ने तीन-चार भुट्टे तोड़ लिये थे और उनको अपनी जेब में भर लिया था।

"हो सकता है कि हमें कुछ और खाने को न मिले," वह बोला। "रस्टी, क्या तुम्हारे पास माचिस है ताकि हम आग जलाकर इन भुट्टों को भून सकें?"

"हम स्टेशन से खरीद सकते हैं।"

हमने डोईवाला स्टेशन से माचिस की एक डिब्बी खरीदी, लेकिन हम भुट्टों को तब तक नहीं भून सके जब तक हम जंगल में करीब दो मील चल नहीं चुके थे। किशन ने सूखी डंडियाँ इकट्ठी कीं और जब हम सड़क के किनारे बैठे थे, उसने एक छोटी-सी आग जलाई। वह भुट्टों को आग के ऊपर तब तक घुमाता रहा, जब तक वो भुनकर भूरे और कहीं-कहीं काले नहीं हो गये। हमने उनमें अपने दाँत गड़ा दिये और रसभरे मक्के के स्वाद में खो गये।

"काश, हमारे पास थोड़ा-सा नमक होता," किशन बोला।

"उससे हमें प्यास लगती और हमारे पास पानी नहीं है। काश, हमें जल्दी ही कोई नदी मिल जाये।"

"अब देहरा कितनी दूर है?"

"करीब बारह मील, शायद। यह कितनी विचित्र बात है कि कुछ मील बाकी के मीलों से लम्बे लगते हैं। शायद यह इस बात पर निर्भर करता है कि

तुम उसके बारे में क्या सोचते हो। तुम क्या सोचते हो और मैं क्या सोचता हूँ। अगर हमारे विचार मिल जाते हैं तो ये मील इतने लम्बे नहीं रह जाते। अगर हम मिलकर सोचते हैं तो हम आपस में बातें करने से बेहतर काम कर सकते हैं।''

''ठीक है रस्टी, अब बोलना बन्द करो।''

हमारे हल्के भोजन के बाद हमने एक बार फिर चलना शुरू कर दिया। अब हम चुपचाप चल रहे थे; सिर्फ़ तभी बोलते जब हम आराम करने के लिए रुकते थे।

मुझे एहसास हुआ कि जब हम देहरा पहुँच जायेंगे तो मुझे अपनी और किशन दोनों की ज़िम्मेदारी उठानी पड़ेगी क्योंकि अपनी देख-भाल खुद करने के लिए किशन अभी बहुत छोटा था। वह सिर्फ़ मुसीबतों में पड़ेगा। इस वजह से मैं उसे थोड़ी देर के लिए भी अकेला नहीं छोड़ सकता था। मुझे अंग्रेज़ी पढ़ाने का काम ढूँढना होगा। या अगर मैं कोई कहानी लिख सकूँ, एक बहुत अच्छी कहानी और उसे एक पत्रिका को बेच दूँ, शायद एक अमरीकी पत्रिका को...

अचानक हमने बहते पानी की आवाज़ सुनी। यह सड़क साल के जंगल से शुरू होती थी और इस नदी पर आकर खत्म हो जाती थी। नदी के किनारों के बीच में एक बहुत तेज़ धारा थी जो गंगा नदी की दिशा में बह रही थी। शायद यहाँ कभी कोई पुल रहा होगा और मानसून की भारी बारिश में बह गया होगा। सड़क के नदी किनारे खत्म हो जाने का यही कारण होगा।

हम रेत और नुकीले पत्थरों पर चलते रहे जब तक कि पानी के किनारे नहीं पहुँच गये। हम वहाँ खड़े रहे और झागदार पानी को देखते रहे जब वह हमारे नीचे से घूमता हुआ निकलता था।

''यह ज़्यादा गहरी नहीं है,'' किशन बोला। ''मुझे नहीं लगता कि पानी कमर के ऊपर होगा।''

''यह गहरी नहीं है लेकिन बहुत तेज़ है।'' मैंने समझाया। ''और पत्थरों पर बहुत फिसलन है।''

''हमें वापस जाना चाहिए?''

''नहीं, आगे बढ़ते हैं—अगर बहाव बहुत तेज़ हुआ तो हम वापस चले जायेंगे।''

हमने अपने जूते उतारे, उनको फीतों से आपस में बाँधा और अपने-अपने

गले में लटका लिया, फिर सुरक्षा के लिए एक-दूसरे का हाथ पकड़ते हुए हम बहुत सावधानी से पानी में उतरे।

हमारे पैरों के नीचे पत्थर बहुत फिसलन भरे थे, हम लड़खड़ाये और एक-दूसरे की मदद करने की बजाय एक-दूसरे के लिए रुकावट बन रहे थे। जब हम आधा रास्ता पार कर चुके थे, पानी हमारी कमर तक आ चुका था। हम बीच धारा में रुक गये क्योंकि हमें आगे जाने पर बह जाने का डर था।

''मैं खड़ा नहीं हो पा रहा हूँ,'' किशन बोला। ''पानी के बहाव के विपरीत तैरना बहुत मुश्किल है।''

''अब यह और गहरा नहीं होगा,'' मैंने उम्मीद रखते हुए कहा।

उसी समय, किशन फिसला और पीठ के बल पानी में गिर गया और मैं उसके ऊपर गिर गया। उसने हाथ-पैर मारना और छटपटाना शुरू कर दिया, लेकिन आखिरकार—मेरे दायें पैर को पकड़कर—वह हड़बड़ाते हुए पानी से बाहर निकल आया।

जब हम समझ गये कि हम पानी के बहाव से नहीं बहेंगे, तब हमने जूझना छोड़ दिया और सावधानीपूर्वक खुद को दूसरे किनारे की तरफ़ घसीटना शुरू कर दिया। जब पानी से बाहर निकले, हम पानी के बहाव की दिशा में करीब तीस गज आगे आ गये थे।

सूरज हमारे सिर पर था और हम थके-हारे गरम रेत पर पड़े थे। किशन अपने कटे हुए हाथ को चूस रहा था और घृणा से भरकर अपना खून नदी में थूक रहा था।

कुछ देर बाद हमने फिर चलना शुरू किया लेकिन किशन अपने मुँह में बार-बार पानी ला रहा था।

''अब मुझे भूख लगी है,'' किशन बोला जब उसके मुँह का पानी खत्म हो गया।

''हम जल्दी ही देहरा पहुँच जायेंगे,'' मैंने कहा। ''और तब भले ही हमारे पास पैसे हों न हों, हम जानवरों की तरह खायेंगे।''

''स्वादिष्ट भोजन!'' किशन ने जोड़ा। ''मुझे लगता है अभी भी आठ या दस मील बचे हैं। अब तो मैं सोच भी नहीं रहा हूँ। तुम सोच रहे हो?''

''मैं सोच रहा था कि एक दिन, जब हमारे पास बहुत सारा खाना होगा

और कोई फ़िक्र नहीं होगी, हमें इस नदी पर फिर से आना चाहिए।''

''तुम मुझे यहाँ फिर से कभी लेकर नहीं आ पाओगे,'' उसने स्पष्ट कर दिया।

हम जंगल के रास्ते पर भटकते रहे, थके-मांदे, भूखे, लेकिन बहुत खुश। फिर हम एक मोड़ से मुड़े और हमने खुद को चीते के बिलकुल सामने पाया।

खैर, बिलकुल सामने नहीं। चीता हमसे करीब पन्द्रह गज की दूरी पर था और सड़क के बीचोबीच खड़ा था। वह भी हमको देखकर उतना ही चकित था जितना हम उसको देखकर थे। उसने अपना सिर उठाया, और उसकी पूँछ एक तरफ़ से दूसरी तरफ़ सरसरा रही थी लेकिन उसने हमारी तरफ़ कोई कदम नहीं बढ़ाया।

हम बिना हिले-डुले सड़क के बीचोबीच खड़े थे क्योंकि कुछ भी और करने के लिए हम बहुत अचंभित थे। यह सही भी था क्योंकि यदि हम भागते या चिल्लाते या अपना डर दिखाते तो हो सकता था कि चीता हम पर हमला करने के लिए उत्तेजित हो जाता। कुछ क्षण की झिझक के बाद, उसने रास्ता पार किया और एक हल्की गुर्राहट के साथ जंगल में गायब हो गया।

हम लोग अभी भी अपनी जगह जमे हुए-से खड़े थे और हमारी आवाज़ भी नहीं निकल रही थी। आखिरकार किशन की आवाज़ वापस आ गयी।

''तुमने मुझे बताया नहीं था कि यहाँ चीते भी होंगे,'' उसने तीखी फुसफुसाहट में कहा।

''मैंने इस बारे में सोचा नहीं था,'' मैंने माफ़ी माँगते हुए कहा।

''अब हम आगे चलें या वापस लौट जायें ?''

''क्या तुम फिर से वह नदी पार करना चाहते हो ? वैसे भी, उस चीते ने हममें कोई रुचि नहीं ली। आगे ही बढ़ते हैं।''

और जंगल के रास्ते पर चलते हुए हमें फिर कोई चीता नहीं दिखा, हालाँकि हमने बहुत सारे खूबसूरत मोर देखे और बन्दरों का एक झुंड भी। जब हम उस जंगल को पीछे छोड़कर दोनों तरफ़ खेतों और गाँवों वाली खुली सड़क पर आ गये, तब हमने आराम किया और अपना सुकून दिखाने के लिए खिलखिलाकर हँसने लगे।

''मुझे लगता है जितना हम उस चीते से डरे, उससे ज़्यादा हमने उसको

डरा दिया,'' किशन बोला। ''वह क्यों दहाड़ा तक नहीं!''

''अच्छा ही हुआ ना, वह नहीं दहाड़ा, वरना शायद हम यहाँ न होते।''

जिस खतरे से हम निपटकर आये थे उसने हमारे गिरते उत्साह को फिर से जीवित कर दिया था। और अब हम शिवालिक और हिमालय की तराई के बीच बसी उपजाऊ घाटी में खुशी और बेफ़िक्री से चलने लगे। इस घाटी में गेहूँ, मक्के और गन्ने के खेत थे और चाय के बागान और अमरूद, लीची और आम के बाग़ फैले हुए थे।

देहरा की सीमा पर एक छोटा-सा गाँव था और गाँव में दीये जल चुके थे जब हम, धूल से सने, मैले-कुचैले और अस्त-व्यस्त से, अपने पाँव घसीटते हुए वहाँ पहुँचे। अब जबकि हमारी यात्रा पूरी होने ही वाली थी, हमें अपनी थकान और अपने दर्द का एहसास हो रहा था और यह शहर जो हमारा घर था, अचानक अजनबी और निर्दयी लग रहा था, जैसे अब यह हमें पहचानता ही न हो।

सोने के लिए एक जगह

जब हम तंदूरी मछली की दुकान पर पहुँचे, किशन और मैं कहीं आगे जाने के लिए इतने भूखे और थके हुए थे कि हम वहीं बैठ गये और हमने भोजन का ऑर्डर दे दिया। मछली गरम थी और उसके किनारे सलाद और नींबू रखे थे, और जब हमने वह खत्म कर ली, हमने वही फिर से मँगवाई और गिलास भर कर गरम, मसालेदार चाय पी।

''जीवन में सबसे अच्छी चीज़ भोजन है,'' किशन ने कहा। ''इसकी बराबरी में और कुछ नहीं है।''

''मैं सहमत हूँ,'' मैंने कहा। ''तुम बिलकुल सही कह रहे हो।'' उसके बाद, हम शोरगुल और भीड़ से भरे बाज़ार में गये जिसे हम बहुत अच्छे से पहचानते थे, घंटाघर को पार किया और सीढ़ियों से चढ़कर अपने पुराने कमरे में पहुँच गये। हम उस रस्सी से बुनी हुई चारपाई पर गिरकर पूरा सप्ताह सोने के लिए तैयार थे। लेकिन जैसे ही हम कमरे में पहुँचे, कमरे का दरवाज़ा बन्द था। यह हमारा ताला नहीं था, बल्कि एक भारी और अपरिचित-सा ताला था और इसका लगा होना हमारे लिए अशुभ संकेत था।

''इसको तोड़ देते हैं!'' किशन बोला।

"कोई फ़ायदा नहीं," मैंने कहा। "मकानमालिक नहीं चाहता कि हम इस कमरे में रहें। उसने पहला मौका मिलते ही हमें बाहर कर दिया। खैर, चलो, उसके आदमी से मिलकर आते हैं। शायद वह हमें कमरा वापस दे सके। वैसे भी, अन्दर हमारा सामान पड़ा है।"

सीढ़ियों के शीर्ष पर खड़े होकर, ज़मीन को देखते हुए—कंकड़ों से बनी पगडंडी, लीची और आम के पेड़, घास से ढका बैडमिंटन का मैदान, जहाँ अब जंगली घास उग गयी थी—मुझे एक अधूरी उम्मीद थी कि मैं मीना को सुन पाऊँगा, किशन को नीचे से आवाज़ लगाते हुए, उसको खेलने जाने के लिए नीचे बुलाते हुए, जबकि मिस्टर कपूर, अपने हरे लबादे में अपनी बोतल पकड़े सीढ़ियों पर बैठे होंगे। अब वे जा चुके थे, और कभी वापस नहीं आने वाले थे। अब मैं भी इस बात को लेकर विश्वस्त नहीं था कि मैं उस पुराने कमरे में रहना भी चाहता था या नहीं।

"क्या तुम यहीं प्रतीक्षा करोगे जब तक मैं चाभी न ले आऊँ?"

"नहीं रस्टी," किशन बोला। "मुझे यहाँ अकेले रुकने में डर लगेगा।"

"क्यों?"

"क्योंकि," उसने समझने की उम्मीद करते हुए मेरी ओर देखा। "क्योंकि यह कभी हमारा घर था और मेरी माँ और पिता यहाँ रहते थे, और अब मुझे इस घर से डर लगता है जब वो यहाँ नहीं हैं। मैं तुम्हारे साथ चलूँगा। वैसे भी मुझे उस मुंशी की गर्दन तोड़नी है।"

हमें मुंशी उसके घर के दरवाज़े पर ही मिल गया। वह एक सुस्त, झुका हुआ और बुज़ुर्ग आदमी था जो काले रंग का कोट और सफ़ेद धोती पहनता था और बहुत पुराने ज़माने का एक चश्मा बहुत संदिग्ध तरीके से उसकी नाक पर संतुलित रहता था। वह उस सेठ के लिए काम करता था जो शहर की बहुत सारी ज़मीनों का मालिक था और उसका काम था किराया इकट्ठा करना, किरायेदारों को निकालना और सेठ की सम्पत्ति की मरम्मत और देख-भाल करना।

"तुम्हारा कमरा किसी और को किराये पर दे दिया गया है," मुंशी ने स.फ़ाई दी।

"तुम्हारा मतलब क्या है, महाशय?" किशन ने गुस्से में कहा।

"किसी और को किराये पर कैसे दे दिया गया जब हमने वह खाली ही नहीं किया था?" मैंने पूछा।

"तुम कभी किरायेदार नहीं थे," मुंशी कन्धे उचकाते हुए बोला जिससे उसका चश्मा लगभग हिल गया। "मिस्टर कपूर ने तुमको एक कमरा इस्तेमाल करने को दिया था। अब उन्होंने घर खाली कर दिया है। जब तुम चले गये, मुझे लगा कि तुम हमेशा के लिए चले गये।" मुंशी ने अपने हाथों से एक असहाय-सी मुद्रा बनायी और अपने चश्मे को अचानक गिरने से बचाने के लिए उसे निकाला और अपनी कमीज़ से पोंछ दिया।

आखिरकार वह बोला : "सेठजी ने मुझे आदेश दिया था कि वह कमरा तुरन्त किराये पर उठा दो।"

"लेकिन मैं हमेशा के लिये कैसे जा सकता था जब मेरा सामान अभी भी उस कमरे में था?" मैंने दलील पेश की।

मुंशी अपना सिर खुजलाने लगा। "वहाँ ज़्यादा सामान नहीं था। मुझे लगा तुमको उन सामानों की ज़रूरत नहीं होगी। मैंने सोचा कि तुम इंग्लैंड जा रहे थे। तुम अपना सामान कल ले जा सकते हो। वो भंडार घर में रखा है और चाभी सेठ के पास है। लेकिन मैं वह कमरा तुम्हें फिर से नहीं दे सकता।"

आगे क्या करना है इसको लेकर अनिश्चित मैं अपने स्थान पर ही खड़ा रहा। किशन आगे बढ़ा।

"हमें कोई दूसरा कमरा दे दो," वह लड़ाई के लिए आतुर स्वर में बोला।

"वह मैं अभी नहीं दे सकता," मुंशी बोला। "अब तो बहुत देर हो चुकी है। तुम लोगों को कल आना पड़ेगा, और फिर भी मैं कोई वचन नहीं दे सकता। हमारे सारे कमरे भर चुके हैं। इस वक्त मैं तुम लोगों की कोई मदद नहीं कर सकता। कोई तो जगह होगी जहाँ तुम लोग रह सकते हो..."

"हम जगह ढूँढ लेंगे," मैंने कहा क्योंकि मैं इस पूरे प्रकरण से बहुत थक गया था। "चलो किशन, रेलवे प्लेटफ़ॉर्म तो है ही।"

किशन झिझका और मेरे पीछे दरवाज़े से बाहर निकलने से पहले उसने त्यौरियाँ चढ़ाकर मुंशी को घूरा।

"अब क्या?" उसने शिकायती लहज़े में कहा। "अब हम कहाँ जायें?"

"पहले कहीं बैठ जाते हैं," मैंने सुझाव दिया। "फिर हम कुछ सोचेंगे। हम सड़क पर बेवकूफ़ों की तरह खड़े रहकर किसी निष्कर्ष पर नहीं पहुँच सकते।"

"किसी चाय की दुकान पर बैठते हैं," किशन बोला। "चाय तो हमने बहुत पी ली है लेकिन फिर भी चलते हैं।"

हमें बाज़ार के अन्त में एक चाय की दुकान मिली, जो एक बड़े से नाले पर काम-चलाऊ तरीके से बनाई गयी थी। उस दुकान में सिर्फ़ दो मेज़ें थीं और अधिकतर ग्राहक बाहर लगे बेंच पर बैठे थे जहाँ बैठकर वे दुकानदार के किस्से सुन रहे थे जो एक मशहूर गप्पबाज़ था।

दुकान के सामने ज़मीन पर एक तगड़ा नौजवान बैठा था जिसके सिर पर बाल नहीं थे और वह चिथड़े पहने हुए था। मैंने उसको चाय की दुकानों के आस-पास कई बार देखा था। वह बोल नहीं सकता था—और लोग उसको गूँगा कहते थे—और इन-दुकानों पर लोग उसके साथ ठिठोली करते थे, मज़ाक में उसको गालियाँ देते थे और उसके सिर पर वक्त-बेवक्त तड़ी मार देते थे। गूँगे को इन सब से कोई समस्या नहीं थी; वह लोगों को मुँह चिढ़ाता था, और उनके सम्बोधनों पर हँस देता था। वह सिर्फ़ एक ही शब्द बोल पाता था, 'गू', और वह यह शब्द कई बार बोलता था। इससे ग्राहकों में हँसी की लहर बनी रहती थी।

"गू!" वह बोला, जब उसने किशन और मुझे दुकान में घुसते देखा। उसने हमारी तरफ़ इशारा किया, हँसा और फिर से बोला, "गू!" हर कोई हँसने लगा। कोई बेंच पर से उठा और हथेली के चपटे हिस्से से गूँगे के सिर पर एक तड़ी लगाई। गूँगा उस आदमी पर झपटा, और अजीब-सी गड़गड़ाती आवाज़ निकालने लगा। किसी और ने उसको घसीटा और वह ज़मीन पर लोटने लगा, और लोग और ज़ोर से हँसने लगे।

किशन और मैं दुकान के अन्दर एक मेज़ पर बैठ गये। गूँगे के अलावा हर कोई चाय पी रहा था।

"गूँगे को भी एक गिलास चाय दे दो," किशन ने दुकानदार से कहा।

दुकानदार मुस्कुराया और चाय बनाने लगा। गूँगा हमारी तरफ़ देखकर बोला, "गू!"

"अब हमारे पास कितने पैसे बचे हैं?" किशन ने सीधे मुद्दे पर आते हुए पूछा।

"करीब नौ रुपये। अगर हम सावधानी बरतें तो ये पैसे कुछ दिन चल जायेंगे।"

"करीब एक सप्ताह से ज़्यादा ही," किशन बोला। "हमें एक रुपये में एक दिन के लिए पर्याप्त भोजन मिल सकता है, बशर्ते हम मुर्गा न खाने लग जायें। लेकिन तुम्हें एक-दो दिनों में नौकरी ढूँढ लेनी चाहिए।"

"उसको लेकर बहुत आशावादी मत बनो।"

"खैर, अभी से परेशान होने का कोई फ़ायदा नहीं है।"

दुकानदार एक बहुत रोचक कहानी सुना रहा था, एक जिन्न के बारे में जो अपने हाथ अप्राकृतिक रूप से लम्बे कर मिठाइयाँ चुराता था और हम कहानी खत्म होने तक अपनी बातचीत और परेशानियों के बारे में भूल गये।

"अब किसी और की बारी है," दुकानदार ने कहा।

"अब यह गोरा लड़का हमें एक कहानी सुनायेगा," एक आवाज़ आई और हर कोई पलटकर मुझे देखने लगा।

जिस व्यक्ति ने यह निवेदन किया था वह ग्राहकों को चाय परोसने वाले लड़कों में से एक था। उसकी उम्र बारह साल से अधिक नहीं रही होगी लेकिन उसका चेहरा दुनियादारी के अनुभवों से भरा था, बावजूद उसके गालों पर पड़ने वाले गड्ढों और उसकी आँखों में एक शरारती चमक के। उसका गोरा रंग और उभरी हुई गालों की हड्डियाँ बता रही थीं कि वह पहाड़ों का रहने वाला था, सीमा के आस-पास के किसी ज़िले का।

"मुझे कोई कहानी नहीं आती," मैंने विरोध किया।

"यह सम्भव ही नहीं है," दुकानदार ने कहा। "हर व्यक्ति को कम-से-कम एक कहानी तो आती ही है, भले ही वह उसकी खुद की ही क्यों न हो।"

"हाँ, सुनाओ ना," उस पहाड़ी लड़के ने कहा।

"तुम हमारे लिए रात बिताने लायक एक कमरा ढूँढ दो," किशन बोला, जो एक सच्चे पंजाबी की तरह सौदा करने को हमेशा तैयार रहता था, "और यह तुम्हें कहानी सुनायेगा।"

"मुझे तो कोई जगह नहीं पता," दुकानदार बोला, "लेकिन मेरी दुकान में सोने के लिए तुम्हारा स्वागत है। तुम ठीक से सो नहीं पाओगे क्योंकि यहाँ रात भर लोग आते-जाते रहते हैं, खासकर ट्रक चालक।"

"चिंता मत करो," लड़का बोला। "मुझे बहुत सारी ऐसी जगहें पता हैं जहाँ तुम रह सकते हो। अब कहानी सुनाओ।"

अत: मैंने स्कूल के दिनों में मशहूर एक भुतहा किस्सा सुनाना प्रारम्भ किया—

"मिस्टर ऑलिवर, एक एंग्लो-इंडियन अध्यापक, देर रात को स्कूल की ओर लौट रहे थे जो शिमला की पहाड़ियों की सीमा के पास था। किपलिंग के समय से पहले, स्कूल अंग्रेज़ी पब्लिक स्कूलों की तर्ज़ पर चलते थे और लड़के, जो भारत के अमीर परिवारों से आते थे, ब्लेज़र कोट, हैट और टाई पहनते थे। मिस्टर ऑलिवर कई सालों से स्कूल में पढ़ा रहे थे।

"शिमला का बाज़ार, जहाँ सिनेमाघर और रेस्तराँ थे, स्कूल से करीब तीन मील दूर था। मिस्टर ऑलिवर, जो अविवाहित थे, शाम को अक्सर टहलने के लिए शहर की ओर चले जाते थे और अँधेरा होने पर लौटते थे, तब वे चीड़ के जंगलों से गुज़रने वाला छोटा रास्ता अपनाते थे।

"जब हवा बहुत तेज़ चलती थी, चीड़ के पेड़ एक दु:खभरी और भयंकर आवाज़ निकालते थे, जिसके कारण अधिकतर लोग मुख्य सड़क से ही आते-जाते थे। लेकिन मिस्टर ऑलिवर इतने डरपोक और कल्पनाशील आदमी नहीं थे। वे अपने पास एक टॉर्च रखते थे और उसकी रोशनी—बैटरी अब क्षीण हो रही थी—जंगल के सँकरे रास्तों पर बहुत तेज़ी से भागती थी। जब उसकी जलती-बुझती रोशनी एक बालक की आकृति पर पड़ी, जो एक चट्टान पर अकेला बैठा था, मिस्टर ऑलिवर ठिठक गये। लड़कों को अँधेरा होने के बाद बाहर जाना मना था।

" 'तुम यहाँ क्या कर रहे हो?' मिस्टर ऑलिवर ने कड़क स्वर में पूछा, और उसके करीब गये ताकि उस बदमाश बच्चे को पहचान सकें। लेकिन जब वे उस बच्चे के पास पहुँचे, मिस्टर ऑलिवर को लगा कि कुछ गड़बड़ है। ऐसा लगा कि वह लड़का रो रहा है। उसका सिर नीचे झुका हुआ था, उसने अपना चेहरा अपने हाथों में छुपाया हुआ था और उसका शरीर झटकों के साथ काँप रहा था। यह एक अजीब और बिना आवाज़ का रुदन था और मिस्टर ऑलिवर को स्पष्ट रूप से बहुत बेचैनी हो रही थी।

" 'खैर, क्या बात है?' उन्होंने पूछा, उनका गुस्सा अब चिंता में तब्दील हो रहा था। 'तुम रो क्यों रहे हो?' लड़का न तो जवाब दे रहा था न ही ऊपर देख रहा था। उसका शरीर उसी गति से काँप रहा था और उसका सिसकना

जारी था। 'अब चलो भी, बच्चे, तुम्हें इस समय बाहर नहीं होना चाहिए। मुझे अपनी समस्या बताओ। ऊपर देखो!' लड़के ने ऊपर देखा। उसने अपने चेहरे से हाथ हटाया। मिस्टर ऑलिवर की टॉर्च से रोशनी उस लड़के के चेहरे पर पड़ी—अगर उसे चेहरा कहा जाये तो।

"उस चेहरे में न आँखें थीं, न नाक, न कान, न मुँह। वह सिर्फ़ एक गोल चिकना सिर था—जिस पर स्कूल का हैट लगा हुआ था! और यहाँ पर कहानी को खत्म हो जाना चाहिए था। लेकिन मिस्टर ऑलिवर के लिए यह कहानी यहाँ खत्म नहीं हुई।

"उनके काँपते हाथों से टॉर्च गिर गयी। वे पीछे मुड़े और रास्ते पर लड़खड़ाते हुए पेड़ों के बीच से अंधों की तरह भाग रहे थे और मदद के लिए चिल्ला रहे थे। वे अभी भी स्कूल की इमारत की तरफ़ भाग रहे थे कि उनको रास्ते के बीच में तैरती हुई लालटेन नज़र आयी। मिस्टर ऑलिवर चौकीदार के पास भागे और हाँफ़ने लगे। 'क्या बात है साहब?' चौकीदार ने पूछा। 'कोई दुर्घटना घटी है क्या? आप भाग क्यों रहे हैं?'

" 'मैंने कुछ देखा—कुछ बहुत डरावना—एक लड़का जंगल में रो रहा था—और उसका चेहरा ही नहीं था!'

" 'चेहरा नहीं था साहब?'

" 'न आँखें, न नाक, न मुँह—कुछ नहीं!'

" 'आपका मतलब वह ऐसा था, साहब?' चौकीदार ने पूछा और लालटेन को अपने चेहरे के पास ले गया। चौकीदार की न आँखें थीं, न कान न ही कोई अन्य हिस्सा—एक भौं तक नहीं! और उसी समय हवा चली और लालटेन बुझ गई।"

"ठीक है, अब हमें बताओ," मैंने कहा, जब मेरी कहानी खत्म हो गयी और श्रोतागण छंटने लगे, "हम आज रात कहाँ सोएंगे? दो रुपये से कम में तो कोई होटल का कमरा भी नहीं देगा।"

"ठंड इतनी भी नहीं है," किशन ने कहा। "हम मैदान में सो सकते हैं। वहाँ आश्रय के लिए जगह है।"

मैं अपनी दुर्दशा पर अफ़सोस किए बिना नहीं रह पा रहा था। एक साल

पहले जब मैं अपने अभिभावक के घर से भागकर आया था, तब मैं मैदान में सोया था, और आज फिर से मैं मैदान में सोने जा रहा था। इससे सिद्ध हो रहा था कि मैंने जीवन में कितनी 'उन्नति' की थी।

"किशन," मैंने कहा, "पिछली बार जब मैं मैदान में सोया था, बारिश हो गयी थी। मैं कीचड़ के तालाब में जागा था।"

"पर आज बारिश नहीं होगी," किशन ने प्रसन्नता से कहा। "आज आसमान में कोई बादल नहीं है।"

हमने अँधेरे में आसमान को देखा। चाँद करीब-करीब पूरा था और तारों से उनकी शोभा चुरा रहा था।

अब हमारे सामने और कोई विकल्प न होने के कारण, हम दुकान से निकले और हरे-भरे खुले मैदान की ओर चलने लगे। बाज़ार अब लगभग खाली हो चुका था, दुकानें बन्द हो गयी थीं जिनमें अब सिर्फ़ ऊपर की खिड़की से ही रोशनी आ रही थी। मैं हमारे पीछे आते हुए दबे कदमों की आवाज़ के प्रति सतर्क हो गया और अपने कन्धे के ऊपर से देखने पर पता चला कि हमारा पीछा गूँगा कर रहा था।

"गू," गूँगा बोला, जब वह समझ गया कि उसको देख लिया गया है।

"अरे नहीं!" किशन बोला। "हमको उसे चाय पिलाने की क्या ज़रूरत थी? वह शायद सोच रहा होगा कि हम बहुत अमीर हैं और अब वह हमारा पीछा नहीं छोड़ेगा।"

"वह हमारे बारे में अपना मन बदल लेगा जब देखेगा कि हम मैदान में सो रहे हैं।"

"गू," गूँगा हमारे पीछे से फिर बोला और जल्दी-जल्दी कदम बढ़ाने लगा।

हम अचानक एक गली में घुस गये ताकि गूँगे से पीछा छुड़ा सकें, लेकिन उसने हमें ढूँढ लिया और खुद में ही घिनौनी तरह से हँसने लगा। हम वापस मुख्य सड़क पर आ गये लेकिन घंटाघर के पास भी वह हमारे पीछे ही था। मैदान के किनारे पहुँचकर मैं पीछे मुड़ा और बोला : "भाग जाओ गूँगा। हमारे पास पैसे नहीं हैं, न भोजन है न ही कपड़े। हमारी हालत तुमसे बेहतर नहीं है। भाग जाओ!"

"हाँ, दफ़ा हो जाओ!" किशन बोला जो एंग्लो-इंडियन गालियों का विशेषज्ञ था।

लेकिन गूँगे ने सिर्फ़ इतना कहा, "गू," और एक कदम आगे बढ़ाया, उसका घुटा हुआ सिर चाँदनी में चमक रहा था। मैंने कन्धे उचकाये और किशन को घसीटता हुआ मैदान में आ गया। गूँगा किनारे पर ही खड़ा रहा, अपना सिर हिलाते हुए और हँसते हुए। उसकी सूखी, काली चमड़ी चिथड़े में से झाँक रही थी और उसके पाँव कीचड़ से सने थे। वह हमें देखता रहा जब हम घास के बीच में से जा रहे थे और हमें तब तक देखता रहा जब तक हम लेट नहीं गये, और उसके बाद उसने अपने कन्धे उचकाये और बोला, "गू," और वहाँ से चला गया।

एक पुराना गिरजाघर

"हमें अपना सामान मुंशी के पास ही रहने देना चाहिए," मैंने कहा। "उसको वहाँ से उठा लाने का तब तक कोई फ़ायदा नहीं है जब तक हमारे पास रहने की कोई जगह नहीं है। लेकिन मैं अपने कपड़े ज़रूर बदलना चाहूँगा।"

मैदान में ठंड थी जब तक सूरज ने अपनी पहली गुलाबी किरण पहाड़ों पर नहीं फेंकी थी। घास पर कल का बचा-खुचा सामान पड़ा था—एक नम अखबार, एक टूटा हुआ खिलौना, एक कटी हुई पतंग जो पेड़ की शाख से असहाय-सी लटकी हुई थी। हम ओस से भीगी घास पर बैठे थे और इन्तज़ार कर रहे थे कि धूप हमारी त्वचा में घुसे और हमारी हड्डियों से ठंड को बाहर निकाले। हम ठीक से सो नहीं पाये थे इसलिए हमारी आँखें नींद से भरी थीं और उनके आस-पास काले घेरे बन गये थे। किशन के पैर मच्छरों के काटने के निशानों से भरे थे।

"यह क्या बात हुई कि मच्छरों ने तुमको उतना नहीं काटा जितना मुझे काटा?" किशन ने शिकायत की।

"इसमें क्या शक है कि तुम्हारा स्वाद बेहतर है," मैंने जवाब दिया। "अब हमें अलग हो जाना चाहिए, मैं समझता हूँ।"

"लेकिन क्यों?"

"इस तरह से हम लोग ज़्यादा काम निपटा सकेंगे। तुम मुंशी के पास

जाओ और देखो अगर तुम उसको हमें कोई दूसरा कमरा देने के लिए राज़ी कर सको। लेकिन पहले से उसको कोई पैसा मत देना! तब तक, मैं कुछ स्कूलों में बात करता हूँ अगर उन्हें किसी अंग्रेज़ी पढ़ाने वाले की ज़रूरत हो तो।''

''ठीक है, रस्टी। हम कहाँ मिलेंगे?''

''घंटाघर पर। करीब बारह बजे।''

''फिर हम खाना खाएँगे,'' किशन ने उत्साहित होकर कहा। मैं स्वयं को मुस्कुराने से रोक नहीं पाया।

''खाने के मामले में हम हमेशा एक-दूसरे से सहमत होते हैं,'' मैंने कहा।

हमने मैदान के कोने पर लगे सार्वजनिक नल पर स्नान किया, जहाँ पर अधिकतर पहलवान मौजूद होते थे। वे लोग उस सुबह वहाँ इकट्ठे नहीं हुए थे और अखाड़ा अभी खाली था, वरना मैं अपने एक दोस्त से मिल लेता, हाथी, जो अक्सर वहाँ कुश्ती लड़ने और कसरत करने आता था। नल पर अपनी पीठ और कन्धे रगड़ते हुए मैंने महसूस किया कि मुझे बाल कटवाने की ज़रूरत थी और उससे भी ज़्यादा, दाढ़ी बनवाने की।

''मुझे दाढ़ी बनवानी पड़ेगी,'' मैंने अफ़सोस के साथ कहा। ''तुम खुशकिस्मत हो कि अभी तक तुम्हारे गालों पर हल्के-फुल्के रोयें ही आये हैं। मुझे सप्ताह में एक बार दाढ़ी बनवानी पड़ती है, तुम जानते हो?''

''कितनी असाधारण बात है!'' किशन ने उत्साहित होते हुए कहा। ''क्या तुम दाढ़ी नहीं बढ़ा सकते? दाढ़ी बनवाने में चार आने खर्च हो जायेंगे।''

''कोई मुझे बढ़ी हुई दाढ़ी के साथ पढ़ाने का काम नहीं देगा।''

''अच्छा ठीक है,'' किशन बड़बड़ाया, और अपनी उगती हुई मूँछ पर हाथ फेरने लगा। ''तुम चार आने लो और अपनी दाढ़ी बनवाओ लेकिन बाकी के पैसे मैं रखूँगा, क्योंकि हो सकता है कि मुंशी को कुछ देना पड़े। उसको पहले से एक या दो रुपये देना सही रहेगा अगर वह हमको कमरा दे सके तो।''

मैं नाई की दुकान पर गया और चार आने में अपनी दाढ़ी बनवाई। नाई जो मेरा दोस्त था, और मेरे बालों में अपनी उँगली फेरने में जिसको बहुत आनन्द आ रहा था, उसने सस्ते में मेरे सिर की मालिश भी कर दी।

वह कमाल की मालिश थी और सिर्फ़ मेरा सिर ही नहीं, उसमें मेरी आँखें, गर्दन और माथा भी शामिल थे। वह नाई एक काला चमकीला आदमी था

जिसके कन्धे बहुत चौड़े थे और उसकी छाती किसी ढोल जैसी थी; वह सफ़ेद रंग का बढ़िया लखनवी कुर्ता पहनता था जिसमें से उसका सख्त शरीर दिखाई पड़ता था। उसकी मज़बूत उँगलियाँ मेरा सिर दबाती रहीं, और अपने हाथों के पंजों और किनारों से मेरा माथा दबाया। मुझे ऐसा लग रहा था जैसे मेरी कनपटी में खून उतर आया हो, और जब मेरी मालिश खत्म हुई, मुझे अपने सिर के होने का एहसास ही नहीं हो रहा था और मैं सड़क पर एक विलक्षण, प्रफुल्लित और बिना सिर के एहसास के साथ चलने लगा।

उसके बाद मैंने तीन प्रमुख स्कूलों के अर्थहीन चक्कर लगाये। प्रत्येक में मुझसे कहा गया कि यदि कोई ऐसी आवश्यकता आयेगी तो वो लोग मुझे अवश्य बतायेंगे। लेकिन आवश्यकता पड़ने पर उन्होंने मुझसे मेरे रहने का स्थान नहीं पूछा। आखिरी स्कूल ने मुझसे एक-दो दिन बाद फिर पता करने को कहा।

शहर के बाहर मुझे सेंट पॉल का एक पुराना गिरजाघर दिखा, जो बहुत सालों पहले पादरियों की अल्प संख्या और लोगों की गिनी-चुनी उपस्थिति के कारण बन्द कर दिया गया था। देहरा में रहने वाले कैथलिक समुदाय के लोगों ने अपने गिरजे और मठों की देख-रेख का ज़िम्मा तो उठा लिया लेकिन देंहरा से बाहर इस सेंट पॉल के गिरजे की चिंता किसी को नहीं थी और अन्ततः पादरी ने इसे ताला लगाया और चला गया। मुझे अफ़सोस हुआ, इसलिए नहीं कि मुझे गिरजे में जाने का बहुत शौक था—मुझे हमेशा से ही लोगों की भीड़-भाड़ से नफ़रत थी—लेकिन क्योंकि यह गिरजाघर बहुत पुराना था जिससे मेरा ऐतिहासिक और व्यक्तिगत जुड़ाव था और मुझे पुरानी चीज़ों और बूढ़े लोगों को अकेले मरते देखने से नफ़रत थी। दीवार पर लगा प्लास्टर झड़ रहा था, रंग उतर रहा था, हर दर्रे में काई उग आयी थी। जंगली बेलें दाग लगी काँच की खिड़कियों पर चढ़ रही थीं। बगीचा, जो कभी बहुत सुव्यवस्थित था, अब जंगल बन चुका था जहाँ जंगली घास और गेंदे के अदम्य पेड़ उग आये थे।

मैं मुख्य द्वार पर झुका और गिरजाघर को देखने लगा। एक वक्त था जब मैं इस स्थान पर आने से नफ़रत करता था क्योंकि उसका मतलब होता था मेरे अभिभावक का असुविधाजनक सान्निध्य, प्रौढ़ औरतों की गप्पें, और नीरस धर्मोपदेश। लेकिन अब, इस उपेक्षित गिरजे को देखकर मुझे इसके लिए बहुत बुरा लग रहा था—सिर्फ़ उन लोगों के लिए नहीं जो कभी यहाँ आते थे, बल्कि

इस जगह के लिए, और उन लोगों के लिए भी जो यहाँ कब्रों में दफ़्न थे और ज़मीन के नीचे एक-दूसरे का साथ देते थे। बहुत से ऐसे लोग यहाँ दफ़्न थे जिनको मैं जानता था, और बहुत-से ऐसे लोग थे जिनको मेरे पिता जानते थे।

मैंने आवाज़ करते लकड़ी के दरवाज़े को खोला और लम्बे-से रास्ते पर चल दिया। सामने के दरवाज़े पर ताला लगा था। मैं किनारे का दरवाज़ा ढूँढने के लिए घूमने लगा और उन सबको बन्द ही पाया। वेस्ट्री (चर्च से संलग्न वस्त्रालय) में ताला नहीं लगा था, लेकिन ऐसा लग रहा था कि उसमें अन्दर से कुंडी बन्द थी। दरवाज़े के ऊपरी हिस्से में काँच के दो पल्ले लगे थे। अपने पैरों के अँगूठों पर खड़े होकर मैं उन तक पहुँचा, अपनी उँगलियाँ उनके विरुद्ध दबायीं ताकि पल्ले की मोटाई पता चल सके। मैं दरवाज़े से दूर हटा, जेब से अपना रुमाल निकाला और अपने हाथ पर लपेट लिया। फिर से अपने पैरों के अँगूठों पर खड़े होकर मैंने एक पल्ले पर एक मुक्का मारा।

काँच के गिरने की आवाज़ आयी। मैंने हाथ से टटोला और मुझे सिटकनी मिल गयी। फिर मैं पीछे हटा और दरवाज़े पर लात मारी।

दरवाज़ा खुल गया। रुमाल मेरे हाथों से गिर गया था और उँगली के एक जोड़ से खून बह रहा था। मैंने अपना रुमाल उठाया और उंगली के कटे जोड़ के ऊपर लपेट लिया। फिर मैं वेस्ट्री में घुस गया।

जगह लगभग खाली थी। एक अलमारी का दरवाज़ा खुलकर लटका हुआ था और कुछ पुरानी बनियानें धूल भरे एक खाने में रखी हुई थीं। एक धूल भरा ढेर था जिसमें प्रार्थना की पुस्तकें एक के ऊपर एक सजी हुई थीं और एक चूहा सबसे ऊपर रखी, आधी कुतरी हुई किताब पर बैठकर मेरी घुसपैठ को देख रहा था।

मैं उस कमरे से होता हुआ गिरजे के मुख्य कक्ष में पहुँचा। वहाँ थोड़ी रोशनी थी। दाग लगी काँच की खिड़कियों से धूप अन्दर आ रही थी और हल्के नारंगी और सुनहरे रंग की रोशनी आसन पर और अस्त-व्यस्त पड़े लाल रंग के कालीन पर डाल रही थी, जो गलियारे में बिछा था। खिड़कियों पर मकड़ी के जाले लगे हुए थे। जैसे-जैसे मैं गलियारे में बढ़ रहा था मकड़ी के जाले हटाता जा रहा था और उन डरावनी मकड़ियों को आसन के उस पार फेंकता जा रहा था।

मैं वेस्ट्री से होते हुए गिरजाघर से बाहर निकला, और उसका दरवाज़ा बन्द कर दिया। खिड़की के काँच के टूटे हुए टुकड़े मैंने झाड़ियों में डाल दिये।

किशन मुझको घंटाघर पर मिला और हम मसालेदार फल और सब्ज़ियों का सस्ता भोजन करने साथ में चाट की दुकान पर पहुँचे। रास्ते में किशन ने मुझे बताया कि वह फिर से मुंशी के पास गया था।

''मुंशी पन्द्रह रुपये जमा किए बिना हमें कमरा नहीं देगा,'' वह बोला। ''लेकिन मैं हमारे कपड़े तो ले ही आया।''

''कमरे के बारे में अब कोई फ़र्क नहीं पड़ता। मैंने रहने के लिए एक जगह ढूँढ ली है।''

''अरे वाह! कैसी जगह है?''

''खुद देखने तक का इन्तज़ार करो। स्कूलों में मेरी किस्मत अच्छी नहीं रही, लेकिन शायद एक-दो दिनों में मेरे लिए कोई काम निकल आये। तुमने क्या बताया था, अब हमारे पास कितने रुपये बचे हैं?''

''आठ रुपये,'' किशन ने अपराधबोध से कहा और अपनी घबराहट को छुपाने के लिए अपने मुँह में आलू भरने लगा।

''मुझे लगा था, नौ रुपये बचे थे,'' मैंने कहा।

''नौ रुपये थे,'' किशन ने कहा। ''लेकिन मैं एक रुपया हार गया। मुझे यकीन था कि मैं जीत जाऊँगा लेकिन उन लोगों ने एक ऐसी चाल चल दी जो मुझे नहीं आती थी!''

''क्या!'' मैंने गुस्से से कहा। किशन हमारे थोड़े से पैसों के साथ इतना लापरवाह कैसे हो सकता था? ''तुमने ताश खेलने के लिए ये लोग कहाँ से जुटाये?'' मैंने खुद को गुस्से से चिल्लाने से रोकते हुए पूछा।

''दरअसल,'' किशन ने शर्मिंदा होते हुए कहा, ''यह इतना मुश्किल भी नहीं था। तुमसे अलग होने के बाद मैं सीधे मुंशी के घर गया, लेकिन वहाँ काम नहीं बना। वह भी तो सेठ का एक नौकर ही था, उसने कहा कि उसको आदेश मानने पड़ते हैं। मैंने सेठ की बेइज़्ज़ती में कुछ फब्तियाँ कसीं और चला आया।

''फिर मैं बाज़ार के पीछे वाली गलियों में घूमने लगा। तुमसे मिलने में अभी दो घंटे बाकी थे तो मैं समय बिताने के लिए कोई साधन ढूँढने लगा।

''एक गली के पीछे के मैदान में तीन नौजवान ताश खेल रहे थे। मैंने

उनको कुछ देर देखा और फिर एक खिलाड़ी ने इशारे से मुझको बुलाया और खेलने के लिए आमन्त्रित किया।

''मैं उन लोगों के साथ लगभग बारह बजे तक था। जैसा कि तुम जानते हो रस्टी, एक पंजाबी ही रफ़्तार और हिम्मत से अपनी किस्मत बना भी सकता है और बिगाड़ भी सकता है। और चूँकि मैं भी पंजाबी हूँ, मैंने भी यह बात साबित कर दी, भले ही मेरे छोटे से तरीके से।''

''अच्छा,'' मैंने सब्र करते हुए कहा। ''आज से सारे पैसे मैं रखूँगा।''

किशन ने शर्म के कोई भी चिन्ह न दिखाते हुए सारे नोट और सिक्के मेज़ पर रख दिये। मैंने पूरे पैसों को दो समूहों में बाँटा, नोट अपनी जेब में रखे और छः आने मेज़ पर किशन की तरफ़ बढ़ा दिये।

किशन मुस्कुराया, ''तो तुम मुझे आखिरकार कुछ पैसे रखने दे रहे हो।''

''यह पैसे चाटवाले को देने के लिए हैं,'' मैंने कड़ा उत्तर देते हुए कहा और उसकी मुस्कान मुँह बिचकाने में बदल गयी।

हम गिरजाघर की तरफ़ बढ़ने लगे, किशन थोड़ा कुड़कुड़ा रहा था। फिर भी मैं बहुत प्रफुल्लित था। ''मुझे नहाना है,'' किशन बेमतलब ही बोला। ''वह जगह अभी कितनी दूर है जहाँ तुमने कमरा लिया है?''

''मैंने कभी कमरे के बारे में नहीं कहा और वहाँ नहाने की जगह नहीं है। लेकिन एक नदी है जो बहुत दूर नहीं है, बस रोड के पीछे, जंगल में।''

किशन परेशान हो गया और अपना सिर खुजलाने लगा, लेकिन उसने कुछ कहा नहीं और अपनी प्रतिक्रिया को आगे के लिए छोड़ दिया।

''ए, हम कहाँ जा रहे हैं, रस्टी?'' उसने पूछा, जब मैं गिरजे का दरवाज़ा खोलने लगा।

''गिरजाघर में,'' मैंने जवाब दिया।

''लेकिन क्यों—प्रार्थना करने?'' किशन ने घबराकर पूछा। ''मैं नहीं जानता था कि तुम धार्मिक हो।''

''मैं धार्मिक नहीं हूँ। यही वह जगह है, जहाँ हम रहने वाले हैं।''

किशन ने आश्चर्य से अपना माथा पीट लिया और फिर ज़ोर-ज़ोर से हँसने लगा। ''कैसी-कैसी जगहों पर हम रहते हैं!'' वह चिल्लाया। ''रेलवे स्टेशन। मैदान, और अब यह कैथेड्रल!''

“यह कैथेड्रल नहीं है, गिरजाघर है।”

“दोनों में अन्तर क्या है? यह एक ही धर्म का है। एक मस्जिद मन्दिर से अलग हो सकती है लेकिन कैथेड्रल गिरजाघर से अलग कैसे हो सकता है?”

मैंने समझाने का कोई प्रयास नहीं किया लेकिन किशन को वेस्ट्री के दरवाज़े से अन्दर ले गया। वह बहुत सावधानी से उस शान्त गिरजाघर में घुस रहा था, डरते हुए अँधेरे से, मकड़ियों वाले कोनों से, ऊँची खिड़कियों से, खाली पड़ी वेदी से और वहाँ फैली उदासी से।

“मैं यहाँ नहीं रह सकता,” वह बोला। “इस जगह पर पक्का कोई भूत होगा।” उसने अपनी उँगलियाँ आसन के ऊपर फिराईं और जमी हुई धूल की मोटी परत में निशान छूट गया।

“हम बैंच पर सो सकते हैं या कालीन पर,” मैंने उसके विरोध को नज़रअन्दाज़ करते हुए कहा। “और हम खुद को पुराने चोगों से ढक सकते हैं।”

“उनको चोगे क्यों कहा जाता है?”

“मुझे बिलकुल नहीं पता।”

“तो मुझे कैथेड्रल के बारे में भाषण मत दो। अगर किसी को पता चला कि हम यहाँ रह रहे हैं, तो हम मुसीबत में पड़ सकते हैं।”

“किसी को पता नहीं चलेगा। अब यहाँ कोई नहीं आता। इस जगह का कोई ध्यान नहीं रखता, जैसा कि तुम देख ही सकते हो।

“जो लोग यहाँ आते थे, वो सब जा चुके हैं। सिर्फ़ मैं बचा हूँ, और मैं यहाँ कभी अपनी इच्छा से नहीं आया था।”

“अभी तक,” किशन बोला। “थोड़ी हवा अन्दर आने दो।”

मैं एक बैंच पर चढ़ा और एक ऊँची खिड़की खोल दी। ताज़ी हवा अन्दर घुसी और उसकी मनमोहक खुशबू से बन्द पड़े कमरे की बासी महक चली गयी।

“अब नदी पर चलते हैं,” मैंने कहा।

हम वेस्ट्री के दरवाज़े से बाहर निकले। उजाड़ बगीचे को पार किया और जंगल के अन्दर चले गये। एक संकरा रास्ता साल के पेड़ों के बीच से जा रहा था, हम उसी पर करीब एक-चौथाई मील चले। वह रास्ता काफ़ी लम्बे समय

से इस्तेमाल नहीं किया गया था और हमें कँटीली झाड़ियों को हटाते हुए अपना रास्ता बनाना पड़ा। तब हमने बहते हुए पानी की आवाज़ सुनी।

हमें एक चट्टान से फिसल कर नीचे एक छोटे गड्ढे में जाना पड़ा, तब हमें छोटे गोल पत्थरों पर से बहती पानी की धारा मिली। अपने जूते उतारकर और पाजामे घुटने तक मोड़कर हमने नदी पार की। पानी पहाड़ी की ओर से बहता हुआ आ रहा था, फ़र्न, घास और जंगली फूलों से गुज़रता हुआ; पहाड़ी दोनों तरफ़ खड़ी चढ़ाई बनाती थी, और इस कारण यह गड्ढा छाँव में ही रहता था। चट्टानें चिकनी थीं, उनमें से कुछ स्लेटी और कुछ पीले रंग की थी। उनके पार एक छोटा सा जल-प्रपात गिरता था और एक गहरा, सेब जैसे हरे रंग के पानी का तालाब बनाता था।

हमने अपने कपड़े उतारे और तालाब में कूद पड़े। किशन कुछ ज़्यादा ही दूर चला गया था और अपने पैरों के नीचे की ज़मीन को फिसलन भरा पाकर छपछपाते हुए उथले पानी में वापस आ गया।

"मुझे नहीं पता था कि यह इतना गहरा है," वह बोला।

जल्दी ही हम पैसे कमाने की समस्या और अपनी यात्रा की मुश्किलें भूल गये। हमने उस ठंडे पहाड़ी पानी में बहुत उछल-कूद और हुड़दंग मचाया। किशन ने हमारे कपड़े इकट्ठे किए और चिकनी चट्टानों पर उनको पीटते हुए नदी में धो डाला, और उन्हें सुखाने के लिए घास पर फैला दिया। नहाने के बाद हम घास पर लेट गये और दोपहर की धूप सेंकने लगे, बीच-बीच में अनियमितता से बातें करते हुए हल्की झपकी में खो गये।

"मैं सोमी को तार भेजने जा रहा हूँ," मैंने कहा, "लेकिन मेरे पास उसका पता नहीं है।"

"उसकी माँ तो अभी भी यहीं हैं ना?" किशन ने कहा।

मैं अचानक उठ बैठा। "मैंने उनके बारे में तो सोचा ही नहीं। सोमी ने कहा था कि वह अकेला देहरा से जा रहा है। वह तो यहीं होंगी।"

"तो चलो, उनसे मिलकर आते हैं," किशन ने कहा। "शायद वह हमारी मदद कर सकें।"

"अभी तुरन्त चलते हैं।"

हमने अपने कपड़े सूखने का इन्तज़ार किया और फिर हमने कपड़े पहने

और जंगल के उसी रास्ते से वापस आ गये। सूरज डूब रहा था, जब हम सोमी के घर पहुँचे, जो गिरजाघर से करीब एक मील दूर स्टेशन की दिशा में था।

जब मैं बरामदे की सीढ़ियाँ चढ़ रहा था, मुझको सोमी की स्वागत करती हँसी की याद आ गयी। मैंने सोमी की माँ को रसोईघर में व्यस्त पाया। सफ़ेद होते बाल, मुस्कान और साधारण सफ़ेद साड़ी पहने हुए, और उन्होंने अपने हाथ अपने गालों पर रख लिये जब उन्होंने हमें देखा।

''मास्टर रस्टी!'' वह खुशी से चहकते हुए बोली। ''और किशन! इतने हफ़्तों से तुम लोग कहाँ थे?''

''यात्रा,'' मैंने कहा। ''हम लोग विश्व-भ्रमण कर रहे थे।''

''पैदल,'' किशन ने जोड़ा।

हम बरामदे में बेंत की कुर्सियों पर बैठ गये और मैंने सोमी की माँ को अपनी यात्रा का वर्णन सुनाया, जानबूझकर यह बात छुपाते हुए कि हम लोगों के पास न काम था न पैसे। लेकिन उन्हें हमारी अवस्था का अंदाज़ा हो गया था।

''क्या तुम लोगों को अपने कमरे को लेकर कोई समस्या हो रही है?'' उन्होंने पूछा।

''हमने वह कमरा छोड़ दिया,'' मैंने कहा। ''अब हम उससे बड़ी जगह रह रहे हैं।''

''हाँ, बहुत बड़ी,'' किशन बोला।

''और उस किताब का क्या हुआ जो तुम लिखने वाले थे—क्या वह प्रकाशित हो गयी?''

''नहीं, अभी मैं लिख ही रहा हूँ,'' मैंने कहा।

''कितना लिख चुके हो?''

''अरे, अभी बहुत तो नहीं। इन चीज़ों में बहुत समय लग जाता है।''

''और वह है किस बारे में?''

''अरे, सब कुछ, शायद।'' मैंने जवाब दिया, अपराधबोध के साथ बात का विषय बदलते हुए, क्योंकि मेरा उपन्यास दूसरे अध्याय से आगे बढ़ा ही नहीं था। ''मैं जल्दी ही पढ़ाना शुरू करने वाला हूँ। अगर आप किसी को जानती हैं जो अपने बच्चों को अंग्रेज़ी सिखाना चाहते हैं तो उनको मेरे पास भेज दीजिएगा।''

"हाँ, बिलकुल। मैं ज़रूर भेज दूँगी। सोमी मुझे कभी माफ़ नहीं करेगा अगर मैंने तुम्हारी बात नहीं मानी। लेकिन तुम यहीं क्यों नहीं रह जाते? यहाँ बहुत सारे कमरे हैं।"

"अरे, हम लोग अपने घर पर बहुत आराम से हैं," मैंने झूठ बोला।

"अरे हाँ, बहुत ही आराम से," किशन ने मुझे घूरते हुए कहा।

सोमी की माँ ने हमको रात के भोजन पर रुकने के लिए मना लिया और हमने मानने में ज़्यादा समय नहीं लगाया क्योंकि रसोईघर से पंजाबी भोजन की खुशबू हम तक आ रही थी। हम लोग गिरजाघर और प्रतीक्षालयों में पूरी ज़िन्दगी सोने के लिए तैयार थे, बशर्ते वहाँ हमें हमेशा लज़ीज़ खाना मिलता रहे—मसालेदार, मांसाहारी खाना, क्योंकि ज़्यादातर सब्ज़ियों से हमें नफ़रत थी...

हम टूट पड़े तंदूरी रोटी और भैंस के दूध के घी, पालक के साथ पके मीट, पनीर की सब्ज़ी, नींबू और शलजम के खट्टे अचार और एक जग भर लस्सी पर। हमने अपने भोजन के साथ पूरा न्याय किया वह भी सोमी की माँ की सतर्क निगाहों की निगरानी में।

"क्या तुमको कुछ पैसे चाहिये?" जब हम खा चुके तो उन्होंने पूछा।

"नहीं, नहीं," मैंने फिर झूठ बोला, "हमारे पास बहुत है।"

मेरे दाहिने पैर पर पड़ी किशन की ज़ोरदार लात से मैं उछल गया।

"एक सप्ताह के लिए बहुत है," मैंने आगे कहा।

खाना खाने के बाद, मैंने सोमी का अमृतसर का पता लिया, इस इरादे से कि अगले ही दिन उसको तार भेजूँगा। साथ ही मैंने अपनी जेबों में बहुत सारी पेंसिलें और लिखने के लिए कागज़ भी भर लिए। जब हम निकल रहे थे, सोमी की माँ ने मेरे हाथों में दस का एक नोट थमा दिया, मैं शर्माया, पर पैसे लेने से मना नहीं कर पाया।

जब हम सड़क पर आ गये, मैंने कहा : "हम यहाँ पैसा उधार माँगने नहीं आये थे किशन।" मैं जानता था कि मेरे सोमी की माँ से पैसे लेने से मना करने के कारण किशन गुस्से से उबल रहा था।

"लेकिन तुम उनको कुछ दिनों में यह पैसा वापस लौटा दोगे। दोस्तों का क्या फ़ायदा अगर हम मदद माँगने उनके पास न जा सकें?"

''मैं तब जाता जब मेरे पास कुछ न बचता। और जब तक ऐसा नहीं होता, मैं किसी को परेशान नहीं करना चाहता।''

हम रास्ते से दो बड़ी मोमबत्तियाँ खरीदते हुए वापस गिरजाघर आ गये। मैंने एक मोमबत्ती गिरजाघर के दरवाज़े पर लगा दी एवं अँधेरे और कम प्रयोग किए जानेवाले रास्ते को रोशन कर दिया।

नयी मुलाकातें

''यह बहुत डरावना है,'' किशन बोला और मेरे करीब आ गया। ''बिलकुल शान्त। मैं सोचता हूँ कि हमें वापस चले जाना चाहिए और सोमी के घर पर रहना चाहिए। और वैसे भी गिरजाघर में सोना गलत होगा।''

''यह पेड़ पर सोने से ज़्यादा गलत नहीं है।'' जब हम अन्दर आ गये, मैंने जलती हुई मोमबत्ती वेदी की सीढ़ियों पर रख दी। एक चमगादड़ छत से नीचे आया और किशन आसन के नीचे झुक गया। ''इससे तो अच्छा है कि मैं मैदान में सो जाऊँ,'' वह बोला।

''यहाँ बेहतर है,'' मैंने ज़ोर दिया। मैं वेस्ट्री से चोगों का एक गट्ठर उठा लाया और ज़मीन पर पटक दिया। ''अब मैं कुछ लिखने का काम करूँगा,'' मैंने ऐलान किया और मोमबत्ती के पास बैठते हुए अपनी जेब में से पेंसिल और कागज़ निकाले।

किशन बैंच पर बैठकर अपने जूते उतारने लगा और अपने पैर के अँगूठे से खेलने लगा। जब वह सिर के ऊपर उड़ते चमगादड़ों का अभ्यस्त हो गया, तो खड़ा हुआ और उसने अपने कपड़े उतार दिये। बनियान और जांघिये में वह लम्बा, हड्डियों का ढाँचा चोगों के गट्ठर पर बैठ गया, और अपनी कोहनियाँ घुटनों पर टिकाये, अपनी ठोड़ी को हाथ के पंजों में भरे; मुझे लिखते हुए देखता रहा।

अगली सुबह तड़के किशन की चीख से मेरी नींद बुरी तरह खुली।

''मुझे काट लिया,'' उसने जल्दी-जल्दी कहा और मैं चोगों से उठने का प्रयास करने लगा। ''गिरजाघर के चूहे ने मेरे पैर के अँगूठे को काट लिया।''

''कम-से-कम वह एक कैथेड्रल का चूहा तो नहीं था,'' मैंने कहा। ''एक बार एक चूहा मेरे ऊपर सारी रात रेंगता रहा।'' मैंने चोगे झटके और

चिचियाहट के साथ चूहा कपड़े में से निकला और सुरक्षा के लिए उसने ज़मीन पर छलाँग लगा दी।

किशन ने अपने हाथ से मेरा कन्धा छुआ। वह मेरे होने से कुछ आश्वस्त हुआ और करीब आकर मेरे ऊपर हाथ डाले और सो गया।

हम सूर्योदय से पहले उठ गये और सीधे तालाब की तरफ़ चल पड़े। वह एक ठंडी सुबह थी। पानी बर्फ़ीला ठंडा था। जब हम तैर रहे थे, सूरज साल के पेड़ों के पीछे से उगने लगा और ओस की बूँदों को पन्ने का रंग देता हुआ और साफ़ पानी में तब तक उतरता हुआ जब तक उसने पीली रेत नहीं छू ली। मैंने सूरज की गर्माहट को अपनी त्वचा पर महसूस किया, त्वचा से होते हुए मेरे खून में, मेरी हड्डियों में मेरी मज्जा में भी और इसी खुशी में मतवाला होकर मैं किशन के ऊपर कूद पड़ा। हम पानी में गोते खाने लगे और पैरों को बहुत तेज़ी से चलाते हुए पानी के अन्दर चले गये और सतह पर आये, पानी उड़ाते हुए, साँस लेते हुए और चिल्लाते हुए। फिर हम चट्टान पर तब तक पड़े रहे जब तक हमारे शरीर सूख नहीं गये।

फिर हम तालाब से चल पड़े और मैदान की तरफ़ पहुँचे।

हर सुबह, नौजवान पहलवानों का समूह मैदान के एक कोने में, नर्म और ताज़ी खोदी गयी मिट्टी के अखाड़े में कुश्ती लड़ता था। हाथी भी उन पहलवानों में से एक था। वह एक जवान सांड़ जैसा था जिसकी छाती शानदार और जाँघें बलिष्ठ थीं। उसके हल्के भूरे बाल और आँखें उसके बाकी के काले शरीर से विरोधाभास दिखाती थीं।

वह हमें नल पर मिल गया, जहाँ वह अपने शरीर से मिट्टी और तेल धो रहा था और गूँजती आवाज़ में अपने शरीर को थपकियाँ दे रहा था। साफ़ था, उसने आज सुबह के लिए कुश्ती का अपना मुकाबला समाप्त कर लिया था। जब उसने ऊपर देखा और हमें पाया, वह नल छोड़कर भागता हुआ आया और मुझे कसकर एक गीली झप्पी दी और बहुत सारा तेल और मिट्टी, मेरी पहले से ही मटमैली कमीज़ पर लगा दी।

"मेरे दोस्त! इतने हफ़्तों से तुम कहाँ थे? मुझे लगा तुम मुझको भूल गये हो। और किशन भैया, तुम कैसे हो?"

किशन को भी एक मज़बूत झप्पी मिली जिसको उसने बड़बड़ाते हुए

स्वीकारा : "मैं पहले ही नहा चुका था हाथी।"

लेकिन हाथी ने बोलना जारी रखा और साथ-साथ कमीज़ और पाजामा पहनने लगा। "तुम मुझसे मिलने बिलकुल सही समय पर आये हो, क्योंकि मैं एक या दो दिन में यहाँ से जा रहा हूँ," वह बोला।

"कहाँ जा रहे हो?" मैंने पूछा।

"मैं पहाड़ों में अपने गाँव जा रहा हूँ। वहाँ मेरी ज़मीन है—मैं उसकी देखभाल करने वहाँ जा रहा हूँ। आओ मेरे साथ चाय पी लो—आओ!"

वह हमें घंटाघर के पास एक चाय की दुकान पर ले गया, जहाँ उसने हम तीनों के लिए एक-एक गिलास गरम दूध लिया और उसमें शहद और फेंटे हुए अंडे मिलाए। सुबह के स्नान ने हमें तरो-ताज़ा कर दिया था और हम बहुत स्फूर्ति का अनुभव कर रहे थे।

"तुम अपने गाँव कैसे जाते हो?" मैंने पूछा। "क्या वहाँ मोटर के जाने के लिए सड़क है?"

"नहीं। सड़क लैण्ड्सडाउन में खत्म हो जाती है। उसके बाद करीब तीस मील पैदल चलना पड़ता है। वह बहुत खड़ी चढ़ाई वाली सड़क है और आपको दो पहाड़ पार करने पड़ते हैं, लेकिन उन्हें एक दिन में पार किया जा सकता है अगर आप सुबह जल्दी चढ़ाई शुरू कर दें। तुम लोग मेरे साथ क्यों नहीं चलते?" अचानक उसने पूछा। "वहाँ तुम बहुत सारी कहानियाँ लिख सकते हो। तुम वही करना चाहते हो, है ना? वहाँ कोई शोर भी नहीं होगा।"

"मैं अभी तुरन्त नहीं चल सकता," मैंने जवाब दिया। "शायद कभी बाद में, लेकिन अभी नहीं।"

"तुम भी चल सकते हो, किशन," हाथी ने ज़ोर देते हुए कहा। "क्यों नहीं?"

"किशन पहाड़ों पर ऊब जायेगा," मैंने उसे छेड़ते हुए कहा।

"तुमको कैसे पता?" किशन ने चिढ़कर कहा।

"खैर, अगर तुम कभी बाद में आना चाहो तो तुमको सिर्फ़ लैण्ड्सडाउन तक की बस मिलेगी, फिर वहाँ से मंजरी गाँव के लिए उत्तर-पूर्व के लिए जाने वाली सड़क पकड़ लेना। तुम जब चाहे तब आ सकते हो। मैं वहाँ अकेला ही रहूँगा।"

"अगर हम आते हैं," मैंने कहा, "तो हम तुम्हारी मदद ही करना चाहेंगे।"

"मैं तुम लोगों को किसान बना दूँगा!" हाथी ने खुशी से कहा, और अपने हाथों से अपनी जाँघें ठोकीं।

"किशन बहुत आलसी है।"

"और रस्टी बहुत बेढंगा है।"

"खैर, शायद हम आयेंगे," मैंने कहा। "लेकिन पहले मुझे देखना है कि मुझे यहाँ कोई काम मिल जाये। मैं आज फिर से एक स्कूल जा रहा हूँ। तुम क्या करोगे, किशन?"

किशन ने कन्धे उचका दिये। "मैं बाज़ार में तुम्हारा इन्तज़ार करूँगा।"

"तुम मेरे साथ चलो," हाथी बोला।

मेरे पास कोई काम नहीं है बस अलग-अलग लोगों से अपने पैसे वापस लेने हैं। अगर मैंने आज नहीं लिए तो फिर वो पैसे मुझे कभी नहीं मिलेंगे।

वह स्कूल जहाँ मैं गया था (वहाँ जाना निरर्थक ही रहा) वह रिस्पना नदी के सूखे हुए ताल के किनारे था, और नदी के ताल के दूसरी तरफ़ सरसों के खेत और चाय के बागान थे। अभी मेरे पास किशन से मिलने के लिए एक घंटा बाकी था, इसलिए मैंने नदी का रेतीला ताल पार किया और खेत में भटकने लगा। एक मोर रास्ते पर बहुत तेज़ी से, मतवाले कदमों से भाग रहा था।

एक छोटी नहर चाय के बागानों से गुज़रती थी और मैं नहर के साथ-साथ चल पड़ा, स्लेटी रंग की कठोर छिपकलियों को गिनता हुआ जो पत्थरों के बीच से अन्दर-बाहर कर रही थीं। मैंने झाड़ी से चाय की एक पत्ती तोड़ी और अपनी नाक पर लगाकर उसकी मीठी और मधुर खुशबू सूँघी। करीब एक मील चलने के बाद मुझे एक खुला मैदान दिखा। उस खुले मैदान में एक घर था जो केले और पोइन्सेटी के पेड़ों से घिरा था, पोइन्सेटी की लटकती पत्तियाँ आग से बनी लाल जीभों का आभास करा रही थीं। बोगनवेलिया और अन्य लताओं ने पूरा घर ढक रखा था।

बरामदे में बेंत की कुर्सी पर एक अंग्रेज़ बैठा था। कम-से-कम वह देखने से तो अंग्रेज़ ही लग रहा था। वह जर्मन या अमरीकी या रशियन भी हो सकता था लेकिन देहरा में मैं जितने भी यूरोपीय लोगों को जानता था, वे सभी अंग्रेज़

थे। इसलिए बेंत की कुर्सी पर बैठे उस सफ़ेद बालों वाले सज्जन को मैंने अंग्रेज़ मान लिया था।

वह बुज़ुर्ग, लाल चेहरे वाले थे और उन्होंने ऊनी कोट और ढीली सी हाफ़-पैंट और मोटे ऊनी मोज़े पहने हुए थे। एक बिना जला हुआ पाइप उनके होंठों के बीच था और उनके घुटनों पर एक अंग्रेज़ी अखबार *टाइम्स लिटररी सप्लिमेंट* पड़ा था।

जिस आखिरी अंग्रेज़ से मैंने बात की थी वह मेरा अभिभावक था और मुझे उससे नफ़रत थी। लेकिन कुर्सी पर बैठा यह बुज़ुर्ग व्यक्ति रहस्यमय और मित्रवत लग रहा था। सावधानी से मैं बरामदे की सीढ़ियों की तरफ़ बढ़ा और उस बुज़ुर्ग व्यक्ति के अखबार से ऊपर देखने की प्रतीक्षा करने लगा।

उस व्यक्ति ने अखबार से ऊपर नहीं देखा, लेकिन बोला, ''हाँ, लड़के, अन्दर आ जाओ। एक कुर्सी खींच लो और बैठ जाओ।''

''उम्मीद करता हूँ कि मैं आपके काम में व्यवधान नहीं डाल रहा हूँ,'' मैंने कहा।

''डाल तो रहे हो, लेकिन इससे कोई फ़र्क नहीं पड़ता। खुद को इतना कमतर मत आँको।'' उसने मेरी तरफ़ देखा। उसकी स्लेटी आँखें कुछ नर्म हुईं लेकिन वह मुस्कुराया नहीं; हो सकता है वह पाइप होंठों के बीच से निकालना बहुत मुश्किल काम हो।

मैंने एक कुर्सी खींच ली और बहुत अजीब तरीके से बैठ गया और अपने अँगूठे घुमाने लगा। बुज़ुर्ग आदमी ने मुझे ऊपर से नीचे तक देखा और कहा, ''मेरे साथ एक जाम पियो, उम्मीद करता हूँ कि तुम पीने की उम्र के होगे,'' और मेज़ के नीचे से एक और गिलास निकाला, और मेरे गिलास में दो अँगुल सोलान व्हिस्की डाल दी। उसने अपने गिलास में तीन अँगुल शराब भर ली। फिर, मेज़ के नीचे से सोडे की दो बोतलें निकालीं और एक बोतल खोलने वाला ओपनर भी निकाल लिया। बोतलों के ढक्कन तेज़ आवाज़ के साथ बरामदे में उड़ गये और सुनहरा झागदार पेय बुलबुलों के साथ गिलासों के ऊपर बहने लगा।

''चीयर्स,'' अधिकतर पेय गिराते हुए वह बोला, ''पैटिग्रू नाम है। हालाँकि बैंगलोर में लोग मुझे पैटी बुलाते थे।''

"आपसे मिलकर खुशी हुई मिस्टर पैटिग्रू।" मैंने विनम्रता से कहा। "क्या यह आपका घर है?"

"हाँ, घर मेरा ही है," मिस्टर पैटिग्रू ने कहा, और अपने पाइप को मेज़ पर ठोका। "अब सिर्फ़ यही मेरा है—घर और पुस्तकालय। पहले यह बागान भी मेरे थे लेकिन अब इनमें सिर्फ़ मेरा हिस्सा है। वैसे भी यह बेकार चाय है। सिर्फ़ मिलावट में इस्तेमाल की जाती है।"

"क्या यहाँ कोई और भी रहता है आपकी देख-भाल के लिए?" घर का खालीपन भाँपते हुए मैंने पूछा।

"मेरी देख-भाल!" श्रीमान पैटिग्रू ने गुस्से से पूछा। "किसलिए? तुम क्या सोचते हो कि मैं कोई बीमार बूढ़ा हूँ! मैं सत्तर साल का हूँ बच्चे, लेकिन अभी भी घोड़े की सवारी इतनी आसानी से कर सकता हूँ जैसे तुम साइकिल चलाते होगे!"

"मुझे पूरा यकीन है आप कर सकते हैं," मैंने फुर्ती से जवाब दिया। "और आपकी उम्र साठ साल से एक साल ज़्यादा नहीं लगती। लेकिन मैंने सोचा आपका कोई नौकर होगा।"

"खैर, मैं भी ऐसा सोचता था और मेरे पास एक नौकर था। लेकिन वह हरामखोर आधे से ज़्यादा समय कहाँ रहता है, मैं भी जानना चाहता हूँ। किसी मनहूस औरत के पीछे लगा हुआ है, ऐसा मुझे लगता है।" उनके चेहरे से कुछ याद करने के भाव गुज़रे। "मुझे वह समय याद है जब मैं भी ऐसी ही हरकतें करता था। कुल्लू घाटी की बात है। कुल्लू दो चीज़ों के लिए मशहूर था—सेब और खूबसूरत औरतें।" वह हँसी से खिल उठे, और उनका चेहरा बहुत लाल हो गया। मुझे डर था कि कहीं उस बूढ़े आदमी की नीली नसें फट न जायें।

"क्या आपने कभी किसी से शादी की?" मैंने पूछा।

"शादी!" पैटिग्रू ने आश्चर्य से पूछा। "क्या तुम्हारा दिमाग खराब है, नौजवान? तुमने सोचा कि मुझ जैसा आदमी कभी शादी क्यों करेगा? सिर्फ़ कमज़ोर ही शादी करते हैं, ताकि कोई बुढ़ापे में उनका ध्यान रखे। कोई भी आदमी अपने जीवन में एक औरत से सन्तुष्ट नहीं हो सकता।"

वह चुप हो गये और मेरी तरफ़ एक विशिष्ट निराशा से देखा, और तब

मुझे लगा कि यह बूढ़ा आदमी उतना कुटिल नहीं है जितना वह अपनी बातों से लग रहा था।

"तुम हैरिसन के लड़के हो, है ना?" उन्होंने अचानक पूछा।

"वह मेरे अभिभावक थे।" मैंने उत्तर दिया। "आपको कैसे पता?"

"छोड़ो, मैं जानता हूँ। तुम एक साल पहले अपने हिसाब से ज़िन्दगी जीने के लिए भागे थे, है ना? खैर, मैं तुमको दोष नहीं देता। मेरी खुद कभी हैरिसन से नहीं पटी। घोर कंजूस बुड्ढा। अगर उसका बस चलता तो वह कभी किसी को एक जाम न पिलाता। लेकिन दूसरों के पैसों पर टूट पड़ता था। मैं भागने के लिए तुमको दोषी नहीं मानता। लेकिन तुमने ऐसा क्यों किया था?"

"वह बहुत दुष्ट थे और मुझे पीटते थे और भारतीय लोगों से दोस्ती नहीं करने देते थे। मैं ऊब चुका था। मैं अपनी ज़िन्दगी खुद जीना चाहता था।"

"ज़ाहिर-सी बात है। तुम अब खुद एक नौजवान आदमी हो। तुम्हारे पिता भी अच्छे आदमी थे।"

"आप उनको जानते थे?" मुझे बहुत आश्चर्य हो रहा था क्योंकि मुझे एक ऐसा आदमी मिला था जो मेरे पिता को जानने का दावा कर रहा था।

"बिलकुल जानता था। वह पहले मेरे लिए इस रियासत की देख-रेख में मदद करते थे। मैं तुमसे पहले भी मिलना चाहता था लेकिन हैरिसन ने कभी मुझे मौका नहीं दिया।"

"किस्मत ही मुझे इस रास्ते पर ले आयी।"

"मैं जानता हूँ। सब कुछ ऐसे ही तो होता है।"

"मुझे मेरे पिता के बारे में वह सब कुछ बताइये जो आप बता सकते हैं," मैंने कहा।

"वे मेरे अच्छे दोस्त थे, और हम लोग अक्सर ही मिलते थे। उनको चिड़ियों, कीड़े-मकौड़ों और जंगली फूलों में दिलचस्पी थी—बल्कि हर उस चीज़ में जो प्रकृति का इतिहास बताती है। हम दोनों को पढ़ने और किताबें इकट्ठी करने का बहुत शौक था और यही वह चीज़ थी जिससे हम दोस्त बने थे। लेकिन मैं जो बात तुमको बताना चाहता था वह यह है : मरने से पहले उन्होंने करीब दो महीने तुम्हारी एक आंटी और अंकल के साथ पहाड़ों में बिताए थे—गढ़वाल के पास किसी गाँव में। उनको मलेरिया हो गया था। और शायद

वह मलेरिया ही था जिसने उनकी कुछ महीनों बाद जान ले ली। हो सकता है मैं गलत हूँ, लेकिन मैं समझता हूँ तुम्हारे पिता को पहले ही इस बात का अंदेशा हो गया था कि अब उनके पास ज़्यादा समय नहीं था। इसलिए अगर तुम्हारे पिता ने तुम्हारे लिए कुछ छोड़ा होगा तो उन्होंने इन दम्पति के पास ही छोड़ा होगा। वह उन पर भरोसा करते थे—बहुत भरोसा करते थे। अभी हाल ही में मुझे पता चला कि तुम्हारे अंकल का निधन हो गया। लेकिन तुम्हारी आंटी शायद अभी भी उसी घर में रहती हैं।''

''उनका नाम क्या है?'' मैंने पूछा। ''मुझे याद नहीं। मैं खुद कभी उनसे नहीं मिला। पर मैं इतना जानता हूँ कि वह पहाड़ों में रहती हैं जहाँ उनके पास थोड़ी ज़मीन है।''

''क्या आपको लगता है कि मुझे उनको ढूँढना चाहिए?'' मैंने पूछा और मैं अपनी बढ़ती दिलचस्पी और उत्साह से चकित था।

''यह अच्छा विचार है,'' मिस्टर पैटिग्रू ने जवाब दिया, ''वह अब करीब पचपन साल की होंगी, मुझे लगता है वह नदी के किनारे एक छोटे-से घर में रहती हैं, लैण्ड्सडाउन से करीब चालीस मील दूर। तुम्हें लैण्ड्सडाउन से बहुत चलकर जाना पड़ेगा।''

''मुझको चलने की आदत है, मेरा एक गढ़वाली दोस्त है; जो शायद मेरी मदद करेगा।'' मैं हाथी के बारे में सोच रहा था। मैं जाने के लिए खड़ा हुआ और किशन और हाथी को यह बात बताने के लिए उतावला हो रहा था।

''हड़बड़ाओ नहीं,'' मिस्टर पैटिग्रू ने कहा। ''तुम्हारे पास पैसे हैं?''

''थोड़े से।''

''तो, अगर तुम्हें मदद की ज़रूरत हो तो याद रखना, मैं हूँ यहाँ। आखिरकार, मैं तुम्हारे पिता का दोस्त था।''

''शुक्रिया मिस्टर पैटिग्रू। जाने से पहले मैं आपसे मिलने फिर आऊँगा।''

यात्रा की सम्भावनाएँ

मैं घंटाघर पर करीब एक घंटे तक प्रतीक्षा करता रहा, जब तक एक नहीं बज गया। मैं थोड़ा अधीर हो रहा था, इसलिए नहीं कि मुझे किशन की चिंता थी, बल्कि इसलिए क्योंकि मैं उसको बताने के लिए उतावला हो रहा था, मिस्टर पैटिग्रू और पहाड़ों में रहने वाली एक आंटी के बारे में। मैंने अन्दाज़ा लगाया

कि किशन हाथी के साथ बाज़ार में आवारागर्दी कर रहा होगा या सिंधी मिठाई भंडार में पैसे उड़ा रहा होगा। इस बात की मुझे ज़्यादा परवाह नहीं थी क्योंकि अधिकतर पैसे मैंने अपने पास ही रखे थे; लेकिन यह कोई नहीं कह सकता था कि किशन कौन-सी नयी मूर्खता कर बैठे।

मैं घंटाघर की दीवार पर झुककर खड़ा था और फेरीवालों को सड़क पर अलसाए हुए चलते देख रहा था, अपने सामान को बेचने के लिए अनियमित रूप से चिल्लाते, हाँक लगाते दोपहर में; खिलौनेवाला, जो स्कूल की छुट्टी होने का इन्तज़ार कर रहा था ताकि सड़क पर बच्चों की बाढ़ आ जाये; फलवाला, जिसके टोकरे में पपीते, संतरे, केले और कश्मीरी सेब थे, जिनको ताज़ा रखने के लिए वह समय-समय पर उन पर पानी के छींटे मार रहा था; एक मोची जो इमली के पेड़ की छाया में ऊँघ रहा था और बीच-बीच में चमड़े के एक टुकड़े से खुद को हवा कर रहा था। मैं सबको देख रहा था किन्तु मेरी सोच बहुत दूर उड़ रही थी, और पहाड़ों में एक अजनबी इन्सान की कल्पना कर रही थी।

एक लम्बा सिख लड़का जिसके कन्धे पर रस्सी से लटकता एक थाल था, मेरे पास आया। वह मेरे पास रुक गया, लेकिन मुझसे कुछ भी खरीदने के बारे में नहीं पूछा। वह शायद सिर्फ़ मुझे देखने के लिए रुका था।

हम दोनों परस्पर दिलचस्पी के कारण करीब एक मिनट तक एक-दूसरे को देखते रहे। उसने एक चमकीले लाल रंग की पगड़ी पहनी थी, चौड़ा सफ़ेद पाजामा और काली पेशावरी चप्पलें जो खुली हुई थीं। वह लम्बा और सीधा खड़ा था और उसकी हल्की भूरी आँखें बहुत मित्रवत और स्पष्ट थीं। उसकी गर्दन से लटके थाल में बहुत तरह का सामान था—कंघी, बटन, चाभी के छल्ले, धागे की रील, सस्ते इत्र की बोतलें, साबुन और सिर में लगाने का तेल। हमने एक-दूसरे को पहली बार देखा था लेकिन उस अजनबी की आँखों में एक सम्मोहन था—डरावना, आधा दुःख भरा, आधा सुखी—जिसने मुझको आकर्षित किया क्योंकि यह मेरे स्वभाव के कुछ विचित्र पहलुओं को लुभा रहा था। पूरा वातावरण सहानुभूति से भर गया।

एक कौवे ने हमारे बीच पंख फड़फड़ाए और उस पल का महात्म्य खत्म हो गया और हमारे बीच की सहानुभूति की कड़ी भी टूट गयी।

मैं पीछे मुड़ गया और वह सिख लड़का सड़क पर टहलने लगा।

करीब दस मिनट और प्रतीक्षा करने के बाद, मैं घंटाघर से निकल पड़ा और गिरजाघर जाने के रास्ते पर चल पड़ा, यह सोचते हुए कि शायद किशन वहीं चला गया होगा। मैं अभी बहुत दूर नहीं गया था कि वह सिख लड़का मुझको फिर दिखा, आम के पेड़ की छांव में बैठा और उसका थाल बगल में रखा हुआ और उसके हाथ में कोई किताब थी। मैं उस किताब को देखने के लिए रुका। वह गोल्डस्मिथ की किताब *द ट्रैवलर* थी। इससे मुझमें इतना आत्मविश्वास आ गया कि मैं बातचीत शुरू कर सकूँ।

''तुम्हें यह किताब पसन्द है?'' मैंने पूछा।

सिख लड़का मेरी तरफ़ देखकर मुस्कुराया। ''यह मेरे इंटर के पाठ्यक्रम में है। मेरी परीक्षाएँ अगले महीने हैं। लेकिन मैं दूसरी किताबें भी पढ़ता हूँ,'' उसने आगे कहा।

''पर तुम स्कूल जाते कब हो?'' मैंने पूछा, और उसके थाल में सजे सामान को देखा जो उसके पैसे कमाने का एकमात्र ज़रिया था।

''शाम को कुछ कक्षाएँ होती हैं। दिन में मैं यह कबाड़ बेचता हूँ। इससे मेरे खाने और कक्षाओं की फ़ीस के पैसे का इन्तज़ाम हो जाता है। मेरा नाम देवेंदर है।''

''मेरा नाम रस्टी है।''

मैं आम के पेड़ पर झुककर खड़ा था। ''और तुम्हारे माता-पिता, देवेंदर?'' अब तक मैं भारतीय तहज़ीब से अच्छी तरह परिचित हो गया था। मैं जानता था कि यह एक सामान्य और मान्य तहज़ीब है कि दोस्त बनने से पहले अजनबियों के व्यक्तिगत जीवन के बारे में अच्छे से जानकारी हासिल कर लें।

''मेरे माता-पिता मर चुके हैं,'' देवेंदर बोला। वह दो टूक बात कर रहा था। ''वे लोग 1947 के बँटवारे में मारे गये जब हम लोगों को पंजाब छोड़ना पड़ा था। मैं एक शरणार्थी कैंप में पला-बढ़ा हूँ। लेकिन अब मैं इस तरह से अकेले रहना पसन्द करता हूँ। मैं इस तरह ज़्यादा खुश हूँ।''

''और तुम रहते कहाँ हो?''

''कहीं भी,'' उसने जवाब दिया। और अपनी किताब बन्द करके खड़ा हो गया। ''कभी किसी के रसोईघर में, कभी बरामदे में, या कभी मैदान में। गर्मियों में इससे कोई फ़र्क नहीं पड़ता कि मैं कहाँ सोता हूँ और सर्दियों में लोग

बहुत दयालु हो जाते हैं और मेरे लिए कोई जगह ढूँढ देते हैं।''

''तुम हमारे साथ सो सकते हो,'' मैंने जल्दीबाज़ी में कहा। ''लेकिन मैं गिरजाघर में रहता हूँ। मैं वहाँ कल ही से रह रहा हूँ। यह बहुत आरामदेह तो नहीं है लेकिन यह बहुत बड़ा है।''

''क्या तुम भी शरणार्थी हो?'' देवेंदर ने एक मुस्कान के साथ पूछा।

''दरअसल मैं एक विस्थापित इन्सान हूँ, समझे।''

हम सड़क पर चलने लगे। हम आराम से, धीरे-धीरे चल रहे थे। रुकते हुए, कभी दीवार पर बैठ जाते या कभी दरवाज़े पर लटकते क्योंकि हमको कहीं भी पहुँचने की कोई जल्दी नहीं थी।

जल्दी ही मैं देवेंदर को अपने बारे में सब कुछ बताने लगा। मैंने उसको किशन के बारे में भी बताया जो शायद गिरजे में मेरा इन्तज़ार कर रहा था। लेकिन मुझे गिरजे में भी किशन नहीं मिला। अब मुझे थोड़ी चिंता होने लगी थी, लेकिन मैं उसकी प्रतीक्षा करने के अलावा और कुछ नहीं कर सकता था। देवेंदर ने अपना थाल गिरजे में रख दिया और हम तालाब पर पहुँच गये। हमने स्नान किया और धूप में लेट गये।

गूंगा ज़रूर फिर से मेरा पीछा कर रहा होगा क्योंकि मैंने उसको वेस्ट्री की सीढ़ियों पर बैठा पाया जब मैं और देवेंदर गिरजे में वापस लौटे। ''गू,'' उसने कहा और अपनी चालाकी पर खुद ही हँसने लगा।

''लगता है अब यह भी यहीं रहेगा,'' मैंने थोड़े गुस्से से कहा।

रात हो गयी लेकिन किशन का कोई अता-पता नहीं था। मैंने सोचा कि अँधेरे में जाकर उसको ढूँढने का कोई अर्थ नहीं है, इसलिए चोगे ज़मीन पर बिछा कर देवेंदर और मैं आराम करने लगे। गूँगा फिर आ गया। ''गू!'' हमने उसको खुशी में कहते सुना।

मैं जो क़िताब पढ़ रहा था उस पर एक परछाईं पड़ी और मैंने सिर उठाकर देखा।

''तुम!''

आखिरकार किशन आ गया था।

मेरे साथ किसी अजनबी को देखकर किशन थोड़ा-सा सहम गया। देवेंदर

ने अपनी पगड़ी खोल ली थी और उसके कन्धे तक लम्बे बाल उसको एक खतरनाक आकृति दे रहे थे।

"तुम थे कहाँ किशन?" मैंने सख्ती से पूछा। "तुमने मुझे बताया नहीं था कि तुम इतनी देर से आओगे।"

"मेरा अपहरण हो गया था," किशन ने बैंच पर बैठते हुए कहा और देवेंदर को संशय की नज़रों से देख रहा था।

"यह हमारा नया सदस्य है," मैंने उसे बताया। "यह भी अब से यहीं रहेगा। इसका नाम देवेंदर है।"

किशन ने देवेंदर की तरफ़ द्वेषपूर्ण नज़रों से देखा। वह मेरी दोस्ती पर सिर्फ़ अपना ही हक समझता है इसलिए मेरे करीब आने वाले हर इन्सान से उसको नफ़रत होती थी।

"गूँगा भी यहीं रहेगा?" उसने पूछा।

"उसने फिर से मेरा पीछा किया। हम उसको चौकीदार के तौर पर रख सकते हैं। लेकिन यह तो बताओ कि तुम्हारे साथ क्या हुआ था?"

"अरे, यह बहुत लम्बी कहानी है; लेकिन मैं तुमको मुख्य झलकियाँ सुना देता हूँ—

"जब हाथी सिंधी मिठाई भंडार में किसी आदमी से किसी निश्चित धनराशि के लिए लड़ने में व्यस्त था, मैं अकेले ही घूमने लगा, और दुकानों के सामने से गुज़रने लगा। मैं कपड़ों की एक दुकान के बाहर खड़ा था जब मैंने हमारे परिवार की एक बहुत पुरानी दोस्त, मिसेज़ भूषण और उनकी लड़ाकू, पन्द्रह साल की बेटी अरुणा को देखा जो मेरी पुरानी दोस्त थी। वो लोग दुकान में थे, साड़ियों के दाम पर दुकानदार से झिक-झिक करते हुए। मिसेज़ भूषण की—जैसा मेरी मम्मी ने एक बार मुझे बताया था—एक बहुत दुःखी करने वाली आदत यह थी कि वह मधुमक्खी की तरह एक के बाद एक दुकान में मँडराती थीं; आज उनके सामने कपड़ों के असंख्य गट्ठर खुले थे लेकिन उन्होंने शायद ही कुछ खरीदा था। अरुणा एक साँवली और पतली-सी लड़की है। उसकी आँखें सुन्दर हरे रंग की हैं और उसकी मुस्कान बहुत शरारती है। मैं उससे बात करना चाहता था लेकिन मिसेज़ भूषण से मिलने की सम्भावना को पचा नहीं पा रहा था, जो मेरे लिए चीज़ों को बहुत मुश्किल बना देंगी। इसलिए मैंने उस दुकान

की तरफ़ पीठ फेर ली और हाथी को ढूँढने लगा। मैं वहाँ से जाने ही वाला था कि मैंने अपने कन्धों पर एक भारी हाथ महसूस किया, और मुड़कर देखा तो खुद को मिसेज़ भूषण की बड़ी और घिनौनी आँखों से देखते हुए पाया।

''मिसेज़ भूषण करीब पैंतीस साल की हुक्म चलाने वाली महिला हैं जो ऐसे दृढ़ निश्चय से चलती हैं कि आदमी क्या सांड़ भी उनके रास्ते से हट जाते हैं। उनके कुत्ते, उनका पति, और उनके नौकर, सभी उनसे डरते हैं और उनकी बात को बिना किसी ना-नुकुर के मान लेते हैं। एक मर्दाना औरत, जो अपने पति और बच्चों पर अत्याचार करती है और अपना सारा प्यार अपने कुत्तों पर लुटाती है। एक बार मुझे सूरी ने बताया था कि उनका दुलारा कुत्ता उनके साथ बिस्तर पर सोता है और उनका पति बैठक में।

'' 'किशन!' मिसेज़ भूषण ने मुझ पर झपटते हुए आवाज़ लगाई। 'तुम यहाँ क्या कर रहे हो?' और उसी समय अरुणा ने भी मुझको देख लिया और उसकी हरी आँखें चमक गयीं और वह चिल्लाई, 'किशन! तुम यहाँ क्या कर रहे हो?'

''मैं कशमकश में था। मिसेज़ भूषण को अपने ऊपर झुके हुए देखना मुझे सूर्यग्रहण का एहसास करा रहा था। वैसे भी, मुझे नहीं समझ आ रहा था कि मैं देहरा में अपनी उपस्थिति के बारे में उनको क्या बताऊँ। इसीलिए मैं शर्मीली मुस्कान लिये अरुणा को देख रहा था।

'' 'तुम थे कहाँ बच्चे?' मिसेज़ भूषण ने जवाब माँगा। 'तुम्हारे कपड़े फटे हुए हैं और तुम हड्डियों का ढाँचा रह गये हो!'

'' 'अरे वो, मैं एक पैदल यात्रा पर था,' मैंने कहा, लेकिन मुझे नहीं लगता मैं उनको पूरी तरह से यह विश्वास दिला पाया।

'' 'पैदल यात्रा! अकेले?'

'' 'नहीं एक दोस्त के साथ...'

'' 'इस तरह से भटकने के लिए तुम अभी बहुत छोटे हो। रिश्तेदार आखिर किसलिए होते हैं? अब कार में बैठो और हमारे साथ घर चलो।'

''और वह पूरे आत्मविश्वास से अपनी युद्धपूर्व की हिलमैन कार की तरफ़ बढ़ीं जो इमली के पेड़ के पीछे खड़ी थी। यह पहले एक अंग्रेज़ न्यायाधीश की थी जो आज़ादी के बाद इसको कौड़ियों के भाव बेचकर भारत से चला

गया। मुझे पूरा यकीन है कि मिसेज़ भूषण का गुस्सैल रवैया उनकी कार की आयु घटा देगा।

"मुझे बहुत दु:ख हो रहा था कि चीज़ें मेरे नियंत्रण से छूट रही थीं। 'मेरे दोस्त का क्या होगा?' मैंने पूछा और मिसेज़ भूषण की योजना बिगाड़ने की यह मेरी आखिरी तरकीब थी।

" 'तुम उससे बाद में मिल लेना, ठीक है? अब चलो, अरुणा, गाड़ी में बैठो। इस पैदल यात्रा में कुछ तो झोल ज़रूर है और मैं इसकी तह तक जाऊँगी!' और उन्होंने गाड़ी की गति इस तेज़ी से बढ़ाई कि बेचारा लंगड़ा भिखारी जो सड़क के बीच में रेंग रहा था, उसके दोनों पैरों में जान आ गयी और वह भागता हुआ फुटपाथ पर आ गया।"

"क्या तुम बाकी बातें छोड़कर हमें सिर्फ़ यह बता सकते हो कि क्या हुआ था, किशन?" अब मुझे नींद आ रही थी लेकिन मैं भूषण परिवार के साथ हुए किशन के इस अनुभव के बारे में जानना भी चाहता था।

किशन मुस्कराया और देवेंदर आगे का किस्सा सुनने के लिए आगे खिसक आया। किशन को अपने श्रोताओं को बाँधे रखना आता था।

"जब मैं मिसेज़ भूषण के सफ़ेद बँगले पर पहुँचा, मुझे एक हत्थे वाली कुर्सी पर बिठाया गया और स्वयं मिसेज़ भूषण की थर्ड डिग्री की यातना का विषय बनाया गया, जो असहमति की गुर्राहट, कड़क आवाज़ और नासिका ध्वनि से मिलकर बनी थी। उनका दुलारा कुत्ता जब मेरी किसी बात से असहमत होता तो मुझ पर गुर्राने लगता।

"जल्दी ही मैंने उन लोगों को तुम्हारे साथ अपनी हरिद्वार से देहरा तक की यात्रा की पूरी कहानी सुना दी, रस्टी। अरुणा एक-एक शब्द को सुन रही थी और उसकी आँखों में हम दोनों के लिए बहुत सम्मान था लेकिन मिसेज़ भूषण की आवाज़ में कड़े शब्दों में असहमति थी।

" 'बस, अब तुम्हारे भटकने का अन्त हुआ, लड़के,' वह बोलीं। 'तुम अब इसी घर में रहोगे। मैं तुमको मवालियों के झुंड के साथ देश भर में भटकने नहीं दूँगी।'

"ज़ाहिर-सी बात है, मिसेज़ भूषण, जिनको बढ़ाने-चढ़ाने की आदत है, ने तुमको एक इन्सान के रूप में नहीं बल्कि बहुत सारे व्यक्तियों के रूप में, एक

गुंडों के समूह जैसा सोचा होगा... !'' किशन ने ठिठोली की।

''और जब उन्होंने देखा कि मैं उनके घर में रहने की बात से झिझक रहा हूँ, उन्होंने मुझको एक आखिरी प्रस्ताव दिया।

'' 'तुम किसके साथ रहना पसन्द करोगे ?' उन्होंने पूछा। 'तुम्हारे पिता या मैं ? क्योंकि अगर तुम मेरे घर पर नहीं रहना चाहते हो, तो मैं देखूँगी कि तुम्हारे पिता आयें और तुमको वापस हरिद्वार ले जायें। उनको ढूँढने में और तुम्हारी खबर देने में मुझे कोई समस्या नहीं होगी, खासकर तुम्हारी नयी गतिविधियाँ और तुम्हारे अजीब दोस्त जिनके साथ तुम आजकल रह रहे हो।'

''मेरे पास कोई और चारा नहीं था। 'मैं आपके साथ रहूँगा,' मैंने कहा।

''फिर मैंने आधा घंटा गर्म पानी के शॉवर के नीचे बिताया और उसके वैभव को महसूस किया। साबुन से नहाये हुए मुझे हफ़्तों हो गये थे क्योंकि हरिद्वार में भी अपने पिता का घर छोड़ने के बाद से मुझे नहाने के लिए कोई ढंग की जगह नहीं मिली थी। मैंने अपने सिर से पाँव तक को झाग से ढँक लिया और स्नानघर के शीशे में असर देखा। मेरी त्वचा चमक रही थी।

''मिसेज़ भूषण ने मुझे मिस्टर भूषण का एक जोड़ी कुर्ता पाजामा देकर मुझ पर बहुत एहसान किया—हालाँकि मिस्टर भूषण कहीं नज़र नहीं आ रहे थे। खैर, मुझे उनके कपड़े पाकर बहुत खुशी हुई क्योंकि मैं फिर से उन्हीं गंदे और धूल भरे कपड़ों को नहीं पहनना चाहता था।

''अरुणा खाने के कमरे में अकेली थी और कालीन पर लेटी थी। उसने मुझको अपने पास खींचा और मेरा हाथ पकड़ लिया।

'' 'काश मैं भी तुम्हारे साथ होती, वह बोली।

'' 'क्या तुम कभी चूहों के साथ सोयी हो ?' मैंने उसका उत्साह ठंडा करने के लिए कहा। 'क्योंकि मैं कल रात को ही सोया थां।'

'' 'और तुम्हारा दोस्त रस्टी ? मैं मम्मी से कह कर उसको भी हमारे साथ कुछ समय तक रहने के लिए बुला लेती हूँ।'

'' 'वह नहीं आयेगा।'

'' 'क्यों नहीं ?'

'' 'बस वह नहीं आयेगा।'

'' 'वह इतना घमंडी है ?'

" 'नहीं, पर तुम घमंडी हो। इसलिए वह नहीं आयेगा।'

" 'तो फिर उसको वहीं रहने दो जहाँ वह है।'

" 'लेकिन अरुणा, मुझको जाना होगा और उसको बताना होगा कि क्या हुआ है। वह घंटाघर पर मेरा इन्तज़ार कर रहा होगा।'

" 'आज नहीं, तुम नहीं जाओगे।' मिसेज़ भूषण ने कहा जो अपने कन्धे पर एक गुलाबी पाजामा टाँगे कमरे में घुसीं। 'तुम उससे कल मिल लेना जब हम कार से तुमको वहाँ ले चलेंगे। मुझे लगता है, वह अपना ध्यान खुद रख सकता है। अगर उसके पास थोड़ी भी अक्ल होती तो वह तुमको उसी समय घर ले जाता जब तुम उसको मिले थे। वह व्यक्ति बहुत धूर्त होगा!' और तुम्हें मिली इस तारीफ़ के बाद सभी तर्क विफल हो गये।

"तो पूरे दिन मैं मिसेज़ भूषण की आरामदेह बैठक का कैदी बना रहा जहाँ अरुणा मेरा साथ दे रही थी, और मुझे चिकन करी और रसभरे पपीते खिला रही थी।

"कुछ घंटों तक अरुणा के साथ रहकर मेरी तुमसे मिलने की चाहत खत्म हो गयी। हमने कैरम खेला, और रेडियो पर गाने सुने। यह भूलकर—या भूलने का नाटक कर—कि अब हम लगभग जवान हो चुके हैं, हमने सफ़ेद अफ़गानी कालीन पर कुश्ती लड़ना शुरू किया जब तक मिसेज़ भूषण पड़ोसियों को मेरे बारे में बता कर (ज़ाहिर सी बात है) वापस नहीं आ गयीं और हमें हमारी गर्दन से पकड़कर कालीन से उठाया।"

"अरुणा को स्कूल का गृहकार्य करना था इसलिए उसने मुझसे अंकगणित में मदद माँगी।"

किशन अचानक से रुक गया। ऐसा लग रहा था कि उसको बोलने के लिए शब्द नहीं मिल रहे थे। जिज्ञासा से भरे देवेंदर को नज़रअंदाज़ करते हुए वह थोड़ा बुद्धू-सा मुस्कुराया और बोला, "तुम जानते हो रस्टी? जब मैं अरुणा के पास झुका, उसको वह सवाल सिखाने के लिए जो मुझे खुद नहीं आते थे, मैं अचानक से उसके बालों की खुशबू और उसके दायें कान से मेरे सामीप्य को लेकर सतर्क हो गया और उस सवाल ने अपना महत्त्व खो दिया। उसका दायाँ कान जिसका निचला हिस्सा बहुत नर्म और मुलायम लग रहा था, और मेरे बहुत ही करीब था...मेरा...मेरा दिल किया कि मैं उसको काट लूँ।"

मैं हँसते-हँसते लोटने लगा। यह देखना बहुत मज़ेदार था कि किशन (जो हमेशा ही बेशर्म और लापरवाह रहता था) आज शर्म से कुलबुला रहा था। देवेंदर मुस्कुरा दिया।

''फिर क्या हुआ किशन?'' मैंने पूछा। ''क्या तुम अपनी वासनाओं के अधीन हो गये?''

''मैं सिर्फ़ इतना ही कह पाया, 'तुम्हारे कान बहुत अच्छे हैं अरुणा,' और अरुणा मुस्कुरा दी—मुझे देखकर नहीं, सवाल को सुनकर।''

मैं फिर हँसने लगा। इस बार देवेंदर भी हँसा।

''लेकिन रात में,'' किशन ने बोलना जारी रखा ताकि हमारा हँसना बन्द हो जाये, ''मैं इस सपने से बेचैन हो उठा कि तुम खाली चर्च में अकेले बैठे होगे और मेरा इन्तज़ार कर रहे होगे।

''मैं अलग कमरे में सो रहा था। मिसेज़ भूषण और अरुणा एक कमरे में सो रही थीं। (मुझे बाद में पता चला कि मिस्टर भूषण एक सप्ताह के लिए मज़े उड़ाने दिल्ली गये हैं।) मुझे सिर्फ़ अपने कमरे की खिड़की खोलनी थी और बगीचे में उतरना था।

''मैं खामोशी से अपने बिस्तर से उतरा और दबे पाँव शयनकक्ष के दरवाज़े पर पहुँचा। उसे धीरे से खोलकर मैंने अन्दर झाँका, मिसेज़ भूषण पीठ के बल सीधी लेटी थीं और उनका सीना ऐसे ऊपर-नीचे हो रहा था मानो कोई हल्का भूकम्प आया हो, उनकी साँसें विचित्र-सी सीटी की आवाज़ निकाल रही थीं। उनके जागने की कोई सम्भावना नहीं थी। लेकिन अरुणा जागी हुई थी। वह बिस्तर पर उठ बैठी और मुझे देखने लगी।

''मैंने अपने होंठों पर अपनी उँगली रखी और उसके बिस्तर के पास पहुँचा।

'' 'मैं रस्टी से मिलने जा रहा हूँ,' मैं फुसफुसाया। 'सुबह वापस आ जाऊँगा।'

''मैंने उसका हाथ पकड़ा और धीरे-से दबा दिया। फिर मैं कमरे से बाहर निकला, खिड़की से बाहर कूदा और दौड़ते हुए मुख्य द्वार पर आया। मैं तब तक दौड़ता रहा जब तक मैं इस गिरजे में नहीं पहुँच गया। इस तरह से मेरा पिछला दिन बीता। लेकिन रस्टी, मिसेज़ भूषण कल सुबह यहाँ ज़रूर आ जायेंगी। अब मैं क्या करूँ?''

"तुम कभी कोई फ़ैसला लेने की ज़हमत नहीं उठा सकते, है ना किशन?"

"लेकिन मैं रिश्तेदारों के साथ नहीं रहना चाहता।"

"लेकिन हम सारी ज़िन्दगी इस तरह बिना किसी उद्देश्य के तो नहीं भटक सकते ना?"

"लेकिन अब तो हम रुक गये हैं ना," उसने तर्क दिया।

"तुम रुक गये हो। मैं सोच रहा हूँ कि मुझे फिर से जाना होगा। मेरी एक रिश्तेदार पहाड़ों पर रहती हैं। शायद वे मेरी मदद कर सकें।"

"तो मैं ज़रूर तुम्हारे साथ चलूँगा!" किशन ने खुश होकर कहा।

"और अगर वह हमें नहीं मिलीं, तो क्या होगा? हम दोनों उस पहाड़ पर बिना किसी साधन के फँस जायेंगे। अगर तुम यहाँ रुको तो तुम बाद में मेरी मदद कर सकते हो।"

"खैर, तुम कब जा रहे हो?" उसने अधीर होकर पूछा।

"जैसे ही मैं कुछ पैसे इकट्ठे कर लूँगा।"

"मैं मिसेज़ भूषण से कुछ पैसे माँगने की कोशिश करूँगा। उनके पास बहुत पैसे हैं। लेकिन वह कंजूस हैं। यह तुम्हारे साथ जायेगा?" किशन ने देवेंदर को देखकर पूछा।

"मैं नहीं जा सकता," देवेंदर ने कहा। "अगले महीने मेरी परीक्षा है।"

किशन ने अपने जूते उतारकर फेंके और आसन पर पसर गया। मैं *द ट्रैवलर* का एक अंश ज़ोर से पढ़ने लगा और हर कोई सुन रहा था—किशन, जिसके पाँव आसन के धागे में फँसे थे; देवेंदर, जिसकी ठोड़ी उसके घुटनों में धँसी थी और गूँगा (एक भी शब्द न समझते हुए) मोमबत्ती को देखकर मुस्कुरा रहा था।

अगली सुबह देवेंदर, किशन और मैं नहाने के लिए तालाब पर पहुँचे। नीम की पत्तियों की खुशबू, पानी के बहने की आवाज़ और हवा की छुअन ने हमको दीवाना बना दिया और हममें जीने की इच्छा का संचार कर दिया। हम लकड़-कुम्मेत के पौधे के ऊपर से दौड़े और ओस से भीगी घास पर से दौड़ते हुए पानी में कूद पड़े।

गूँगा, जिसने न नहाने का प्रण ही लिया हुआ था, वह पहले से वहाँ पहुँच चुका था और चट्टान पर बैठकर बिना किसी जुड़ाव के हम लोगों को तैरते और पानी में कुश्ती करते हुए देख रहा था।

देवेंदर सबसे गहरे हिस्से में भी खड़ा होता था तो उसका सिर बाहर रहता था। अपने लम्बे बालों को बाहर रखने के लिए उसने सिर के ऊपर जूड़ा बना लिया था। उसके बाल सुनहरे भूरे रंग के थे, उसकी त्वचा जले हुए सोने के रंग की थी। वह पानी में किसी चमकीली मछली की तरह कूद पड़ा।

किशन कीचड़ की गेंदें बनाने लगा और देवेंदर और मुझ पर फेंकने लगा। उसके बाद कीचड़ की लड़ाई शुरू हो गयी। यह बर्फ़ से खेलने जैसा ही था, लेकिन उससे बहुत गंदा।

हम बहुत देर तक तालाब में थे। जब हम चर्च वापस लौटे, मुख्य द्वार के सामने एक हिलमैन खड़ी थी। और अधीर और चिढ़ी हुई मिसेज़ भूषण अगली सीट पर बैठी थीं। वे लड़ने के लिए तैयार लग रही थीं लेकिन किशन को सिर्फ़ मेरे ही नहीं, दो खतरनाक दिखने वाले नौजवानों की संगति में देखकर उनका सबसे बुरा स्वप्न सच साबित हो गया। इसलिए उन्होंने बहुत स्पष्ट रूप से अपनी चाल बदल ली; उन्हें लगा होगा कि ऐसी स्थिति में विवेक रखना अधिक बहादुरी का काम होगा।

''किशन, मेरे बेटे,'' वे गिड़गिड़ाईं, ''हमें तुम्हारी बहुत चिंता हो रही थी। तुमको हमें बताए बिना इस तरह से नहीं भाग आना चाहिए था। अरुणा बहुत नाराज़ है।''

किशन डरते हुए हमारे पास खड़ा रहा।

''अच्छा है कि तुम चले जाओ किशन,'' मैंने कहा। ''तुम अगर भूषण परिवार के साथ रहोगे तो मेरे ज़्यादा काम आ सकोगे।''

''लेकिन अब मैं तुम्हें कब देख पाऊँगा?''

''बस, जैसे ही मैं पहाड़ों से वापस आऊँगा।''

जैसे ही किशन कार में बैठ गया, मैंने मिसेज़ भूषण के सामने जाकर कहा, ''वह अभी तो आपको छोड़कर नहीं भागेगा। लेकिन अगर वह आपके साथ खुश नहीं रहा, तो हम आकर उसको ले जायेंगे।''

''हम उसके दोस्त है,'' मिसेज़ भूषण ने कहा।

''नहीं, आप रिश्तेदारों जैसी हैं। हम उसके दोस्त हैं।''

किशन बोला, ''अगर तुम जल्दी वापस नहीं आये तो मैं तुमको ढूँढने

निकल पड़ूँगा।" और उसने मुझे देखकर बहुत प्यार से मुँह चिढ़ाया और देवेंदर एवं गूँगे की तरफ़ हाथ हिलाया।

"वह शायद आज रात फिर भाग निकले," देवेंदर ने कहा।

"वह मिसेज़ भूषण के घर रहने का आदी हो जायेगा," मैंने जवाब दिया। "जल्दी ही उसको वहाँ अच्छा लगने लगेगा। वह हमें भूलेगा तो नहीं लेकिन सिर्फ़ तभी याद करेगा जब वह अकेला होगा। हम वह वाकया हैं जो उसके साथ कभी घटा था। लेकिन हमने उसको थोड़ा-बहुत बदल भी दिया। अब वह जानता है कि उसके अलावा भी लोग हैं दुनिया में।"

"मैं उसको समझ नहीं पाया," देवेंदर ने कहा। "लेकिन फिर भी थोड़ा पसन्द करने लगा था।"

"मैं उसको समझता था," मैंने कहा, "और फिर भी उसको पसन्द करता था।"

वह लफ़ंगा

"अगर तुम्हारे पास कोई काम नहीं है," देवेंदर ने कहा, "तो क्या तुम मेरे साथ सामान बेचने चलोगे?"

"बिलकुल, लेकिन पहले हम हाथी से मिलेंगे। अगर वह अभी तक नहीं निकला होगा तो मैं उसके साथ लैण्ड्सडाउन तक जा सकता हूँ।"

मैं देवेंदर के साथ बाज़ार की दिशा में निकल पड़ा। चूँकि अभी सुबह थी, दुकानें अभी खुल ही रही थीं। सब्ज़ीवाले व्यस्त थे, अपने सामान पर ढेर सारा पानी छिड़ककर उसको ताज़ा करने में, और सब्ज़ियों और उनके दाम की आवाज़ लगाने में। बच्चे स्कूल जाने के रास्ते में कंचे खेल कर समय बर्बाद कर रहे थे। कॉलेज जाने वाली लड़कियाँ जब आपस में बात करती थीं तो ऐसा लगता था प्रसन्नचित तोते शोर मचा रहे हैं। आदमी साइकिल से काम पर जा रहे थे। और बैलगाड़ियाँ सामान लादे हुए गाँव से आ रही थीं। जिस धूल को बैठने में सारी रात लग गयी थी, वह फिर से धुँध बनकर उड़ रही थी।

हम चाय की दुकान पर रुके जहाँ हमने बहुत सारा मक्खन लगे हुए बन खाये और कड़क, मीठी चाय पी। फिर हम हाथी का कमरा ढूँढने लगे जो हमको कपड़ों की एक दुकान के ऊपर मिला। कमरा खाली पड़ा था और उसका

दरवाज़ा खुला हुआ था। चारपाई दीवार से सटाकर खड़ी की गयी थी। ताक और खिड़की के किनारों पर, कोनों में और ज़मीन पर, मिट्टी के बने रंग-बिरंगे खिलौने रखे थे—हाथी और बैल, घोड़े और मोर, तथा कृष्ण और गणेश की तस्वीरें—नीले कृष्ण जिनके होंठों पर बाँसुरी रखी थी और खुशमिज़ाज गणेश जिनकी बहुत सुन्दर और छोटी-सी तोंद थी। ज़्यादातर खिलौने पूरी तरह से बने नहीं थे और अधूरे थे, बने हुए खिलौनों से अधिक सुन्दर। बन चुके खिलौने शायद बिकने के लिए बाज़ार जाते।

यह जानकर मुझे बहुत आश्चर्य हुआ कि हाथी, इतना बड़ा पहलवान, अपनी जीविका के लिए खिलौने बनाता था। मैंने कभी नहीं सोचा था कि मेरे दोस्त के बड़े और सख्त हाथों में इतना हुनर और इतनी सफ़ाई थी। इस खोज की खुशी ने हाथी के चले जाने के मेरे दुःख को खत्म कर दिया था।

''वह चला गया।'' मैंने कहा। ''कोई बात नहीं। मैं जानता हूँ वह मेरा स्वागत ही करेगा यदि मैं बिना बताए भी पहुँच गया तो।''

मैं और देवेंदर बाज़ार से निकल गये और शहर के रिहायशी इलाके की तरफ़ चल पड़े। अब चूँकि मैं जल्द ही देहरा छोड़ने वाला था, फिर से मेरे स्कूल जाने का मतलब नहीं था। बाद में, मैंने सोचा, 'मैं मिस्टर पैटिग्रू से मिलने जाऊँगा।'

जब हम घंटाघर के पास पहुँचे, किसी ने सड़क के उस पार से हमारे लिए सीटी बजाई और एक लम्बा नवयुवक हमारी तरफ़ भागकर आया।

वह देवेंदर से भी लम्बा लग रहा था, क्योंकि उसकी टाँगें लम्बी थीं। उसने एक ढीली बुशर्ट पहनी थी जो आगे से खुली हुई थी। उसका चेहरा लम्बा और पीला था लेकिन उसकी आँखें बहुत चंचल और भयानक थीं और उसकी मुस्कान बहुत शान्ति प्रदान करने वाली।

''यह है सुधीर, एक लफ़ंगा।'' देवेंदर ने फुसफुसाते हुए कहा। ''लफ़ंगा मतलब लोफ़र। इसको ज़रूर कुछ पैसे चाहिए होंगे। यह इस शहर का सबसे आकर्षक लेकिन सबसे खतरनाक आदमी है।'' फिर ज़ोर से बोला, ''सुधीर, तुम मेरे वो बीस रुपये कब लौटाओगे जो तुम पर मेरे बकाया हैं?''

''इस तरह मत बोलो देवेंदर,'' लफ़ंगे ने कहा, जो अपमानित महसूस कर रहा था। ''मेरी भावनाओं को चोट मत पहुँचाओ। तुम जानते हो तुम्हारा पैसा

मेरे पास बैंक से भी अधिक सुरक्षित है। इस पर तुमको सूद मिलेगा, मेरी बात याद रखना। मेरे पास एक योजना है जो कुछ ही दिनों में लागू होगी और तब तुमको तुम्हारे पैसे दोगुने होकर मिलेंगे। मेरी बात सुनो, अब बताओ, तुम्हारा यह दोस्त कौन है?''

देवेंदर ने मुझे मिलाते हुए कहा, ''हम इकट्ठे रहते हैं। ये भी मेरे जैसा दिवालिया है तो कुछ ऐसा मत सोचना।''

''अरे कोई इसकी बातों पर विश्वास मत करो।'' लफ़ंगे ने मुस्कुराते हुए कहा। ''मैं तो किसी को कोई नुकसान नहीं पहुँचाता।''

''किसी को नुकसान न पहुँचाने वाले आमतौर पर नीरस होते हैं,'' मैंने कहा।

''मैं आपसे बिलकुल सहमत हूँ! मुझे लगता है कि आपकी मेरी खूब जमने वाली है,'' लफ़ंगे ने कहा।

तभी देवेंदर बोल उठा, ''नहीं, इसके पास कुछ भी नहीं है।''

''अच्छा ऐसा है तो इसको फिर शुरू से शुरू करना पड़ेगा। यही तरीका है पैसे बनाने का। मिस्टर रस्टी आप मिलते रहेंगे ना। हम दोनों की उम्दा जोड़ी बन सकती है। आप ऐसे व्यक्ति हैं जिसे देखकर लोग आप पर भरोसा करेंगे। लेकिन मुझे देखते ही लोग अपनी जेबें टटोलने लगते हैं कि कहीं कुछ चोरी तो नहीं हो गया।''

एकदम मेरा हाथ मेरी जेब में गया और हम सभी हँस पड़े।

''अच्छा तो अब मुझे चलना पड़ेगा,'' सुधीर बोला। अब तक वह भाँप गया था कि देवेंदर से कुछ भी पैसे नहीं मिलने वाले। ''एक छोटा-सा काम है जो मुझे करना है। हो सकता है कि इससे मुझे बीस-तीस रुपये मिल जायें।''

''जाओ-जाओ,'' देवेंदर बोला, ''अच्छा मौका है पैसे कमाने का।''

''मैं ऐसा नहीं करता,'' लफ़ंगा बोला, ''मैं तो जहाँ भी जाता हूँ, पैसा कमाने का मौका बना लेता हूँ।''

देवेंदर और लफ़ंगा घंटाघर से चलने लगे। देवेंदर बोला, ''सुधीर इतना भी बुरा नहीं है। हाँ, चार सौ बीस तो है ही, लेकिन हम जैसे लोगों का कोई नुकसान नहीं करेगा। काफ़ी पढ़ा-लिखा है तो अमीर लोगों का विश्वासपात्र है और उनके जो कुछ ऐसे-वैसे मामले होते हैं उनको निपटा कर पैसे कमाता

है। लेकिन जो भी कमाता है खर्च कर देता है। और ज़रूरत से ज़्यादा उदार है इसलिए पैसे के मामले में सफल नहीं हो पाता।''

चलते-चलते हम एक सुनसान सड़क पर पहुँच गये थे। सड़क के दोनों ओर नीम, आम, जामुन और यूकिलिप्टस के पेड़ लगे थे और इनके बीच बाँसों के झुंड उग रहे थे। पटरी पर कुछ जंगली गेंदे उगे हुए थे। देवेंदर ने दो गेंदे के फूल उठाये और एक मुझे दे दिया।

''आगे सड़क पर एक बहुत सुंदर लड़की रहती है। उसको मिलने जा रहा हूँ, तुम भी मेरे साथ चलो।''

सड़क के किनारे बने घर पर हम जाकर ठहर गये। मैं गेट पर खड़ा रहा और देवेंदर गेट खोलकर अन्दर बरामदे की सबसे निचली सीढ़ी पर खड़ा हो गया। वह एक ऐसे किनारे पर खड़ा था जिससे वह खिड़की से दिख सके। देवेंदर ने हल्की-सी सीटी बजाई।

कुछ ही देर में बरामदे में एक लड़की आई और देवेंदर को देखकर मुस्कुराई। गोल, तरोताज़ा चेहरा, लंबे बाल, पाँव में कोई जूते नहीं थे।

देवेंदर ने उसे गेंदे का फूल दिया। उसने देवेंदर के हाथ से फूल ले लिया और बिना कुछ कहे अन्दर भाग गयी।

उस सुबह हम चार मील चले। बूढ़ी महारानियाँ, सरकारी बाबुओं की पत्नियाँ, माली और सफ़ाई करनेवाली औरतें—ये सभी देवेंदर के ग्राहक थे। देवेंदर का सामान बहुत महँगा नहीं था लेकिन जो ज़्यादा पैसे वाले थे वो गरीब लोगों से ज़्यादा मोलभाव करते थे। और कई तो ऐसे ग्राहक थे जो उससे इसलिए खरीदते थे क्योंकि उसकी माली हालत से वाकिफ़ थे और उसकी मदद करना चाहते थे। आगे सड़क पर दो चोटियाँ बाँधे एक लड़की मस्ती में चली आ रही थी। मुझे देखकर रुक गयी और टकटकी लगाये यूँ देखने लगी कि मैं कुछ हटकर हूँ।

मैंने अपनी जेब से गेंदे का फूल निकाला और उसे दे दिया। बहुत अरसे बाद मैंने किसी को कुछ दिया था।

थोड़ी देर बाद हम अपने-अपने रास्ते चल पड़े। देवेंदर वापिस शहर चला गया और मैं नदी की तलहटी पार कर चाय के बागान पार करता पैटिग्रू के बंगले पर पहुँचा।

वे अपने बरामदे में बैठे नहीं थे लेकिन मुझे देखते ही एक नौकर ने सलाम किया और बैठने को कहा। शायद पैटिग्रू नहा रहे थे।

''क्या वे हमेशा दोपहर को नहाते हैं,'' मैंने पूछा।

''जी, साहब को पसंद है कि उनका नहाने का पानी धूप में रखकर गुनगुना किया जाये। उनको ठंडे या गर्म पानी से नहाना पसंद नहीं। दोपहर की धूप में पानी उनके हिसाब से गुनगुना हो जाता है।''

मैंने बरामदे से उठकर जैसे ही ड्रॉइंग रूम में प्रवेश किया तो एक छोटी टेबल से टकराकर गिरते-गिरते बचा। ड्रॉइंग रूम फ़र्नीचर और छोटे-छोटे सजावट के सामान से भरा हुआ था। दीवार पर शेर के सिर लगे हुए थे मानो जैसे मुझे घूर रहे हों। गलीचे पर चीते की कई खालें पड़ी थीं। बुक-शेल्फ़ चमड़े के कवर वाली किताबों से भरे हुए थे। दीवारों पर मिस्टर पैटिग्रू की तमाम तस्वीरें लगी हुई थीं। एक तस्वीर में जवानी में वे एक लेटे हुए चीते के पास खड़े हैं, दूसरी में एक हाथी पर सवार हैं और घुटनों पर राइफ़ल रखी है...जो इतना शिकार करता है उसको इतनी किताबें पढ़ने का कब समय मिलता होगा। अपने ख़यालों में मग्न मैं तस्वीरों को देख रहा था तभी मिस्टर पैटिग्रू कमरे में आये। ज़ाहिर है अभी-अभी नहाकर निकले थे। उन्होंने अपने शरीर पर तौलिये का बना गाउन लपेटा हुआ था। नहाते समय अपनी छाती को ज़ोर से रगड़ा होगा इसलिए अभी तक लाल दिख रही थी।

''अरे आ गये!'' मिस्टर पैटिग्रू बोले, ''मेरे नौकर ने बताया कि तुम आ गये हो। बहुत अच्छा लग रहा है तुमसे मिलकर। खड़े क्यों हो, बैठो-बैठो। मैं तुम्हारे लिए ड्रिंक बनाता हूँ।''

मिस्टर पैटिग्रू ने व्हिस्की की बोतल से दो बड़े पैग बनाये और एक आरामकुर्सी पर बैठ गये। दीवार पर लगे इतने शेरों के सिर की तरफ़ देखते हुए मैंने उन्हें अच्छे शिकारी होने की बधाई दी।

एक तस्वीर की तरफ़ इशारा करते हुए मिस्टर पैटिग्रू बोले, ''इसका शिकार 1928 में असम में किया था। तीन दिन तक मैं मचान पर बैठा रहा। फिर कहीं जाकर इसको मार पाया।''

''आपके पास बहुत किताबें हैं,'' मैंने कहा।

''हाँ, अच्छा संग्रह है। लेकिन अधिकतर वनस्पति-शास्त्र पर हैं। इनमें

से कई तो दुर्लभ हैं।'' दीवार पर एक फ़ोटो को देखते हुए बोले, ''अरे, तुमने मेरी और अपने पिता जी की ये तस्वीर देखी।''

''कौन-सी?'' मैंने पूछा।

''वह जो एक ग्रुप फ़ोटो है, वहाँ पर।'' मिस्टर पैटिग्रू ने एक तस्वीर की तरफ़ इशारा करते हुए कहा।

मैं दीवार पर टँगी तस्वीर के पास गया, जिसमें सफ़ेद कमीज़ और सफ़ेद पैंट पहने तीन व्यक्ति टेनिस रैकिट पकड़े खड़े थे।

पैटिग्रू बोले, ''आपके पिताजी बीच में हैं और मैं उनके दाहिनी ओर हूँ।''

पैटिग्रू को यह बताने की कोई ज़रूरत नहीं थी। मैंने उन्हें पहचान लिया था। तस्वीर में वे उम्र में छोटे लग रहे थे और तीनों व्यक्तियों में सिर्फ़ वे ही मुस्कुरा रहे थे। तस्वीर में पैटिग्रू की बड़ी ज़बरदस्त मूँछें थीं और इस तरह खड़े थे जैसे वे टेनिस रैकिट से शेर का शिकार करने जा रहे हैं। तीसरा व्यक्ति गंजा था और दिखने में साधारण था।

''तस्वीर में तुम्हारे पिताजी बहुत कम उम्र के दिख रहे हैं।'' पैटिग्रू बोले, ''यह फ़ोटो तुम्हारे पिताजी की शादी से बहुत पहले की है।''

मैंने कोई जवाब नहीं दिया। मैं कल्पना करने की कोशिश कर रहा था कि पिताजी टेनिस कैसे खेलते होंगे और क्या वे पैटिग्रू से बेहतर खिलाड़ी थे।

''आपमें से सबसे बेहतर खिलाड़ी कौन था?''

''वैसे तो हम दोनों ही बहुत अच्छे थे। लेकिन बेचारे विल्की को बिलकुल खेलना नहीं आता था। तस्वीर में विल्की मेरे बाईं तरफ़ खड़ा है और तस्वीर में वह गलती से आ गया।''

''क्या मेरे पिताजी काफ़ी बातें करते थे?'' मैंने पूछा। जहाँ तक मैंने उनको जाना था वे काफ़ी चुप रहते थे और अपने विचारों में ही खोये रहते थे लेकिन उन्होंने मुझे पेड़ों, प्रकृति और सामाजिक इतिहास में बहुत कुछ सिखाया था और वह भी बहुत रुचिकर तरीके से।

''हाँऽऽऽ हम बहुत बातें करते थे, खासतौर पर ड्रिंक के बाद। वह कोई कम बात नहीं करता था। कभी-कभी जब मूड होता तो वह गाना भी गा लेता था। पार्टियों में लोग उससे 'कश्मीरी लव सॉन्ग' की फ़रमाइश करते थे लेकिन

उसे पार्टी में जाना पसन्द नहीं था, इसलिए उसका गाना भी बहुत कम सुना। तुम्हें याद है वह गाना...'तुम्हारे गोरे हाथों से मुझे प्यार है, बगल में शालीमार है'...''

पैटिग्रू अपनी कुछ फटी और काँपती आवाज़ में गाना गाने लगे और तस्वीर से नज़र हटाकर मैं उनकी तरफ़ देखने लगा। गाने के बीच पैटिग्रू गाने के बोल भूल गये, व्हिस्की का एक घूँट लिया और एक दूसरा प्रेम गीत गाना शुरू कर दिया। बाथरोब पहने हाथ में व्हिस्की का गिलास लिये एक बूढ़े आदमी का ऐसा अजीब नज़ारा देख मैं मुस्कुराया।

गाने को बीच में छोड़कर मुझे देखकर बोले, ''मैं पहले की तरह नहीं गा सकता। खैर, कोई बात नहीं। तुम गढ़वाल कब जा रहे हो?''

''शायद कल।''

''तुम्हारे पास कुछ पैसे हैं।''

''सफ़र के लिए पर्याप्त हैं और गढ़वाल में मेरा एक दोस्त है जिसके पास रुकूँगा।''

''और पैसों के लिए क्या करोगे?''

''मैंने कहा ना मेरे लिए इतने हैं ही।''

मेरे हाथ में लिफ़ाफ़ा देते हुए उन्होंने कहा, ''मैं बीस रुपये तुम्हें उधार दे रहा हूँ। वापिस आकर मुझे ज़रूर मिलना। चाहे तुम्हें वो जानकारी मिले या न मिले जिसे खोजने तुम जा रहे हो।''

''जी, मिस्टर पैटिग्रू।''

सोच में डूबे हुए कुछ क्षण तक मिस्टर पैटिग्रू मुझे देखते रहे जैसे वह मुझे भाँप रहे हों।

''पता है तुम्हें अपने पिताजी के बारे में बहुत ज़्यादा खोज नहीं करनी पड़ेगी, क्योंकि तुम बहुत हद तक उनके जैसे हो।''

अगले दिन—जिस दिन मुझे निकलना था देवेंदर ने मुझे बीस रुपये थमाये। मैं बहुत हैरान हुआ। देवेंदर के पास इतने पैसे कहाँ से आये। मैं समझ नहीं पा रहा था।

हैरान परेशान मेरा चेहरा देखकर देवेंदर मुस्कुराया, ''चिंता मत कर रस्टी। मैंने कोई डाका नहीं डाला है, न ही चोरी की है। ये पैसे तो मैंने लफ़ंगे से निकलवाये हैं।''

''लेकिन कैसे देवेंदर? और कब? और तुम्हीं ने बताया था कि सुधीर पैसे केवल लेता है, कभी देता नहीं।''

''आसान तो नहीं था। कल जब मैं बाज़ार लौटा तो सुधीर पान की दुकान पर पान चबाते हुए खड़ा था। मैं सीधा काम की बात पर आया। मैंने उससे कहा कि सुधीर तुमने मुझे बीस रुपये लौटाने हैं। मुझे पैसों की ज़रूरत है। अपने लिए नहीं, रस्टी के लिए। जिसको बहुत ज़रूरी काम से देहरा जाना है। आज की रात मुझे पैसे लाकर दो।

''सिर खुजाते हुए उसने कहा, 'यह बहुत मुश्किल है लेकिन किसी तरह मैं पैसे इकट्ठे कर लूँगा। सच बताओ उसे पैसों की बहुत सख्त ज़रूरत है? यह तुम्हारी कोई चालाकी तो नहीं, अपने पैसे वापस लेने की।'

'' 'रस्टी पहाड़ों पर जा रहा है और जिसकी खोज में जा रहा है अगर वह आदमी मिल गया तो सम्भव है कि रस्टी को कुछ पैसे मिलें।'

''यह सुनकर लफ़ंगे के चेहरे पर रौनक आ गयी और बोला, 'ओह यह बात है फिर तो रस्टी पर पैसा लगाना अक्लमंदी है। शाम छह बजे घंटाघर पर मिलना। मैं तुम्हें पैसे दे दूँगा। अच्छी बात है कि तुम कुछ काम के दोस्त बना रहे हो।' यह कहते हुए अपने मुँह में पान की गिलौरी रखी और बाज़ार रोड पर निकल गया।

''तुम्हें पता है सुधीर देखने में कितना ही सज्जन क्यों ना लगे लेकिन उसके पास कोई कमाई का ज़रिया नहीं है। सारा दिन इधर-उधर घूमता रहता है, कभी किसी चाय की दुकान पर या किसी ढाबे पर या फिर छोटे-मोटे अड्डों पर जुआ खेलता है।

''यह कहना अतिशयोक्ति होगी कि वह अपनी अक्ल की कमाई खाता है। हाँ, यह ज़रूर कह सकते हैं कि वह दूसरे की अक्ल की कमाई खाता है। रस्टी, जो तुम्हारा पहले वाला मकान-मालिक सेठ है उसके पास काफ़ी ज़मीन-जायदाद है और हेरा-फेरी के काफ़ी काम करता है। लफ़ंगा ऐसे कामों में सेठ का प्रतिनिधित्व करता है।

''सुधीर फ्रंटियर की ओर से आया है जहाँ पर मानव जीवन की कोई कद्र नहीं है। जब वह छोटा ही था तो एक दिन अनजाने में बॉर्डर पार करके भारत आ गया था। अब उसका यह कहना है कि एक तस्कर ने उसको गोद ले लिया

और तस्करी के सारे दांव-पेच सिखाये। लेकिन एक बार बॉर्डर पार तस्करी करते हुए पुलिस मुठभेड़ में उसके मुँहबोले बाप की मौत हो गयी। तब तक सुधीर इतना बड़ा हो चुका था कि अपनी देखभाल वह खुद कर सके। सुधीर कोई यूँ ही छोटा-मोटा अपराधी नहीं है। उसका मानना है कि अपराध भी एक कला है और चोरों और हथियारों के भी कुछ सिद्धांत होने चाहिए। अगर उसको चोरी करनी है तो अमीर लोगों के घर में चोरी करेगा जिससे उन लोगों को कोई फ़र्क नहीं पड़ेगा या फिर किसी लालची के घर में चोरी करेगा क्योंकि उसका मानना है कि वह इसी लायक है कि उसके यहाँ चोरी की जाये। लेकिन यह मत सोचना कि गरीब लोगों के घर चोरी इसलिए नहीं करेगा कि उसके मन मन में उनके लिए सहानुभूति है बल्कि उनके पास लूटने के लिए कुछ है ही नहीं।

''उसके साथ अच्छी तरह दोस्ती निभाओ तो वह भी आपका अच्छा दोस्त है। आस-पास के लोगों के मुताबिक इसके जो दोस्त हैं उनमें हस्तिनि और मृणालिनी सबसे खास हैं जो इसे पैसा और खबर भी देती रहती हैं। बाज़ार के पीछे एक छोटी-सी सड़क है वहीं पर अपना धंधा करती हैं। सुधीर इन्हीं से खूब पैसा उधार लेता है और शायद ही उन्हें वापस करता है।

''मुझे यकीन है ये जो बीस रुपये हैं उसने हस्तिनी या मृणालिनी से लिये होंगे। उसे लड़कियों का दिल जीतना आता है। शायद एक के मन में दूसरे के प्रति ईर्ष्या पैदा करता हो और ये लड़कियाँ उसका दिल जीतने के लिए उदारता से उसकी मदद करती हैं।''

''तुम जो कह रहे हो यह सच भी हो सकता है लेकिन यह भी हो सकता है कि ये सारी बातें सुनी-सुनाई हों?'' मैंने कहा। ''खैर पैसों के लिए बहुत शुक्रिया देवेंदर। मुझे यह पैसे न खर्चने पड़ें तो ही अच्छा है। नहीं हो हम दोनों को रास्ता निकालना पड़ेगा इन्हें लौटाने के लिए या उसे चकमा देने के लिए।''

पहाड़ों की ओर

मैं चर्च में पहुँचते हुए एकदम उदासी महसूस करने लगा। ऐसी उदासी जो अपने घर और प्रियजनों को छोड़ने पर होती है। अभी तक मैं अपने दोस्तों के साथ था लेकिन अब मैं फिर से अकेला होने वाला था। जहाँ न किशन होगा, न देवेंदर।

हमेशा ही मेरे साथ ऐसा होता रहा है।

जिन कपड़ों की मुझे ज़रूरत नहीं थी वह मैंने गूंगे को दे दिये और अपनी किताबें देवेंदर को।

"देवेंदर तुम यहीं रहना।" मैंने कहा, "जब मैं देहरा वापस आऊँ तब मैं तुम्हें यहीं पाऊँ।"

चर्च की खुली खिड़की में से एक हवा का झोंका आया और मोमबत्तियों की लौ हिलने लगी और उनकी परछाइयाँ मानो दीवार पर नाचने लगीं।

"तुम हमेशा मुझे यहीं पाओगे रस्टी," देवेंदर बोला।

उत्तर को जाने वाली ट्रेन में भीड़ नहीं थी और मुझे खाली डिब्बा ढूँढने में कोई दिक्कत नहीं हुई। ज़ाहिर है दिसम्बर महीने में लोग पहाड़ पर नहीं जाते थे।

कम्पार्टमेंट में दोनों लोअर बर्थ खाली थीं। मैं एक पर लेट गया और ट्रेन की पटरी के दूसरी ओर लाइटों को देखते-देखते मेरी आँख लग गयी। झटके से जब ट्रेन चलने लगी तो मैं अपनी नींद से जागा।

खिड़की के पास बैठकर मैं बाहर की ओर देखने लगा। स्टेशन पर प्लेटफ़ॉर्म को हम छोड़ आगे निकले जा रहे थे, कुलियों और सामान बेचने वालों की आवाज़ें धीरे-धीरे धीमी पड़ने लगीं और फिर मुझे ट्रेन के पहियों की आवाज़ सुनाई दे रही थी। देहरा की रोशनी दूर होती गयी और फिर दिखनी ही बंद हो गयी। इंजन अपनी पूरी रफ़्तार से जंगल के बीच चला जा रहा था। देहरा और हरिद्वार के बीच चार छोटे-छोटे स्टेशन पड़ते हैं और हरेक पर गाड़ी पाँच-दस मिनट रुकती है। डोईवाला स्टेशन पर खिड़की पर एक धीमी-सी खड़खड़ाहट होने से मेरी नींद खुल गयी। बाहर अँधेरा था और खिड़की के शीशे के दूसरी तरफ़ का चेहरा मैं पहचान नहीं पा रहा था। कम्पार्टमेंट का दरवाज़ा खोल अँधेरे में से अन्दर कूदता हुआ एक जाना-पहचाना जवान घुस आया। ये तो सुधीर अर्थात् लफ़ंगा था। उसने खिड़की के सारे शटर नीचे कर दिये और मेरे सामने वाली बर्थ पर बैठ गया। ट्रेन स्टेशन से खिसकने लगी।

"लो हमारी फिर मुलाकात हो गयी। अरे, मुझे पहचाना नहीं क्या? मैं सुधीर हूँ। घंटाघर में देवेंदर के साथ मिला था।"

"बिलकुल अच्छी तरह याद है। लेकिन तुम इस ट्रेन में क्या कर रहे हो?"

"मैं हरिद्वार जा रहा हूँ।" धीरे-से मुस्कुराते हुए सुधीर ने कहा, "किसी विशेष काम से। लेकिन यह मत पूछना क्या काम है।"

"लेकिन तुम देहरा से क्यों नहीं चढ़े?"

"क्योंकि मुझे होशियारी बरतनी पड़ती है मेरे दोस्त। तुम कहाँ जा रहे हो?" यह कहते हुए उसने अपने जूते उतारे और सामने वाली बर्थ पर अपने पैर टिका दिये।

"मैं पहाड़ों पर जा रहा हूँ अपनी आंटी से मिलने।" मैं मन-ही-मन सोच रहा था कि क्या सुधीर को अपने पहाड़ पर जाने की योजना वास्तव में बता सकता हूँ या नहीं। जब देवेंदर को लफ़ंगे पर विश्वास है तो क्या मैं भी विश्वास कर सकता हूँ।

"और तुम वापिस कब आओगे? वापिस आओगे ना!"

"मैंने अभी कुछ अपना पक्का मन नहीं बनाया है। सोचा नहीं क्या करूँगा आकर? सोचता हूँ अपने को लेखक बनने का पूरा मौका दूँ। आखिर ये ही तो एक काम है जो मुझे आता है—अगर इसको काम मानो तो।"

"हाँ काम तो है ही यह। और असल काम वह होता है जो हम खुद करना चाहते हैं। जब आप अपने लिए काम करते हो तब आप सच्चे मायने में काम कर रहे होते हो। मैं अपने काम में आँखें, उँगलियाँ और दिमाग चलाता हूँ और मुझे सही-गलत से कोई मतलब नहीं है..."

"लेकिन शायद आपके कुछ सिद्धांत हैं।"

"उसके बारे में मुझे कुछ नहीं पता।"

"कुछ भावनाएँ तो हैं आपके मन में।"

"हाँ, लेकिन मैं उन पर कोई ध्यान नहीं देता।"

"मुझ से तो ऐसा नहीं होता।"

"आपके बहुत महान विचार हैं। आप मेरे साथ साझेदारी क्यों नहीं कर लेते। मैं तुम्हें गारंटी देता हूँ कि तुम्हारे पास पैसा, जोश, दोस्ती—कम-से-कम मेरी दोस्ती..."

सुधीर ने आगे बढ़कर मेरा हाथ थामा। उसके चेहरे पर चुनौती भी थी और मेरी दोस्ती की चाहत भी।

"चलो मेरी बात मान लो मेरे साथ पार्टनर बन जाओ। जिस दिन से मैं

तुमसे मिला हूँ, चाहता हूँ कि तुम मेरे साथ रहो। मैं छोटी-मोटी चोरियाँ करता हूँ। मेरा कोई असल दोस्त नहीं है। मैं तुमको चोर बनने के लिए नहीं कह रहा, मुझसे दोस्ती कर लो।''

मुझे सुधीर पसंद आया। मैंने कहा, ''मैं तुम्हारा दोस्त बनूँगा।'' मेरे मुँह से यह भी निकलने वाला था, 'मैं तुम्हारे जैसा चोर भी बनूँगा' फिर मैंने सोचा कि ऐसा नहीं कहूँ तो बेहतर।

''हरिद्वार क्यों नहीं उतर जाते मेरे साथ?'' सुधीर ने कहा।

''मेरे साथ लेण्ड्सडाउन क्यों नहीं आ जाते?''

''मुझे हरिद्वार में काम है।''

''और मुझे लेण्ड्सडाउन में।''

सुधीर सीट पर पीछे आराम से बैठा और मुस्कुराकर बोला, ''इसलिए तो दोस्ती निभानी मुश्किल होती है। चलो फिर बाद में मिलेंगे। मैं लेण्ड्सडाउन आऊँगा। मेरा इंतज़ार करना। मुझे याद रखना, भूलना नहीं।''

ट्रेन सुरंग में घुस गयी। हम दोनों चुप हो गये। सुधीर अपने विचारों में खो गया और मैं अपनी पुरानी यादों में। मुझे एक ऐसी ही सुरंग याद आ रही थी जिसमें मैं बहुत पहले गया था जब मेरे पिताजी जीवित थे।

चीता

दोपहर होने वाली थी। जंगल बिलकुल शांत और चुप था। हमारी ट्रेन की पटरियाँ ऐसी लग रही थीं जैसे दो काले साँप पहाड़ों पर बनी सुरंग में घुस रहे हों। रेल की पटरियों से चमकती हुईं गर्म लहरें उठ रही थीं।

जहाँ सुरंग खत्म होती है वहाँ मैं एक किनारे खड़ा था। दोपहर की ट्रेन का इंतज़ार कर रहा था। जहाँ मैं खड़ा था वहाँ पर कोई स्टेशन नहीं था और न मुझे ट्रेन पकड़नी थी। सुरंग में से स्टीम इंजन यूँ निकलता था जैसे दहाड़ता हुआ जानवर—मैं उसे देखने के लिए इंतज़ार कर रहा था। मैं शहर से अपनी साइकिल लेकर निकला था और जंगल की पगडंडी से इस छोटे से गाँव आया था। वहीं पर अपनी साइकिल छोड़कर झाड़ियों से ढँकी एक पहाड़ी को पार करते सुरंग के निकास पर खड़ा था।

मैंने गर्दन घुमाकर देखा। मुझे कुछ नहीं दिखाई दिया क्योंकि ट्रेन पहाड़ी

की दूसरी ओर से आ रही थी। दूर कहीं ट्रेन के इंजन की सीटी सुनाई दे रही थी। फिर धीरे-धीरे सुरंग से बादल के गड़गड़ाने की आवाज़ आने लगी थी। मैं समझ गया कि ट्रेन आ रही है। एक क्षण बाद ट्रेन का स्टीम इंजन सुरंग से ऐसे निकला जैसे कोई हरा, काला और सुनहरे रंग का अजगर। ज़ोर-ज़ोर से हाँफ़ता और गुर्राता हुआ बिलकुल जैसा सपनों में देखा राक्षस। दायें-बायें चिंगारियाँ छोड़ता और ज़ोर से दहाड़ता मानो जंगल की शांति को चुनौती दे रहा हो।

मैं एकदम कुछ कदम पीछे हुआ। गर्म भाप की लहरें मेरे चेहरे पर पड़ीं। लग रहा था पेड़ भी ट्रेन की गर्मी और शोर से पीछे हट रहे हों। और ट्रेन एकदम से आँखों से ओझल हो गयी—ऊँचे शीशम के पेड़ों के ऊपर उड़ता धुआँ ही दिख रहा था।

जंगल फिर से एकदम शांत और चुप हो गया। कहीं कोई हलचल नहीं हो रही थी।

उड़ते धुएँ को पीछे छोड़ मैं मुड़ा और सुरंग की ओर चलने लगा। जैसे मैं सुरंग के अन्दर आगे बढ़ा, अँधेरा भी बढ़ता गया। लगभग बीस गज़ चलने के बाद एकदम काला घुप्प अँधेरा हो गया। मैंने मुड़कर देखा तो दूर सुरंग के मुँह से रोशनी के बिंदु दिखाई दे रहे थे और मेरे आगे सुरंग के दूसरे छोर पर रोशनी का एक गोला दिखाई दे रहा था।

सुरंग की दीवारों पर सीलन थी। एक चमगादड़ मेरे ऊपर से उड़ गया। पटरियों के बीच एक छिपकली दौड़ी। सुरंग से बाहर निकलते ही रोशनी से मेरी आँखें चौंधिया गयीं। आँखों पर हाथ रखकर झाड़ियों से ढँकी पहाड़ियों पर नज़र डाली और मुझे लगा कि पेड़ों के बीच कुछ हिल रहा है।

ऐसा लगा कि काला, सुनहरा और लम्बी पूँछ वाली चीज़ थी। एक क्षण के लिए मुझे दिखा और फिर गायब हो गया। सुरंग के मुँह से कोई पचास फीट दूर एक झोपड़ी थी जिसके आगे गेंदे के फूल उग रहे थे और पीछे सब्ज़ियों की एक छोटी-सी क्यारी थी।

घर के आँगन में चारपाई पर एक आदमी लेटने की तैयारी कर रहा था। शायद अपनी दोपहर की नींद लेने के लिए। उसने मुझे सुरंग से निकलते देखा। जब मैं उससे कुछ ही दूरी पर था। मुझसे बोला, "स्वागत है, आइये। मुझसे

मिलने वाले बहुत कम लोग आते हैं। यहाँ बैठो थोड़ी देर और बताओ तुम मेरी सुरंग का निरीक्षण क्यों कर रहे थे।''

''यह आपकी सुरंग है,'' मैंने पूछा।

''हाँ,'' उसने जवाब दिया। ''यह वास्तव में मेरी ही सुरंग है। मेरे सिवा किसी और का इससे कोई लेना-देना नहीं है। मैंने सरकार को इसे उधार दिया है। मैं सुरंग का चौकीदार हूँ और मेरा काम इसकी देखभाल करना है। अगर इसके अन्दर कोई रुकावट हो तो उसे हटाना। हर रोज़ ट्रेन के आने से पहले मैं पूरी सुरंग के इस छोर से उस छोर तक पैदल जाता हूँ अगर सब कुछ ठीक-ठाक है तो आकर सो जाता हूँ। अगर कुछ गड़बड़ होती है तो आगे रेलवे लाइन पर जाकर लाल झंडा फहराता हूँ जिससे ट्रेन ड्राइवर सचेत हो जाए।

''रात को तेल का लैम्प जलाकर ऐसे ही निरीक्षण करता हूँ। अगर ट्रेन के रास्ते में कोई खतरा है तो पीछे जाकर आने वाली ट्रेन को लैम्प हिलाकर ड्राइवर को चेतावनी देता हूँ। अगर सब कुछ ठीक होता है तो लैम्प झोपड़ी पर टाँग कर सो जाता हूँ।''

मैं उसकी चारपाई के एक किनारे बैठ गया।

''मैं सुरंग में से ट्रेन को आते देखना चाह रहा था। और जब वह चली गयी तो मैंने सोचा कि इस सुरंग के अन्दर चला जाये,'' मैंने कहा।

''और तुम्हें सुरंग में क्या मिला,'' उसने पूछा।

''कुछ नहीं। अन्दर तो बहुत अंधेरा था। जब मैं बाहर आया तो मुझे एक जानवर दिखा लेकिन वह बहुत जल्दी नज़रों से ओझल हो गया। मैं कह नहीं सकता वह क्या था।''

चौकीदार ने जवाब दिया, ''जो तुमने देखा वह एक चीता था। मेरा चीता।''

''क्या तुम्हारे पास एक चीता भी है।''

''हाँ।''

''और क्या इसे भी सरकार को उधार पर देते हो।''

''नहीं।''

''क्या यह खतरनाक है?''

''अगर तुम इसको कुछ न कहो तो यह खतरनाक नहीं है। हर महीने कुछ दिनों के लिए यह इधर आता है। इस जंगल में कुछ हिरन बचे हैं जिनका वह

शिकार करता है लेकिन लोगों से दूर रहता है।''

''क्या तुम बहुत अरसे से इधर हो?''

''हाँ, बहुत सालों से। मेरा नाम रघुसिंह है।''

''और मेरा नाम रस्टी।''

''एक ट्रेन दिन में आती है और एक रात में। तुमने कभी नाइट मेल को सुरंग से आते देखा है।''

''नहीं। वह किस समय आती है।''

''करीब नौ बजे अगर लेट न हुई तो। तुम चाहो तो यहाँ आकर देख सकते हो। जब वह चली जायेगी, मैं तुम्हें घर छोड़ आऊँगा।''

''पिताजी से पूछना होगा। कोई खतरा तो नहीं।''

''जंगल में शहर से कम खतरा रहता है। यहाँ कोई चोर-उचक्का नहीं है। पिछले हफ़्ते शहर गया था। किसी ने मेरी पॉकेट काट ली। चीते किसी की पॉकेट तो नहीं काटते।'' यह कहते हुए रघुसिंह चारपाई पर तन गया, ''अच्छा, अब तो मैं सोने लगा हूँ। इतनी गर्मी में यही सबसे अच्छा है।''

''सभी लोग दोपहर को सो जाते हैं।'' मैंने शिकायत भरी आवाज़ में कहा। ''मेरे पिताजी भी दोपहर का खाना खाते ही सो जाते हैं।''

''सही तो है। जानवर भी दिन की गर्मी में आराम करते हैं। यह तुम जैसे लड़के हैं जो आराम नहीं करते।''

रघुसिंह ने केले का एक पत्ता अपने चेहरे पर रखा और खर्राटे भरने लगा। मैं उठा और मैंने रेल की पटरियों पर ऊपर-नीचे देखा। फिर मैं वापस गाँव की तरफ़ चल पड़ा।

उस शाम, गोधूलि के समय जब चमगादड़ चुपचाप एक पेड़ से दूसरे पेड़ पर चक्कर लगा रहे थे, मैं चौकीदार की झोपड़ी की ओर चल पड़ा।

वह दिन बहुत लम्बा और गर्म था लेकिन अब धरती ठंडी हो रही थी और हल्की हवा पेड़ों से होती हुई गुज़र रही थी। वह अपने साथ पकते हुए आमों और बारिश के वादे की महक लेकर आयी थी।

रघुसिंह मेरा इन्तज़ार कर रहा था। उसने अपने छोटे से बगीचे को सींच दिया था और फूल अब ठंडे और ताज़े लग रहे थे। तेल की अँगीठी पर एक केतली उबल रही थी।

"मैं चाय बना रहा हूँ," वह बोला। "ट्रेन का इन्तज़ार करते हुए गिलास भर गर्म और मीठी चाय पीने जैसा कुछ भी नहीं।"

हमने चाय पी, और टेलर बर्ड के तीखे स्वरों को सुना और सेवन सिस्टर्स के शोर को भी। जब गोधूलि छटी, अधिकतर चिड़ियाँ शान्त हो गयीं। रघुसिंह ने तेल की ढिबरी जलाई और कहा कि अब सुरंग का निरीक्षण करने का समय है। वह अँधेरे प्रवेश-द्वार की तरफ़ बढ़ा, जबकि मैं खाट पर बैठा चाय पी रहा था।

अँधेरे में, ऐसा लग रहा था जैसे पेड़ नज़दीक खिसक रहे हैं। और जंगल में रात का जीवन एक हवा के झोंके ने प्रकट कर दिया—हिरणों की तेज़ आवाज़ें, लोमड़ियों की चीखें, नाइटजार की संगीत भरी आवाज़ें।

और कुछ आवाज़ें पेड़ों पर से आ रही थीं। चरमराने, फुसफुसाने की आवाज़ें, मानो पेड़ जीवित हो रहे थे, अँधेरे में अपने शरीर को तानते हुए, थोड़ा-सा खिसकते हुए और अपनी उँगलियाँ चटकाते हुए।

रघुसिंह सुरंग के बाहर खड़ा था और अपनी डिबरी की लौ को छोटा कर रहा था। रात की ये ध्वनियाँ उसके लिए जानी-पहचानी थीं इसलिए वह इन पर कोई ध्यान नहीं दे रहा था; लेकिन मेरी ही तरह, उसने भी उस वक्त एक नयी आवाज़ सुनी, और उस आवाज़ ने उसको कुछ क्षणों तक स्थिर खड़ा कर दिया और अँधेरे में सावधानी से झाँकने लगा। फिर, हल्के-हल्के गुनगुनाते हुए वह वहाँ वापस आ गया जहाँ मैं इन्तज़ार कर रहा था। रात की मेल को आने में अब दस मिनट बचे थे।

जैसे ही चौकीदार मेरे पास खाट पर बैठा, वह आवाज़ हम दोनों को सुनाई दी; इस बार बहुत स्पष्ट—एक लयबद्ध कटाई की आवाज़, मानो कोई पेड़ की टहनी काट रहा था।

"यह क्या है?" मैं फुसफुसाया। मुझे अजीब-सा लग रहा था।

"यह चीता है," रघुसिंह बोला। "मुझे लगता है वह सुरंग में है।"

"ट्रेन आने ही वाली है।"

"हाँ, मेरे दोस्त। और अगर हमने चीते को सुरंग से बाहर नहीं निकाला तो वह ट्रेन के इंजन के नीचे आ जायेगा।"

"लेकिन अगर हमने उसको बाहर निकालने की कोशिश की, तो क्या वह

हम पर हमला नहीं करेगा?'' मैंने पूछा क्योंकि मैं भी अब चौकीदार की चिंता समझ रहा था।

''वह मुझे अच्छे से जानता है। हमने एक-दूसरे को कई बार देखा है। मैं नहीं समझता वह मुझ पर हमला करेगा। फिर भी, मैं अपनी कुल्हाड़ी साथ ले चलूँगा। तुम यहीं रहो, रस्टी।''

''नहीं, मैं भी तुम्हारे साथ चलूँगा। यहाँ अँधेरे में अकेले बैठे रहने से तो यही बेहतर होगा।''

''ठीक है लेकिन मेरे ठीक पीछे रहना। और याद रखना कि डरने की कोई बात नहीं है।''

अपनी डिबरी उठाते हुए रघुसिंह सुरंग में घुस गया, और अपने पूरे दम से उस जीव को डराने का प्रयास करने लगा। मैं उसके बिलकुल पीछे था, लेकिन मैंने खुद को चिल्लाने में असमर्थ पाया, क्योंकि मेरा गला पूरा सूख चुका था।

हम लोग सुरंग में करीब बीस कदम चले थे जब डिबरी की रोशनी चीते पर पड़ी। वह हम लोगों से सिर्फ़ पंद्रह फीट की दूरी पर पटरियों के बीच में दुबककर बैठा था, अपने दाँत दिखाते हुए और गुर्राते हुए वह अपने पेट के बल हो गया और पूँछ ऐंठने लगा। मुझे यकीन हो गया था कि अब वह हम लोगों पर झपटने वाला है।

रघुसिंह और मैं, दोनों एक साथ चिल्लाए। हमारी आवाज़ें सुरंग में गूँज गयीं। और जब चीते को यह लगा कि न जाने कितने ऐसे खरतनाक इन्सान उसके सामने थे, वह तेज़ी से पलटा और अँधेरे में गायब हो गया।

यह पक्का करने के लिए कि वह चला गया है, चौकीदार और मैं सुरंग की पूरी लम्बाई का चक्कर लगा आये। जब हम प्रवेश-द्वार पर पहुँचे, पटरियाँ गुनगुनाने लगीं। ट्रेन आ रही थी।

मैंने एक पटरी पर अपना हाथ रखा और उस कंपन को महसूस करने लगा। मुझे दूर से ट्रेन की गड़गड़ाहट सुनाई देने लगी। और फिर मोड़ से मुड़ता हुआ इंजन आया, हम पर फुफकारते हुए, अँधेरे में चिंगारी छोड़ते हुए और कटाव के नुकीले कोनों पर अपनी दहाड़ से जंगल की अवहेलना करते हुए। वह सीधे सुरंग में घुस गया, मेरे बगल से गरजते हुए, मेरे सपनों के खूबसूरत ड्रैगन जैसा।

और जब वह चला गया, जंगल में फिर से शान्ति हो गयी और ऐसा लगा मानो जंगल फिर से साँस ले रहा था, फिर से जी उठा था। सिर्फ़ पटरियाँ ट्रेन के गुज़रने के कारण अभी भी काँप रही थीं।

~

वही पटरियाँ फिर से उसी ट्रेन के गुज़रने पर काँप उठीं, लगभग एक सप्ताह बाद, जब पिताजी और मैं, हम दोनों यात्रा कर रहे थे।

पिताजी एक कॉपी में कुछ लिख रहे थे, कोई हिसाब कर रहे थे। 'कितने अरुचिकर हैं ये,' मैंने सोचा था और मैं एक खुली खिड़की के पास बैठा अँधेरे में ताक रहा था। पिताजी काम के सिलसिले में दिल्ली जा रहे थे और उन्होंने मुझको भी अपने साथ ले जाने का निर्णय लिया था।

रातवाली मेल अपनी सौ सवारियों के साथ जंगल से धड़धड़ाती हुई गुज़री। गाड़ी के पहिये एक निश्चित लय में पटरियों से टकरा रहे थे। छोटी-छोटी टिमटिमाती बत्तियाँ आ-जा रही थीं जब हम जंगल के किनारे किसी गाँव के पास से गुज़रते थे।

मैंने एक पुल के ऊपर से गुज़रते हुए ट्रेन के पहिये की गड़गड़ाहट सुनी। कटाव के पास की झोपड़ी दिखाई पड़ने के लिए बाहर बहुत अँधेरा था लेकिन मैं जानता था कि हम सुरंग के पास पहुँच रहे थे। मैंने अपनी आँखों पर ज़ोर डाला और अँधेरे में बाहर देखने लगा; और तभी, जैसे ही इंजन ने अपनी तीखी सीटी बजाई, मुझे एक ढिबरी दिखाई पड़ी।

मैं रघुसिंह को तो नहीं देख पाया, लेकिन मैंने ढिबरी देख ली थी और जानता था कि बाहर, वहाँ पर मेरा दोस्त था।

ट्रेन सुरंग में घुसी और बाहर भी निकल आयी, उसने जंगल को पीछे छोड़ दिया और अन्तहीन मैदानों में गरजने लगी। और मैं अँधेरे में देखने लगा, और सोचने लगा जंगल में उस अकेले कटाव के बारे में, और उस ढिबरी वाले चौकीदार के बारे में जो हज़ारों यात्रियों के लिए जुगनू जैसा रहेगा और अँधेरे को दूर करता रहेगा, वाष्प-इंजनों और चीतों के लिए।

~

हालाँकि चीतों के साथ यह मेरी पहली मुठभेड़ नहीं थी। जब मैं लगभग दस साल का था मेरे पिताजी मुझको मसूरी ले गये थे, जहाँ उनको किसी काम के लिए नियुक्त किया गया था। हमने वहाँ करीब दो महीने गुज़ारे थे। जब मेरे पिताजी और उनके दोस्त किताबों और राजनीति की चर्चा करते थे, मैं अपना अधिकतर समय मसूरी घूमने में बिताता था।

मैंने पहली बार चीता तब देखा था जब मैं एक पहाड़ी के नीचे नाला पार कर रहा था। नाला बहुत गहरा था और दिनभर छाँव में ही रहता था। इस कारण बहुत सारे पक्षी और जानवर दिन के समय अपने छिपने के स्थान से बाहर निकलकर वहाँ आते थे। कुछ ही लोग उस रास्ते से गुज़रते थे : पास के गाँवों से सिर्फ़ दूधवाले और कोयला जलानेवाले। इस वजह से वह नाला जंगली जीवों के लिए स्वर्ग बन गया था, मसूरी के आस–पास के इलाकों में पाये जाने वाले गिने–चुने प्राकृतिक अभयारण्यों में से एक।

हमारे मेजबान, मिस्टर थैचर अकेले ही रहते थे। वह स्कूल के दिनों से मेरे पिताजी के दोस्त थे और हाल ही में उन्होंने मेरे पिता को पत्र लिखा था और उनसे मिलने की इच्छा जताई थी। पिताजी को लगा कि यह हम दोनों के लिए एक अच्छी छुट्टियाँ हो जायेंगी क्योंकि वे काठियावाड़ छोड़ने की तैयारी कर रहे थे (जहाँ वे अध्यापक थे) और दिल्ली जाकर रॉयल वायुसेना में भर्ती होने वाले थे।

मिस्टर थैचर के घर के नीचे बलूत, चिनार और हिमालयी बुरुंश के पेड़ थे। एक संकरा रास्ता पेड़ों से घूमता हुआ एक टीले को जाता था जहाँ लाल अम्लबेत उगते थे और फिर नाला सीधे जंगली रसभरी, उगती लताओं और पतले बांस के जंजाल में उतर जाता था। पहाड़ी के नीचे एक रास्ता घास की पट्टी की तरफ़ जाता था जो जंगली गुलाबों से घिरी हुई थी।

घास की पट्टी के बहुत नज़दीक से एक नदी बहती थी, जो चिकने पत्थरों से उछलती हुई, उम्र के साथ पीले हो चुके पत्थरों पर से गुज़रती हुई मैदानों की तरफ़ जाकर पहले एक छोटी सोन नदी में, फिर अन्ततः पवित्र गंगा नदी में जाकर मिल जाती थी।

लगभग हर सुबह, और कई बार दिन में भी, मैं हिरणों की तेज़ आवाज़ें सुनता था और शाम को जंगल में टहलते समय मैं तीतरों के झुंड को छेड़ देता था।

तीतर पानी के पोखर में बिना हिले स्थिर पंखों के साथ खड़े रहते थे। मैंने नेवले और खूबसूरत लाल लोमड़ियाँ देखीं और एक भालू के पैरों के चिह्न पहचाने।

चूँकि मैं जंगल से कुछ भी लेने नहीं आया था, पक्षी और जानवर मेरे अस्तित्व के आदी हो गये; या शायद उन्होंने मेरे पैरों के चिह्न पहचान लिये थे। कुछ समय बाद मेरे आने से वे परेशान नहीं होते थे।

बलूत और बुरुंश के पेड़ों पर रहने वाले लंगूर पहले मुझे देखकर एक डाल से दूसरी डाल पर छलाँगें लगाते थे, लेकिन अब मुझे सिर्फ़ कौतूहल से देखते रहते थे और बलूत की नाज़ुक, हरी टहनियाँ चबाते रहते थे। उनके बच्चे आपस में लड़ते और कुश्ती करते थे और माँ-बाप एक-दूसरे के रोएँ ठीक करते थे और उन्हें तानकर पहाड़ी के किनारों पर धूप सेंकते थे।

लेकिन एक शाम, जब मैं वहाँ से गुज़र रहा था, मैं उनकी उत्तेजना का कारण नहीं समझ पा रहा था। जब मैंने नदी पार की और पहाड़ी पर चढ़ने लगा, उनका गुर्राना और आवाज़ें निकालना बढ़ गया, मानो वे लंगूर मुझे किसी छुपे हुए खतरे से आगाह कर रहे थे। पहाड़ी के ऊपर से कंकड़ों का एक रेला लुढ़कता हुआ आया और जब मैंने ऊपर देखा, एक पुष्ट, नारंगी-सुनहरे रंग का चीता एक चट्टान पर खड़ा था जो मुझसे सिर्फ़ बीस फीट की ऊँचाई पर थी।

वह मेरी तरफ़ नहीं देख रहा था बल्कि उसका सिर ध्यानपूर्वक नदी की तरफ़ था। लेकिन उसको मेरे वहाँ होने का आभास हो गया होगा क्योंकि धीरे से उसने अपना सिर घुमाया और मेरी तरफ़ नीचे देखा।

वह शायद मुझको देखकर थोड़ा-सा चौंक गया था; इसलिए मैं हिम्मत करके उठा और मैंने तेज़ आवाज़ में ताली बजाई। तुरन्त ही वह चीता उछलकर झाड़ियों में भाग गया और बिना किसी शोर के परछाईं में विलीन हो गया।

मुझे लगा शायद मैंने कुछ गलत किया था। शायद मैंने एक जीव की भोजन की तलाश में विघ्न डाला था। लेकिन थोड़ी देर बाद मैंने हिरणों की तेज़ आवाज़ सुनी और वे जंगल में भाग गये। शिकार अभी भी जारी था।

घर वापस आकर मैंने अपने पिताजी को चीते और उसके हिरणों के शिकार के बारे में बताया। ''शायद पहाड़ों के आस-पास जंगलों के कटने की वजह से हिरण हरी घाटी में आ गये हैं और चीता, ज़ाहिर-सी बात है, उनके पीछे-पीछे आ गया,'' पिताजी ने कहा था।

यह कुछ सप्ताह पहले की बात थी जब मैंने फिर से चीते को देखा था, हमेशा ही मुझको उसकी उपस्थिति का बोध करा दिया जाता था। एक सूखी खाँसी कई बार बता देती थी। कई बार मुझको ऐसा लगता था कि मेरा पीछा किया जा रहा है।

एक बार, ज़ब मुझको घर आने में देर हो गयी थी, और शाम हल्की बिन चाँद की रात में ढल रही थी, मैं साहियों के परिवार को देखकर चौंक गया था जो मैदान में दौड़ रहे थे। मैंने घबराकर आस-पास देखा और दो चमकती हुईं आँखें मुझे झाड़ियों के पार से दिखाई पड़ीं। मैं स्थिर हो गया, मेरा दिल मेरी पसलियों पर टक्कर मारने लगा। फिर वे आँखें उड़ती हुई चली गयीं तब मुझे एहसास हुआ कि वे जुगनू थे।

जल्दी ही मुझे यह समझ में आ गया कि इस नदी पर कम-से-कम एक और नियमित आगंतुक है, एक फोर्कटेल चिड़िया, जो मेरे वहाँ होने से उड़ तो नहीं जाती थी लेकिन यदि मैं अधिक समय तक रुक जाऊँ तो बेचैन हो जाती थी और एक पत्थर से दूसरे पर जाकर एक शिकायती चीख लगाती थी।

मैंने एक दोपहर उस चिड़िया का घोंसला ढूँढने का निश्चय किया और मुझको पूरी उम्मीद थी कि उसमें बहुत सारे नवजात होंगे क्योंकि मैंने फोर्कटेल को खाने का सामान लेकर जाते हुए देखा था। समस्या यह थी कि जब वह चिड़िया ऊपर उड़ती थी, मुझे उसकी तेज़ गति को पकड़ने में समय लगता था क्योंकि चट्टानें बहुत नुकीली और फिसलन भरी थीं।

आखिरकार मैंने अपने को फर्न के पीछे छिपा लिया और धीरे-धीरें ऊपर चढ़ते हुए खुद को एक खोखले पेड़ की कोटर में छिपा दिया जहाँ फोर्कटेल अक्सर गायब हो जाती थी। मेरा उस चिड़िया से कुछ भी चुराने का इरादा नहीं था। मैं तो बस उसका घर देखने के लिए उत्साहित था।

नीचे झुककर मुझे नदी के छोटे से हिस्से और पोखर के किनारों पर अच्छी नज़र मिल रही थी लेकिन मैं अभी भी फोर्कटेल को धोखा नहीं दे पाया था जो मुझे अपने घोंसले के इतने करीब देखकर मेरा बहुत मज़बूती से विरोध कर रही थी।

मैंने अपने बचे-खुचे धैर्य को एकत्रित किया और करीब दस मिनट तक बिलकुल स्थिर बैठा रहा। फोर्कटेल अब शान्त हो गयी थी। नज़र से ओझल तो

दिमाग से भी ओझल। लेकिन वह गयी कहाँ? शायद उस पोखर की दीवारों में, जहाँ मुझको पूरा यकीन था वह अपने घोंसले की रक्षा कर रही थी।

मैंने तय किया कि मैं उसको चौंका दूँगा और अचानक से खड़ा हो गया लेकिन उसे नहीं बल्कि चीते को आश्चर्य से गुर्राते हुए देखने के लिए! दो तात्कालिक फव्वारे और वह नदी पार करके जंगल में भाग गया।

मैं भी चीते जितना ही अचंभित था और फोर्कटेल और उसके घोंसले के बारे में बिलकुल भूल गया था। क्या यह चीता मेरा पीछा कर रहा था? मैं थोड़ा डर गया और वापस घर आ गया, और कोशिश कर रहा था कि डर के मारे भागते हुए न जाऊँ।

''क्या आपको लगता है कि चीता मेरा पीछा कर रहा है पिताजी?'' मैंने घर पहुँचते ही पिताजी से पूछा।

''नहीं रस्टी,'' पिताजी ने कहा। ''सिर्फ़ एक आदमखोर ही इन्सानों का पीछा करता है और जितना मैं जानता हूँ, मसूरी के आस-पास कभी कोई आदमखोर नहीं हुआ है।''

एक दिन मुझे हिरण के अवशेष मिले जिसको पूरी तरह से नहीं खाया गया था। मुझको आश्चर्य हुआ कि चीते ने अपना बचा हुआ भोजन छिपाकर क्यों नहीं रखा और निष्कर्ष निकाला कि भोजन करते समय वह परेशान रहा होगा।

फिर पहाड़ी चढ़ने पर मुझको कुछ शिकारी मिले जो बलूत के पेड़ के नीचे आराम कर रहे थे। उन्होंने मुझसे पूछा कि क्या मैंने कोई चीता देखा है। मैंने कहा नहीं। उन्होंने कहा कि वे जानते हैं कि इस जंगल में एक चीता है।

चीते की प्रत्येक खाल, उन्होंने मुझको बताया कि दिल्ली में 1000 रुपये से अधिक में बिकती है। बेशक इसके निर्यात पर पाबन्दी है लेकिन उन्होंने मुझे समझाया कि और भी बहुत से रास्ते हैं...। मैंने उनको इस जानकारी के लिए शुक्रिया कहा और चल पड़ा, बेचैन और परेशान-सा।

उन शिकारियों ने भी हिरण के अवशेष देखे थे और उन्होंने चीते के पैरों के निशान भी देखे थे। इसलिए वे लोग जंगल में आते रहते थे। लगभग हर शाम को मैं उनकी बन्दूकों की आवाज़ें सुनता था; क्योंकि वो लोग किसी को भी मारने के लिए तैयार बैठे थे।

''यहाँ पर एक चीता है,'' वे मुझसे हमेशा कहते। ''तुम्हें इस इलाके में अकेले नहीं घूमना चाहिए। तुम अभी बच्चे हो, तुम बन्दूकों से स्वयं की रक्षा नहीं कर सकते हो। अब घर जाओ।''

इन शिकारियों के आगमन से थोड़े ही समय में बहुत विघ्न पैदा हो गया था। अब बहुत कम चिड़ियाँ दिखती थीं, और लंगूर भी चले गये थे। लाल लोमड़ियाँ भी नहीं दिखती थीं; और पाइन के नेवले जो काफ़ी हिम्मती हो गये थे, मेरे आगमन पर भी अपने बिलों में भाग जाते थे। एक इन्सान की महक दूसरे इन्सान जैसी ही है, मुझे लगा और इन मासूम जीवों को शिकारियों और मुझमें अन्तर कैसे समझ में आता?

फिर बारिश समाप्त हो गयी और मैं धूप में, सौंधी महक वाली घास पर लेटकर बलूत के पेड़ों की पत्त्यिों के मध्य से नीले आसमान को देख सकता था। और मैं पत्तियों, घास और अन्य चीज़ों की ख़ुशबुओं में खुश हो सकता था—पुदीने और लौंग की खुशबू—और चीज़ों के स्पर्श—घास, हवा और आसमान का स्पर्श, आसमान के नीलेपन का स्पर्श महसूस कर सकता था।

अब मैं उन आदमियों के बारे में नहीं सोचता था। उनके प्रति मेरी सोच वैसी ही थी जैसी जंगल के निवासियों की थी। ये वे इन्सान थे, जिनकी मैंने कल्पना नहीं की थी, और उनसे दूर रहना ही बेहतर था।

पोखर के दूसरी तरफ़ परी टिब्बा, परियों की पहाड़ी थी; एक बेरंग, झाड़ियों से ढकी पहाड़ी जहाँ कोई नहीं रहता था।

ऐसा कहा जाता था कि पिछली सदी के अंग्रेज़ों ने उस पहाड़ी पर मकान बनाने की बहुत कोशिशें कीं, लेकिन वह स्थान आकाशीय बिजली को बहुत आकर्षित करता था, पहाड़ी की स्थिति या खनिजों की उपस्थिति के कारण; और बहुत सारे घर बिजली की चपेट में आ गये थे। बाकी निवासी दूसरी पहाड़ी पर चले गये, जहाँ आज शहर बसा था।

पहाड़ी के निवासियों के लिए यह परी टिब्बा की पहाड़ी थी, जिस पर अभागे प्रेमी जोड़ों के साये थे जो एक तूफ़ान में वहाँ नष्ट हो गये थे। बाकियों के लिए इसके काले, जले हुए पेड़ों के कारण यह जली पहाड़ी है।

एक दिन, नदी पार करने के बाद, मैं परी टिब्बा पर चढ़ गया—एक मुश्किल काम, क्योंकि ऊपर तक जाने के लिए कोई रास्ता नहीं था और मुझको

चट्टानों पर चट्टानें और लटकती जड़ों के सहारे, जो ढीली होने के कारण मेरे हाथों में आ गयी थीं, चढ़ना पड़ा।

लेकिन पहाड़ी के ऊपर एक पठार था जहाँ कुछ देवदार के पेड़ थे, जिनकी पत्तियाँ हवा के साथ हल्के-हल्के गुनगुना रही थीं। फिर मुझे वे अवशेष मिले जो शायद यहाँ सबसे पहले बसने वाले लोगों के घरों के थे—कुछ जले हुए ढेर जिन पर अब खर-पतवार, अम्लबेत, सिंहपर्णी और बिच्छुफली उग आये थे।

जब उन बिना छत वाले खंडहरों के बीच टहल रहा था, मैं अपने पीछे के सन्नाटे से चौंक गया। न कोई पक्षी, न कोई जीव, नितान्त सन्नाटा।

यह सन्नाटा इतना सघन था कि यह मेरे कानों में बजता हुआ मालूम हो रहा था। लेकिन वहाँ पर कुछ और भी था जिसके प्रति मैं सचेत हो रहा था : बिल्ली की प्रजाति की एक तेज़ गंध। मैं रुक गया और पीछे मुड़कर देखा। मैं अकेला था। सूखी पत्तियों या ढीले पत्थरों की कोई हलचल नहीं थी।

ये खंडहर अधिकतर छत से खुले हुए थे। उनके जर्जर छज्जे गिर गये थे और आपस में जुड़कर किसी खदान के प्रवेश जैसा रास्ता बनाते थे; और उनकी स्याह गुफ़ाएँ मानो नीचे की ओर रास्ता ले जाती थीं। जैसे-जैसे मैं उस स्थान पर पहुँचा, यह महक और तेज़ होती गयी, इसलिए मैं रुक गया, यह विचार करते हुए कि क्या मैंने चीते का निवास ढूँढ लिया है, और यह विचार करते हुए कि रात के शिकार के बाद क्या वह जीव थककर सो रहा होगा।

शायद वह उस अँधेरे में छुपा होगा, मुझे देखते हुए, पहचानते हुए, उस लड़के के रूप में जानते हुए जो बिना हथियारों के, जंगल में अकेला घूमता है।

मुझे यह सोचकर अच्छा लग रहा था कि वह वहाँ होगा, कि वह मुझे जानता होगा और वह मेरे यहाँ आने को बहुत दोस्ताना ढंग से स्वीकार करेगा : मुझे पूरी तरह से नज़रअन्दाज़ करके।

शायद मैंने उसको आत्मविश्वासी बना दिया था—कुछ ज़्यादा ही आत्मविश्वासी, कुछ ज़्यादा ही बेफ़िक्र, अपने आस-पास के इन्सानों पर बहुत अधिक भरोसा करने वाला। मैंने इसके आगे कोई जोखिम नहीं उठाया, कुछ भी करने के लिए मैं बहुत डरा हुआ था। मुझे कोई भौतिक स्पर्श नहीं चाहिए था, न ही एक चट्टान से दूसरी पर कूदते हुए उसके बलिष्ठ शरीर की कोई झलक।

मुझे सिर्फ़ उसका विश्वास चाहिए था और मुझे लगा, उसने वह मुझे दे दिया था।

लेकिन क्या चीते ने एक इन्सान पर भरोसा करते हुए दूसरे इन्सान पर भी उतना ही भरोसा करने की गलती कर दी? क्या मैंने हर डर को तोड़ते हुए—मेरा अपना डर और चीते का सुरक्षा का डर—और उसको बचावरहित करके छोड़ दिया था?

क्योंकि अगले ही दिन, नदी के रास्ते से, चिल्लाते और नगाड़े बजाते शिकारी आ रहे थे। उनके कन्धे पर एक लम्बा बाँस था और उस बाँस से लटका हुआ था, पैर ऊपर और सिर नीचे करके, उस चीते का प्राणरहित शरीर, जिसके गले और सिर में गोली लगी थी।

"हमने तुमसे कहा था ना कि यहाँ एक चीता है!" वे चिल्लाये, और मज़ाक करते हुए बोले। "है ना ये कमाल का नमूना?"

"हाँ," मैंने कहा। "वह एक बहुत खूबसूरत चीता था।"

मैं उस शान्त जंगल से वापस घर आ गया। वहाँ बहुत सन्नाटा था, मानो हर चिड़िया, हर जीव को पता था कि उनका भरोसा तोड़ा गया था।

और अब, ट्रेन में बैठकर जब मैं यह सब याद कर रहा हूँ, डी.एच. लॉरेन्स की कविता की कुछ पंक्तियाँ मेरे दिमाग में चल रही हैं। ट्रेन के पहियों के प्रत्येक छुक-छुक में उसी ताल पर मेरे दिमाग में ये शब्द बज रहे हैं : "इस जहाँ में एक कमरा था, एक पहाड़ी शेर और मेरे लिए।"

सुधीर की चिट्ठी

जब ट्रेन हरिद्वार पहुँची, सुधीर उठा और दरवाज़े के पास जाकर खड़ा हो गया।

"मुझको जल्दी जाना है," वह बोला। "मैं तुमसे फिर मिलूँगा।"

जैसे ही इंजन की गति कम हुई और स्टेशन की बत्तियाँ तेज़ चमकने लगीं, सुधीर ने कूपे का दरवाज़ा खोला और रेलवे की पटरियों के किनारे ही कूद गया।

घबराकर मैं दरवाज़ा खोलने पहुँचा और चिल्लाया, "तुम ठीक हो ना, सुधीर?"

"सिर्फ़ अपने बारे में चिंता करो!" वह बोला और उसकी आवाज़ धीमी पड़ गयी। "तुम्हें कामयाबी मिले!"

वह सिग्नल के डिब्बे के कारण दिख नहीं रहा था और फिर ट्रेन एक रोशनी से भरे, भीड़-भाड़ वाले स्टेशन में घुसी और तीर्थयात्री डिब्बों में चढ़ने लगे।

दो पुलिसवाले प्लेटफ़ॉर्म पर आये, कूपों की खिड़कियों से अन्दर झाँकने लगे और सवाल पूछने लगे। वो मेरी खिड़की पर भी रुके और मुझसे पूछा कि यात्रा के दौरान क्या मेरा कोई सहयात्री था और बिना किसी चूक के सुधीर का विवरण दे डाला।

"वह तो ट्रेन से बहुत पहले ही उतर गया था," मैंने झूठ बोला। "डोईवाला में, शायद। क्यों, आप उसको क्यों पकड़ना चाहते हैं?"

"उसने देहरा के एक सेठ के एक हज़ार रुपये चुराये हैं," एक पुलिसवाला बोला। "अगर वह आपको फिर दिखे तो चेतावनी की ज़ंजीर खींच दीजिएगा।"

जब वे चले गये तो मैंने देखा, एक छोटी-सी काले रंग की नोटबुक उस सीट के नीचे पड़ी थी जिस पर सुधीर बैठा था। मैंने वह उठा ली और सोचा कि अगली बार हम जब भी मिलेंगे, उस लफ़ंगे को यह लौटा दूँगा।

दो दिनों के बाद मैं हाथी के घर पर था, उसके आँगन में बुनी हुई खाट पर बैठा। वहाँ झुकी हुई छतें और खेतों में बर्फ़ थी, लेकिन धूप बहुत तेज़ थी। पहाड़ हर तरफ़ खिंचे हुए थे, आसमान और बादलों में गुम होते हुए। मुझे लगा मैं यहीं का हूँ, इन पहाड़ों और देवदार के जंगलों का और साफ़ पहाड़ी नदी का।

उस गाँव में करीब तीस परिवार थे। वहाँ आदमी ज़्यादा नहीं थे, जो थे भी वो बूढ़े और निष्क्रिय थे। अधिकतर नौजवान सेना या मैदानों में नौकरियों में लग गये थे क्योंकि गाँव की अर्थव्यवस्था बहुत खराब थी। औरतें काम करने के लिए यहीं रह गयी थीं। वो पानी भरती थीं, घर की सफ़ाई करती थीं, खाना बनाती थीं, और जल्दी ही खेतों की जुताई भी करने वाली थीं। बूढ़े आदमी सिर्फ़ बैठे रहते थे और पूरा दिन गप्पों में खर्च कर देते थे।

लैण्ड्सडाउन के बस टर्मिनल से हाथी के गाँव तक की यात्रा बहुत लम्बी और निर्जन थी। मैं बहुत तेज़ चला था क्योंकि बातें करने के लिए कोई था ही नहीं और खाने के लिए भी कुछ नहीं था। लेकिन मुझको एक किसान मिला था जो विपरीत दिशा से आ रहा था और उसने मेरे साथ अपना भोजन साझा किया था। उस किसान के पास कुछ प्याज़ थे और थोड़ी चपातियाँ; लेकिन मैं भूखा

था इसलिए मैंने भोजन को बहुत दिल से पसन्द किया। जब मैं खा चुका, मैंने उसको अलविदा कहा और हम अपने-अपने रास्तों पर चल पड़े।

सबसे पहले मैं देवदार की पत्तियों के नर्म और फिसलन भरे कालीन पर चला, फिर देवदार के पेड़ों ने बलूत और बुरुंश के पेड़ों को रास्ता दिया। यह रास्ता बहुत ठंडा और छायादार था लेकिन जब मैं करीब पन्द्रह मील चल चुका था, जंगल खत्म हो गया और पहाड़ खुले और पथरीले हो गये और ज़मीन काँसे के रंग की हो गयी। मुझको प्यास लग रही थी लेकिन पीने के लिए वहाँ कुछ नहीं था। मेरी जीभ मोटी और रोयेंदार लग रही थी और मैं अपने होंठ हिला ही नहीं पा रहा था। बस मशीन की तरह चला जा रहा था और मुझको अपने आस-पास का या अपने चलने का कुछ भी होश नहीं था।

जब सूरज डूब गया, सूखी घास से होकर एक ठंडी हवा का झोंका मेरे कानों में फुसफुसा रहा था। और तब, जब मैं ऊपर चढ़ा, घास हरी हो गयी, वहाँ पेड़ थे, पहाड़ियों के किनारों से पानी के फव्वारे निकल रहे थे और चिड़ियाँ रास्तों पर चोंचें मार रही थीं—चटकीले हरे तोते, टका चोर और सुल्ताना बुलबुल। मैं नदी के किनारे पर चल रहा था जहाँ तेज़ बहाव से पानी पहले एक संकरे मार्ग से निकल रहा था। हाथी के गाँव के लिए चढ़ाई बिलकुल खड़ी थी; और जब अँधेरा होने लगा, इस सँकरे रास्ते पर मुझको अपना रास्ता बहुत सँभाल कर चुनना पड़ा।

जैसे ही मैं गाँव के अन्त में हाथी के घर पहुँचा, एक बड़े से तिब्बती कुत्ते ने मुझको गिरा दिया। मैं उठा और हाथी घर से बाहर निकला और उसने भी फिर से मुझको गिरा दिया। फिर मैं हाथी के घर पर था, गर्म दूध पीते हुए। और फिर बाद में मैं एक नर्म रज़ाई पर लेटा था और आसमान से तारे मुझको आँख मार रहे थे।

घर पक्का था—पीले ग्रेनाइट का बना हुआ—और इसकी छत काली और ढलानयुक्त थी। आँगन में एक संतरे का पेड़ था, और भले ही साल के इस मौसम में उसमें संतरे न लगे हों, लेकिन छोटी पत्तियों की खुशबू बहुत मीठी थी। जब मैंने चारों तरफ़ देखा, मुझको पहाड़ नज़र आये, नीले और सफ़ेद चोटियों वाले और स्याह रंग के बादल जो घाटी में पसर रहे थे। नीचे की पहाड़ी पर बने घरों से फ़ीके नीले रंग का धुआँ पहाड़ पर ऊपर आ रहा था और लोग अपने-अपने घरों में चले गये।

जब हाथी और मैं पहाड़ों पर टहलते थे, हम नंगे पाँव टहलते थे। एक बार हम कुछ मील ऊपर की तरफ़ चले गये और हमें एक जल-प्रपात मिला जो पचास फीट नीचे एक चिकनी चट्टान पर गिरता था। यहाँ जंगल सघन और नम था और रातों को भालू और चीते पहाड़ी के किनारे घूमते थे। जब चीते भूखे होते थे तब वे गाँव में घुसकर आवारा कुत्तों को उठाकर ले जाने से नहीं हिचकिचाते थे।

चीते कुछ समय से मेरे दिमाग में छाये हुए थे, और मेरी यहाँ भी एक चीते से भेंट होनी थी। एक दिन मैंने एक आवाज़ सुनी जो बेशक शिकार पर निकले हुए एक चीते की थी। शाम का समय था और मैं गाँव के करीब ही था जब मैंने एक तीखी, आरे जैसी चीख सुनी, जो एक गुर्राहट और खाँसी के मध्य की आवाज़ थी। फिर मेरी दायीं ओर से एक चीता बाहर आया और पेड़ों के पीछे छिपता, नीचे झुककर भाग गया और एक गहरी काली परछाईं में बदल गया।

गाँव में सिर्फ़ एक दुकान थी, और वह पोस्ट-ऑफ़िस भी था—वहाँ साबुन, जूते और छोटी-मोटी ज़रूरत का सामान मिल जाता था। जब मैं वहाँ से गुज़रा, दुकानदार ने मेरा अभिवादन किया, जो पोस्टकार्ड घुमा रहा था। मुझे आश्चर्य हुआ कि वह मेरे लिए था।

मुझे और अधिक आश्चर्य हुआ जब मुझे पता चला कि वह कार्ड सुधीर की ओर से था, लफ़ंगा सुधीर।

उस पर लिखा था : 'मुझसे लैण्ड्सडाउन में मिलो। मेरे पास तुम्हारी आंटी से जुड़ी खबर है। हम साथ में यात्रा करेंगे। मेरे पास हम दोनों के लायक पैसे हैं, क्योंकि मैं तुमको एक अच्छा निवेश मानता हूँ।''

रम और करी

सुधीर और मैंने सुबह तड़के ही लैण्ड्सडाउन छोड़ दिया और जब हम बलूत और देवदार के पेड़ों से भरे कोटली के जंगलों में पहुँचे, ठंड से काँप रहे थे।

''मुझे इस तरह की यात्रा की आदत नहीं है,'' सुधीर ने शिकायत की। ''अगर यह यात्रा अँधेरे में तीर मारने जैसी हुई तो मैं तुम्हें बहुत बद्दुआ दूँगा, रस्टी। कम-से-कम यात्रा के लिए हम खच्चर ही ले लेते।''

''हमें जल्दी ही गाँव मिल जायेगा,'' मैंने कहा। ''हम रात वहाँ गुज़ार

सकते हैं, और जहाँ तक अँधेरे में तीर मारने वाली बात है, तो वह तुम थे जिसने कहा था कि मेरी आंटी, इसी तरफ़ कहीं रहती हैं। अगर वह इस दिशा में नहीं हुईं तो यह तुम्हारी गलती है, लफ़ंगे।''

कोटली के जंगल में रोशनी बहुत कम थी क्योंकि लम्बे और घने देवदार और बलूत के पेड़ चाँदनी को अन्दर आने ही नहीं देते थे। रास्ता नमी और घोंघों से भरा था। एक खुले मैदान में कुछ झोपड़ियों के झुंड को देखकर हमें कुछ सुकून मिला। उनमें से सिर्फ़ एक ही घर से रोशनी आ रही थी। मैंने बलूत की लकड़ी के मज़बूत दरवाज़े को पीटते हुए आवाज़ लगाई, ''कोई है क्या? हमें रात बिताने के लिए एक ठिकाना चाहिए।''

''कौन है?'' अन्दर से एक घबराई और चिढ़ी हुई आवाज़ आयी।

''हम यात्री हैं,'' सुधीर बोला। ''गरीब, थके-हारे और भूखे।''

''यह कोई धर्मशाला नहीं है,'' अन्दर बैठा आदमी गुस्से से बड़बड़ाया। ''यहाँ तीर्थयात्रियों के लिए कोई जगह नहीं है।''

''हम तीर्थयात्री नहीं हैं,'' सुधीर ने दूसरा रास्ता आज़माते हुए कहा। ''हम लोग सड़क निरीक्षक हैं। सरकारी नौकर—अब दरवाज़ा खोलो मेरे दोस्त!''

दरवाज़े के उस पार से बहुत सारी गालियाँ और बद्दुआएँ सुनी जा सकती थीं लेकिन फिर उस आदमी ने दरवाज़ा खोल दिया, जो एक बूढ़ा और गंदा आदमी था, जिसकी ठोड़ी पर छोटी-सी दाढ़ी थी, पैरों पर मस्से थे और उसके पुराने कपड़ों पर चिकनाई लगी हुई थी।

''तुम लोग कहाँ से आये हो?'' उसने संदेह से पूछा।

''लैण्ड्सडाउन,'' मैंने कहा। ''हम लोग सुबह से बीस मील चल चुके हैं। क्या हम आपके घर में सो सकते हैं?''

''मैं कैसे मान लूँ कि तुम लोग कोई चोर नहीं हो?'' उस बूढ़े आदमी ने पूछा जो खुद भी ईमानदार नहीं लग रहा था।

''अगर हम चोर होते ना,'' सुधीर ने अधीर होते हुए कहा, ''तो हम यहाँ खड़े होकर तुमसे बातें न कर रहे होते। हमने तुम्हारा गला काटकर बाज़ों को खिला दिया होता और तुम्हारी सुन्दर बेटी को उठा कर ले गये होते।''

''मेरी कोई बेटी नहीं है।''

''कितने दुःख की बात है! कोई बात नहीं। मेरा दोस्त और मैं आज रात

तुम्हारे घर में सोएँगे। हम जंगल में जाकर नहीं सोने वाले हैं।''

सुधीर रोशनी वाले कमरे में धड़ल्ले से घुस गया लेकिन तुरन्त पीछे आ गया, और अपनी नाक उँगलियों से बन्द कर ली।

''ये कौन से मरे हुए जानवर तुमने यहाँ पर रखे हुए हैं?'' वह चिल्लाया।

''ये भेड़ की चमड़ी है, साफ़ करने के लिए रखी है,'' बूढ़े आदमी ने कहा। ''क्या समस्या है?''

''कुछ नहीं, कुछ नहीं,'' सुधीर बोला ताकि हमारे मेज़बान को बुरा न लग जाये; लेकिन बाद में मुझसे बोला, ''इतनी गंदी बदबू है, मुझे शक है हम सुबह तक ज़िंदा बचेंगे भी या नहीं।''

हम एक कमरे में आये और मैंने अपना सामान ज़मीन पर पटक दिया, कमरा खाली था सिवाय दीवार पर टँगी, छिन्न-भिन्न की हुई भेड़ और हिरण की खालों के। कमरे के एक कोने में थोड़ी-सी आग जल रही थी। सुधीर और मैं उसके जितने करीब खिसक सकते थे खिसक गये और अपने पैरों को ताप देने लगे और हाथों को रगड़ने लगे। बूढ़ा आदमी अपने पुट्ठों पर बैठ गया और बहुत संदेह भरी नज़रों से हम लोगों को देख रहा था। सुधीर ने उसको देखा, फिर मुझे देखा और बड़ी वाक्पटुता से अपने कन्धे उचकाये।

''क्या हम आपका नाम जान सकते हैं?'' मैंने पूछा।

''राम सिंह,'' बूढ़े आदमी ने बहुत बेमन से कहा।

''तो राम सिंह, मेरे मेज़बान,'' सुधीर व्यग्र होते हुए बोला, ''क्या आप भोजन कर चुके हैं?''

''मैं सुबह खाता हूँ,'' राम सिंह बोला।

''और शाम को?'' सुधीर की आवाज़ में उम्मीद की एक झलक थी।

''दिन में एक बार से अधिक खाना ज़रूरी नहीं होता।''

''तुम्हारे जैसे बूढ़े इन्सान के लिए, शायद,'' सुधीर बोला, ''लेकिन हमारी नसों में तो अभी खून दौड़ रहा है ना। क्या यहाँ खाने के लिए कुछ नहीं है? तुम्हारे पास ज़रूर कोई सब्ज़ी या पाव-रोटी होगी?''

''मेरे पास कुछ नहीं है।'' बूढ़ा आदमी बोला।

''खैर, फिर तो हम लोगों को सुबह तक का इन्तज़ार करना पड़ेगा,'' सुधीर बोला। ''रस्टी, कंबल और रम की बोतल निकाल लो।''

मैंने वह कंबल निकाला जो हाथी ने मुझको दिया था और उसकी तह में से रम की एक बोतल निकल आयी। राम सिंह के चेहरे पर जी उठने के स्पष्ट चिह्न नज़र आ रहे थे।

"क्या यह कोई दवाई है?" बूढ़े आदमी ने पूछा। "मैं पिछले महीने से सिरदर्द से पीड़ित हूँ।"

"दरअसल इससे तुम्हारा सिरदर्द और बढ़ जायेगा," सुधीर ने कहा और रम के एक बड़े घूँट से अपना मुँह भर लिया और अपने होंठ चाटने लगा। "वैसे भी दिन में एक बार खाना खाने वाले लोगों के लिए यह बहुत खतरनाक चीज़ है।"

"हम खाने का कुछ बन्दोबस्त कर सकते हैं," बूढ़े आदमी ने अधीर होते हुए कहा।

"तुमने तो कहा था तुम्हारे पास कुछ नहीं है," मैंने उसको छेड़ते हुए कहा और सुधीर के हाथ से बोतल लेकर अपने होंठों पर लगा ली।

"छत पर कुछ कद्दू लगे हैं," बूढ़े आदमी ने कहा। "और मेरे पास कुछ आलू और मसाले हैं। क्या मैं करी बना दूँ?"

और एक घंटे बाद रम और करी से खुद को गर्म करने के बाद, हम फिर से आग के आस-पास बहुत प्रसन्नचित्त होकर बैट गये। सुधीर और मैंने हमारा एकमात्र कंबल अपने कन्धों पर ओढ़ लिया और राम सिंह ने खुद को खाल से ढक लिया। वह हम लोगों से शहरी जीवन के बारे में सवाल पूछ रहा था—जो उसके लिए बिलकुल अनजान था।

"तुम लोग तो अनुभवी लोग हो," वह बोला। "तुम लोग देश के हर शहर में रहे हो, तुम हर किस्म के आदमियों और औरतों को जानते हो। मैं तो कभी लैण्ड्सडाउन के आगे नहीं गया, न ही कभी ट्रेन या जहाज़ देखा, जिनके बारे में मैंने बहुत सुन रखा है। मैं सत्तर साल का हूँ और मैंने इनमें से कोई चीज़ नहीं देखी, हालाँकि मेरे बेटे कई सालों से बाहर गये हुए हैं और एक तो अपनी रेज़ीमेंट के साथ भारत के बाहर भी गया था। मैं आपसे एक सलाह माँगना चाहता हूँ। यहाँ अकेले रहना बहुत तकलीफ़देह है, और भले ही मेरी तीन बीवियाँ रही हैं, उन सबकी मृत्यु हो चुकी है।"

"यदि तुम्हारी तीन बीवियाँ रही हैं," सुधीर बोला, "तो तुम सबसे

अधिक अनुभवी आदमी हो!''

उसकी पीठ दीवार पर टिकी हुई थी और पैर आग की तरफ़ थे। मैं आधी नींद में था, मेरा सिर सुधीर के कन्धे पर टिका था।

''मेरी बेटियों की शादियाँ हो चुकी हैं,'' राम सिंह ने आगे कहा। ''मैं फिर से शादी करना चाहता हूँ, लेकिन मुझे बताओ, मैं इस बारे में कैसे आगे बढ़ूँ?''

सुधीर ज़ोर से हँस पड़ा। मैंने सोचा कि अपनी जवानी में यह बूढ़ा आदमी भी लफ़ंगे की तरह ही शातिर रहा होगा।

''खैर, तुमको उसके लिए पैसे तो देने ही पड़ेंगे,'' सुधीर बोला।

''मेरे लिए एक उपयुक्त औरत बताओ। वह जवान तो होनी ही चाहिए। उसकी नाक—उसकी नाक किस तरह की होनी चाहिए?''

''चपटी नाक,'' सुधीर बोला, चेहरे पर मुस्कान की एक लकीर तक लाए बिना। ''उसके नथुने ऊपर की ओर उठे हुए नहीं होने चाहिए।''

''वाह! और उसके शरीर की बनावट?''

''बहुत मर्दाना नहीं होनी चाहिए। टेढ़ी-मेढ़ी भी नहीं होने चाहिए। बहुत ज़्यादा की उम्मीद मत रखो बूढ़े आदमी!''

''उसका सिर?'' बूढ़े आदमी ने उत्सुकता से पूछा। ''उसका सिर कैसा होना चाहिए?''

सुधीर ने थोड़ा सोचा। ''उसका सिर गंजा नहीं होना चाहिए,'' वह बोला।

राम सिंह ने भी हामी भरते हुए सिर हिलाया, ऐसा लगा कि वह सुधीर के दिए सुझावों का बिना सोचे-समझे उत्तर दे रहा था।

''और उसका रंग, क्या सफ़ेद होना चाहिए?''

''नहीं, बहुत सफ़ेद नहीं।''

''काला?''

''नहीं, बहुत काला भी नहीं।''

''लेकिन उसकी महक बहुत गंदी होनी चाहिए, वरना वह तुम्हारे साथ यहाँ रह नहीं पाएगी।''

एक भालू ने हमें रात के शुरुआती समय में जगाए रखा। वह छत के ऊपर चढ़ गया और बूढ़े आदमी के बचाए हुए कद्दुओं को अपना आहार बना लिया।

"क्या वह अन्दर आ सकता है?" मैंने पूछा।

"यह तो हर रात आता है," राम सिंह बोला। "लेकिन यह शाकाहारी है और सिर्फ़ कद्दू खाता है।"

छत पर एक धम्म की आवाज़ हुई जैसे एक कद्दू छत पर गिरा और लुढ़कते हुए ज़मीन पर आ गया। फिर भालू भी छत से नीचे आ गया और जंगल में चला गया।

आग अब धीमी लौ से जल रही थी लेकिन सुधीर और मैं अपने कंबल के अन्दर थे, और बहुत थके होने के कारण जल्दी ही सो गये, भले ही कीड़ों की एक सेना ने हमें जगाए रखने की बहुत कोशिश की। लेकिन आधी रात को हमारी नींद एक तेज़ चीख से खुली और हमें लालटेन जली हुई मिली। हमने देखा कि बूढ़े आदमी को दौरे पड़ रहे थे।

राम सिंह कमरे में लोट रहा था और उसके हाथ पहले हिलते हुए दिखे, फिर ऐंठने लगे, और वह गले के पिछले हिस्से से गुर्राने जैसी आवाज़ें निकाल रहा था।

"क्या बात है?" मैं चिल्लाया। "तुम पागल हो गये हो क्या?"

जवाब में बूढ़ा आदमी गुर्राया, चीखा और उसने अपना यह विचित्र नाच चालू रखा।

"एक पिशाच!" वह चिल्लाया। "एक पिशाच मेरे अन्दर घुस गया है!" सुधीर और मैंने एक-दूसरे को देखा और अपनी हँसी रोकने की बहुत कोशिश की।

"यह उस दवाई की वजह से हुआ है जो तुमने मुझको दी थी!" राम सिंह चिल्लाया। "वह दवाई अशुभ थी, यह सब तुम्हारी ही गलती है!" और उसने ज़मीन पर लोटना जारी रखा।

"तो क्या मैं वह दवाई फेंक दूँ?" सुधीर ने पूछा।

"नहीं, ऐसा मत करना!" राम सिंह चिल्लाया और एक पल के लिए बिलकुल सामान्य लगा। "स्वयं को ज़मीन पर फेंक दो!"

सुधीर बाध्य हो गया और उसने स्वयं को ज़मीन पर फेंक दिया।

"अपनी पीठ के बल!" बूढ़े आदमी ने साँस लेने की कोशिश की।

सुधीर पीठ के बल घूम गया। मैं सिर्फ़ देख रहा था और मज़े ले रहा था।

"अब अपना बायां पंजा उठाओ," बूढ़े आदमी ने आदेश दिया। "और उसको अपने मुँह में डाल लो। इससे पिशाच खुश होकर चला जायेगा।"

"मैं अपना पैर अपने मुँह में नहीं डालूँगा," सुधीर अपने पंजे के करीब पहुँचते हुए बोला, और अब इस बूढ़े आदमी के दौरों के असली होने की बात पर से उसका विश्वास उठ गया था। "मुझे नहीं लगता तुम्हारे अन्दर कोई पिशाच है। मुझे लगता है कि यह तुम्हारी करी का असर है। यह शराब थोड़ी-सी और पी लो और तुम ठीक हो जाओगे।"

वह रम की लगभग खाली हो चुकी बोतल लेकर आया और बूढ़े आदमी से उसका मुँह खोलने को कहा और बची हुई दारू उसके हलक में उतार दी।

राम सिंह को साँस लेने में तकलीफ़ होने लगी, फिर उसने अपना सिर झटके से हिलाया और सुधीर को देखकर मुस्कुराया। "पिशाच अब चला गया," वह बोला।

"मुझे जानकर खुशी हुई," सुधीर बोला। "लेकिन तुमने पूरी बोतल खाली कर दी, अब हमें फिर से सोने दो।"

लेकिन तब तक कंबल के अन्दर ठंड घुस गयी थी, और मेरे लिए सोना मुश्किल हो गया था। इसलिए सोने के बजाय मैं मेरी यात्रा के उद्देश्य के बारे में सोचने लगा और विचार कर रहा था कि क्या देहरा में ही रहना अधिक समझदारी का निर्णय होता। बाहर, हवा स्थिर थी; देवदार की नुकीली पत्तियों ने अब सीटी बजाना बन्द कर दिया था। सिर्फ़ एक सियार कहीं दूर बोल रहा था। बूढ़ा आदमी भेड़ की खाल के नीचे बार-बार करवट बदल रहा था।

"राम सिंह," मैं फुसफुसा कर बोला। "क्या तुम जाग रहे हो?"

राम सिंह धीरे से गुर्राया।

"ये बताओ," मैंने कहा, "क्या तुमने इस जगह पर किसी अकेली रहने वाली महिला के बारे में सुना है?"

"यहाँ पर बहुत सारी बूढ़ी औरतें हैं।"

"नहीं, मेरा मतलब है एक प्रतिष्ठित महिला। वह करीब पचास साल की होंगी। एक समय में उन्होंने एक गोरे साहब से शादी की थी।"

"हाँ, मैंने ऐसी एक महिला के बारे में सुना है...जवानी के दिनों में वह बहुत खूबसूरत थी, ऐसा लोग कहते हैं।"

मैं चुप रहा। मुझे आगे के प्रश्न पूछने में डर लग रहा था, बहुत अधिक जान लेने में डर लग रहा था, बहुत जल्दी यह जान लेने का डर था कि मेरे पिता ने मेरे लिए कुछ नहीं रखा था और अब मेरे पास कहीं जाने की जगह नहीं थी।

''राम सिंह,'' मैंने कुछ देर बाद कहा। ''यह महिला कहाँ रहती है?''

''उनका घर ऋषिकेश जाने वाली सड़क पर था...''

''और वो महिला, वो कहाँ हैं? क्या उनकी मृत्यु हो गयी है?''

''मुझे नहीं पता, हाल में उनके बारे में कुछ सुना तो नहीं,'' राम सिंह बोला। ''तुम उनके बारे में क्यों पूछ रहे हो? क्या तुम साहब के रिश्तेदार हो?''

''नहीं,'' मैंने झूठ बोल दिया। ''मैंने बस उनके बारे में सुना है, बस इतना ही।''

सन्नाटा। बूढ़ा आदमी अपने आप में बड़बड़ाया, धीमी आवाज़ में कुछ बुदबुदाया और फिर खर्राटे लेने लगा। सियार शान्त था, हवा फिर से चलने लगी थी और चाँद बादलों के पीछे छिप गया था। मैंने महसूस किया कि सुधीर का हाथ फिसलकर मेरे हाथों में आया और उसने मेरी उँगलियाँ दबा दीं। उसको जगा हुआ पाकर मुझको आश्चर्य हुआ।

''भूल जाओ,'' सुधीर फुसफुसाया। ''मृत लोगों को भूल जाओ, बीता हुआ कल भूल जाओ। अब अपने दिल को और तकलीफ़ें मत दो। मेरे पास हम दोनों के लिए काफ़ी है, इसलिए चलो हम उसी पर जीते हैं जब तक कि वह समाप्त न हो जाये, और चलो हम खुश रहें, रस्टी, मेरे दोस्त, चलो खुश रहें...''

मैंने कोई उत्तर नहीं दिया, लेकिन मैंने लफ़ंगे का हाथ पकड़े रखा और उसकी भी उँगलियों पर दबाव डाल दिया ताकि उसे पता चल सके कि मैं सुन रहा था।

''यह तो बस शुरुआत है,'' सुधीर ने कहा। ''ये दुनिया हमारा ही इन्तज़ार कर रही है।''

मैं सबसे पहले जाग गया। ऊपर आसमान को देखते हुए मैंने भोर की पहली किरण देखी। सुधीर और बूढ़े आदमी को जगाए बिना मैंने दरवाज़े की कुंडी खोली और बाहर निकल आया।

मेरे सामने एक सफ़ेद दुनिया फैली हुई थी।

सुबह के पहले पहर में, जब हम लोग सो रहे थे, बर्फ़ गिरी थी। ज़मीन पर बर्फ़ की एक मोटी तह जम गयी थी जिसने पहाड़ियों के किनारों को पूरा ढक लिया था। हवा की एक आहट तक नहीं थी; देवदार के पेड़ बिलकुल सफ़ेद और स्थिर खड़े थे, और जंगल और पहाड़ों पर एक गहरा सन्नाटा पसर गया था।

मैंने बाकियों को तुरन्त उठाना मुनासिब नहीं समझा। मैं यह सब कुछ पूरा सिर्फ़ अपने लिए चाहता था—बर्फ़ और सन्नाटा और उगता हुआ सूरज...

क्षितिज की ओर, आसमान पूरा लाल हो गया था। और तब पहाड़ों के पीछे से सूरज निकला और बर्फ़ पर टकराया, और मैं भागता हुआ पहाड़ी की चोटी तक गया और वहाँ इस चौंधिया देने वाली धूप में खड़ा रहा, अपनी आँखों पर हाथ रख कर उन्हें इस चमक से बचाते हुए, अपने भीतर उतारते हुए पहाड़ों की इन मालाओं को और खाड़ी को और उस नदी को जो बर्फ़ को काटकर अपना मार्ग बनाती हुई तेल की बौछार जैसी लग रही थी। मैं पहाड़ी से नीचे उतरा और घर चला गया।

"उठो!" सुधीर को हिलाते हुए मैं चिल्लाया। "उठो और बाहर आओ!"

"क्यों—तुमको कोई ख़ज़ाना मिल गया है क्या?" सुधीर ने उनींदी आवाज़ में शिकायत की। "या उस बूढ़े आदमी को फिर से दौरे पड़ रहे हैं?"

"उससे भी बेहतर—यहाँ बर्फ़ गिरी है!"

"तब तो मैं बिलकुल भी बाहर नहीं आऊँगा," वह बोला। फिर करवट लेकर वह वापस सो गया।

हुक्के वाली महिला

मैंने उस घर को देखा जब हम पेड़ों से होते हुए वहाँ पहुँचे, और मुझे एक बार में समझ में आ गया था कि यह वही जगह थी जिसको हम ढूँढ रहे थे। इसको बेशक किसी अंग्रेज़ ने ही बनवाया था, जहाँ एक चौड़ा-सा बरामदा था और ढलानयुक्त लहरदार छत, जैसी देहरा के उस घर में थी जहाँ मैं अपने अभिभावक के साथ रहता था। यह एक पहाड़ी के टीले पर बना था, और सेबों और आलूबुखारे के पेड़ों से घिरा हुआ था।

"यही जगह होनी चाहिए," सुधीर बोला। "क्या हमें अन्दर चलना चाहिए?"

"वैसे दरवाज़ा तो खुला है," मैंने कहा।

हम लोग अभी दरवाज़े से अन्दर घुसे ही थे कि एक बड़ा, काला तिब्बती कुत्ता सामने के बरामदे में आ गया। वह भौंका नहीं, लेकिन एक हल्की गुर्राहट उसके गले में खनक रही थी। और यह अधिक खतरनाक लक्षण था। कुत्ता सीढ़ियों से नीचे उतरा और दरवाज़े तक आ गया और सुधीर और मैं अपनी सारी थकान भूलकर तेज़ी से पहाड़ी की तरफ़ भागे। कुत्ता अभी भी दरवाज़े पर था और पहले की तरह ही गुर्रा रहा था।

एक नौकर बरामदे में आया और उसने चिल्लाकर पूछा, "कौन है? क्या चाहिए?"

"हम उन महिला से मिलना चाहते हैं जो यहाँ रहती हैं," सुधीर ने जवाब दिया।

"वे आराम कर रही हैं," लड़का बोला। "वह अभी किसी से नहीं मिल सकतीं।"

"हम बहुत दूर, देहरा से आये हैं," सुधीर बोला। "मेरा यह दोस्त उनका रिश्तेदार है। उनको यह बात बता दो और वे इससे ज़रूर मिलेंगी।"

"वे इस बात पर यकीन नहीं करेंगी," मैं गुस्से में फुसफुसाया।

वह लड़का हम दोनों को संदेहपूर्ण नज़रों से देखते हुए अन्दर गया और करीब पाँच मिनट तक अन्दर ही रहा। फिर जब वह बरामदे में वापस आया, उसने कुत्ते को अन्दर बुलाया और उसकी ज़ंजीर को जंगले से बाँध दिया। फिर उसने हमें अपने पीछे आने का इशारा किया। हम दरवाज़े से बहुत सावधानीपूर्वक अन्दर गये।

वह लड़का हम लोगों को आँकने की नज़र से कुछ पलों के लिए देखता रहा फिर बोला, "वह पीछे की तरफ़ हैं। मेरे साथ आइये।"

हम पत्थरों से बने एक मार्ग से घर के चारों तरफ़ गये और फिर एक दूसरे बरामदे में पहुँचे जो पहाड़ों की चौकसी करता हुआ लगा। मैं उस नज़ारे को देखने में डूब गया था और तब तक उससे नज़र नहीं हटा पाया जब तक सुधीर ने मेरी आस्तीन नहीं खींची; फिर मैंने बरामदे में देखा, लेकिन रोशनी में अन्तर होने के कारण मैं तुरन्त कुछ देख नहीं पाया। फिर जब मैं कुछ छाया में आया, मुझे किसी के होने का अन्दाज़ा हुआ—एक महिला, नंगे पाँव और सफ़ेद रंग की साड़ी पहने

हुए रस्सियों से बुनी खाट पर विश्राम कर रही थीं। एक बड़ा-सा हुक्का उनके बिस्तर के पास रखा था, और उसकी लम्बी, लचीली नलिका बिस्तर के स्तर से काफ़ी ऊपर निकल रही थी, ताकि वे आराम से इसका प्रयोग कर सकें।

वह आश्चर्यजनक रूप से जवान लग रही थीं। मुझे उम्मीद थी कि वह कोई बूढ़ी महिला होंगी। मेरी आंटी, अब शायद मैं उन्हें इस सम्बोधन से बुला सकता था, पैंतालीस साल से ज़्यादा की लग ही नहीं रही थीं। अपने पिता के एक बुज़ुर्ग मित्र मिस्टर पैटिग्रू से मिलने के बाद मुझको उम्मीद थी कि मेरी आंटी भी एक वयोवृद्ध महिला होंगी। वह बेशक ऊँची पहाड़ियों की रहने वाली होंगी और यह उनके अच्छे रंग, लम्बे काले बालों और उनके हुक्के को देखकर समझा जा सकता था। वे शारीरिक रूप से बहुत मज़बूत लग रही थीं और उनका चेहरा, जिस पर स्त्रीत्व शायद थोड़ा कम था लेकिन बहुत सुन्दर था।

''कृपया बैठ जाइये,'' वह बोलीं; और सुधीर और मैं अपने पीछे कुर्सियाँ पाकर, जिन्हें हमारे पीछे उस वक्त रख दिया गया था जब हम खड़े होकर उनको घूर रहे थे, उनमें धँस गये। वह लड़का घर के अन्दर चला गया।

''तुम लोग मुझसे मिलने के लिए बहुत दूर से आये हो,'' वह बोलीं, ''यह ज़रूर कोई महत्त्वपूर्ण बात होगी।'' और वे सुधीर को देखते हुए मुझे देखने लगीं, शायद इस बात से उत्सुक थीं कि हम दोनों में से उनसे मिलने कौन आया है। उनकी आँखें मुझ पर टिक गयीं, और वे बोलीं, ''तुम तो अंग्रेज़ हो, है ना ?''

''हाँ,'' मैंने कहा। ''मैं आपसे मिलने आया हूँ क्योंकि—क्योंकि आप मेरे पिता को जानती हैं—और मुझको बताया गया—मुझको बताया गया था कि आप मुझसे मिल लेंगी...'' मैं समझ नहीं पा रहा था कि मैं क्या बोलूँ, या किस तरह से बोलूँ।

''तुम्हारे पिता ?'' उन्होंने बहुत उत्साहपूर्वक कहा, मैंने उनकी आँखों में दिलचस्पी की झलक देखी। ''कौन हैं तुम्हारे पिता ?''

''जब मैं बहुत छोटा था, तभी उनकी मृत्यु हो गयी थी,'' मैंने कहा। और जब मैंने अपने पिता का नाम बताया, वे हुक्के को एक किनारे करती हुई उठीं और मुझे करीब से देखने के लिए आगे बढ़ीं। ''मतलब, तुम उन्हीं के बेटे हो...''

मैंने हामी में सिर हिलाया।

"हाँ, तुम उन्हीं के बेटे हो। तुम्हारी आँखें और तुम्हारी नाक, तुम्हारा माथा उन्हीं पर पड़ा है। मैं तुम्हारे बताए बिना भी समझ जाती अगर यहाँ इतना अँधेरा न होता।" एक आश्चर्यजनक चुस्ती के साथ वे खाट से उठीं वह पर्दा खोल दिया जो बरामदे का एक हिस्सा ढकता था। धूप अन्दर आयी जिसके कारण उनके रंग की समृद्धि उभर कर दिखने लगी।

"तुम तो अभी बालक ही हो," वे मुझसे प्रसन्न होकर मुस्कुराते हुए बोलीं। "तुम शायद सत्रह-अट्ठारह साल के होगे अभी—मुझको तुम एक शिशु के रूप में याद हो...चौदह, पंद्रह सालों पहले... ।" उन्होंने अपने हाथ अपने गालों पर रखे, मानो वे अपनी बढ़ती उम्र की लकीरें महसूस कर रही थीं; लेकिन उनके गाल, मैंने ध्यान दिया, अभी भी बिलकुल चिकने थे, उनका तारुण्य अभी भी उनके साथ था। ऐसा पहाड़ों में रहने के कारण था।

"मैं आपसे मिलने इसलिए आया हूँ क्योंकि आप मेरे पिता को अच्छे से जानती थीं।"

हम लोग फिर से बैठ गये और सुधीर की लम्बी टाँगें बरामदे की चौड़ाई में फैली थीं। मैं अपनी आंटी के पास खाट पर बैठ गया।

"काश मेरे पास तुम्हारे पिता का कोई सामान होता जो मैं तुमको दे सकती," वह बोलीं। "वे ज़्यादा पैसा छोड़कर नहीं गये। मैंने तुम्हारी देख-रेख करने का भी प्रस्ताव दिया था लेकिन मुझे बताया गया कि तुम्हारा ध्यान रखने के लिए तुम्हारे पास एक अभिभावक है। तुम अच्छी देख-रेख में रहे होगे। बाद में, मेरे पति की मृत्यु के पश्चात्, मैंने तुम्हारी खोज-खबर लेने की कोशिश की लेकिन मैं शहर से बहुत दूर रहती थी और मुझे इस बात की कोई खबर नहीं रहती थी कि कहाँ क्या हो रहा था। अब मैं अकेली हूँ। लेकिन मुझे फ़र्क नहीं पड़ता। तुम्हारे अंकल मेरे लिए यह घर और इसके आस-पास की ज़मीन छोड़ कर गये। मेरे पास एक कुत्ता है।" उन्होंने उस बड़े से कुत्ते पर हाथ फेरा जो बहुत भक्ति-भाव से उनके पास बैठा था। "और मेरे पास यह लड़का है। यह बहुत अच्छा लड़का है और बहुत अच्छे से मेरा ध्यान रखता है। हमारे साथ रहने के लिए तुम्हारा स्वागत है, रस्टी।"

"नहीं, मैं इसलिए यहाँ नहीं आया था," मैंने कहा। "आप बहुत दयावान हैं, लेकिन मैं किसी पर भी बोझ नहीं बनना चाहता।"

"तुम कोई बोझ नहीं होगे। और यदि हो भी तो इससे कोई फ़र्क नहीं पड़ता।" उन्होंने दु:खी होकर अपना सिर हिलाया। "तुम्हारे पिता तुमको एक बेहतरीन भविष्य देना चाहते थे, लेकिन दे नहीं सके। लेकिन हमें दु:खी नहीं होना चाहिए। अच्छा, मुझे अपने इस लम्बे दोस्त के बारे में बताओ, और तुम लोग क्या काम करते हो और यहाँ से तुम लोग कहाँ जा रहे हो। अब बहुत देर हो चुकी है इसलिए तुम लोग हमारे साथ भोजन कर लो और रात यहीं गुज़ारो। अगर तुम लोग ऋषिकेश जा रहे हो तो इसके लिए तुम्हें पूरा दिन चाहिए होगा। यहाँ मेरे पास पर्याप्त कमरे और बिस्तर हैं।"

हम लोग गोधूलि की बेला में साथ में बैठे रहे और मैंने अपनी आंटी को अपने अभिभावक से हुई लड़ाई के बारे में बताया, किशन, देवेंदर और सुधीर लफ़ंगे के साथ अपनी दोस्ती के बारे में बताया। जब अँधेरा हो गया तो उन्होंने अपने कन्धों पर एक शॉल डाल ली और हमें भीतर ले गयीं; और बैजू, काम करने वाला लड़का, हमारे लिए पीतल की थालियों में खाना लेकर आया जिसको हमने ज़मीन पर ही बैठकर खाया। बाद में हम लोग करीब एक घंटा टहले और लफ़ंगे ने बहुत आदर जताया कि एक महिला का पहाड़ी पर अकेले रहना और इसके बाद भी अकेला और निराश न महसूस करना बहुत बड़ी बात थी। मैंने हुक्का पीने की कोशिश की लेकिन उसके कारण मेरे सिर में भयंकर दर्द होने लगा और अन्तत: जब मैं सोने के लिए गया तो मैं सो नहीं पाया। सुधीर लय में खर्राटे ले रहा था, हर खर्राटा पिछले वाले से तेज़ और अधिक कंपन भरा होता और इससे मुझे पपीहे की याद आयी जिसको मैं देहरा में अक्सर सुनता था।

मैंने बिस्तर छोड़ा और बरामदे में टहलने लगा। चाँद पेड़ों के बीच में से दिख रहा था और मैं बगीचे के रास्ते पर चलने लगा जहाँ गिरे हुए सेब सड़ रहे थे। जब मैं घर जाने के लिए वापस दरवाज़े पर आया मैंने किसी को बरामदे में खड़ा हुआ देखा। क्या यह भूत हो सकता है? नहीं, यह तो मेरी आंटी थीं जो सफ़ेद साड़ी पहने हुए थीं और मुझको देख रही थीं।

"क्या हुआ रस्टी?" उन्होंने पूछा जब मैं वहाँ पहुँचा। "तुम इस वक्त

क्यों भटक रहे हो? मुझे लगा तुम भूत हो—मैं डर गयी थी, क्योंकि मैंने बहुत सालों से भूत नहीं देखा है।''

''मैंने तो कभी नहीं देखा है,'' मैंने कहा। ''भूत असल में कैसे होते हैं?''

''अरे, वे अक्सर अमर औरतों की आत्माएँ होती हैं, और उनके पंजे पीछे की तरफ़ मुड़े हुए होते हैं। उनको चुड़ैल कहा जाता है। उनके और भी प्रकार होते हैं। लेकिन तुम बाहर क्या कर रहे थे?''

''मेरा सिर बहुत दर्द कर रहा है। मैं सो नहीं पाया।''

''ठीक है। आओ और मुझसे बातें करो।'' और मेरा हाथ पकड़कर वह मुझे अपने बड़े से कमरे में ले गयीं जो चाँदनी से रोशन था और मुझको लिटा दिया। फिर उन्होंने मेरा सिर अपने हाथों में लिया और मेरा माथा दबाने लगीं; और मुझे एक कहानी सुनाने लगीं, लेकिन उनकी उँगलियाँ उनकी बोली से अधिक ठोस थीं और मैं कहानी के खत्म होने से पहले ही सो गया।

अगली सुबह जब सुधीर देर तक सोता रहा, उन्होंने मुझको घर और ज़मीन दिखायी।

''मेरे पास तुम्हारी कुछ किताबें हैं,'' वे बोलीं, जब हम लोग भीतर आ गये। ''तुम शायद इन किताबों के लिए अब काफ़ी बड़े हो गये हो लेकिन तुम्हारे पिता ने मुझसे इन्हें तुम्हारे लिए सँभाल कर रखने को कहा था। खासकर *एलिस इन वंडरलैंड*। उनका इससे विशेष लगाव था, पता नहीं क्यों।''

वे किताबें लेकर आयीं और उन किताबों की जिल्दों को देखकर मेरा बचपन वापस आ गया—अलसाई दोपहरें और कटहल के पेड़ की छाया, हाथों में एक किताब, जब गिलहरियाँ और नीलकण्ठ पक्षी पेड़ों पर चहकते थे; मेरे दादाजी के अध्ययन-कक्ष में रखी किताबों की अलमारी। यही किताबें—*एलिस इन वंडरलैंड,* वहाँ थी, और *ट्रेज़र आइलैंड,* और *मिस्टर मिडशिपमैन ईज़ी*—ये सब मेरे दादाजी की थीं, फिर मेरे पिताजी की और अब आखिरकार मेरी। मैंने आठ साल की उम्र तक ये सारी पुस्तकें पढ़ डाली थीं; उसके बाद ये किताबें पिताजी के पास रही थीं, और फिर जब मैं अपने अभिभावक के साथ रहने चला गया, मैंने इन किताबों को फिर कभी नहीं देखा था।

अब इतने सालों बाद ये मुझे वापस मिल गयी थीं, मेरी विचित्र आंटी के पास जो पहाड़ों में अकेली रहती थीं।

मैंने तय कर लिया कि मैं इन किताबों को अपने साथ ले जाऊँगा क्योंकि ये कभी मेरे जीवन का हिस्सा रही थीं। मेरे पिताजी और मेरे बीच अब बस यही कड़ियाँ बची थीं—ये मेरी विरासत थीं।

"देहरा जाना ज़रूरी है?" आंटी ने पूछा।

"मैंने अपने दोस्तों से वादा किया है कि मैं वापस आऊँगा। उसके बाद मैं तय करूँगा कि मुझे क्या करना है या कहाँ जाना है। पिछले कुछ महीनों से मैं एक बंजारा बन गया हूँ। और मैं एक लेखक बनना चाहता हूँ!"

"तुम यहाँ लिख सकते हो," वे बोलीं। "और तुम एक किसान भी बन सकते हो।"

"अरे नहीं, मैं सिर्फ़ एक मुसीबत ही बनूँगा। और वैसे भी मुझे अपने पैरों पर खुद खड़ा होना है। अब मैं किसी और द्वारा देख-भाल के लिए बहुत बड़ा हो गया हूँ।"

"तुम मेरी देख-भाल करने के लिए पर्याप्त बड़े हो चुके हो," अपना हाथ मेरे हाथों पर रखती हुई वे बोलीं। "चलो एक-दूसरे पर बोझ बन जाते हैं। मैं कई बार बहुत अकेलापन महसूस करती हूँ। मैं जानती हूँ कि तुम्हारे दोस्त हैं, लेकिन अगर तुम बीमार हो या किसी मुसीबत में हो, वो तुम्हारी परवाह नहीं करेंगे। तुम्हारे माता-पिता नहीं हैं। मेरा कोई बच्चा नहीं है। यह बहुत सीधी सी बात है।"

वे ऊपर देखने लगीं जब एक परछाईं चौखट पर पड़ी। सुधीर पाजामा पहने वहाँ खड़ा था और हम लोगों को देखकर मुस्कुराते हुए शरमा रहा था।

"मुझको भूख लगी है," वह बोला। "आंटी, क्या आप हमें अनिच्छापूर्वक हमारे यहाँ से जाने से पहले कुछ खिला देंगी?"

ऋषिकेश की ओर

सुधीर और मैं ऋषिकेश जाने के लिए पैदल निकल पड़े, ऋषिकेश, वह छोटा-सा शहर जो गंगा नदी के किनारे बसा है जहाँ गंगा नदी पहाड़ों से उतरती है और स्वयं को उत्तर भारत के विस्तृत मैदानों की तरफ़ फैला देती है। यह शहर साधुओं और भिक्षुकों का शहर था और सुधीर ने यहीं मुख्यालय स्थापित करने की बात कही। "देहरा अब सुरक्षित नहीं है," वह बोला, क्योंकि पुलिस और

सेठ को अभी भी उसकी तलाश थी। उसने लिये हुए पैसों में से अच्छी-खासी धनराशि खर्च कर दी थी और उसको उम्मीद थी कि ऋषिकेश में जहाँ हर तरह के लोग इकट्ठा होते थे, कोई फ़ायदेमंद काम शुरू करने में बहुत लाभ था। ऋषिकेश से मैं देहरा के लिए बस पकड़ सकता था, जब भी मैं जाना चाहता। मेरे दिमाग में वर्तमान की कोई योजना नहीं थी, लेकिन मैं लफ़ंगे के साथ फिर से सड़क पर निकल कर बहुत संतुष्ट था, जैसा मैं किशन के साथ था। मैं जानता था कि मैं बहुत जल्द फिर से इस लक्ष्यहीन भटकाव से ऊब जाऊँगा, और मैंने सोचा कि क्या मुझे वापस अपनी आंटी के घर जाकर रहना चाहिए? लेकिन काफ़ी समय से मुझे भटकते रहने में संतुष्टि मिलती थी; और फिर अभी लफ़ंगे को अपने साथ पाकर मुझको बहुत बेफ़िक्र और बेपरवाह महसूस हो रहा था और मैं किसी भी चीज़ के लिए तैयार था।

दोपहर में, हम ऋषिकेश जाने वाली सड़क पर एक छोटे से गाँव में पहुँचे। यहाँ से एक बस हर रोज़ दिन में दो बार ऋषिकेश के लिए चलती थी और हम लोग आखिरी वाली को पकड़ने के लिए सही समय पर पहुँच गये थे।

भले ही यहाँ बर्फ़ नहीं पड़ी थी लेकिन बारिश हुई थी।

सड़क पर पानी से भरे गड्ढे और पहाड़ियों से गिरे ढेले थे। बस में बहुत कम यात्री थे। ज़्यादातर जगह आटे और आलुओं की बोरियों ने ले ली थी।

चालक—बढ़ी हुई दाढ़ी वाला, बीड़ी पी रहा था—वह कुछ भी गोपनीय रखने में विश्वास नहीं रखता था। पूरी यात्रा के दौरान वह अपने ठीक पीछे बैठे यात्री के साथ गर्मागर्म राजनैतिक बहस कर रहा था। एक हाथ से स्टेयरिंग-व्हील पकड़े हुए वह दूसरे हाथ से अपना पक्ष रख रहा था और हाथों से इशारे करते हुए इतनी ज़ोर-ज़ोर से चिल्ला रहा था कि उसकी आवाज़ बस की खड़खड़ाहट में भी सुनाई दे रही थी।

खैर, सुधीर और मैं यात्रा का आनन्द ले रहे थे। सुधीर का सिर बार-बार बस की छत से टकरा रहा था, और इस वजह से मैं हँस-हँस कर पागल हो रहा था और सुधीर बाकी के सहयात्रियों की तकलीफ़ों में अपने लिए दिलासा खोज रहा था।

एक बलिष्ठ, सुन्दर, नौजवान किसान जो सुधीर के विपरीत बैठा था वह बोला, ''मैं अधिक सुरक्षित महसूस करता अगर यह सरकारी बस होती।

फिर तो, अगर हम मर भी जाते, तो कम-से-कम हमारे परिवारों को भत्ता तो मिलता—या हमें भी अगर हम बच जाते!''

''हाँ, आओ इन बातों को लेकर खुश हो लेते हैं,'' सुधीर बोला। ''जैसा हमारा चालक। तुम्हें लगता है कि इसको यह समझ में आ भी रहा होगा कि यह कितना गैर-ज़िम्मेदार व्यक्ति है जो हमारी मौत का कारण भी बन सकता है? यह तो ऐसा नहीं सोच रहा है!''

''सही कहा। यह तो ऐसी किसी भी चिंता से कोसों दूर है!'' किसान बोला।

हम खिड़की से बाहर देखने लगे। इस चट्टान के करीब दो सौ फीट नीचे कंकड़ों से घिरी नदी थी। सड़क इतनी संकरी थी कि हमको उसका किनारा तक नहीं दिख रहा था। पेड़ चट्टानों पर समकोण सा बनाते हुए खड़े थे। एक झरना पहाड़ी के किनारे गिरता हुआ आया और खिड़की पर छींटे उड़ा दिये। बस के पहियों ने पत्थर हिला दिये और उनको सीधे पहाड़ी से नीचे गिरा दिया; जो भूस्खलन के मलबे पर चिपट गये और कीचड़ के पानी के साथ घूमने लगे।

चालक अपनी बहस में इतना तल्लीन था कि जब उसने सड़क के बीचोंबीच ढेर ारे पत्थर देखे तो उसके पास ब्रेक लगाने का समय ही नहीं था। इस बात के लिए उसकी प्रशंसा की जानी चाहिए कि उसने बस को पहाड़ी की तरफ़ मोड़ लिया न कि खाई में। इसके विपरीत उसने बस पहाड़ी से टकरा दी और वह फँस गयी। इस तरह की दुर्घटनाओं के आदी होने के कारण चालक ने एक आह भरी, अपनी बीड़ी फिर से जलाई और वापस बहस में लग गया।

अब चूँकि ऋषिकेश सिर्फ़ आठ मील ही था, यात्रियों ने पैदल यात्रा करने का फ़ैसला किया।

सुधीर फिर से उस किसान से बातें करने लगा, जिसका नाम अब हम जान गये थे, गणपत। इस बस में रखी अधिकतर फ़सल गणपत की ही थी; बेशक, अब इस बस को ऋषिकेष पहुँचने में एक अतिरिक्त दिन लग जाता, और इससे गणपत को शहर में एक दिन और अपने परिवार से दूर रहकर मौज उड़ाने का समय मिल जाता।

''ऋषिकेश में क्या ऐसी कोई जगह है जहाँ हम रात बिता सकें?'' सुधीर ने पूछा।

"वहाँ तीर्थयात्रियों के लिए बहुत सारी धर्मशालाएँ हैं," गणपत बोला।

हम पर लादी गयी इस पैदल यात्रा का एक लक्ष्य मिल जाने के कारण अब हम और अधिक जोश से चल पड़े। गणपत का शरीर सूरज की रोशनी में पका हुआ गठीला शरीर था, मज़बूत गर्दन, जो चौड़े कन्धों से मिलती थी और एक भारी, सैनिकों जैसी मूँछ। उसने अपनी धोती बहुत अच्छे से बाँधी थी; उसके मज़बूत टखने और चौड़े पंजे धूप में झुलस गये थे और सालों खेतों में नंगे पाँव चलने के कारण कठोर हो गये थे।

जल्दी ही उसने और लफ़ंगे ने आपस में एक समानता ढूँढ ली—दोनों ही खूबसूरत औरतों के कद्रदान थे।

"मुझको वो लम्बी और सीधी अच्छी लगती हैं," गणपत बोला, और अपनी मूँछों पर ताव देने लगा। "वो बहुत किच-किच करने वाली नहीं होनी चाहिए, न ही बहुत अधिक बोलने वाली। उनको खुश कैसे किया जाये?"

"क्या तुमने महान ऋषि वात्स्यायन के बारे में सुना है? उनकी तीन पत्नियाँ थीं। एक को वह रहस्यमयी आत्मविश्वास से खुश करते थे, दूसरी को रहस्यमयी आदर से और तीसरी को रहस्यमयी खुशामद से।"

"तुम एक अजीब आदमी हो," गणपत बोला।

यात्रा की समाप्ति

वह पूर्णिमा का पर्व था। ऋषिकेश के मन्दिर मखमली साफ़ रोशनी में नहा रहे थे। चौड़ी और धीमी-गति से बहने वाली गंगा नदी ने चाँद को पकड़ लिया था, ताकि वह पिघली हुई चाँदी की नदी बन जाये। किनारे पर श्रद्धालु छोटे-छोटे दीये प्रवाहित कर रहे थे। बातियों को मिट्टी के दीयों में सजाया गया था जहाँ वे रोशनी में जलते थे। मैं रेत पर लेटा था और उनको तैरता हुआ देख रहा था, एक-एक करके, जब तक कि या तो वे बुझ नहीं जाते थे या किसी चट्टान में फँस नहीं जाते थे।

सुधीर और गणपत शहर में मौज-मस्ती करने गये थे, लेकिन मैंने नदी के पास ही रहने का निर्णय लिया, उस घाट से थोड़ी ही दूरी पर, जहाँ सैकड़ों श्रद्धालु इकट्ठे हुए थे।

अगर गर्मियाँ होतीं तो मैं रेत पर सो भी जाता, लेकिन यह ठंडा था और मेरा कंबल पहाड़ों से बहने वाली बर्फ़ीली हवा से सुरक्षा नहीं दे सकता था। मैं एक रोशन धर्मशाला में गया और भीड़ भरे एक कमरे में एक कोने में बैठ गया। खुद को अपने कंबल में लपेटे हुए मैंने आँखें बन्द कर लीं, और इस आश्रयघर के तीर्थयात्रियों की अस्पष्ट बातें सुनने लगा।

लेकिन मुझे नींद नहीं आयी। अचानक मुझे वह छोटी-सी काली पुस्तिका याद आयी जो सुधीर की थी। वह अभी भी मेरी जेब में थी। मैंने उसको निकाला और तब मुझे पता चला वह एक डायरी थी—सुधीर की डायरी। मैंने उसके पन्ने पलटे और देखा कि वहाँ बहुत तरह की जानकारियाँ भरी पड़ी थीं। मैं आखिरी लेख पर गया। एक सेकेंड के लिए मैंने खुद को यह सोच कर रोका कि किसी और की डायरी पढ़ना बहुत गलत बात है। लेकिन उत्सुकता मुझ पर हावी हो गयी थी और जल्दी ही मैं उसमें डूब गया।

उसमें लिखा था :

आज, मैंने हस्तिनी को उसकी ठोड़ी पर एक पंख से गुदगुदा कर उसके दोपहर के विश्राम से जगा दिया।

''और कल रात तुम किसके साथ थे, छोटे भाई?'' उसने मेरे घने भूरे बालों में उँगलियाँ फिराते हुए मुझसे पूछा। ''तुम्हारे पास से एक घटिया इत्र की महक आ रही है।''

''तुम जानती हो मैं अपनी रातें किसी के साथ नहीं बिताता,'' मैंने कहा, ''यह इत्र कल का है।''

''कोई नयी?''

''नहीं मेरी तितली। मैं उसको एक सप्ताह से जानता हूँ।''

''बहुत लम्बा समय हो गया,'' हस्तिनी ने चिढ़कर कहा। ''एक खतरनाक लम्बा समय। अभी तक उस पर कितने पैसे उड़ा दिये हैं?''

''अभी तक कुछ भी नहीं। लेकिन मैं इसलिए तुम्हारे पास नहीं आया हूँ। क्या तुम्हारे पास बीस रुपये हैं?''

''दुष्ट!'' वह चिल्लाई। ''तुम हमेशा मुझसे पैसे क्यों माँगते हो जब तुमको उस जवान चीज़ के साथ मौज-मस्ती करनी होती है? तुम्हारे पास दिल नहीं है?''

"अरे मेरी नाजुक कमल की कली!" मैंने विरोध किया और उसके गुलाबी गाल नोच लिये। "मैं इन सब वजहों से थोड़े ही पैसा माँग रहा हूँ। मेरे एक दोस्त को देहरा से बाहर जाना है। और मुझे उसके ट्रेन के किराये के लिए पैसे देने हैं। मुझ पर उसका उधार है।"

"तुम्हारे कब से दोस्त बनने लगे?"

"वह छोड़ो। मेरा एक दोस्त है। और मैं मदद के लिए तुम्हारे पास इसलिए आता हूँ क्योंकि मैं सबसे ज़्यादा तुमसे प्यार करता हूँ। क्या तुम चाहोगी कि मैं मृणालिनी से पैसे माँग लूँ?"

"हिम्मत भी मत करना," हस्तिनी बोली। "अगर तुमने ऐसा किया तो मैं तुमको मार डालूँगी।"

इन दोनों लड़कियों के बीच मेरे प्यार की यह होड़ ऐसी चीज़ है जिस पर मैं कभी भी, ज़रूरत के समय भरोसा कर सकता हूँ। शायद यह उन लोगों के शरीर की बनावट का अन्तर है जिस कारण उनमें यह प्रतियोगिता का भाव रहता है। मृणालिनी को हस्तिनी के भरे हुए शरीर की लचक से ईर्ष्या है जबकि हस्तिनी को मृणालिनी की नज़ाकत, शरीर की संतुलित बनावट और पतले, सुकुमार पैरों और उसकी चाल से ईर्ष्या है। मृणालिनी का रंग दूध और शहद जैसा है, उसमें हिरण की-सी फुर्ती है जबकि हस्तिनी में एक हाथी की शान और लालित्य है। हस्तिनी सितार बजा लेती है, नृत्य (हालाँकि भारी कदमों से) कर लेती है, और उसकी और भी बहुत सारी उपलब्धियाँ हैं। मृणालिनी भी मुझको बहुत प्रिय है—वह बहुत प्यारी है लेकिन उसकी माँ का उस पर बहुत प्रभाव है और उसकी माँ उसके कमाए अधिकतर पैसे रख लेती है।

"तो पैसे कहाँ हैं?" मैंने पूछा।

"तुम कितने उतावले हो! बैठो, बैठ जाओ। वो मेरे गद्दे के नीचे हैं।"

मैंने गद्दे के नीचे हाथ डाला और पैसे ढूँढने लगा।

"अरे वाह, यह रहे! तुमने तो यहाँ पूरा ढेर लगा कर रखा है। हाँ, दस रुपये, पन्द्रह, बीस—और एक किस्मत के लिए...अब आओ और मुझको एक चुम्बन दो!"

करीब एक घंटे बाद मैं फिर से सड़क पर था। मैं एक छोटी-सी गली में घुसा और एक आधा खाया हुआ सेब एक आवारा कुत्ते की तरफ़ फेंक दिया।

फिर मैं सीढ़ियाँ चढ़ने लगा—लकड़ी की सीढ़ियाँ जो ढीली और जर्जर थीं और कभी भी गिर सकती थीं।

मृणालिनी की आधी बहरी माँ किचन के फ़र्श पर उकड़ूँ बैठी थीं और मिट्टी के एक तसले में आग जला रही थीं। मैंने दरवाज़े से अपना चेहरा अन्दर डाला और चिल्लाया : "सुप्रभात माताजी, लगता है आप मेरे लिए चाय बना रही हैं, आप तो आज अच्छी लग रही हैं!" और फिर एक धीमी आवाज़ में, जिससे कोई सुन न ले, मैंने कहा, "आप सूखे हुए आम जैसी लग रही हैं।"

"तो तुम फिर आ गये," बूढ़ी औरत चिढ़कर बोली, "अब क्या चाहिए?"

"आपकी सम्मानित पुत्री चाहिए मुझको," मैंने कहा।

"क्या कहा?" उसने अपने हाथों को गोल करके कानों पर रखा और आगे बढ़कर बोली।

"मृणालिनी कहाँ है?" मैंने पूछा।

"इस तरह चीखो मत! वह यहाँ नहीं है।"

"मैं बस यही जानना चाहता था।" मैं किचन से गुज़रकर, बैठक से होते हुए बरामदे की बालकनी में पहुँचा, जहाँ मैंने मृणालिनी को धूप में बैठकर अपने लम्बे काले मखमली बालों में कंघी करते देखा।

"लाओ मैं कर देता हूँ," मैंने कहा, और उसके हाथों से कंघी लेकर उसके मखमली बालों में फिराने लगा। "तुम्हारे जैसी इतनी नाजुक सी लड़की के इतने लम्बे बाल। तुम तो अपने बालों में ही छुप सकती हो और दिखाई भी नहीं पड़ोगी, सिवाय तुम्हारे छोटे-छोटे पाँव।"

"क्या चाहिए सुधीर? आज तो तुम बहुत तारीफ़ें कर रहे हो। और हाँ, माँ को देखते रहना—अगर उन्होंने देख लिया कि तुम मेरे बाल बना रहे हो तो उनको दौरा पड़ जायेगा।"

"काश कि उस दौरे से वे मर जायें।"

"सुधीर!"

"अपनी माँ के लिए इतनी भावुक मत हो, तुम तो उनके लिए सोने का अंडा देने वाली मुर्गी हो, और वह तुम्हारे साथ सलूक भी तो वैसा ही करती है—जल्दी ही तुमसे मिलने के लिए मुझको आवेदन-पत्र भरना पड़ेगा! अब

तुमको अपनी कमाई अपने ही पास रखनी चाहिए।''

''ताकि तुम्हें मदद मिलना आसान हो जाये?''

''वैसे, वह अधिक सुविधाजनक तो होगा। और हाँ, मैं तुमसे बीस रुपये माँगने आया हूँ।''

मृणालिनी ज़ोर से हँसी और कंघी मेरे हाथों से छीन ली। ''मेरे छोटे-छोटे पाँवों के बारे में तुम क्या कह रहे थे?'' उसने मक्कारी से पूछा।

''मैंने कहा था कि तुम्हारे पाँव राजकुमारियों जैसे हैं और उनको चूमने में मुझको बहुत ख़ुशी होगी।''

''तो चूमो।''

उसने अपना नाजुक-सा एक पाँव हवा में उठा दिया और मैंने उसको हाथों (जो उसके पाँव जितने बड़े थे) में लेकर उसके टखने को चूम लिया।

''यह हो गये बीस रुपये,'' मैंने कहा।

उसने अपने पंजे से मुझको पीछे ढकेला। ''लेकिन सुधीर, मैंने अभी तीन दिन पहले ही तुमको पन्द्रह रुपये दिये थे। उनके साथ तुमने क्या किया?''

''मुझे कुछ नहीं पता। मैं बस इतना जानता हूँ कि मुझको और पैसे चाहिए। यह बहुत ज़रूरी है, इतना तो तुम यकीन रखो। लेकिन अगर तुम मदद नहीं कर सकतीं तो मैं किसी और से माँग लेता हूँ।''

''माँग लो, सुधीर। और क्या मैं पूछ सकती हूँ, तुम किससे माँगोगे?''

''मैं सोच रहा था हस्तिनी।''

''कौन?''

''तुम जानती तो हो ना, हस्तिनी, वह लड़की जिसका बदन बहुत आकर्षक है...''

''हाँ, मैं जानती हूँ! सुधीर, अगर तुमने उससे एक भी रुपया लिया ना, तो मैं तुमसे कभी बात नहीं करूँगी!''

''ठीक है, तो अब मैं क्या करूँ?''

मृणालिनी ने कुर्सी के हत्थे पर मुक्का मारा और आह भर कर मुझको गाली दी। फिर वह उठी और किचन में घुस गयी। बहुत सारी चीखों और आवाज़ों के बाद मृणालिनी बाहर आयी, उसके गाल भीगे हुए थे और उसके हाथों में पन्द्रह रुपये थे।

"तुम नहीं जानते कि मैं किस मुसीबत में फँस रही हूँ," वह बोली। "अब मुझसे एक सप्ताह से पहले कोई पैसे मत माँगना।"

"एक सप्ताह बाद तो मैं तुम्हें पैसे देने के लायक हो जाऊँगा। आज रात में मेरा एक बहुत विशिष्ट काम है। कुछ ही दिनों में मैं तुम्हारे सुनहरे पाँवों में सुनहरी पाजेब पहना दूँगा।"

"क्या विशिष्ट काम?" मृणालिनी ने मेरी तरफ़ देखकर त्यौरियाँ चढ़ाकर पूछा, "अगर यह सेठ से जुड़ा कोई काम है तो कृपा करके इसको छोड़ दो। तुम जानते हो ना सतीश दयाल के साथ क्या हुआ था। वह सेठ के लिए भांग की तस्करी करता था, और अब वह जेल में बैठा है और सेठ पहले जैसा ही रह रहा है।

"मेरी चिंता मत करो। मैं सेठ से निपट लूँगा।"

"तो भाग जाओ! मुझे आज शाम एक विदेशी प्रतिनिधिमण्डल का मनोरंजन करना है। तुम कल सुबह आ जाना अगर खाली होगे तो।"

"शायद आ जाऊँगा। वैसे, अलविदा!"

~

मुझको सुधीर के निजी जीवन में घुसपैठ करके शर्मिंदगी महसूस हो रही थी, वह भी बिना उसकी जानकारी के। खैर अब मैं समझ गया था कि सुधीर को पैसे कैसे मिले थे जो उसने उस दिन देवेंदर को दिये थे। लेकिन उसकी हस्तिनी और मृणालिनी से मुलाकातें, थीं तो मनोरंजक लेकिन मेरा सिर घूमने लगा था। जल्दी ही मुझको नींद आ गयी।

ऋषिकेश सुबह तड़के ही जीवंत हो उठता है। पुजारी, संन्यासी और उनके चेले सुबह तीन बजे ही उठ जाते हैं, जैसे ही आसमान में हल्की-सी भी रोशनी होती है और अपना स्नान और ध्यान शुरू कर देते हैं। पाँच बजे से तीर्थयात्री नदी में नहाने आने शुरू हो जाते हैं। भगवा लबादे पहने साधु, और भटकते भिक्षु नदी के घाट की सीढ़ियाँ उतर रहे हैं, जबकि बूढ़े और बुजुर्ग आदमी पेड़ों की छाँव में बनी जगहों पर बैठे हैं जहाँ वे तीर्थयात्रियों से उपहार और पैसे लेते हैं और बदले में उन्हें आशीर्वाद देते हैं।

सुधीर और गणपत को धर्मशाला में ही सोता छोड़कर मैंने सुबह जल्दी ही

स्नान कर लिया था। ये दो यात्री रात को दो बजे आये थे और उस आश्रय-गृह में सबकी नींद खराब कर दी थी। वो दोनों सूरज के चढ़ने से पहले नहीं उठने वाले थे। फिर गणपत एक नाव में बैठकर नदी के दूसरी तरफ़ के मन्दिरों के दर्शन करने और वहाँ के देवी-देवताओं को प्रसन्न करने के लिए उनको भेंट चढ़ाने चला गया। सुधीर अपनी पहचान छुपाने के लिए सही वेश अपनाने के लिए बाहर आया, क्योंकि उसको कुछ दिनों के लिए देहरा जाना था। जो कपड़े उसने अभी पहने हुए थे, उस आधार पर तो सेठ के आदमी उसको तुरन्त पहचान जाते। उसके बाद वह मुझे बस अड्डे पर मिला।

"मैं कल वापस आ जाऊँगा," सुधीर बोला। "मैं तुम्हें अपने साथ इसलिए नहीं ले जा सकता क्योंकि देहरा में मेरा साथ तुम्हारे लिए खतरनाक होगा।"

"तो तुम्हें देहरा जाने की क्या ज़रूरत है?" मैंने पूछा।

"दरअसल वहाँ पर एक-दो ऐसे लोग हैं जिन पर मेरा उधार है," वह बोला। "और जैसा कि तुम जानते हो, हमारे पास बहुत पैसे हैं, उन लोगों को मैं पसन्द नहीं करता, तो उनके पास अपना पैसा रखने का क्या फ़ायदा? एक और बात, मुझे हस्तिनी और मृणालिनी से लिया हुआ उधार भी चुकाना है।"

जब बस चली गयी, मैं बाज़ार में भटकने लगा, मिठाई की एक दुकान से दूसरी पर, उनकी मिठाइयों का आकलन करते हुए। फिर मैंने आठ आने की गरमा-गरम, ताज़ी और सुनहरी जलेबियाँ खरीदीं, और उनको केले के पत्ते की बनी तश्तरी में लेकर नदी के किनारे आ गया।

नदी के किनारे एक बरगद का पेड़ था और मैं उसकी छाया में बैठकर अपनी मिठाई खाने लगा। पेड़ पर बहुत सारी चिड़ियाँ थीं—तोते, बुलबुल, गुलाबी चिड़ियाँ—जो बरगद के पेड़ के पके हुए लाल फलों से रस पी रही थीं। यह बहुत अच्छा और शान्तिपूर्ण लग रहा था, पेड़ के तने से टेक लगाकर बैठना, चिड़ियों का चहचहाना सुनना और उनके पंखों का अध्ययन करना।

जब मिठाई खत्म हो गयी, मैं नदी के किनारे पर टहलने लगा। रेत के मैदान पर दो लड़के कुश्ती लड़ रहे थे। वे अपने घुटनों के बल थे और उनके हाथ आपस में फँसे हुए थे, पागल साँड की तरह आगे बढ़ते हुए और दोनों अगले वाले को पटखनी देने की कोशिश करते हुए। पहले-पहल लम्बे लड़के

को फ़ायदा मिल रहा था; छोटा लड़का, जो सांवला था और उसकी त्वचा पर चेचक के दाग थे, संघर्ष करता हुआ लग रहा था। लेकिन अचानक हाथों और पैरों की उथल-पुथल मची और छोटा वाला लड़का अपने विरोधी की छाती पर विजयी होकर बैठा दिखाई दे रहा था।

जब उन्होंने मुझे उनको देखते हुए देखा, उन लड़कों ने मुझे भी कुश्ती करने के लिए आमन्त्रित किया। लेकिन मैंने आमन्त्रण अस्वीकार कर दिया। मैंने बहुत सारी जलेबी खा ली थी और अब मुझे उल्टी आ रही थी।

मैं तब तक चलता रहा जब तक मुझे तबीयत बेहतर नहीं लगी। जल्दी ही, मुझे फिर से भूख लग आयी और मैं फिर बाज़ार की तरफ़ आ गया, और पूरी और मसालेदार सब्ज़ी की दावत उड़ाई।

पूरियों से पेट अच्छे से भर कर मैं वापस बरगद के पेड़ के पास आया और दोपहर में ऐसा सोया कि सीधे अगली सुबह उठा।

ऋषिकेश में यह एक खूबसूरत सुबह थी। हवा में वसन्त के आगमन की भी हल्की-सी झलक थी। चिड़ियाँ नदी के पानी के पार चमक रही थीं, और बन्दर छतों पर एक-दूसरे का पीछा कर रहे थे। मैं रेत के मैदान में पसरा रहा सुबह की ताज़ी हवा को खाते और सूरज की धूप को अपने शरीर के अन्दर रिसते देखते हुए।

मैं सुबह जल्दी उठा था और स्नान करने के लिए नदी पर गया था। पानी का स्पर्श मेरे अपने गुप्त तालाब की याद ले आया जो जंगल में गिरजाघर के पीछे था। शायद देवेंदर अभी वहीं होगा; और गूंगा भैंस पर बैठा होगा।

मैं पुरानी यादों में डूबा उदास-सा रेत पर बैठ गया और अपने दोस्तों के बारे में सोचने लगा। पहाड़ों से घर तक पहुँचने के लिए हालाँकि अभी एक यात्रा और बाकी थी, लेकिन यह तो मुझे पक्का विश्वास हो गया था कि मुझको देहरा वापस जाना ही होगा। मैंने तय किया कि जैसे ही लफ़ंगा ऋषिकेश आयेगा, मैं वापस चला जाऊँगा। आखिर सुधीर दुनियादारी में बहुत माहिर और अनुभवी था और उसके पास दोस्तों की कोई कमी नहीं थी। देवेंदर और किशन मेरी उम्र के थे। शायद उनको भी किसी के साथ की ज़रूरत होगी और अकेले रहकर मैं भी कोई खुश नहीं था।

मैं सफ़ेद रेत पर लेटा रहा जब तक कि दूर कहीं नहाने वालों की आवाज़ें

मुझ तक नहीं पहुँचीं और सूरज पहाड़ पर से उग नहीं आया। अपनी कमीज़ और पैंट पहनकर मैं बाज़ार पहुँचा। मुझे एक छोटी–सी चाय की दुकान मिली और वहाँ मैंने एक गिलास गरम, मीठी, दूधवाली चाय पी, और दुकानदार को हैरान करता हुआ छः अंडे खा गया।

उसके बाद, मैं बस अड्डे गया, यह देखने कि सुधीर वापस आया था या नहीं। देहरा से आने वाली दूसरी बस आ चुकी थी लेकिन सुधीर कहीं नज़र नहीं आ रहा था। मैं वापस जाने के लिए जैसे ही मुड़ा, मैंने खुद को एक विचित्र से दिखने वाले नौजवान साधु की आँखों में देखता पाया, जिसके माथे पर तीन सिंदूरी पट्टियाँ लगी हुई थीं, जाँघों तक लम्बाई का भगवा लवादा और चेहरे पर शातिराना मुस्कान। वह वेश मुझे धोखा दे सकता था लेकिन वह हँसी नहीं।

''तो अब तुम एक साधु बन गये हो,'' मैंने कहा। ''और यह किसके फ़ायदे के लिए है?''

''यह देहरा में एक काम के सिलसिले में था,'' सुधीर बोला। ''मैं सेठ या उसके नौकरों द्वारा देखा नहीं जाना चाहता था। किसी शान्त जगह चलते हैं जहाँ हम बात कर सकें। और कुछ फल खरीद लेते हैं, मुझे भूख लगी है।''

मैंने एक ठेले से छः सेब खरीदे और सुधीर को बरगद के पेड़ के पास ले गया। हम ज़मीन पर बैठकर बातें करने लगे और सेब खाने लगे।

''तुम अपने दोस्तों से मिले?'' मैंने पूछा।

''हाँ, मैं सबसे पहले उन्हीं के पास गया। बस की यात्रा ने मुझको बहुत थका और चिड़चिड़ा बना दिया था, और वहाँ ताज़गी और सुकून के लिए हस्तिनी जैसा कोई नहीं है। फिर आधी रात को मैं छुपकर मृणालिनी से मिलने पहुँचा। यह जानते हुए कि मुझे कुछ समय तक दूर रहना पड़ेगा, मैं उसको एक बार देख लेना चाहता था, उसको एक तोहफ़ा देने के लिए और अपनी वफ़ादारी का नमूना देने के लिए।''

''मुझे कुछ पल लगे उसकी उन धोखेबाज़ सीढ़ियों पर चढ़ने में जो मृणालिनी के कमरे तक जाती थीं। हर बार जब मैं उन सीढ़ियों पर पैर रखता हूँ, वो और अधिक तेज़ हिलती हैं और चरमराती हैं।

''मृणालिनी किसी ग्राहक के लिए तैयार हो रही थी, शायद; वह उस चिटके हुए, बदरंग आईने के सामने खड़ी थी जो उसके खूबसूरत नैन–नक्श

को डरावना बना देता है। उसने एक बार मुझसे कहा था कि जब भी वह इस आईने में अपना चेहरा देखती है और उसको सूजा चेहरा, भैंगी आँखें, पुताई के धब्बे नज़र आते हैं, वह समझ जाती है कि एक न एक दिन वह ऐसी ही दिखने लगेगी। इसके विपरीत, जब उसके पीछे उसे मेरा प्रतिबिंब नज़र आता था, उसको एक घोड़े की याद दिलाता था—एक घोड़ा, जिसका बहुत लम्बा और अजीब-सा चेहरा था। और कल मुझे देखकर वह हँसने लगी।

'' 'तुम क्यों हँस रही हो? मैंने पूछा।'

'' 'तुम पर ही! तुम आईने में कितने बेवकूफ़ लगते हो।'

'' 'मैं नहीं जानता था,' मैंने कहा, मेरे आत्मसम्मान को थोड़ी चोट पहुँची। 'हस्तिनी तो ऐसा नहीं सोचती।'

'' 'हस्तिनी बेवकूफ़ है। वह तुम्हें पसन्द करती है क्योंकि वह सोचती है कि तुम सुन्दर हो। मैं तुम्हें पसन्द करती हूँ क्योंकि तुम्हारा चेहरा घोड़े जैसा है।'

'' 'वैसे तुम्हारा घोड़ा कुछ समय के लिए देहरा से दूर जा रहा है। मुझे उम्मीद है कि तुम मुझको याद नहीं करोगी।'

'' 'तुम हमेशा आते-जाते रहते हो, पर कभी रहते नहीं।' उसने रुँआसे स्वर में कहा।

'' 'यही जीवन है।'

'' 'क्या तुम्हें अकेलापन नहीं सताता।' उसने पूछा और अब वह आईने से हटकर बिस्तर की तरफ़ चली गयी थी। तकिये पर टिकते हुए वह इतनी सुन्दर लग रही थी कि मुझे उससे दूर रहने का ख़याल भी बहुत तकलीफ़देह लगा।

'' 'जब मैं अकेला होता हूँ, मैं कुछ-न-कुछ करता हूँ,' मैंने कहा और अपने जज़्बातों को सँभालने की कोशिश की। 'मैं बाहर जाता हूँ और कुछ बेवकूफ़ी भरा या खतरनाक कर लेता हूँ। जब मैं कुछ नहीं कर रहा होता, मैं अकेला हो जाता हूँ। लेकिन मैं अकेला रहने के लिए नहीं बना हूँ।'

'' 'मैं भी कई बार अकेली हो जाती हूँ।'

'' 'तुम! अपनी माँ के होते हुए भी? वो तो तुम्हें कभी अकेला नहीं छोड़ती। और तुमसे मिलने वाले भी लगभग हर रोज़ ही आते हैं, और अक्सर नए चेहरे।'

'' 'हाँ। मैं जितने ज़्यादा लोगों से मिलती हूँ, उतनी अकेली हो जाती हूँ।

तुम्हारे पास कोई साथ होना चाहिए, जिससे तुम बातें कर सको, लड़ सको, जब तुम अकेले न रहना चाहो। तुम एक ऐसा साथी ढूँढ सकते हो सुधीर। लेकिन मुझे कौन मिलेगा? मेरी माँ बूढ़ी, बहरी और निर्दयी है।' उसने कहा। वह बहुत दु:खी लग रही थी।

" 'एक दिन मैं आऊँगा और तुमको यहाँ से ले जाऊँगा। मेरे पास अभी कुछ पैसे हैं मृणालिनी। जैसे ही मैं किसी दूसरे शहर में कोई व्यापार शुरू करूँगा, मैं तुमको वहाँ बुला लूँगा। तब तक, तुम हस्तिनी के साथ क्यों नहीं रहतीं?'

" 'मुझे उससे नफ़रत है।'

" 'तुम उसे जानती ही नहीं हो। जब तुम उसको जानोगी, तुम उससे प्यार करने लगोगी!'

" 'तुम उससे प्यार करते हो।'

" 'मैं उससे प्यार करता हूँ क्योंकि उसके साथ रहना बहुत सुकूनदायक है। मैं तुमसे प्यार करता हूँ, क्योंकि तुम बहुत प्यारी हो। क्या मैं तुम दोनों से प्यार नहीं कर सकता?' मैंने सच बोला था रस्टी, पहली बार। मृणालिनी से इतना खुलकर बात करने का मौका मुझे बहुत कम ही मिलता है। और कल की रात मैं नहीं चाहता था कि वो मेरे बारे में कोई झूठे भ्रम पाले।

" 'तुम अजीब हो,' मृणालिनी ने कहा और अपनी खास और बेशकीमती मुस्कान बिखेर दी। 'जाओ अब। कोई आता होगा।'

" 'तो फिर मेरी तरफ़ से इसको रख लो,' मैंने कहा और अपनी उंगली में पहनी हुई एक पतली-सी सोने की अँगूठी निकालकर उसके दाहिने हाथ की तीसरी उँगली में पहना दी। 'मेरे लौटने तक इसे संभाल कर रखना। और अगर मैं वापस न आऊँ तो इसको हमेशा के लिए अपने पास रखना। अगर कभी बहुत ज़रूरत पड़ी, तभी इसको बेचना। ठीक है?'

"वह उस अँगूठी को कुछ समय तक घूरती रही, उसको अपनी उँगली में घुमाती रही ताकि उसके विभिन्न हिस्सों पर रोशनी पड़ती रहे। फिर उसने अँगूठी उँगली से निकालकर अपने ब्लाउज़ में छुपा ली।

" 'अगर मैं इसको उँगली में पहने रखूँगी, मेरी माँ ज़रूर इसे ले लेगी।'

"मुझे बहुत गुस्सा आया कि इस लड़की पर इसकी माँ का अन्तहीन नियंत्रण है। धीरे से मैंने कहा, 'अगर तुम मुझको इजाज़त दो तो मैं तुम्हारे लिए

तुम्हारी माँ का काम तमाम कर सकता हूँ।'

" 'इस तरह की बात मत करो! वह ज़्यादा दिन कहाँ ज़िंदा रहने वाली है...'

" 'वह हम लोगों से भी अधिक जीने की पूरी कोशिश कर रही है... लेकिन तुम चिंता मत करो, मैं उसको छुऊँगा भी नहीं, तुमसे वादा करता हूँ। मैं उसको डरा कर मार डालूँगा। मैं एक अँधेरी गली में उस पर कूद पड़ूँगा, एक पटाखा जला दूँगा...'

" 'सुधीर!' मृणालिनी चिल्लाई। 'तुम इतने निर्दयी कैसे हो सकते हो?'

" 'यह दया होगी।' मैंने हँसते हुए कहा।

" 'अब जाओ! देहरा से दूर जितने दिन रहना है रहो।'

"तो तुमने देखा न रस्टी, मृणालिनी अभी भी अपनी माँ की मौत का इन्तज़ार कर रही है। जीवन में लोग और कुछ नहीं करते सिवाय एक-दूसरे की मौत के इन्तज़ार के। क्या मैं सही लग रहा हूँ?" उसने अचानक से पूछा।

"तुम तो हमेशा जैसे खूबसूरत लग रहे हो।"

"मैं जानता हूँ। पर क्या मैं एक साधु लग रहा हूँ?" ज़ाहिर-सी बात थी, सुधीर के दिमाग में कोई नयी योजना थी।

"हाँ, एक बहुत खूबसूरत साधु।"

"यह तो और भी अच्छी बात है। चलो, चलते हैं।"

"हम कहाँ चल रहे हैं?" मैंने पूछा।

"अपने भक्त बनाने, बेशक। एक साधु के पास भक्त होने चाहिए और उसके भक्त अमीर होने चाहिए। दुनिया में ऐसे बहुत सारे मोटे, अमीर आदमी होंगे जो अपने अन्तःकरण से खुश नहीं होंगे। आओ, हम उनकी अन्तरात्मा बनें! हम लोग प्रतिष्ठित हो जायेंगे, रस्टी।"

"इस तरह से बहुत सारा पैसा भी कमाया जा सकता है। हाँ, हम लोग प्रतिष्ठित हो जायेंगे—कितना रोमांचक होगा यह!"

हम लोग बाज़ार की तरफ़ चल पड़े।

"रुको!" मैंने कहा। "मैं तुम्हारे साथ नहीं आ सकता सुधीर!"

सुधीर सकते में आ गया। वह मेरी तरफ़ पलटा और उसके चेहरे पर आश्चर्य और व्याकुलता के चिह्न थे।

"क्या मतलब, तुम मेरे साथ नहीं आ सकते?"

"सुधीर, मुझे देहरा वापस लौटना होगा। मैं शायद ही इस तरफ़ फिर कभी आऊँ, अगर मुझे अपनी आंटी से मिलना हुआ तो।"

"लेकिन क्यों? तुम अभी उनको छोड़कर आये हो। तुम पहाड़ों में पैसे के लिए आये थे, है या नहीं? और उनके पास तो पैसे भी नहीं थे।"

"मैं उनसे मिलना भी चाहता था। मैं जानना चाहता था कि वह कैसी हैं। यह सिर्फ़ पैसे का ही मामला नहीं था।"

"खैर, तुमने उनको देख लिया। और तुम्हारा वहाँ कोई भविष्य नहीं है। न ही देहरा में है। अब वापस लौटने का क्या फ़ायदा?"

"मुझे नहीं पता, सुधीर। इस तरह से तो फिर किसी भी चीज़ का क्या फ़ायदा? तुम्हारे साथ रहने का क्या फ़ायदा? मैं अपनी ज़िन्दगी को एक दिशा देना चाहता हूँ। मैं काम करना चाहता हूँ। मैं आज़ाद होना चाहता हूँ, मैं लिखना चाहता हूँ। मैं हमेशा तो तुम्हारे साथ पहाड़ियों और मैदानों में भटकता नहीं रह सकता।"

"क्यों नहीं? तुम्हें रोकने वाला कोई नहीं है, अगर तुम भटकना चाहो। भारत तो हमेशा से घुमक्कड़ों का घर रहा है।"

"मैं शायद तुम्हारे साथ आ जाऊँ अगर मैं बाकी हर काम में असफल हो गया तो।"

सुधीर रूठा हुआ और मायूस लग रहा था।

"तुम नहीं समझते...।" उसने बोलना शुरू तो किया लेकिन रुक गया, सही शब्द की तलाश में; शायद ही कभी उसको शब्दों की कमी पड़ी थी। "मुझे तुम्हारी आदत हो गयी है, बस इतना ही," उसने कहा।

"और मुझे तुम्हारी, सुधीर। मुझे नहीं लगता किसी और ने कभी भी ऐसा किया था।"

"इसीलिए मैं नहीं चाहता कि तुम्हें खो दूँ। लेकिन मैं तुम्हें जाने से रोक नहीं सकता।"

"मैं तुमसे मिलने आऊँगा, मैं आऊँगा, सच..."

सुधीर थोड़ा-सा खुश हुआ। "क्या तुम वादा करते हो या सिर्फ़ मुझे खुश करने के लिए कह रहे हो?"

"दोनों।"

फिर वह, वही पुराना वाला सुधीर बन गया, मुस्कुराता हुआ और मेरी बाजुओं में अपनी उँगलियाँ धँसाता हुआ। "मैं तुम्हारा इन्तज़ार करूँगा," वह बोला। "जब भी तुमको खज़ाने की खोज पर जाना हो, मेरे पास आना! जब भी तुम मस्ती करना चाहो, मेरे पास आना!"

वह फिर से चुप हो गया और उसके चेहरे पर से एक परछाईं गुज़र गयी। क्या वह अकेला हो जाने से डरता था? "तो फिर अभी अलग हो जाते हैं," वह बोला। "अब इसको और अधिक नहीं बढ़ाते हैं। तुम सड़क से नीचे की तरफ़ बस अड्डे पर जाओ, और मैं दूसरे रास्ते पर जाऊँगा।"

उसने मुझसे मिलाने के लिए अपना हाथ आगे बढ़ाया। और फिर बोला, "हाथ मिलाना काफ़ी नहीं होगा," और उसने अपनी बाँहें मेरे चारों तरफ़ डाल दीं और मुझे गले से लगा लिया।

लोग रुक-रुक कर हमें घूर रहे थे; इसलिए नहीं कि दो नौजवान एक-दूसरे के लिए अपना प्यार जता रहे थे—यह तो आम बात थी—पर इसलिए कि एक साधु जो भगवा लबादे में था, अपने किरदार से इतर व्यवहार कर रहा था।

सुधीर को जब यह एहसास हुआ, वह आते-जाते लोगों को देखकर मुस्कुराया और उसकी लम्बाई से घबराकर लोग सड़क पर आगे चले गये।

सुधीर मुड़ा और चला गया।

मैं थोड़ी देर तक उसको देखता रहा। वह बाज़ार में लोगों की भीड़ में भी अलग दिख रहा था। अपने लहराते लबादे में वह, लम्बा और खूबसूरत।

पहली और अन्तिम छाप

चूँकि मैंने अभी तक किसी को भी अपने वापस आने के बारे में नहीं बताया था, देहरा स्टेशन पर मुझसे मिलने कोई नहीं आया था जब मैं तीसरे-दर्जे के डिब्बे से वहाँ उतरा। लेकिन वापस आने के रास्ते में मुझको चाय की दुकान पर काम करने वाला एक लड़का मिला जिसने मुझे बताया कि देवेंदर शायद घंटाघर के पास होगा। अतः मैं घंटाघर पहुँच गया, लेकिन मुझे मेरा दोस्त नहीं मिला। एक और परिचित, मोची की दुकान पर जूते चमकाने वाले लड़के ने बताया कि उसने देवेंदर को न्यायालय के पास देखा था, जहाँ दिन के समय धंधा अच्छा चलता है।

अपनी यात्रा के कारण मैं बहुत थका हुआ और गंदा महसूस कर रहा था, इसलिए मैंने तय किया कि मैं देवेंदर को बाद में ढूँढूँगा। मैं गिरजाघर के बरामदे में पहुँचा और अपना सामान वहीं छोड़ दिया। फिर जंगल से होते हुए अपने तालाब पर पहुँचा।

गूँगा पहले से वहाँ था, छिछले पानी में नहाता हुआ, लंगूरों के एक झुण्ड की ओर चिल्लाता और इशारे करता हुआ जो साल के पेड़ से उसको देख रहे थे। जब गूँगे ने मुझको देखा, वह खुशी से हँसने लगा और पानी से निकल कर भागता हुआ आया और मुझे गले लगा लिया।

''अब तुम कैसे हो?'' मैंने पूछा।

''गू,'' गूँगा बोला।

वह देखने में पहले से बहुत बेहतर लग रहा था। देवेंदर उसको अच्छे से खाना खिला रहा था और अब उसको चाय की दुकानों के सामने चक्कर काटने की ज़रूरत नहीं थी जहाँ चाय के एक गिलास और बासी पाव-रोटी के बदले लातें और गालियाँ खानी पड़ती थीं।

मैंने अपने कपड़े उतारे और ठंडे, मीठे पानी में कूद गया। मैं पानी में बिलकुल बेजान-सा तैरने लगा, साल के पेड़ की लटकती टहनियों की चौड़ी पत्तियों के बीच से नीले आसमान को देखता हुआ। गूँगा एक चट्टान पर बैठ गया था वह बन्दरों को देखकर हँस रहा था, और उत्साहित करने वाली आवाज़ें निकाल रहा था। पहले गूँगे को और फिर बन्दरों को देखते हुए और फिर उस बालों वाले, लम्बे बाज़ुओं वाले नौजवान को देखकर मैं सोच रहा था कि कोई डार्विन के सिद्धान्त पर कैसे शक कर सकता है।

और बेशक मैं इसी प्रजाति का हूँ, मैंने सोचा, और चट्टान पर गूँगे के साथ बैठकर मैं भी आवाज़ें निकालने लगा। ''ओह, लंगूर होना कितना अच्छा है, दुनिया की कोई फ़िक्र नहीं, खाने के लिए बलूत के फल और हरी पत्तियाँ, बहुत सारे दोस्त और मोहब्बत की कोई पेचीदगी नहीं। लेकिन कोई किताबें भी नहीं। मुझे लगता इन्सान होने के अपने फ़ायदे हैं। और ऐसा भी नहीं है कि किताबों से गूँगे पर कोई फ़र्क दिखेगा।''

जल्दी ही मैं सूख गया। मैं अपने पेट के बल लेटा था, और मेरा पेट गरम,

चिकनी चट्टान पर था। मैं इस खूबसूरत चट्टान के भीतर समा जाना चाहता था।

"गू," गूँगा बोला, मानो वह भी सहमत था।

सूरज अब तालाब के बिलकुल ऊपर था और तालाब आसमान में था! और चट्टान ने मुझको निगल लिया था, और जब मैं जागा तो मुझे लगा गूँगा अभी भी मेरे बगल में होगा। लेकिन जब मैंने अपना सिर उठाया और देखा, देवेंदर वहाँ बैठा था—देवेंदर सफ़ेद कुर्ते-पाजामे में बहुत तारो-ताज़ा और साफ़ लग रहा था और उसके सामान का थाल थोड़ी दूर पर ज़मीन पर रखा था।

"तुम यहाँ कब आये?" मैंने पूछा।

"बस अभी आया। तुम्हें देखकर अच्छा लगा। मुझे डर था कि तुम बेहतरी के लिए यहाँ से चले ही गये हो।"

"मुझे भूख लग रही है," मैंने कहा।

"मुझे खुशी है कि तुमने भोजन करने की अपनी इच्छा नहीं खोने दी है। मैं तुम्हारे खाने के लिए कुछ लाया हूँ।" उसने कागज़ के थैले में बाज़ार का भोजन और दो संतरे प्रस्तुत किए।

खाने के दौरान, मैंने देवेंदर को अपनी यात्रा के बारे में बताया। वह बहुत हताश हुआ।

"तो वहाँ तुम्हारे लिए कुछ भी नहीं था, सिवाय कुछ किताबों के। मैं जानता हूँ पैसा ही सब कुछ नहीं होता, लेकिन अब वह समय आ गया है कि तुम्हारे पास कुछ तो हो, रस्टी। तुम कब तक इसी तरह काम चलाओगे? तुम मेरी तरह कंघियाँ और बटन नहीं बेच सकते—तुम समझ नहीं पाओगे कि कैसे बेचना है। तुम स्वप्न देखने वाले इन्सान हो लेकिन तुम सिर्फ़ सपनों पर ही नहीं जी सकते। तुम्हारे पास वैसे दोस्त या रिश्तेदार नहीं हैं, किशन जैसे, जो तुमको सारी सुख-सुविधाओं से भर अवकाश दे सकें, तुम सुधीर जैसे नहीं हो, जो अपनी बुद्धि के बल पर कमा सको। तुम्हारी एक आंटी हैं जो पहाड़ों पर रहती हैं—लेकिन तुम एक साधु की तरह पूरी ज़िन्दगी पहाड़ों पर भटकते हुए नहीं बिता सकते। एक सफल लेखक बनने में अभी तुमको सालों लगेंगे। गोल्डस्मिथ को ही देख लो—जीवन भर उधारी पर ही जिया! और तुम्हारी तो अभी शुरुआत भी नहीं हुई है।"

"मैं जानता हूँ, देवेंदर। तुम्हें मुझे यह सब बताने की ज़रूरत नहीं है। कल

ही मैं जाकर मिस्टर पैटिग्रू से मिलूँगा। शायद वह मेरी कुछ मदद कर सकें—शायद वह मेरे लिए कोई नौकरी ही ढूँढ दें।''

हम शान्त हो गये, और उदासी से तालाब की तरफ़ देखने लगे।

''क्या तुमने किशन को देखा?'' मैंने पूछा।

''एक बार, बाज़ार में। वह उस लड़की के साथ था, उसकी कज़िन, शायद। वो लोग साइकिल पर थे। शायद वो लोग सिनेमा देखने जा रहे थे। किशन काफ़ी खुश लग रहा था। वह रुका, मुझसे बातें कीं और पूछा कि तुम कब वापस आ रहे हो। वो लोग उसको फिर से स्कूल भेजने वाले हैं। अच्छी बात है, है ना? बिना सही पढ़ाई के वह कभी खुद को नहीं सँभाल पाता। डिग्री ज़रूरी हैं।''

''वैसे सुधीर ने बिना डिग्री के भी खुद को अच्छे से सँभाला है। तुम उसको स्वयं-शिक्षित कह सकते हो। और किशन बहुत दुनियावी है। और ज़रूरत भर का चालाक भी। कोई भी उसका फ़ायदा नहीं उठा सकता। इसके साथ ही, तुम सही हो। अपने नाम के पीछे कुछ डिग्रियाँ होने से बहुत फ़र्क पड़ता है, भले ही आप उनको सही क्रम में न लगा सकें!''

स्वप्न अभी से फ़ीका पड़ने लगा था। जीवन ऐसा ही है। आप इससे भाग कर जीवित नहीं रह सकते। आप पूरी ज़िन्दगी आवारा नहीं भटक सकते। जब आप कहीं नहीं होते हैं तो आप कहीं थमे हुए होते हैं। किशन रुक गया था। उसने अपने हिस्से की आवारागर्दी करने के बाद एक निश्चित आय को चुन लिया था—उसे चुनना पड़ा। यहाँ तक कि मोगली ने भी भेड़ियों का झुण्ड छोड़कर अपने लोगों के पास जाने का निश्चय किया था। और भारत बदल रहा था। लोगों के इस आकारहीन झुण्ड ने अब आखिरकार आकार लेना शुरू किया था। मुझे भी, कभी-न-कभी, रुकना ही पड़ेगा, अपने लिए एक ठिकाना ढूँढने के लिए या फिर इसी तरह तबाही की तरफ़ बढ़ जाऊँगा।

''मैं कल उससे मिलने जाऊँगा,'' अपनी सोच की उठा-पटक करते हुए मैंने देवेंदर से कहा। ''मैं किशन से मिलूँगा और उसको अलविदा कह दूँगा।''

मैंने तय किया कि मैं अपनी किताबें मिस्टर पैटिग्रू के पास छोड़ जाऊँगा बजाय मेरे थोड़े दिनों के निवास, गिरजाघर के सामग्री-गृह में। इसलिए मैंने उनको अपने बस्ते में रखा, और घंटाघर के पास देवेंदर के साथ चाय पीने के बाद मैं चाय के बगानों की तरफ़ चल पड़ा।

मैंने नदी का सूखा ताल और सरसों का पीला खेत पार किया जो पूरी तलहटी में फैला था। मुझे मिस्टर पैटिग्रू बरामदे में इस तरह बैठे नज़र आये मानो जब मैं उनसे पिछली बार मिलने आया था, उसके बाद से वह उस बेंत की कुर्सी से हिले तक न हों। वह चाय की झाड़ियों के पार देख रहे थे और उनकी नज़र मेरे भी पार निकल गयी। इसलिए मैंने सोचा, 'शायद वह मुझे पहचान नहीं पा रहे हैं।' शायद यह बुज़ुर्ग आदमी मुझे भूल गया था!

"गुड मॉर्निंग," मैंने उनका अभिवादन किया। "मैं वापस आ गया।"

"पोइन्सेटी की पत्तियाँ लाल होने लगी हैं," पैटिग्रू बोले, "एक और सर्दियाँ बीत रही हैं।"

"हाँ।"

"पूरी साठ गर्मियों ने मुझे परेशान किया हुआ। मैं बहुत धीरे-धीरे बूढ़ा हो रहा हूँ। काश कोई तरीका होता जिससे यह प्रक्रिया मनोरंजक हो जाती। ऐसा नहीं है, मैं उसमें हिस्सा लेने लायक सक्रिय हूँ, लेकिन मैं चाहता हूँ कि मेरे आस-पास कुछ हो। लोगों को हँसाने वाला एक पुराना विदूषक अच्छा रहेगा, है ना? तुम समझ रहे हो ना मैं क्या कह रहा हूँ?"

"मैं समझता हूँ," मैंने जवाब दिया।

यह फिर से वही अकेलापन था। पिछले एक सप्ताह में मैं दो अकेले लोगों से मिल चुका था—मेरी आंटी और यह बुज़ुर्ग, जो धीरे-धीरे अपने जीवन के पतझड़ की ओर बढ़ रहे थे। इसका प्रभाव मेरे ऊपर पड़ने लगा था। मैंने मिस्टर पैटिग्रू की तरफ़ देखा और सोचने लगा कि एक दिन, शायद एक दिन मैं भी ऐसा ही हो जाऊँगा—अकेला, अक्षम, बीते दिनों में जीने वाला, एक बोतल व्हिस्की के साथ जो मेरी तन्हा और स्थिर शामों को गुज़ारने का सहारा थी। मेरे पास दोस्त थे—लेकिन जवानी के दिनों में पैटिग्रू के भी दोस्त थे। मेरे पास पढ़ने के लिए किताबें थीं और लिखने के लिए भी—लेकिन पैटिग्रू के पास भी किताबें थीं। क्या इनसे कोई फ़र्क पड़ता है? क्या शादी और व्यापार की परम्परा के बाहर हाड़-मांस से बने लोगों से जीवन-भर की दोस्ती सम्भव नहीं थी?

पैटिग्रू को शायद अचानक से ध्यान आया कि मैं अभी भी उनके पीछे खड़ा हूँ। उनकी आँखों में रुचि की एक चमक दिखी। वह बढ़ी और बातों में बदल गयी।

''सुबह-सुबह पीना, यह मेरी समस्या है। तुम जल्दी वापस आ गये। बैठो, बेटे, बैठो। मुझे सब कुछ बताओ—क्या तुम्हें वह महिला मिली? क्या वह तुमको जानती थीं? क्या वहाँ सब अच्छा रहा?''

मैं सीढ़ियों पर बैठ गया क्योंकि बरामदे में पैटिग्रू की कुर्सी के अलावा दूसरी कुर्सी नहीं थी।

''हाँ, वह मुझे जानती थीं। वह बहुत दयालु थीं और मेरी मदद करना चाहती थीं। लेकिन उनके पास मेरा कोई सामान नहीं था, सिवाय कुछ पुरानी किताबों के जो मेरे पिताजी ने उनके घर पर छोड़ दी थीं।''

''किताबें! बस? मैं देख सकता हूँ तुम उनको अपने साथ यहाँ लाये हो।''

''मैंने सोचा कि जब तक मैं अच्छे से सैटल नहीं हो जाता, तब तक ये किताबें शायद आप रख लें।''

मिस्टर पैटिग्रू ने किताबें मुझसे ले लीं और उनको उलटने-पलटने लगे।

''स्टीवेनसन, बैलेनटाइन, मरर्यट, और कुछ प्रारम्भिक वोडहोसे। मुझे उम्मीद है कि तुम ये सब पढ़ चुके होगे। और यह है *एलिस इन वंडरलैंड*। यह कैसे सम्भव हो सकता है... टैनियल की चित्रकारी। मुझे लगता है, यह तो पहला संस्करण है! यह नहीं हो सकता—या हो भी सकता है।''

मिस्टर पैटिग्रू फिर कुछ समय के लिए शान्त हो गये। उन्होंने मुख्य-पृष्ठ को अच्छे से पढ़ा और फिर बढ़ती रुचि और व्याकुलता के साथ उन्होंने शीर्षक-पृष्ठ पढ़ा और फिर आदर के भाव से भर गये।

''यह हो सकता है,'' पैटिग्रू ने कहा। शायद खुद ही से, और मैं उस बुज़ुर्ग आदमी के चेहरे के बदलते हाव-भाव देखकर बहुत रोमांचित हो रहा था। विरक्ति अब उत्साह में बदल गयी थी।

''क्या हो सकता है, सर?''

''प्रथम संस्करण।''

''यह कभी मेरे दादाजी की थी। उनका नाम शीर्षक-पृष्ठ पर लिखा हुआ है।''

''यह अवश्य ही प्रथम है। इसीलिए तुम्हारे पिताजी ने इसको सँभाल कर रखा था।''

''क्या प्रथम संस्करण इतना महत्त्वपूर्ण होता है?''

''हाँ, एक पुस्तक-संग्राहक की दृष्टि से। इंग्लैंड में, महाद्वीप पर, और अमेरिका में ऐसे लोग हैं जो साहित्य की दुर्लभ कृतियाँ संग्रहीत करते हैं—पाण्डुलिपियाँ और किताबों के प्रथम संस्करण जब से वह प्रसिद्ध हुईं। किसी किताब का मूल्य निर्भर करता है उसके साहित्यिक मान, उसकी दुर्लभता और उसकी स्थिति पर।''

''वैसे *एलिस* तो बहुत प्रसिद्ध किताब है। और यह एक अच्छी प्रति है। क्या इसका प्रथम संस्करण दुर्लभ है?''

''हाँ बिलकुल। दुनिया में मात्र दो या तीन प्रतियाँ ही हैं।''

''और आपको लगता है कि यह उनमें से एक है?''

''वैसे मैं कोई विशेषज्ञ नहीं हूँ, लेकिन किताबों के बारे में थोड़ा-बहुत तो जानता हूँ। यह पहली छपाई की है। और इसकी स्थिति भी अच्छी है, शीर्षक-पृष्ठ पर एक दो दागों के अलावा।''

''मैं इनको साफ़ कर देता हूँ।''

''नहीं, उसको मत छुओ—इसकी स्थिति को खराब मत करो। मैं लंदन में अपने एक पुस्तक-विक्रेता मित्र को चिट्ठी लिखकर उससे सलाह माँग लेता हूँ। मैं समझता हूँ इससे तुम्हें अच्छे-खासे पैसे मिल जायेंगे—कई सौ पाउंड।''

''पाउंड!'' मैं अविश्वास से चिल्लाया।

''पाँच या छः सौ, शायद ज़्यादा। तुम्हारे पिता को अवश्य इस किताब का मूल्य पता था और इसीलिए वो चाहते थे कि एक दिन तुम इसे रखो। शायद यह उनकी विरासत थी।''

मैं चुप रहा, और सोचता रहा जो मिस्टर पैटिग्रू ने अभी मुझसे कहा था। जीवन में मेरे पास कभी भी बहुत पैसे नहीं रहे थे। कुछ सौ पाउंड मुझे कहीं भी ले जायेंगे, जहाँ मैं जाना चाहूँ। लेकिन ऐसा भी था, मैं जानता था कि पैसा चाहे कितना भी अधिक हो, उसको खत्म करना बहुत आसान होता है।

पैटिग्रू अब दूसरी किताबों को देख रहे थे। ''इनमें से कोई भी प्रथम नहीं है, सिवाय वोडहोसे के उपन्यासों के और तुम्हें उनके लिए थोड़ा इन्तज़ार करना पड़ेगा। लेकिन *एलिस* असल चीज़ है, मेरा एक मित्र इसकी नीलामी का इन्तज़ाम कर देगा।''

''यह अच्छा होता कि मैं इसको रख पाता,'' मैंने कहा, यह सोचते हुए

कि यह किताब मेरे परिवार में दो पीढ़ियों से रही है।

मिस्टर पैटिग्रू ने आश्चर्य से मुझको देखा। ''किसी अन्य परिस्थिति में, मेरे बच्चे, मैं तुम्हें इसको रखने के लिए कहता। लेकिन जब तुम आर्थिक रूप से ठीक नहीं हो, तुम भावुक होने का खतरा नहीं उठा सकते। अब यह काम मेरे हाथों में सौंप दो और मुझे तुमको कुछ पैसे देने दो। साथ ही, हमें जश्न मनाना चाहिए!''

उन्होंने व्हिस्की की अच्छी मात्रा ढाली और यह पेय मेरी तरफ़ भी बढ़ाया।

''मुझे कोई आपत्ति नहीं है,'' मैंने उन्हें एक मुस्कान दी।

बाद में, मिस्टर पैटिग्रू के साथ भोजन करने के बाद मैं उन बुज़ुर्ग के साथ अपने भविष्य के बारे में चर्चा करने बरामदे में बैठा।

''मुझे लगता है तुमको इंग्लैंड चले जाना चाहिए,'' मिस्टर पैटिग्रू बोले।

''मैंने भी इस बारे में पहले सोचा है,'' मैंने कहा। ''लेकिन मैंने हमेशा भारत को ही अपना घर माना है।''

''लेकिन क्या तुम यहाँ कमा-खा सकते हो? आखिरकार, भारतीय भी तो मौका मिलते ही विदेश भाग जाते हैं। और तुम एक लेखक बनना चाहते हो। तुम रातोरात तो नहीं बन सकते, भारत में तो बिलकुल नहीं। इसके लिए तुम्हें कई वर्षों तक कड़ी मेहनत करनी पड़ेगी। और उसके बाद भी—भले ही तुम बहुत अच्छे हुए—ज़रूरी नहीं है कि तुम प्रसिद्ध हो जाओ और सफलता और असफलता में यही अन्तर है। इस बीच, तुम्हें कमाने के लिए कुछ तो करना ही पड़ेगा न। और भारत में तुम क्या करोगे? मान लो, मेरे बच्चे, तुमने तो अभी सिर्फ़ स्कूल खत्म किया है। ऐसे बहुत सारे लोग हैं जो स्नातक कर चुके हैं लेकिन उनको नौकरी नहीं मिल रही है। अभी पिछले ही सप्ताह एक नौजवान, जिसके पास कला की डिग्री थी, उसने मुझसे चाय के बागानों में क्लर्क की नौकरी पाने में मदद करने की गुजारिश की। एक क्लर्क! क्या इसीलिए हम कॉलेज गये थे कि हम क्लर्क बन जायें!''

मैंने उनसे बहस नहीं की। मैं जानता था कि सिर्फ़ हुनरमंद लोगों को ही नौकरी का मौका मिलता है। यह विशेषज्ञता का समय था। और मेरे पास कोई हुनर नहीं था, सिवाय शब्दों का थोड़ा-सा हुनर।

''तुम हमेशा वापस आ सकते हो,'' मिस्टर पैटिग्रू ने कहा। ''अगर तुम

सफल हुए, तुम कभी भी, कहीं भी जाने के लिए आज़ाद हो। यदि तुम सफल नहीं हुए,तो, तुम कुछ और काम कर लेना—यदि इंग्लैंड में नहीं तो किसी और अंग्रेज़ी भाषी देश में, अमेरिका, ऑस्ट्रेलिया, कनाडा या कुक के द्वीपसमूह पर।''

''आपने भारत क्यों नहीं छोड़ा, मिस्टर पैटिग्रू?''

''तुम्हारे जैसे ही कारण से। क्योंकि मैं बहुत सालों से भारत में रहा हूँ, मुझको इस देश से प्यार हो गया। लेकिन तुमसे विपरीत, मैं अब अपने जीवन के एक शिथिल अन्त पर हूँ। और गरम धूप में मिट जाना इंग्लैंड की ठंडी हवा में मरने से बेहतर है।''

उन्होंने जानबूझ कर अपने मैदान की तरफ़ देखा, ऊँचे गेंदे, और पेटूनिया के चमकीले गुच्छे और दीवार से सटा हुआ बोगेनवेलिया।

''मेरे यात्रा करने के दिन खत्म हो चुके हैं,'' उन्होंने विचार में डूबकर कहा। ''और तुम्हारे अभी शुरू हुए हैं।''

वहाँ बहुत अँधेरा था जब मैं एक दीवार फांदकर मिसेज़ भूषण के बरामदे में पहुँचा। सामने के कमरे से रोशनी आ रही थी और मैं एक खिड़की के पास पहुँचा और शीशे से अपना चेहरा चिपका कर अन्दर देखने लगा। मैंने उस कमरे के संगीत को सुनने से बहुत पहले महसूस कर लिया था। वह शीशे पर एक निश्चित लय में कंपन कर रहा था। किशन और अरुणा, दोनों नंगे पाँव, नितम्ब को मटकाने के साथ फ़र्श पर गोल घूम रहे थे। उनके चेहरे शून्य थे। वो गा भी नहीं रहे थे। उनकी सभी भंगिमाएँ उनके मटकते धड़ पर केन्द्रित थीं।

मैंने महसूस किया कि यह समय अनुकूल नहीं था अपने पुराने दोस्त को बुलाने के लिए। थोड़ी ही देर बाद इस बात की पुष्टि भी हो गयी जब एक तीखी और कर्कश भोंपू की आवाज़ और कार की बत्तियों की रोशनी नज़र आयी। श्रीमती भूषण की हिलमैन मुख्य द्वार से अन्दर प्रवेश कर रही थी। संगीत अचानक से रुक गया। मैं गुलाब की एक झाड़ी के पीछे छुप गया और इस प्रयास में मेरे हाथ में काँटा चुभ गया और मैं तब तक शान्त बैठा रहा जब तक मिसेज़ भूषण अपनी कार से उतर नहीं गयीं। मैं झाड़-झंखाड़ के बीच से बहुत सावधानीपूर्वक निकल रहा था कि अचानक एक कुत्ते ने भौंकना शुरू कर दिया।

मैं जल्दी ही दीवार पर चढ़ने की कोशिश करने लगा और दो या तीन कुत्ते

मेरे पैर और पाजामे को काटने की कोशिश कर रहे थे। मैं सड़क पर भागता रहा जब तक कि मुझको एक अँधेरी गली नहीं मिल गयी जिसमें मैं गायब हो गया।

भीड़-भाड़ वाले बाज़ार में पहुँचकर, मैं धीरे चलने लगा। मुझे गुस्सा आ रहा था और निराशा हो रही थी कि मैं किशन से नहीं मिल पाया। लेकिन मुझे मानना पड़ा कि किशन मिसेज़ भूषण के घर में बहुत खुश लग रहा था। यह अन्तर अरुणा के कारण आया था; क्योंकि किशन अब बड़ा हो रहा था।

शायद, मैंने सोचा, यह बेहतर होगा कि मैं किशन से मिलूँ ही नहीं।

यात्रा की शुरुआत

परिस्थितियाँ तेज़ी से आगे बढ़ीं—जैसा वो हमेशा करती हैं, जब एक विशेष योजना बन जाये—और कुछ ही सप्ताह में मेरे पास पासपोर्ट था, बॉम्बे तक का ट्रेन का टिकट था, जहाज़ का टिकट, आयकर विभाग द्वारा दी गयी निकासी की चिट्ठी थी (इसे हासिल करने में सबसे अधिक कठिनाई हुई जबकि मेरी कोई कमाई थी ही नहीं), चेचक के टीकाकरण का प्रमाण-पत्र, कुछ अन्य इधर-उधर के कागज़ और करीब पचास रुपये थे जो मुझको मिस्टर पैटिग्रू ने दिये थे। *एलिस* के पैसे अभी कुछ और महीनों तक नहीं आने वाले थे और उनको लंदन से भी निकाला जा सकता था।

मुझे ट्रेन के लिए देरी हो रही थी। जो ताँगा मैंने किराए पर लिया था वह शायद देहरा का सबसे पुराना और जीर्ण-शीर्ण कूपे वाला था। घोड़ी बूढ़ी थी, धीरे चल रही थी और शायद अपच के कारण चिड़चिड़ी हो रही थी। वह थोड़ी-थोड़ी देर में रुककर हवा छोड़ रही थी। ताँगेवाला भाँग का नशेड़ी निकला जो अभी तक अपने स्वप्नलोक के पिछले भ्रमण से बाहर नहीं आया था। कूपा भी कतरनों और चिन्दियों से बना था। वह एक धुरी पर टिका था और एक तरफ़ से दूसरी तरफ़ तक हिल रहा था। यह चाल ताँगेवाले के हिसाब से ही बनाई गयी होगी जो हर थोड़ी देर में सोये जा रहा था।

''अगर तुम्हारा सामान न होता,'' देवेंदर ने कहा, ''तो हम लोग पैदल ही इससे बेहतर आ जाते।''

हमारे पैरों के पास एक नया सूटकेस और बहुत सामान भरने लायक एक नया होल्डाल था जो मुझको मिस्टर पैटिग्रू ने दिया था। इस कूपे में देवेंदर,

ताँगेवाला और मैं, हम तीन ही सवारियाँ थीं।

मुझे इससे मिलती-जुलती एक घटना याद आ रही थी जो बहुत सालों पहले घटी थी जब मैं अपनी नानी के साथ एक घोडा-गाड़ी से देहरा रेलवे स्टेशन गया था। हमको लखनऊ की ट्रेन पकड़नी थी, वहाँ एमिली आंटी के साथ कुछ दिन रहना था और फिर बॉम्बे जाना था। वहाँ से हम जहाज़ द्वारा लंदन जाने वाले थे। भले ही हमारी गाड़ी बहुत धीरे चल रही थी, हमने ट्रेन पकड़ ली थी क्योंकि वह निर्धारित समय से देरी से छूटी थी। इसके बावजूद हम लंदन नहीं जा पाये क्योंकि लखनऊ में अचानक नानी की मृत्यु हो गयी और मुझे वापस देहरा भेज दिया गया।

इस बार, हालाँकि, मैं तय करना चाहता था कि कुछ भी गड़बड़ी न हो। मैं किसी भी कीमत पर, हर हाल में लंदन पहुँचना चाहता था।

"कृपया जल्दी चलिये," मैं ताँगेवाले के सामने गिड़गिड़ाया। "मेरी ट्रेन छूट जायेगी।"

"ट्रेन छूट जायेगी?" ताँगेवाला बुदबुदाया, मानो कोमा से बाहर आ गया हो। "जब मैं स्टेशन छोड़ने जाता हूँ, किसी की ट्रेन नहीं छूटती।"

"क्यों, क्या ट्रेन आपके आने का इन्तज़ार करती है?" देवेंदर ने पूछा।

"अरे नहीं," ताँगेवाला बोला। "लेकिन वह रुकती है।"

"खैर, ट्रेन को सात बजे छूट जाना था," मैंने कहा। "और अब सात बजकर पाँच मिनट हो चुके हैं। अगर ट्रेन समय पर छूटती है, जिसका मतलब दस मिनट देरी से, तब भी हम इस गति से तो ट्रेन नहीं पकड़ पाएँगे।"

"आप वहाँ दस मिनट में पहुँच जायेंगे, साहब," और उस आदमी ने अपनी घोड़ी को कुछ प्यार के संबोधनों से पुकारा।

न देवेंदर को न ही मुझे समझ में आया कि ताँगेवाला क्या कह रहा था, लेकिन उसने घोड़ी के लिए कमाल कर दिया। उसके भीतर का जानवर जाग उठा मानो उसको किसी जादुई हॉरमोन की सुई लगा दी गयी हो। देवेंदर और मैं अपनी सीट पर ऊपर उछल रहे थे घोड़ी ने अपना पिछला पैर मारा और आगे छलाँग लगाई। साइकिल सवार और पैदल चल रहे लोग अपनी सुरक्षा के लिए वहाँ से तितर-बितर हो गये। हम शहर में दौड़ लगाते हुए, सब्ज़ी के ठेले वालों की गालियाँ और अपशब्द सुन रहे थे क्योंकि उनका सामान ज़मीन पर बिखरा

दिया गया था। सिर्फ़ स्टेशन के प्रवेश-द्वार के पास पहुँच कर वह घोड़ी रुकी और अचानक और अकथनीय रूप से, जैसे वह जीवंत हुई थी, वैसे ही वापस अपनी बेजान, थकी-हारी अवस्था में आ गयी।

उस आदमी को पैसे देकर, हमने अपना सामान निकाला और प्लेटफ़ॉर्म की तरफ़ भागे। वहाँ, हम किशन से जा टकराए जिसने मेरे जाने के बारे में सुन लिया था (नाई से, जिसको अंडे बेचनेवाले ने बताया था, और उसे देवेंदर से पता चला था), और मुझे विदा देने आया था।

''तुमने मुझे कुछ नहीं बताया,'' किशन ने मायूस चेहरे से यह बात कही। ''तुम तो मुझको बिलकुल ही भूल गये।''

''मैं तुमको नहीं भूला, किशन। मैं तुमसे मिलने आया था—लेकिन तुमसे अलविदा कहने की हिम्मत नहीं जुटा पाया। यह एक अन्त लगता है—अलविदा कहना। इसलिए मैं चुपचाप चला जाना चाहता था, बस।''

''कितने स्वार्थी हो तुम!'' किशन ने कहा।

मैं जाने से बिलकुल पहले किशन से लड़ना नहीं चाहता था।

''हमें जल्दी करनी चाहिए,'' देवेंदर ने आग्रह करते हुए कहा। ''ट्रेन छूटने वाली है।''

गार्ड अपनी सीटी बजा रहा था और यात्रियों में एक अन्तिम भगदड़ मची हुई थी। यदि सार्डिन मछलियाँ रेलवे के तीसरे-दर्जे की भगदड़ देख पातीं तो उनको कोई शिकायत न रह जाती। यह भीड़ द्वारा किसी एक व्यक्ति को निगल लेने का बहुत उत्कृष्ट नमूना था और बहुत सारे व्यक्तित्वों का मिलकर एक हो जाना। आपके पैर, आप पाते हैं कि आपके नहीं, आपके पड़ोसी के हैं, आपके कन्धे पर उगे बाल किसी और की दाढ़ी है और आपकी नाक से निकलती ठंडी हवा किसी दमे के मरीज की साँस है। एक बच्चा आपकी गोद की ममता को महसूस करता है और उसे तभी वापस लिया जाता है जब उसने आपके कपड़े गीले कर दिये होते हैं, और वह खिड़की वाली सीट, जिसके बारे में आपने खुशी-खुशी यह सोचा होता है कि इस धरती पर आपका हरा-भरा हिस्सा है, किसी तगड़े सरदार द्वारा हड़प लिया जाता है जिसकी कमर में एक तलवार लटक रही होती है। मुझे तीसरे-दर्जे के डिब्बों में अपने अनुभवों से पता था कि यदि मैं किसी एक में तुरन्त नहीं घुसा तो मेरा रास्ता हमेशा के लिए बन्द हो जायेगा।

"यहाँ कहीं भी जगह नहीं है," किशन ने चहकते हुए कहा। "तुम अब कल जाना।"

"जहाज़ तीन दिनों में निकल जायेगा," मैंने कहा।

"तो चलो, तुमको कहीं ठूँस देते हैं।"

अपने सामान को सँभालते हुए, और कुलियों की धक्का-मुक्की को नज़रअन्दाज़ करते हुए हम पूरे प्लेटफ़ॉर्म पर कम भीड़ वाला डिब्बा ढूँढ रहे थे। हमें एक खुला दरवाज़ा मिला और उसके अन्दर जगह मिली जहाँ मेरे सामान को रख दिया गया।

"यह तो खाली है!" मैंने खुशी से कहा जब मैं डिब्बे में घुस गया। "इसमें तो कोई नहीं है।"

"ज़ाहिर सी बात है," किशन बोला, "यह पहले-दर्जे का डिब्बा है।"

लेकिन अब ट्रेन चल चुकी थी और उतरने का समय नहीं था।

"तुम हरिद्वार के बाद दूसरे डिब्बे में जा सकते हो," देवेंदर ने कहा। "तब ट्रेन में इतनी भीड़ नहीं होगी।"

मैंने दरवाज़ा बन्द किया और अपना सिर खिड़की से बाहर निकाला। शायद यह भगदड़ वाला, अस्पष्ट-सा प्रस्थान मेरे लिए सबसे अच्छी बात थी। बहुत मान के साथ औपचारिक तौर पर अलविदा कहना मेरे लिए असम्भव था। और मुझे एक औपचारिक, आँसू भरे प्रस्थान से नफ़रत थी। देवेंदर और किशन के चेहरों पर सुकून था—सुकून कि मुझे ट्रेन में चढ़ा दिया। उन लोगों को यह बाद में एहसास होगा कि मैं उनकी ज़िन्दगियों से हमेशा के लिए चला गया।

मैंने खिड़की से उनकी तरफ़ हाथ हिलाया और उन्होंने भी वापस हाथ हिलाया, मुस्कुराते हुए और मुझे शुभकामनाएँ देते हुए। वे मेरे जाने से उदास नहीं लग रहे थे। बल्कि वो खुश थे कि मेरे जीवन ने एक नयी दिशा ले ली थी, वे मेरी अच्छी किस्मत से प्रभावित थे और उनको इस बात का भरोसा था कि मैं एक दिन वापस आऊँगा, पैसे और प्रसिद्धि के साथ। यह है तारुण्य का आशावाद।

मैं हाथ हिलाता रहा जब तक कि मेरे दोस्त भीड़ में गायब नहीं हो गये, जब तक स्टेशन की बत्तियाँ मद्धिम नहीं पड़ गयीं। और फिर ट्रेन तेज़ी से अँधेरे की ओर बढ़ने लगी। मैंने खिड़की के शीशे में अपने चेहरे का धुँधला प्रतिबिंब

देखा। और मैं सोच रहा था कि क्या मैं कभी वापस आऊँगा।

उस शीशे में और किसी का भी प्रतिबिंब था और मुझे एहसास हुआ कि इस डिब्बे में मैं अकेला नहीं था। कोई अभी शौचालय से बाहर आया था और आश्चर्य से मुझे देख रहा था। एक जाना-पहचाना सा चेहरा, एक विदेशी। वह व्यक्ति जिससे मैं रायवाला के प्रतीक्षालय में मिला था, जब मैं किशन के साथ अलग परिस्थितियों में देहरा जा रहा था।

''हम फिर से मिल गये,'' उस अमरीकी ने कहा। ''मुझे पहचाना?''

''हाँ,'' मैंने कहा। ''हम दोनों को ही ट्रेनों का शौक है।''

''खैर, मुझे यह यात्रा हर सप्ताह करनी पड़ती है।''

''आपका काम कैसा चल रहा है?''

''वैसा ही। मैं कोशिश कर रहा हूँ, लेकिन सफलता कम मिल रही है। किसानों को यह समझाने में कि लकड़ी के हल के प्रयोग से अधिक लाभ उन्हें स्टील के हलों के प्रयोग से मिलेगा।''

''और वो मान नहीं रहे हैं?''

''अरे, वो मानने के लिए तैयार हैं। समस्या यह है कि उनके लिए लकड़ी के हल की मरम्मत बहुत सस्ती पड़ती है। तुम देख रहे हो न यह कितना पेचीदा है। यह उसके हिस्सों का सवाल है। एक पेंच के कारण हल बेकार, हल के बेकार होने के कारण फ़सल बेकार और फ़सल बेकार तो...और तुम कहाँ जा रहे हो दोस्त? इस बार तुम अकेले हो।''

''हाँ। मैं जा रहा हूँ। मैं भारत छोड़ रहा हूँ।''

''तो कहाँ जा रहे हो? इंग्लैंड?''

मैंने सिर हिलाया और खिड़की से बाहर देखा जहाँ एक टूटता हुआ तारा आकाश से गिरा और गायब हो गया।

अपशगुन; लेकिन मैं किसी शगुन-अपशगुन को नहीं मानता था।

''मैं इंग्लैंड जा रहा हूँ,'' मैंने कहा। ''मैं यूरोप, अमेरिका, जापान और टिम्बक्टू जा रहा हूँ। मैं हर जगह जा रहा हूँ, और मुझे कोई रोक नहीं सकता!''

❑❑❑